地　　理

〔美〕马修·托德·罗森伯格　著

刘雪婷　孙佳璐　李天翼　译

上海科学技术文献出版社

图书在版编目(CIP)数据

机敏问答. 地理／（美）马修·托德·罗森伯格著;刘
雪婷等译. —上海:上海科学技术文献出版社,2009.4
ISBN 978 - 7 - 5439 - 3835 - 9

Ⅰ. 机… Ⅱ. ①马…②刘… Ⅲ. ①科学知识—普及
读物②地理—世界—普及读物 Ⅳ. Z228 K91 - 49

中国版本图书馆 CIP 数据核字(2009)第 012970 号

The Handy Geography Answer Book

图字:09 - 2008 - 716

责任编辑:于　虹
封面设计:许　菲

机 敏 问 答
地　理

[美]马修·托德·罗森伯格　著

刘雪婷　孙佳璐　李天翼　译
----
*
上海科学技术文献出版社出版发行
(上海市长乐路 746 号　邮政编码 200040)
全 国 新 华 书 店 经 销
江苏昆山市亭林彩印厂印刷
*
开本 740 ×970　1/16　印张 25.25　字数 523 000
2009 年 4 月第 1 版　2009 年 4 月第 1 次印刷
ISBN 978 - 7 - 5439 - 3835 - 9

定价: 48.00 元

http://www.sstlp.com

内 容 简 介

地理是一门非常有意思的学科，不仅让人了解国界、首都、文化，而且让人更好地掌握世界最新动态。《机敏问答——地理》一书能够扩展读者的知识领域，比如，非洲有多少个国家？哪里是澳大利亚的内陆？亚洲在哪里结束，欧洲从哪里开始？俄罗斯有多大？印度尼西亚有多少个岛屿？中东是哪里的中部？

《机敏问答——地理》一书能够激起人们对世界的好奇。什么叫做北磁极？世界的最高点在哪里？地球的转动有多快？世界上最大的内陆国家是哪个国家？哪个城市是世界上最高的城市？七大海洋是哪七个？湾和海湾有什么不同？陆地是怎样变成沙漠的？世界上人口最多的城市是哪个城市？世界上最高的瀑布是哪一个？

读者可以在《机敏问答——地理》的21个章节中找到所有这些问题的答案以及1 000个其他地理知识。第1章—第11章是有关地理的知识；第12章—第20章是世界各地区的地理概况；第21章是世界各国概况。全书有110幅照片和地图，有助于加深对文章的理解。

作者马修·托德·罗森伯格从小就对地图和国外的山河充满好奇，有极大的兴趣，所以在被加州大学戴维斯分校(University of California, Davis)录取时，他就将地理作为自己唯一的选择。后来他又在加州州立大学北岭分校 (California State University Northridge)攻读研究生。马修住在加利福尼亚州圣塔克雷利塔(Santa Clarita)，在当地一家非常有名的网站(http://geography.about.com)工作，每周为网站撰写有关地理方面的文章，每个月都要以电子邮件形式回答上百个读者提出的问题，在网上定期发表最新消息报道，还负责一家以地理为主要议题的聊天室。

马修以前曾是红十字会灾难服务协调官员(Coordinator of Disaster Services)，为美国灾民提供帮助，曾参加过1992年安德鲁飓风(Hurricane Andrew)、1993年中西部水灾(Midwest Floods)、1994年北岭地震(Northridge Earthquake)的救助。

取得博士学位之后，马修成为美国地理协会(Association of America Geographers)和美国地理教育全国委员会(National Council for Geographic Education)的成员。他喜欢倾听读者的意见、建议，与读者在网上进行交流。

简　介

　　在我很小的时候,我就喜欢堆土堆,攀爬岩石,对山外之山和了解未知世界抱有极大的兴趣。那也许就是终生职业的起点。我觉得地理是一个激励人们不断探索的领域,充满趣味和新奇。

　　有很多人认为,地理不过是一些国家和首都的名称而已,而实际上,地理是一门综合了各个领域知识的学科,涉及人文和地球上所有领域、行为、事件和地点。地理告诉我们有些地名的来历,边界线是如何确定的,地区的文化特征,而所有这些又是如何影响着当地的甚至是世界其他地区的人的,比如,德国为什么一分为二,尔后又统一为一个国家? 以色列如何成为一个国家? 廷巴克图在哪里?

　　地理是一门非常有意思的学科,不仅让人了解国界、首都、文化,而且让人更好地掌握世界最新动态。《机敏问答——地理》一书能够扩展读者的知识领域,比如,非洲有多少个国家?哪里是澳大利亚的内陆?亚洲在哪里结束,欧洲从哪里开始? 俄罗斯有多大? 印度尼西亚有多少个岛屿? 中东是哪里的中部?

　　《机敏问答——地理》一书能够激起人们对世界的好奇。什么叫做北磁极?世界的最高点在哪里?地球的转动有多快?世界上最大的内陆国家是哪个国家?哪个城市是世界上最高的城市? 七大海洋是哪七个? 湾和海湾有什么不同? 陆地是怎样变成沙漠的? 世界上人口最多的城市是哪个城市? 世界上最高的瀑布是哪一个?

读者可以在《机敏问答——地理》的 21 个章节中找到所有这些问题的答案以及 1 000 个其他地理知识。第 1 章—第 11 章是有关地理的知识;第 12 章—第 20 章是世界各地区的地理概况;第 21 章是世界各国概况。全书有 110 幅照片和地图,有助于加深对文章的理解。

我希望本书能够将我所了解的地理知识呈现给读者,能够给读者带来阅读上的享受。科学之母就是对知识不断的探索。

鸣　谢

　　首先我要在这里感谢我挚爱的妻子,同时也是我最亲密的朋友詹妮弗·罗森伯格。正是因为她的支持、忘我和才智,才使本书能够与读者见面。我真心的感谢她,如果没有她的努力,就一定不会有今天的这本书。

　　感谢丹尼斯·丁格门斯博士。他是我在加州大学戴维斯分校上学时的教授,是他激发了我对地理的兴趣,并鼓励我终生从事与地理有关的工作。我还要感谢我在加州州立大学北岭分校学习时的所有老师,尤其是达里克·丹塔博士、詹姆斯·艾伦博士和威廉姆·鲍恩博士,谢谢他们的热情支持。

　　我的家人无疑是我精神的支柱和力量的源泉。我非常感谢我的母亲芭芭拉·罗森伯格,她始终尊重我的选择,并给予我足够的爱好空间;感谢我的岳父岳母肯尼斯和莱斯利·桑顿,谢谢他们的支持和指导;谢谢我的祖父阿博特·罗森伯格,谢谢他为我提供了那么多的问题;谢谢我的姐姐劳拉,谢谢她在这段时间里为我做了那么多好吃的甜点;同样谢谢所有其他家庭成员,谢谢他们给予我的爱和包容。

　　我要真情地对 Visible Ink Press 出版社的编辑杰弗里·赫尔曼说一声:"谢谢你的帮助。"还要感谢克里斯塔·布雷林和朱利亚·弗塔,谢谢他们的指导和支持;谢谢鲍伯·赫夫曼,谢谢他的撰写;谢谢辛迪·鲍德温和迈克尔·迪默丘里奥,谢谢他们的艺术加工;谢谢帕姆·里德、兰迪·巴西特和加里·利奇,谢谢他们为本书排版;谢谢杰夫·默尔,谢谢他所做的一切和技术性问题相关的工作;谢谢马特·诺文斯基,谢谢他在编辑上做出的努力;谢谢黛安娜·迪皮伊,谢谢他为此书校对;谢谢希瑟·马克,谢谢他为本书编撰书目;谢谢巴巴拉·科恩,谢谢他为本书所做的索引;谢谢马尔科·迪威塔,谢谢他为本书制版。我还要谢谢大卫·戴斯,谢谢他为本书提供的地图和图片。

最后,我还要感谢你,我的读者,谢谢你能读我的书。

目　录

文化地理 107

人口……语言和宗教……危机处理……
世界文化

时间、日历和季节 117

时间……时区……夏时制……计时……
历年……季节

探险 131

欧洲和亚洲……非洲……新世界……南
极和北极

美国 143

自然特征和自然资源……美国各州……
城市与县城……人民和文化……历史:创
建美国

北美 163

格陵兰北极地区……加拿大……墨西
哥……中美……西印度群岛

给世界下定义

"地理"这个词是什么意思？

　　地理（Geography）这个词来源于希腊语，它可以分为两个部分："geo"代表地球，"graphy"意味着著作。因此地理（Geography）也可以翻译成"关于地球的著作"。古代地理经常被描述成遥远的地方，但是现代地理已经远远超过关于地球的笔迹。当代在定义地理这一学科有一定的困难。我最喜欢的一些关于地理的定义有"人类与自然科学之间的桥梁"、"自然科学的母亲"以及"所有能被绘制成图的东西"。

谁创造了地理？

　　在公元前 3 世纪，希腊学者埃拉托色尼（Eratosthenes）被认为是第一个使用地理这个词的人。他地理上的著作和成就，包括测量地球的周长，使他成为"地理之父"。

什么是大陆？

　　大陆是指地球上这六七块广袤的大陆块。如果按 7 块大陆来算，包括由欧洲、亚洲、非洲、澳洲、南极洲、北美洲及南美洲板块。一些地理学者认为共有 6 大板块，这是将欧洲和亚洲合并而成欧亚大陆。这样说是由于它们处在同一巨大板块结构和大陆块上。

什么是次大陆?

次大陆是自己拥有大陆架和大陆板块的大陆。印度和其邻国组成了目前唯一的次大陆。但是在几百万年后,东非将会从非洲脱离并形成它自己的次大陆。

什么是泛古陆?

大约在 250 万年以前,地球上的所有陆地都聚集在一起形成一块巨大的大陆称作泛古陆。地壳的断层和断裂使大陆块分离并把它们彼此推开。这些大陆在地球上缓慢地移动到现在的位置上,它们今天仍然继续移动着。印度次大陆(由印度和其邻国组成)不断地推挤亚洲板块并形成喜马拉雅山脉。

地球的周长是多少?

从赤道测量得到的地球周长是 24 901.55 英里。由于地球是不规则的椭圆球体,由经线环绕的穿过地球南北极的周长是 24 859.82 英里。因此,地球的中间比上下宽一点(大概 41 英里)。地球的直径是 7 926.41 英里。

地球是一个完美的球体吗?

不,地球的"宽"比它的"高"略大。它的形状通常被称为似球体或者是一个椭圆体。地球的旋转使得近赤道的部分轻微的膨胀。地球沿赤道的周长(24 901.55)比沿两极的周长(24 859.82)多大概 41 英里。如果你站在月球上看向地球,将几乎不会看出其突出部分,地球将会显示为一个完美的球体(它几乎也就是这样)。

地理学从什么时候开始?

我们必须假定人类最早开始提出的问题是"那座山顶上有什么?"地理学上千百年来的思想是——绘制在沙地里或是石头上以及对遥远陆地的探索的地图,是由最早的人类文明创作出来的。地理知识早在人类起源时期就已经积累起来了。

既然地球是如此之巨大,为什么哥伦布认为从欧洲向西航行到印度是很近的呢?

希腊地理学者波希多纳斯(Posidonus)不相信埃拉托色尼(Eratosthenes)早前的测

量结果,因此他自己进行了对地球周长的测量并得到了 1.8 万英里这个数字。哥伦布在西班牙朝廷上论证他的计划时运用的是波希多纳斯所测算的周长。哥伦布所运用的周长与实际相去 7 000 英里,这使他相信从欧洲向西航行他很快就能够到达印度。

什么是北磁极?

北磁极是罗盘所指的世界上的一点。它位于加拿大领土的西北方向,大概北纬71°,西经96°,距北极点 900 英里处的地方。它不断地在移动,所以要测定真北,去看看你所在区域的最近的地形图,上面应该标注有"磁偏角",意思是偏东偏西多少度需要转动罗盘来测定哪儿才是真北。

地球的周长是如何测量出来的?

亚历山大图书馆的管理员,希腊地理学者埃拉托色尼(Eratosthenes)(公元前273 年—公元前 192 年)意识到太阳在每年夏季的第一天会照射到位于埃及的一口井底,一年一次。这口井是在阿斯旺(Aswan)和北回归线(夏至日的正午太阳照在头的正上方)附近。埃拉托色尼(Eratosthenes)通过测量骆驼在这口井和亚历山大之间行走所用的时间来估测它们之间的距离。他测量太阳照射在亚历山大阴影的角度以及在同一时刻照射在这口井的角度,然后运用数学公式计算得到地球的周长为 2.5 万英里。这个数字与实际距离惊人的相近!

罗盘总是指向北方的吗?

不,不是的。尽管罗盘总是指向磁极,但是磁极并不总是在北边。磁极每 30 万—100 万年都会从北转至南或者从南转至北。如果罗盘存在于上一次磁极转换之前,它的箭头就会指向南而不是北。

磁北是如何移动的,为什么移动,移动多少?

科学家们也不清楚地球的磁极为什么会移动,只知道它的确在移动。移动的多少不同,但从不会超过每年几英里的速度。

什么是方位角?

方位角是另一种测定罗盘方向的方法。它基于罗盘一周是 360°,方向北 0°,东卫星照片：死海位于约旦的一部分。
（NASA/Corbis）

90°，南 180°，西 270°。你可以以"朝向 90°"代替"朝向东"来表示方位。

世界上大陆的最低点在哪里？

世界的最低点是在以色列和约旦边境的死海（Dead Sea）。它位于海平面以下 1 312 英尺。

各大陆上的最低点都是哪里？

非洲的最低点是吉布提（Djbouti）的阿萨勒湖（Lake Assal），它位于海平面以下 512 英尺处。北美加利福尼亚州的死亡谷（Death Valley）低于海平面 282 英尺。阿根廷的布兰卡港（Bahia Blanca）是南美洲的最低点，其位于海平面以下 138 英尺。欧洲的最低点里海（Caspian Sea）低于海平面 92 英尺，澳大利亚的最低点则是低于海平面仅 52 英尺的艾尔湖（Lake Eyre）。

世界的最高点是哪里？

海平面以上的世界最高点是珠穆朗玛峰（Mount Everest），它位于中国和尼泊尔的边界，海拔 29 028 英尺。

各大陆上的最高点是哪里？

南美洲的最高点是在阿根廷境内的海拔 22 834 英尺的阿空加瓜峰（Aconcagua）。北美洲的麦金利峰（Mt. McKinley）（在美国国内也被称作丹那利（Denali））海拔 20 320 英尺。非洲坦桑尼亚著名的乞力马扎罗山（Kilimanjaro）海拔 19 340 英尺。被冰雪覆盖的南极洲的最高点是文森峰（Vinson Massif），海拔 16 864 英尺。欧洲阿尔卑斯山脉（Alps）的白朗峰（Mont Blanc）位于法国和意大利之间，其海拔 15 771 英尺。澳大利亚的最高点是科西阿斯科山（Kosciusko），它在所有大陆最高点中最低，只有海拔 7 310 英尺。

海洋里的最深处是哪里？

位于西太平洋的马里亚纳海沟（Marianas Trench）是世界的最深处，它低于海平面 35 840 英尺（几乎 7 英里）。

MOUNT EVEREST FROM SANDRKPHU DARJEELING.

珠穆朗玛峰,世界的最高点。(图片档案馆)

各大洋的最低点是哪里?

大西洋的波多黎各海沟(Puerto Rico Trench)低于海平面 28 374 英尺。北冰洋的欧亚海盆(Eurasia Basin)有 17 881 英尺深。印度洋内的爪哇海沟(Java Trench)深 23 376 英尺。

距陆地最遥远的地方是哪里?

在南太平洋的中心有一点距离其周围大陆有 1 600 英里之遥。它位于南纬 47.3°,西经 120°,这一点与南极洲、澳大利亚和皮特克恩岛距离相等。

距离海洋最远的点是哪里?

在中国北部有一点距离其周围海洋超过 1 600 英里。它位于北纬 46.17°,东经 40°,该点与北冰洋、印度洋和太平洋距离相等。

什么是半球?

半球就是地球的一半。地球可以用两种方式分为两个半球:一种由赤道,另一种

5

由 0°经线和另一条 180°经线(位于西太平洋的国际日期变更线附近)的子午线构成的本初子午圈(Prime Meridian)(穿过英格兰格林威治)。赤道将地球分成北半球和南半球。南北半球的季节是不相同的,而东西半球却没有这样的季节差异。0°和 180°经线将地球划分为东半球(欧洲大部、非洲、澳大利亚和亚洲)以及西半球(美洲)。

地球旋转有多快?

这取决于你在地球的何处。如果你站在北极点或接近那里的话,你转动的速度就非常慢,近乎每小时 0 英里。但反过来,住在赤道上的人(不得不在 24 小时中前进 24 900 英里),转动的速度陡升至每小时 1 038 英里。那些在中纬度生活的人们,比如在美国,每小时大概要前进 700—900 英里。

我们为什么感觉不到地球在转动?

即使我们不停地以高速运动,我们依旧感觉不到它,就像我们在飞行的飞机或是行驶的汽车中感觉不到速度一样。只有当速度突然变化时我们才能注意到它,如果地球运转的速度也变化我们当然会感觉到它。

世界上最大的岛屿在哪里?

世界上最大的岛屿是格陵兰岛,学术上现称作 Kalaallit Nunaat。格陵兰岛位于北大西洋,加拿大附近。它是丹麦的领土,但于 1979 年开始地方自治。它面积大约 84 万平方英里。澳大利亚尽管也符合通常对于岛屿的定义(由水环绕),并且它面积大过格陵兰岛,但是它被认为是一块大陆,而非一个岛屿。

地球是以一个不变的速度在转动吗?

地球的转动事实上有轻微的变化。地球内部的运转和活动,例如由潮汐、风或其他势力引起的摩擦会改变些许地球转动的速度。这些改变几百年里只会影响千分之几秒,但是的确会让记录精确时间的人们每几年就得进行修正。

什么是地轴?

　地轴是穿越南北极点,地球自转的一条虚构轴线。

地球的里面有什么?

地球的最中心是一个密度很大的由铁和其他矿物所组成的实心核,它有大约1 800英尺宽。包围着内核的是液态的(熔化的)外核。外核的周围是地幔,地幔占据了地球内部的大部分厚度。地幔有3层——两个外层是固态,内层(岩流圈)是可以轻易移动或改变形状的岩石层。

最大的大陆是哪里?

最大的大陆是亚欧大陆(由欧洲和亚洲组成),它方圆2 110万平方英里。但即使把欧洲和亚洲看作是两个分别的大陆,亚洲依旧是最大的,面积1 730万平方英里。

为什么格陵兰岛被认为是个岛,而澳大利亚却是一块大陆呢?

澳大利亚有3个半格陵兰岛那么大,占据了印度-澳大利亚板块的绝大部分陆地,而格陵兰岛显然只是北美洲板块的一部分。

《鲁滨孙漂流记》中的船只是在哪个岛屿遇难的?

丹尼尔·笛福(Daniel Defoe)的小说《鲁滨孙漂流记》(*Robinson Crusoe*)取材于亚历山大·赛尔柯克的故事。赛尔柯克是一名英国水手,他与船长发生争吵后被扔到智利以西400英里的马斯阿铁拉岛(或称鲁滨孙·克鲁索岛)。赛尔柯克在这个岛上从1704年开始艰难地生存着,直到1709年才被另一艘英国船只救起。

如果打洞穿透地球的话,会在中国结束吗?

如果你在北美洲并且你有能力打穿地球的话(事实上这是不可能的事情,因为压力、炽热的外核、固态的内核等因素),你会在印度洋结束,远离大陆块。如果你真的很幸运,你可能会在一个小岛上停止,但是绝对不会在中国结束。地球另一面上的点称作对跖点。欧洲的对跖点大部分都在太平洋。

古代世界的七大奇迹是哪些?

尽管古代学者和权威的学者在关于哪些主要的艺术或建筑工事能够称作奇迹上经常持有不同意见,但以下这7个几乎总是榜上有名:埃及金字塔(现在仅存的奇迹),罗德岛太阳神巨像(巨大的青铜雕塑),以弗所的阿耳忒弥斯神庙(位于土耳其的大理石神庙），位于哈利卡纳素斯的土耳其国王毛索洛斯墓庙（土耳其境内），奥林匹斯山的宙斯神像（象牙和金子制成的雕塑），巴比伦空中花园（以无数鲜花植物装扮的砖砌平台屋顶建筑），以及亚历山大的灯塔。

现代世界的七大奇迹是哪些？

根据美国土木工程师协会所述，现代世界的七大奇迹包括：连接英法两国的海底隧道，加拿大多伦多的国家电视塔，纽约帝国大厦，旧金山的金门大桥，连接巴西和巴拉圭的伊太布水坝，荷兰北海保护工程以及巴拿马运河。

世界的七大自然奇迹是哪些？

北极光，埃佛勒斯峰（中国称珠穆朗玛峰），维多利亚大瀑布（东非），美国科罗拉多大峡谷，大堡礁（澳大利亚），帕里库廷火山（墨西哥）以及拥有极好自然条件的巴西里约热内卢港口。

什么是群岛？

群岛是指一连串（或一组）邻近的岛屿。阿拉斯加的阿留申群岛、夏威夷群岛都属

古巴比伦的空中花园，世界古代的七大奇迹之一。（国家档案馆）

加拿大多伦多的国家电视塔,现代世界的七大奇迹之一。(Michael S. Yamashita/Corbis)

于这个范畴。它们通常是由板块挤压或者火山活动而形成。

什么是北极圈和南极圈?

南北极圈是指位于纬度 66.5°,环绕南北两极的虚拟线。北极圈是赤道以北 66.5° 的纬线,南极圈是赤道以南 66.5°的纬线。北极圈以北的地区在每年 12 月 21 日左右 出现极夜,南极圈以南地区在每年 6 月 21 日左右出现极夜。南极洲的绝大部分大陆 都在南极圈以内。

什么是海峡?

海峡是指在岛屿或大陆之间连接两片巨大水域的狭窄水域。最著名的两个 海峡是地中海与大西洋之间的直布罗陀海峡以及联结波斯湾与阿曼湾的霍尔 木兹海峡。

什么叫潜没?

若两个构造板块相遇并发生碰撞,地壳要么会被提升,比如喜马拉雅山脉,要么就会深入地球内部。当一个板块断层的地壳位于另一块之下时，就被称作潜没，而这周围的地方则被称为潜没带。

什么是大西洋中脊？

我们无法欣赏到这座巨大山脉的雄伟壮丽，因为它存在于大西洋底（只有一个例外：冰岛是这个山脊的一部分）。它是地球内部涌出岩浆形成新洋底所造成的构造板块之间的断裂。更多地壳形成，就会把原来的地壳挤压到一边。山脊上新的地壳堆积起来形成山脉，后在海底移动。尽管形成了更多的地壳，可是地球不会因此变大，所以这些地壳除了最终深入地底之外无处可去。这也就形成了潜没。

农业是何时产生的？

农业在一万至一万两千年前开始出现，称作第一次农业革命时期。在那时人们开始驯化动植物为食。在这次农业革命之前，人们猎杀野生动物和收集野生植物而赖以生存。这场革命在有人类居住的不同地方几乎同时发生。

第二次农业革命是什么时候发生的？

第二次农业革命发生在17世纪。在这期间，农作物的生产和分配由于机械、汽车、工具的运用而大大提高，这使得更多的人从农村转移到了城市。这次大规模的由农村向城市的迁移引发了工业革命的开始。

什么是工业革命？

工业革命起源于18世纪的英国，它实现了由以农业为基础的经济向以工业为基础的经济的转变。这是一个工业和机械化飞速发展的时期，推进了制造业和农业的发展进程，从而使得越来越多的人转移到城市。这也包含了蒸汽机和铁路的发展。

什么是绿色革命？

绿色革命始于20世纪60年代，它是由一些国际性组织（尤其是联合国）发起的，目的是帮助提高落后国家的农业产量。从那时起，科技的运用增加了农作物产量，在全世界范围内盛况空前。

> ## 哪个国家邻国最多？
>
> 中国与 13 个邻国接壤：蒙古、俄罗斯、朝鲜、越南、老挝、缅甸、印度、不丹、尼泊尔、阿富汗、塔吉克斯坦、吉尔吉斯斯坦和哈萨克斯坦。俄罗斯以拥有 12 个邻国而位列第二，巴西第三，有 9 个邻国。

世界上有多少人口从事农业？

在相对落后的国家，如亚洲和非洲的一些国家，大部分人口都在从事农业劳作。在西欧和北美洲这样相对发达的国家里，只有不到 1/10 的人口依靠农业生存。

最初是如何驯养动物的？

狗大概是最早被驯养的动物。很可能是野狗来到人类的村庄觅食，很快被驯化成人类的朋友和保护者。随着时间的推移，早期的农业学家意识到驯养其他动物的价值并开始实施。于是在世界的不同地区驯养了多种多样的动物。

世界上最大的国家是哪国？

俄罗斯以 660 万平方英里成为目前世界上最大的国家。紧随其后的是加拿大、中国、美国、巴西、澳大利亚、印度、阿根廷、哈萨克斯坦和苏丹。

哪些国家人口最多？

中国拥有 12 亿人口，位居世界人口之最。这就意味着这个世界上每 5 个人中就有一个是中国人。印度是第二人口大国，人口总数为 9.7 亿。美国位居第三，人口 2.67 亿。印度尼西亚 2.04 亿位居第四。巴西第五，1.6 亿。

哪个国家拥有最长的海岸线？

加拿大和其周边群岛的海岸线是世界上最长的，有 151 400 英里长。世界上最大的国家俄罗斯海岸线长度位居第二，有 23 400 英里。

哪个国家的邻国最少？

所有岛屿国家（如澳大利亚、新西兰、马达加斯加等）都没有邻国。还有一些岛屿是由几个岛屿国家共同分享的,如海地、多米尼加共和国、巴布亚新几内亚、爱尔兰、英国等。

哪个非岛屿国家的邻国最少?

有 10 个非岛屿国家只有一个与之接壤的邻国,它们是:加拿大(与美国接壤)、摩纳哥(与法国接壤)、圣马力诺(与意大利接壤)、梵蒂冈(与意大利接壤)、卡塔尔(与沙特阿拉伯接壤)、葡萄牙(与西班牙接壤)、冈比亚(与塞内加尔接壤)、丹麦(与德国接壤)、莱索托(与南非接壤)以及韩国(与朝鲜接壤)。

一个城市是如何被选中来举办奥林匹克运动会的?

国际奥林匹克委员会通过一个复杂的程序来选择一个城市举办奥运会。需要在很多规格上对城市(及其所在国家)进行评判,包括环境保护、气候、安全、医疗服务、移民、住房等等。各城市都非常愿意在建设和准备工作上花费巨资来使自己成为有希望的举办城市,并以此作为对城市未来的投资。

在中世纪,一般的欧洲人对世界的了解有哪些?

在中世纪的欧洲,大部分人对世界的了解都是相当局限的。希腊和罗马人(认为地球是一个球体)发展的地理知识,但却并不为欧洲所承认。那时的欧洲人认为,世界是平的并且只由欧洲、亚洲和非洲组成。

第三世界在哪里?

最初,第三世界是指那些在冷战期间没有与美国(第一世界)或苏联(第二世界)结盟的国家。随着时间的推移,这个词拥有了不同的意义,人们更愿意用它来指代欠发达的或是发展中国家。

世界上最大的内陆国家是哪国?

世界第九大国家哈萨克斯坦没有与海洋的交汇口。这一地区方圆 100 多万英里。虽然哈萨克斯坦邻近里海,但里海是一个内陆海。

网络空间和互联网在哪里?

网络空间不是传统字面意义上的一个空间。互联网是有世界上成千上万的计算

制图师绘制城市、州、国家、世界甚至其他星球的地图。(The National Archives/Corbis)

机组成的,这些计算机由虚拟空间链接起来提供信息,就好像没有国界、无需穿越山口或海洋。当你给身在地球另一边的朋友发送电子邮件,它由你的电脑传到你的互联网服务供应商,之后转到对方的计算机,短短数秒你的朋友就能够收到这封邮件。同样的,当你进入一个万维网(World Wide Web)网页,你的计算机告诉其他的计算机你想要把哪些文件传送进你的电脑,这也仅需几秒钟就能完成。一些地理学者通过考虑大部分的互联网的通信出自何处、流经和流向何处,来测量并绘制虚拟空间的地图。

什么是地理文盲?

1989 年,美国国家地理协会通过进行一个调查来了解美国人和一些其他国家的居民对这个世界知道多少。很不幸的是,美国年轻人得分最低。瑞典人对世界地理了解最多。随后,媒体称美国人为"地理文盲"。由于重视了这一问题,地理教育从那时起开始成为教育工作者们更优先的课题。

什么是美国地理学家联合会?

美国地理学家联合会(AAG)是一个由学术界的地理学家和地理系学生组成的专业组织。该联合会创立于 1904 年,并发表了地理学上两个主要的学术刊物:《美国地理学家联合会会刊》(*Annals of the Association of American Geographers*)以及《专业地理学家》(*Professional Geographer*)。美国地理学家联合会每年举行大会并扶持地区和专业的地理学家团体。

什么是美国地理教育全国委员会?

美国地理教育全国委员会(NCGE)是教育家们致力于发扬地理教育的组织。该委员会出版刊物《地理学杂志》(*Journal of Geography*)并每年举行大会。

什么是美国国家地理学会?

美国国家地理学会成立于 1988 年,它扶持地理探索、制图、发现并出版美国流行杂志排行榜排名第五的杂志《国家地理》(*National Geographic*)。

什么是了解地理位置的好方法?

了解地理位置的最好方法是像用词典般运用一本地图集。每当你从电视或书籍上听说到一个不熟悉的地方的时候,在地图集上查找弄清楚它。不久之后你就会变成地理通了。

现代地理学者的工作是什么?

尽管留给"地理学家"这个头衔的工作并不多,但是很多地理系学生运用其分析能力和关于这个世界的知识在各种各样的领域里工作。地理系学生很多工作在城市规划、地理绘图、市场营销、房地产、环境和教学等方面的岗位上。

什么是地图？

不管是何种材质的地图，它们都必须表现出地球的一部分、天体或者宇宙。尽管一般来说地图是印在纸张上，但其实表达地图的形式是多种多样的，从最早的绘制在沙地里到现在由计算机呈现出来。地图里应该有图例（解释地图上有关符号的指南）、北方指向标以及比例尺指示标。没有哪张地图是完美的，但每张地图都是独特的。

制图师们是怎样绘制这个世界的？

制图师是绘制地图的人，制图是绘制地图的一种艺术。制图师在地图上绘制邻居、城市、州、国家、世界甚至其他星球。有很多种地图需要绘制，也就有不同的制图师来绘制它们。

谁会故意绘制错误的地图？

在苏联，有些地图是故意错误绘制的。苏联的地图特意将城镇、河流和道路放在错误的位置上。经常会出现在这种情况：同一地图的不同版本上，显示在这张地图的城市却在另一张上消失了。莫斯科的街道图是尤其不正确和不合比例的。苏联在绘制

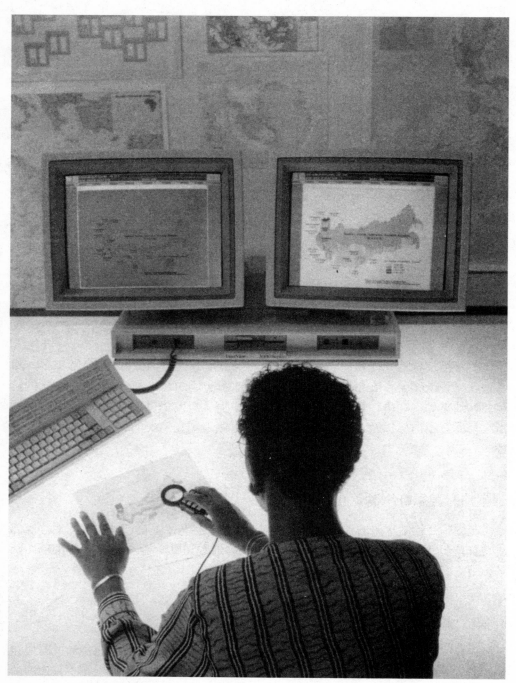

正在工作的制图师。(Roger Ressmeyer/Corbis)

地图上运用欺骗手段是为了保密其国家地理的情况，不仅对外国而且也对本国民众保密。在苏联，甚至政府的官方机构都不允许拥有精确的地图。

谁来决定在地图上出现的名称？

在美国，国家地名委员会（Board on Geographic Names, BGN）核准并通过城市、河流、湖泊、甚至其他国家的官方名称及拼写方式。在核准之后，这些名称被官方修正并在联邦政府的地名辞典和记录上更新，为官方或商业的地图制造者们使用。

为什么一本关于地图的书被称作地图集？

"地图集"（atlas）一词来源于一个希腊神话形象的名字。阿特拉斯神（Atlas）被迫用双肩撑起地球和苍天，作为其与泰坦神（Titans）为伍对抗众神的惩罚。由于阿特拉斯神（Atlas）经常被画在古代的地图书上，因此地图书也被称为阿特拉斯——地图集。

地图何以用来引发战争？

在 1990 年入侵科威特之前，伊拉克把科威特作为第十九个省显示在其官方的地图上。伊拉克以此地图作为其 1990 年入侵科威特的正当理由并试图兼并科威特（实际上伊拉克是为占有科威特的石油资源）。地图一直以来被很多的国家、省、城市用来显示证明其对于某一块陆地的所有权。

六分仪是怎样帮助航海者的？

在 1730 年，两个人分别发明了六分仪，他们是约翰·哈德利（John Hadley）和托马斯·戈弗雷（Thomas Godfey）。通过运用一架望远镜、两面镜子、地平线、太阳（或是其他天体），六分仪便可测量地平线与该天体间的角度。利用这个测量数据，航海者们就可以在航行中判定他们所处的纬度。

我们如何在黑暗中找到冰箱？

并不是所有的地图都画在纸上。如果我们晚上想要去冰箱拿东西，我们并不是嗅着食物的味道找到它，而是凭借构建在我们头脑中的房间地图。若是在路上绊了一下，通常是因为记忆中没有的放错了位置的玩具或鞋。每个人在头脑中都有这样的地图。这些脑海中的地图不仅帮你在黑暗中找到冰箱，而且找到去食杂店或是上班的路。人们头脑中的地图并不仅限于他们熟悉的路，也包括他们的城市、国家，甚至这个世界。每个人头脑中的地图都是独特的，基于人的游历范围以及对世界了解的程度。

罗盘是什么时候发明的？

早在 11 世纪，中国人就已经运用磁针来判别方向。在大约同一时期，北欧的海盗们也运用了相似的方法。简言之罗盘就是一个磁针指向北磁极。

人类所知道的最早的地图是在什么时候？

大约在公元前 2700 年，苏美尔人在石板上刻下了城市的草图。这些地图是已知的最早的地图。

最早的带有比例尺的地图是什么？

在公元前 6 世纪，希腊地理学家阿那克西曼德（Anaximander）创造了一个带有比例尺的地图。他的这张地图是圆形的，包括欧洲及亚洲的已知部分，并把希腊放于其中心位置。

赤道在什么位置？

赤道是位于距离南北两极距离相等的一条线。赤道平均地将地球分为北半球和南半球，其纬度为 0°。

纬 度 和 经 度

什么是纬线和经线？

人们利用纬线和经线构成的坐标格系统来帮助判定地球上某一点的地理位置。这些线或由南北或由东西穿过地球。纬线（东西方向）开始于位于 0°位置的赤道，并向两极扩展,也就是南北两极分别为南纬 90° 和北纬 90°。经线(南北方向)开始于本初子午线,它是穿越英国格林威治皇家天文台的一条虚拟的线。经线以 0° 位置的本初子午线开始向东西两方扩展,并在地球背面会聚在一起,即 180° 经线。

纬线和经线一样长吗?

不,并不是。所有的经线是一样长的。每条经线的长度都相当于半个地球的半径,因为经线是连接南北两极的。纬线并不一样长。因为纬线都是彼此间距相等的完整的圈,因此它们的长度是变化的,从最长的赤道到最短的以点的形式出现的南北两极。

经度的一度有多宽?

尽管大部分的世界地图上都只画有几十条经线,但实际上地球为 360 条经线所分割。每两条经线之间的距离称作 1°。由于经线在赤道处的间距最宽并且交会于极点,因此每一度的宽度从 69 英里到 0 英里不等。

其他行星也有经度和纬度吗?

是的。像地球一样,科学家们也将其他的行星及它们的卫星划分了经纬度。他们运用这些线来精确的表示出这些星球上面的位置。

纬度的一度是多大范围?

尽管大部分的世界地图上都只画有几十条纬线,但实际上地球为 180 条纬线所分割。每两条纬线之间的距离称作 1°。每一度的宽度均为 69 英里。

经度和纬度中"分"和"秒"是什么意思?

每一度的经度和纬度都被分为 60 分。每一分又分为 60 秒。精确的地理位置使用经纬度的度(°)分(′)秒(″)来表示的。于是,自由女神像(Statue of Liberty)位于北纬 40°41′22″,西经 74°2′40″。

用经度和纬度表示位置的时候,哪个应该放在前面?

先说纬度再说经度。纬度是用一个数字加上"北纬"或"南纬"来表示的,这取决于

英国格林威治的本初子午线。（Dennis di Cicco/Corbis）

该地点是位于赤道以北还是以南。经度也是由一个数字加上"东经"或是"西经"来表示,取决于该地点是位于本初子午线(Prime Meridian)以西还是以东。

如何记住纬线和经线的走向?

你可以通过想象纬线(latitude)是梯子的横梁("ladder-tude")来记住它们是东西走向的。也可以想象因为经线(longitude)穿过南北极所以给它们很长"long"。

如何使用地名索引辞典来查找经度和纬度?

地名索引辞典是一个列出世界上或某一特定区域内地点的经纬度索引。很多的地图集都包含有地名索引,有些地名索引辞典也是单独出版的。

如何找到某一特定地点的经纬度?

查找一个特定地点的经纬度需要借助地名索引辞典或记录有经纬度数据的电脑数据库的帮忙。虽然使用地名索引辞典比较方便简单,但是它没有网上数据库那么全面。互联网上有很多网址拥有大量的经纬度数据,甚至包括特殊地点的数据,比如一些知名的大楼。

一张地形图展现出详细的人造以及自然的地理特征。(美国国会图书馆/Corbis)

为什么本初子午线设在格林威治?

1675 年,为研究测定经度而建立了英国格林威治的皇家天文台。1884 年的一个国际大会确定了本初子午线作为穿过皇家天文台的经线。而在此之前几十年,大不列颠联合王国和美国就已经开始把格林威治所在经线作为本初子午线。

使 用 地 图

自然地图和政治地图的区别是什么?

自然地图显示的是地球的自然地理特征,比如山川、河流、湖泊、溪流、沙漠等。政治地图上显示的是人为的规划和边界,如城市、高速公路以及国家。我们在地图册中见到的地图和教室墙壁上悬挂的地图通常都是这两种地图的组合。

什么是地形图?

地形图显示的是地球上人造的以及自然的地理特征,它可由其详尽的内容以及上面表示海拔高度的等高线来与其他地图相区别。在表达地球上很小一块区域的详细内容上,地形图是非常好的资源。美国地质勘探局(USGS)以 1:24 000(地图上一寸表示实际距离 24 000 英尺)的比例尺制造了一系列美国的地形图。你可以上网或是在体育用品商店,或直接通过 USGS 来购买这些地图。

为什么道路图这么难折叠?

这个问题存在于要把道路图按照原始的折痕来折叠的话需要折很多次。折叠道路图最简便的方法是研究这些折痕,并按照它们的规律由一定的顺序折叠。可是一旦错了一步,便打乱了它的顺序。欲折叠一张道路图,要从它的折叠方向开始,确保在地图顶端的折线是"向前"还是"向后"设计的。一旦把整个地图按照折叠方向折好后,接着把剩下的部分折成 3 段。这样,祝贺你,道路图折好了!

在地势图上颜色为什么重要?

地势图上用不同的颜色来表示不同的高度。但是在地势图上普通的色彩设计会引发问题。在这些地图上,山川是以红色或棕色表示,而低地是以深绿色来表示。这会把人搞糊涂,因为地图上的绿色经常被误认为肥沃的土地,而棕色被错认为沙漠。例如,加利福尼亚州的死亡谷(California's Death Valley)在地势图上显示为绿色因为它低于海平面,它看上去土地肥沃,但事实上却是一块不毛的沙漠。

地图比例尺有什么作用?

比例尺表明了地图的精细程度,并表示出地图上两点之间的距离。在地图上,比例尺可以由数字、文字描述,或是线段比例尺来表示。以 1/100 000 为例的分数或以 1:100 000 为例的比率来表示的比例尺,表示无论以何种方式测量的地图上的一个单位长度相当于以同样方式测量的该地图所表示的实际距离的 100 000 个单位的长度。举例说明,如果以英寸作为测量单位,那么地图上的 1 英寸则表示该地图所表示区域的实际距离 100 000 英寸。

文字比例尺就好像是以文字表达来描述比例关系,例如"1 英寸表示 1 英里"。这方便了以不同单位进行测量。

线段比例尺利用图形的方式表现图上距离与该地图所表示的实际距离之间的关系。线段比例尺是唯一一种在地图放大或是缩小时不用改变比例尺大小的。这是因为,当你放大一张地图,线段比例尺也随之按比例放大。对于数字或是文字比例尺,比例大小(1:1 000)只是针对该地图在同一大小的情况下适用。例如,当把一张地图扩大至其原来的两倍大小,而代表比例尺的数字却没有变化,因此为了使地图精确,比例尺需要随之变化。

如何利用比例尺推断两地之间的距离?

利用一把尺子测量地图上两点之间的距离,然后依据比例尺信息计算这两地间的实际距离。例如,如果你所测量的地图上两个城镇之间相距 5 英寸,该地图比例尺为 1:100 000,那么这两个城镇之间的实际距离即为 500 000 英寸(7.9 英里)。

小比例尺与大比例尺地图的区别是什么?

小比例尺的地图所描绘的内容是广阔区域内的较少量的信息,例如世界地图。大比例尺地图描绘的是较小范围内的详细信息,例如街道或城镇地图。

为什么所有的地图都会变形?

没有一张地图是完全精确的,因为在一张白纸上精确地描绘出地球的曲面是不可能的。小范围区域的地图通常变形较少,因为它所对应的地球曲面很小。像大陆或世界地图这样描绘了一片广阔区域的地图会严重变形,因为它所对应的地球曲面是非常巨大的。

为什么说地球的表面像一张剥开的橙子皮?

因为地球是一个球体,如果把地球表面画成一个平面看起来就会失真。地球表面就像是一个橙子的皮,如果一定要剥下一片把它摊平,它就会破裂。把地球表面摊平做成地图也是一样的道理。所以制作地图的科学家需要用一种不会让地球表面失真的方法画地图。这种方法叫做投影法(projections)。

为什么格陵兰岛在大多数地图中看起来都比它实际要大一些?

因为所有地图都存在不同程度的失真。许多地图失真在地球的两极。在通常所使用的墨卡托(Mercator)投影法中,格陵兰岛看起来同南美洲的大小相当,而实际上南美洲要比格陵兰岛大 8 倍左右。但墨卡托投影法的优势在于它的经线和纬线是互相垂直,所以这种地图在导航中非常实用。

图例是如何帮助阅读地图的?

图例经常标示在地图上一个小方框中,它是用来解释地图上所用的符号。虽然有些符号比如铁路看起来已成标准,但他们在不同地图中还是可以被用来表示不同的东西。因为符号确实不存在一个标准,所以看每张地图是都应该了解它的图例。

什么是玫瑰罗盘?

在一些老地图上,罗盘会用详细的指针标注各个方向,看起来像一朵盛开的玫瑰,所以叫玫瑰罗盘。许多玫瑰罗盘标有 32 个方向,它们不止标注东南西北 4 个方向,同时也把每个方向分成更小的分区。尽管现代地图已经常用 4 个方向的罗盘标注,但人们还是习惯地把标注方向的符号叫做玫瑰罗盘。

玫瑰罗盘。(Corbis-Bettmann)

为什么地图上指向东方的位置经常会有一个十字？

在古代地图上，标注东方的罗盘旁边经常会有一个十字，是因为十字代表着天堂与圣地的方向。

哪里可以买到地图？

许多地方都可以买到地图。多数大书店都销售从本地到外地的旅游地图、壁挂地图和地图集。有些地方还有专门的旅游用品和地图商店销售更全面的地图。

如果我还是买不到想要的地图该怎么办？

不是所有的地图都能在书店和旅游商店找到。如果你需要非常详细或不常见的地图，你需要去当地大学图书馆查阅资料。那里的收藏在大小和篇幅上通常要比市面上更全面。

相对位置和绝对位置有什么不同？

描述一个地区的位置有两种方法：相对位置和绝对位置。相对位置用来描述一个地区与另一个地区之间的关系。比如要表示当地音像店的位置，你可能会说在北京路上的中学旁边。绝对位置是用方格坐标描述一个地区，最常用的就是经度和纬度。比如当地音像店的位置可以表示为北纬 23°23′57″和西经 118°55′2″。

现代地图绘制

什么是卫星图片？

卫星捕捉的显示地球天气、城市发展、植物生长，甚至具体到道路房屋的图片都是卫星图片。卫星围绕地球，或者与地球同步运动，然后通过无线电信号将数据发送回地球。

卫星是怎样改变地图制作的？

卫星图片是一种精确的地球表面的图片。它允许制图师精确的定位道路、城

25

一张旧金山湾的卫星图片。(NASA-JPL/ Corbis)

市、河流和地球上的其他特征。这些卫星图片能帮助制图师更精确的制图。另外，由于地球是一个动态变化着的场所，所以卫星图片能更好地帮助制图师获取最新信息。

太空中有多少垃圾？

包括还在运作的人造卫星，则一共有大约 8 800 块太空垃圾围绕在地球周围。它们中包括从微小的螺丝到巨大的火箭推进器。我们已经计划了在未来将建立一个专门的雷达系统来跟踪每块太空垃圾的动向，这就可以让太空飞船和卫星避免严重的损坏。

地理信息系统是怎样推动绘图法的？

地理信息系统（GIS）始于计算机大量发展的 20 世纪 60 年代。虽然一开始很简单，但随着新技术和发明的扩展和应用，地理信息系统的功能被大幅度增强。它对地理绘图的革命包括用计算机储存、分析和检索地理数据，这些都使得大量的对照工作变为可能。程序的应用可以将信息多层化，比如区分电缆线路、下水道、地域边界和街道等。这些多层的信息可以被组合到一起成为一个针对各种具体问题的综合地图。地理信息系统的多功能性使它成为地方政府和公共事务部门不可或缺的有力工具。

地理信息系统能对我的家乡有什么帮助？

你的社区可以每天或者在紧急情况时利用地理信息系统。它将帮助公共事务管理、计划办公室等部门监视社区道路、水电供应和财产安全的动态。在遇到紧急情况时，它能向紧急救援队提供相关地区的必要急救信息，以便他们能更快地作出反应。

全球定位系统怎么会知道我在哪里？

地球上每一个全球定位系统终端都会从美国军方运作环绕地球的 24 颗卫星上接收精确时间和地点数据的信号。每一个终端都会从 3 颗或更多卫星上多方定位在地球表面的绝对位置。如果你正持有一个全球定位系统终端，那么你的绝对位置将会和你的终端是相同的。

地图曾经怎样控制霍乱传播的?

在 19世纪50年代，一次霍乱的暴发威胁着伦敦。英国医生约翰·斯诺(John Snow)根据死亡病人的分布绘制了一幅地图。他从地图上发现许多病例都发生在一口水井附近。于是当水泵的把手被去掉后，疾病的传播也停止了。而在这之前，霍乱的传播途径仍然是未知。今天，医学地理学家和流行病学家经常利用制图法来判定传染病的成因与传播。

全球定位系统怎样让我不迷路?

一个全球定位系统终端可以精确地指出所在位置的经度和纬度。如果同时配合地图或地形图使用，你将得到在地球表面精确的位置指示。它是远足者和旅行者在偏远地区和海上有力的工具。

MOUNT EVEREST FROM SANDAKPHU DARJEELING.

自然环境

地 质 时 期

什么是地质时期?

地质时期是一个把地球历史从形成到现在分成代(eras)、纪(periods)、世(epochs)的时间衡量标准。最古老的纪元是从 46 亿年前到大约 5.7 亿年前的时期,叫前寒武纪(Precambrian)。接下来是从 5.7 亿年前到 2.45 亿年前的古生代(Paleozoic Era)。然后是从 2.45 亿年前到 6 600 万年前的中生代(Mesozoic Era)。最后从 6 600 万年前到我们现在生活的时代叫新生代(Cenozoic Era)。古生代、中生代和新生代能够按纪划分。同时,新生代能够被划分成更小单位的世。离我们最近的 1 万年(从最后一次冰河世纪后开始)叫做全新世(Holocene Epoch)。

地球有多少岁?

地球大约是 46 亿岁。

地球是怎么形成的?

科学家们相信，地球同太阳系其他成员一样，是在一片巨大的宇宙云中同时形成。随着气云渐渐固化，像地球一样的固体质量会逐渐形成。

是一颗行星导致恐龙灭绝的吗?

大概在 6 500 万年前，一颗直径大约 6 英里的行星撞击了地球。这次冲击可能导致了一系列变化而最终致使地球上 2/3 的生物灭绝，其中包括恐龙。一颗如此大小的行星撞击地球足以致使粉尘包围地球，降低地表温度，并造成高浓度酸雨。

还会有大的行星撞击地球吗?

是的，行星过去曾经撞击过地球，未来也有很大可能会撞击地球。小行星大概每 1 000 年—20 万年会撞击一次地球，大行星撞击的几率则小得多，在 100 万年中大约只有 3 次。像是造成恐龙灭绝的巨大行星撞击地球的几率会更小。

地球上有多少处行星曾经撞击过的痕迹?

在地球上大约有 150 处痕迹证明了行星的撞击。行星对地球造成的伤害也与之大小有关。如果一颗行星撞击到海洋中，将造成巨大的海啸或浪潮。如果一颗行星击中陆地将形成巨大的陨石坑，导致地震，它的碎片将进入大气，导致气候改变。

地球的构成材料和内部活动

地球的外壳有多厚?

地球外壳的厚度在各处都有所不同。在大陆板块下的外壳大约是 15 英里厚，而在海洋下的外壳只有 5 英里厚。

什么是大陆漂移?

地球表面被分成巨大的几块叫做地壳板块。这些板块像拼图一样排列在一起。板

亚利桑那州的一个有着 5 万年历史的陨石坑。（Jonathan Blair/Corbis）

块会缓慢移动,互相撞击导致山脉、火山和地震的形成。这些板块像漂浮在水上的木筏,所以叫做大陆漂移。

地球上有多少个地壳板块?

地球上有 12 个主要的板块,包括:亚欧板块(Eurasian Plate),北美板块(North American Plate),南非板块(South African Plate),印度–澳大利亚板块(Indo-Australian Plate),太平洋板块(Pacific Plate)和南极板块(Antarctic Plate)。一些较小的板块位于主要版块之间,包括:阿拉伯版块 (Arabian Plate)(包括阿拉伯半岛),纳兹卡板块(Nazca Plate)(位于南美洲西部),菲律宾海板块(Philippine Plate)(位于日本东南,包括北菲律宾群岛),可可斯(Cocos Plate)(位于中美洲西南)和川德佛卡板块(Juan de Fuca Plate)(位于俄勒冈州,华盛顿州和加利福尼亚州北部海岸)。

什么是泛古陆?

泛古陆(Pangea)存在于大约 2.5 亿年前,是一整块包括所有七大洲的巨大大陆。它位于现在南极洲附近,随后移动并分裂成我们现在所熟悉的七大洲。各大洲和地壳板块将会继续移动形成与我们今天看到的大不相同的分布。

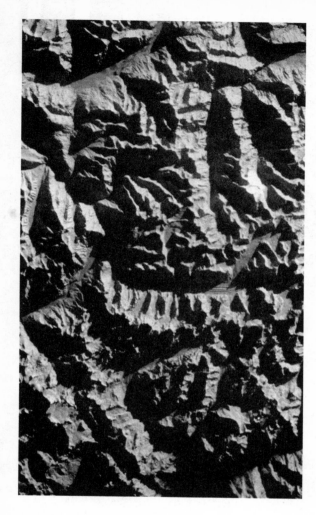

从太空拍摄的喜马拉雅
山脉。（NASA/Corbis）

山脉是怎么形成的？

　　形成山脉的过程与大陆漂移有密切关系。当两个地壳板块碰撞时通常会形成山脉。喜马拉雅山脉的形成就是由印度-澳大利亚板块与亚欧板块碰撞导致。在这些板块碰撞区域，火山和地震活动通常频繁。

喜马拉雅山脉是怎么形成的？

　　大约 3 000 万—5 000 万年前，印度次大陆从下俯冲向亚洲大陆，亚洲大陆边缘升起形成喜马拉雅山脉。直到今天，印度次大陆依然持续推挤亚洲导致喜马拉雅山脉持续升高变化。

哪种岩石由火山熔岩形成?

液态岩浆在地表以下或地表被冷却变硬会形成火成岩(igneous rocks)。

哪种岩石由粒子形成?

多层沉积物(岩石颗粒和动植物残骸)在河、湖、海洋底甚至陆地上堆积和积压在一起形成沉积岩(sedimentary rocks)。随着时间的推移,持续的堆积越来越多层沉积物致使最底层形成岩石。

什么是循环岩?

循环岩(recycled rocks)又叫变质岩,是由先存在的沉积岩/火成岩,甚至另外一种变质岩形成。地热和压力能使一种岩石变质成为变质岩。

黏土和沙子哪个更大些?

一粒沙子是一粒黏土的 1 500 倍大小。

石油是一种需要数百万年来形成的不可再生资源。(图片档案馆)

什么是岩脉？

岩脉是当岩浆从地表石缝中涌出，冷却固化后变成的固体岩石。如果它周围的岩石被腐蚀，岩脉可以在地表形成整块巨石。

什么是温泉？

温泉是被加热和渗出到地表的地下水。温泉除了可以用来洗浴，还可以用来驱动涡轮发电。这种能源生产被称作地热能（geothermal energy）。

为什么地表会下沉？

在世界许多地方，地表下覆盖着大量的石油和地下水。如果没有这些液体的支撑，地表就会下沉填补这个空间。在加州因皮里尔河谷的一些地区，由于地下水被大量抽取，地表下沉超过 25 英尺。而且地表还会继续下沉，除非抽取地下水和石油停止。

为什么房子会掉进灰岩坑里？

在石灰石地表上修建的房屋有掉进灰岩坑（sinkhole）里的倾向。当地下水被抽走造成地下空洞，地表可能会塌陷，导致地表的房屋一同塌陷。预防地表塌陷也是当你建楼选址时需要向地质学家咨询的原因之一。

自 然 资 源

什么是可再生资源？

可再生资源是指可以在一代人时间以内获得补充的能源。比如，森林如果被再植就属于可再生资源。石油、煤炭、天然气等资源属于不可再生资源，因为它们需要数百万年来形成。所以当世界石油供应断档，将会中断很长很长时间。

什么是化石燃料？

地下燃料比如天然气、石油和煤炭通常被称作化石燃料。因为它们像化石一样被包裹在岩石中,经过数百万年的压缩和动植物尸体的构成才得以形成。

什么是化石?

动植物尸体嵌入到岩石中的轮廓叫化石。当动植物死去,尸体被沉积物所覆盖,随着时间推移一层层沉积物向上覆盖,动植物尸体便被嵌入到沉积岩中。

地表和生态系统

什么是盆地和山峰?

盆地和山峰是峡谷和山脉不可分割的一部分。内华达州的大部分地区和犹他州西北部都是由盆地和山峰构成。

什么是永久冻土?

永久(或一年中绝大多数时间)被冰冻的土地叫永久冻土。永久冻土常见于高纬度寒冷地区。

地球表面有多少是冰冻的?

地球大约有 1/5 是永久冻土,或者每年绝大多数时间被冰冻。

什么是丛林?

丛林是一片被植被高密度覆盖的森林。丛林通常也被称为热带雨林,因为大部分丛林都位于热带地区。例如亚马孙河和刚果河盆地。

为什么会有地区低于海平面?

大陆的中间地区可能会低于海平面是因为中间地区远离海洋难以被淹没。地壳板块的运动形成的地区比如以色列的死海和加州的死谷均低于海平面。

什么是雨林？

任何被高密度植被所覆盖并年降雨量超过 40 英寸的地区叫做雨林。

什么是热带雨林？

在北回归线与南回归线之间的雨林被称为热带雨林。热带雨林以其极高密度的动植物覆盖闻名。中美洲、巴西北部、刚果河和印度尼西亚都存在热带雨林。

什么是沙漠？

沙漠是只有极少降雨量的地区。因为干旱环境，沙漠通常只有很少的动植物生存。与人们通常印象中的沙漠不同，沙漠不光指像撒哈拉一样炎热、沙子席卷的地区，也同样指像寒冷的南极洲那样地球上最干燥的几个地区之一。

有记录的最高气温是多少？

1922 年在利比亚的沙漠中记录了世界最高气温华氏 136°。加州的死谷保持着美国最高气温纪录，1913 年的华氏 134°。

绿洲真的存在吗？

绿洲确实存在并且在非洲撒哈拉沙漠东部很常见。绿洲拥有水资源以供植被生长。一些小镇也通常位于沙漠中较大的绿洲。绿洲在古代一直是游牧部落穿越沙漠的停靠站。

沙丘如何移动？

沙丘由风形成和移动。风把沙从向风坡吹到背风坡，缓慢地使沙丘在地表移动。

什么能造成侵蚀现象？

风、冰和水通常都能造成侵蚀。它们能经过并带走微小的石粒和土壤。用来保护土壤的植被被火灾毁坏或被人为砍伐可以加速侵蚀现象。当树木减少，土壤流失，留下植物不能生长的光秃地表。

挪威的一处峡湾。（图片档案馆）

冰河会造成什么后果？

冰河穿越陆地时会像一个巨大的推土机，推动及聚集岩石、尘土和碎片。这些冰川推动堆积后融化留下的岩石和碎片叫冰碛。

什么是林市线？

林木线是指某一高度树木停止生长。林木线是由低温和冰冻土地所造成。

森林大火对于森林有什么帮助？

森林通常需要偶尔的一次火灾。因为大火能很好地清理下层丛林，给树木生长提供更多的空间，使森林恢复活力。因为森林大火通常能够被消防员及时扑救，致使森林中的下层丛林数量增加。这些多余的下层丛林极度易燃，使得森林火灾变得更加危险。因此，为了更好地维护自然环境，政府应在保护好人类设施前提下，允许森林大火自然发生。

什么是苔原？

苔原是干燥、荒芜的包括大面积冻土或永冻土的平原。苔原通常位于北美洲、格陵兰岛、欧洲和亚洲的最北端。尽管非常的荒凉，但苔原上仍有植物生存。包括灌木、草本等矮小茂密的植物。不只是植物，甚至一些昆虫和鸟类也可以在苔原上荒芜的环境中生存。

什么是峡湾？

在冰河世纪，普遍存在于高纬度和高海拔地区的冰河面积变得巨大，重力使它们流向低纬度地区最终流入海洋。冰河途经之处地面会被腐蚀成峡谷。在冰河世纪末期，冰面融化，海平面上升，这些旧冰河槽被海水填满。这些两岸峭壁的壮观的峡谷叫做峡湾。峡湾在挪威和阿拉斯加地区很常见。

水和冰

有多少地球表面是被水覆盖的?

地球表面大约有70%是被水覆盖的。另外30%的陆地大部分位于北半球。如果从地球仪上看,你不难发现绝大多数的海洋都位于南半球。

水循环是怎样产生的?

水从大气到陆地、河流、海洋、植物,然后再回到大气的运动叫做水循环。我们可以从循环中选择任意一点来开始勘测。水在大气中形成云或雾然后形成降雨落到陆地。水渗入地下滋润植物,或者汇聚成溪流入江河、海洋;或者也可以流入地下形成地下水。随着时间推移,池塘、河流、海洋中的水蒸发进入大气;植物中的水分也蒸腾进入大气。水分进入大气统称为土壤水分蒸发蒸腾损失总量。

什么是土壤水分蒸发蒸腾损失总量?

土壤水分蒸发蒸腾损失总量是地球表面(比如湖、河、水塘)水蒸气蒸发到大气和植物水分蒸腾的总和。

什么是蓄水层?

蓄水层是水在地下岩石层的汇聚。蓄水层的形成是一个相当缓慢的过程，因为它需要依靠水从岩石层和土壤中滤过流入蓄水层。蓄水层位于岩石层的上方，这样可以使水聚集保留，而不是继续渗向地下。

什么是奥格拉拉蓄水层?

奥格拉拉蓄水层（Oglala Aquifer）是一个从得克萨斯州（Texas）一直延伸到科罗拉多州（Colorado）和内布拉斯加州（Nebraska）的一个巨大蓄水层。这里每年只有很小一部分水源补充进去，其中最老的水源已经有100万年历史以上。奥格拉拉蓄水层正在被附近农场大量的抽取，并已经造成蓄水量减少。结果人们不得不把井越挖越深以继续获得水资源。

冰河时代还会再次来临吗？

是的。地球还会变冷，冰层会覆盖高纬度和高海拔地区。这也许会发生在100年后或者几千年后，因为地球的气候一直在缓慢的变化。

为什么地下水在减少?

因为在全世界范围内，地下水都在被大量抽取以满足灌溉、工业和家庭的需要。蓄水层并不会像被抽取时一样的快速再被填满。所以在一些地区，蓄水层面临着完全消失的危险。

什么是冰河时代？

地球目前为止的毕生时间都是在不停地变暖和变冷。冰河时代就出现在地球变冷的时期。在冰河时代，大块的冰层覆盖着大部分的土地。最近的一次冰河时代是在大约 1 万年前结束，那时北欧和北美的大部分地区都被冰层覆盖。

什么是科里奥利现象？

科里奥利（Coriolis）现象是指由于地球的自转，在北半球地球表面的任何物体都会向右旋转，而在南半球的物体会向左旋转。这个规律可以特殊应用在洋流和季风等自然现象。假如一颗导弹从洛杉矶发射到纽约，当导弹在空中横跨美国的时候地球也同时在自转，致使导弹最终落在新泽西州。所以导弹发射者和飞行员需要把地球的自转计算在轨道内才能使之到达准确的目标。在赤道以北，洋流和季风都是顺时针旋转，但在赤道以南的方向却都是相反的。

科里奥利现象也会影响到厕所、水池和浴缸里的水顺时针旋转吗？

不会。科里奥利现象对这样小量的水只会有微小的作用。排水的流向通常只是由容器的形状决定。

如果我沿直线走，科里奥利现象会让我改变方向吗？

如果你的身体是完全的均匀对称的（没有人是均匀对称的），两条腿一样长，并且走在绝对平的陆地上，那么科里奥利现象会改变你的方向。

湾和海湾有什么不同？

湾（bay）和海湾（gulf）都是指部分被陆地环绕的海，湾要比海湾小。著名的湾包括加州的旧金山湾，古巴的猪湾，马里兰州和弗吉尼亚州的切萨皮克湾，加拿大的哈德孙湾，印度和东南亚海域的孟加拉湾，法国的比斯开湾。著名的海湾包括美国南部的墨西哥湾，沙特和伊朗之间的波斯湾和红海与阿拉伯海之间的亚丁湾。

尼斯湖水怪住在哪里？

故事中的水怪（Loch Ness Monster）应该住在尼斯湖。Loch 是苏格兰的盖尔语，用来形容湖或入海口。尼斯湖四周都被陆地环绕，所以它是一个湖。

41

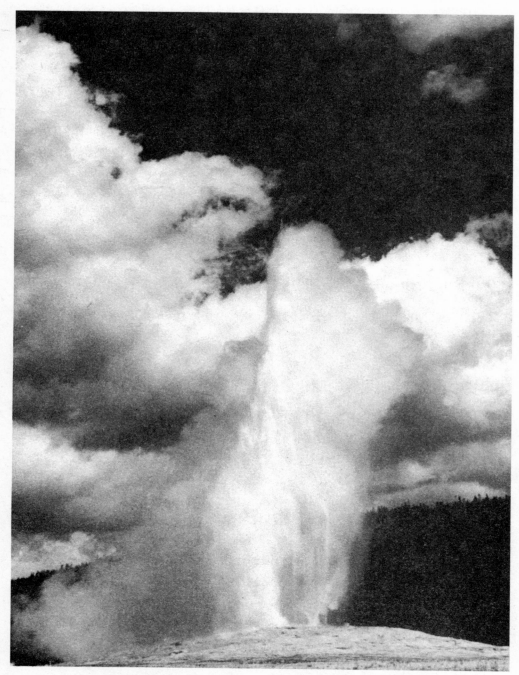

怀俄明州黄石国家公园的老忠间歇喷泉（Old Faithful Geyser）。（图片档案馆）

海浪是怎么产生的?

海浪是由风吹过海面产生的。虽然海浪看起来是沿着海平面移动,但事实上是由空气摩擦使水上下摆动。当海浪靠近岸边时,可能会变得更剧烈甚至"破裂"。

老忠泉是怎么把泉水喷到空中的?

一个例如黄石国家公园的老忠泉这样的间歇喷泉的喷水原理,是由于地下蓄水层的岩石被岩浆加热,加上蓄水层的上层岩石层有小裂缝,蒸汽和热水便会从地下被喷射出来(老忠泉大约每小时喷出一次)。

水是怎样冲刷陆地的?

降水落在土壤和岩石上冲走细小的颗粒。当水流过陆地表面,使土壤变松并带走小块岩石和土壤。雨滴中蕴藏着巨大的能量。经过成千上万年的冲刷,水能切断最坚硬的岩石。在水流缓慢处,被水流冲走的碎块残留下来,这就是沉积作用。

一加仑的水有多重?

水是很重的物质。在室温下的 1 加仑水大约有 $8\frac{1}{3}$ 磅。

尼亚加拉瀑布。(Library of Congress/Corbis)

家庭中水是怎样被利用的？

大约有 41% 的家用水被用来冲厕所；37% 的水被用来洗澡；剩下 22% 中的 6% 被用来洗碗，5% 被用来饮用和烹饪，洗衣服用 4%，清洁用 3%，草地和花园用 2%，剩下是其他用处。

哪个瀑布的流量最大？

在加拿大和美国边境，安大略湖和伊利湖之间的尼亚加拉瀑布（Niagara Falls）。有 212 000 立方英尺的水从 173—182 英尺高处流下（两个邻近的瀑布）。

怎样用水的沸点确定高度？

水在海平面高度的沸点是 212°F。高度每上升 500 英尺，沸点就会下降一度。因此在高于海平面 5 280 英尺的丹佛，水的沸点只有 202°F。所以在高海拔地区需要相对修改烹饪指南。

世界上有多少海洋？

世界上所有的海洋实际上是连在一起的一片大海洋。大多数情况下，世界的海洋被分为 4 部分：太平洋、印度洋、大西洋和北冰洋。目前最大的是太平洋，是大西洋的两倍大。排在第三的是印度洋，最小的是北冰洋。

大 洋 和 海 洋

海和洋有什么区别？

海可以指任何一处盐水，通常指部分或全部被陆地包围的一处盐水。洋通常也可以被叫做海，是指有着广阔面积不被大陆阻碍的盐水。

海水有多咸？

海水大约有 3.5% 的重量是盐（不只是氯化钠或食盐，还包括氯化钾、氯化钙和其他盐类）。这差不多等于在 1 加仑水中放入 $3\frac{1}{3}$ 杯盐。

什么是洋流？

海洋不是静止不动的，海洋中的水通常持续按巨大圆圈运动，叫做洋流。在北半球它们按顺时针转动，在南半球它们按逆时针转动。洋流帮助缓和陆地的温度。比如暖流从加勒比海东北部流经大西洋到北欧缓和不列颠群岛这样极北端陆地的温度。南极绕极流（Antarctic Circumpolar Current）围绕南极洲大陆运动。北大西洋和北太平洋各有一个顺时针洋流。在南太平洋和南大西洋各有一个逆时针洋流。

最大的海在哪里？

大洋被群岛环绕的一部分或者部分被陆地包围，叫做海。世界上最大的 5 个海按顺序是：南中国海，加勒比海，地中海，白令海和墨西哥湾。

为什么地中海海水很咸？

因为地中海地区的气温很高，海水蒸发速度比其他海域要快，所以海水中留有更多盐。低盐度的大西洋水在直布罗陀海峡流入有着温暖、高盐度海水的地中海。流入地中海的海水通常需要留在地中海 80—100 年才能重新流回大西洋。

地中海一直存在吗？

在地中海底部发现的盐和沉淀物证实了历史上地中海曾经历几次干涸，只留下大面积盐层。科学家推测直布罗陀海峡曾偶然关闭，阻挡了地中海与大西洋之间的海水流动。

什么是世界七大洋？

很久以前水手们命名的"七大洋"是指大洋或是大洋的一部分。因为大西洋和太平洋非常辽阔，所以它们分别被分成两部分。南冰洋、印度洋和北冰洋也分别被称为大洋。所以一共有 7 个大洋。如果一个水手曾航行于七大洋之上，那么他便到过全世界。事实上，世界上的海洋不止有 7 个，还有很多个。

黑、黄、红、白4种颜色的海在哪里？

4 种带颜色的海在地图上并不关联。黑海位于巴尔干半岛附近，周围被土耳其、俄罗斯和乌克兰环绕。红海位于黑海南部，阿拉伯半岛和非洲大陆之间。红海几百年来,特别是在苏伊士运河开通以后一直是重要的商贸通道。白海位于北欧,它是北冰洋的一部分,属于俄罗斯领海(它位于芬兰以东)。黄海位于远东、中国和朝鲜半岛之间。

黑海真的是黑色吗?

当然不是。这片位于土耳其北部的海域很深,所以看起来比其他海颜色要深。它的名字来源于它对于航海者并不友善。

什么是海水淡化工厂?

海水淡化工厂(desalinization plant)可以通过一系列复杂过程把吸取的盐水变成淡水。这项工程已在得克萨斯州、加勒比海地区和中东一些地区成功应用。但是相比较海水淡化,这项技术却有着高效率、低费用等优势来净化家用污水(沐浴、烹饪、清洁等用水)。

江 河 与 湖 泊

世界上最长的河在哪里?

埃及著名的尼罗河(Nile River)是世界上最长的河。它从源头埃塞俄比亚高地(源头部分被称作蓝色尼罗 Blue Nile)和维多利亚湖(源头部分被称作白色尼罗 White Nile)算起有 4 100 多英里长。尼罗河流域是现代和古代埃及文化的中心。长度排在尼罗河后的分别是巴西的亚马孙河(Amazon),美国的密苏里-密西西比河(Missouri-Mississippi),中国的长江,中国的黄河和俄罗斯的鄂毕河。

美国最长的河在哪里?

密苏里-密西西比河是美国最长的河,有大约 3 860 英里长。

为什么密苏里-密西西比河的名字是集中在一起的?

事实上,密苏里河是个错误的名字。密苏里河实际上只是密西西比河的一条主要支流。因此密西西比河全线包括密苏里河统称为密苏里-密西西比河。

哪条河的水流量最大？

到目前为止，巴西的亚马孙河流入大海的水量要多于世界上其他任何一条河流。亚马孙河入海口的水流量大约有每秒 700 万立方英尺，大概是水量排名第二的非洲刚果河的 4 倍。亚马孙河只需大约 28 天的时间就可以填满整个伊利湖。世界上其他大流量的河流还包括：长江、雅鲁藏布江、恒河、叶尼塞河、密西西比河等。

什么是三角洲？

三角洲是指河流入海口的低地。河流在入海口通常分成许多支流，形成三角形的地区。河流通常在入海口处聚集了很多沉积物，当河流改道，便为耕种提供了肥沃的土壤。最著名的三角洲之一就是尼罗河在地中海的入海口。世界上其他主要三角洲包括路易斯安那州密西西比河三角洲，印度恒河三角洲，中国长江三角洲。三角洲一词源于希腊字母 Δ 的三角形。

什么是流域盆地？

一条河流所有支流流经的地区叫做它的流域盆地（drainage basin）。例如，圣劳伦斯河的流域盆地包括五大连湖。普拉特河流入密苏里河，密苏里河又流入密西西比。普拉特河、密苏里河、密西西比河及其支流合并在一起所形成的流域盆地

尼罗河有 4 100 多英里长，是世界最长河。（Jonathan Blair/Corbis）

是世界第三大流域盆地。亚马孙河拥有世界最大的流域盆地,刚果河流域盆地排名第二。

河流总是从北流向南吗?

当然不是。河流总是从高处流向低处。尽管我们熟悉的河流比如美国的密西西比河是从北流向南,但河流总是按照重力驱使它们的方向流淌。在欧洲、亚洲和北美洲也同样有许多河流是从南流向北的,比如俄罗斯的鄂毕河(Ob)和加拿大的麦肯齐河(Mackenzie)。

什么是支流?

任何流入其他河流的细流都叫支流。大多数的大河都有数百条支流,在地图上看起来好像是大树的树枝。有一种河流的分类方法甚至是按一条河流的支流数量来分类。

什么是分水岭?

分水岭是流域盆地之间的边界。它通常是一个使河水流向两侧形成两个流域的山脉的顶峰。

什么是旱谷?

旱谷(wadi)源于阿拉伯语,是指一年中大部分时间都干涸的溪谷和河床。旱谷通常在短暂的雨季为溪流提供河床。旱谷的河道可能是在以前干旱地区还有很多降雨时形成的。

什么是曲流?

溪流和河流弯曲形成的漫滩叫做曲流。根据每条河流的不同,曲流的 S 形也各不相同。河水在弯曲处的外侧流动要比内侧快,因此会形成越来越大的弯曲。

什么是U形湖?

U 形湖是由曲流流经形成的新月形的湖。当洪水泛滥或曲流角度太大河流不得不另辟新径时,留下的曲流自己形成一个湖。这在密西西比河流域十分常见。

世界上最大的湖在哪里?

里海(Caspian Sea)是世界上最大的湖。它被俄罗斯、哈萨克斯坦、土库曼斯坦、伊朗和阿塞拜疆等国环绕,面积超过 143 200 平方英里。世界第二大湖是北美洲的苏必利尔湖(Lake Superior)。

降　水

降雨量是怎样测量的?

国家气象部门这样的机构会利用非常精确的仪器来测量,通常会精确到 1 英寸的 1%。他们利用雨量测量计或者叫倾斜式雨量计,通常在不受房屋或树木影响的地点收集雨水。

海洋上的降水比陆地上多吗?

海洋上的降水仅比它的面积比例多一些,大约有全世界 77% 的降水,剩下的 23% 则都降到了陆地上。世界上一些地区的降水远多于其他地方,比如南美洲、非洲、东南亚的赤道附近和群岛每年降雨量超过 200 英寸。而一些沙漠地区每年降雨量只有 1 英寸的几分之一。

怎样能够测量居住地的降雨量?

用任何底部和侧壁平坦的容器都可以测量降雨量。容器的顶端宽度必须与底部相同,但是直径尺寸并不重要。花钱购买的仪器或者简单的咖啡罐都能胜任。

哪里降雨最多?

夏威夷考爱岛的怀厄莱阿莱峰(Mt. Waialeale)年平均降雨量有 472 英寸,相当于每年大约 39 英尺降雨。

哪里降雨最少?

苏丹北部的瓦迪哈勒法(Wadi Halfa)位于撒哈拉沙漠,年平均降雨量少于 1 英寸的 1/10。基本相当于没有任何降雨。

雪中含有多少水？

10 英寸厚的雪会融化成为 1 英寸厚的水。降落到地面上的雪花之间有空气间隙，因此 10 倍量的雪等量于 1 份的水。

雪和冰雹的区别是什么？

雪是降落到地球之前凝结在云中的水蒸气。冰雹是在云中冻结成冰的水滴（雨滴）。

冰雹是怎样形成的？

冰雹是在大雷暴云中形成的冰。冰雹以水滴开始，通常会变为雨滴，它们被向上吹冻结成冰，之后下降到云中集结了更多的水，并再次被吹向高处，再次冻结。冰雹颗粒聚集了越来越多的冰变得越来越大，最终掉落到地面。

最大的冰雹颗粒有多大？

记载中最大的冰雹颗粒于 1970 年降落在堪萨斯州，其重达 1 磅 11 盎司，直径 17.5 英寸。

冰　　川

什么是冰川？

冰川是终年冻结、巨大的流动着的冰。由于冰川体积巨大、移动缓慢稳定，它们甚至能够切割岩石。冰川造就了加利福尼亚州约塞米蒂国家公园的奇妙景色。覆盖大陆的巨大的冰川也被称作大冰原。

美国还有冰川吗？

是的，小范围的冰川存在于整个阿拉斯加州、华盛顿州的喀斯喀特山脉，零星地

阿拉斯加海斯冰川(Hayes Glaciers)沿着山脊移动。(USGS/Corbis)

散布于落基山脉以及加利福尼亚州的内华达山脉。

冰川有多古老？

如今现存的冰川形成于上一个冰河时期，即洪积世时期（Pleistocene epoch），距今约 160 万年—1 万年间。

是冰川创造了五大湖吗？

是的，五大湖地区是世界上最大的由冰川形成的湖群。在洪积世时期，冰川在五大湖地区缓慢移动，使脆弱的岩石脱离，剩下巨大的、被切开的盆地。随着冰川的逐渐融化，盆地中积满了水并形成了五大湖。

水 的 控 制

古罗马人是怎样把水引入城市的？

古罗马人和地中海人在水源地和农业灌溉或社会文明的地方建造水渠进行水利传输。罗马的水利系统范围十分广泛，贯穿整个帝国。一部分这些古代的水渠至今仍在使用。如今，现代化的混凝土水渠能将水运输到几百英里开外的地方。从东将科罗拉多河以及从北将萨克拉门托河的河水调入南加州的系统，是当今世界上最大的导水系统。

水坝有什么作用？

水坝通过封锁住河流的流动建立起水库。建立水坝是为了使洪水减至最低，并为农业或娱乐业供水。美国的水坝有些争议，因此美国垦务局和美国陆军工程兵团都致力于建设更多的水坝以控制美国西部的水。不少外界的狂热分子和环境保护论者们认为，水坝也不见得总是必要的。

世界上最高的水坝是什么？

塔吉克斯坦拥有全球两个最高的水坝：Rogun 和 Nurek。Rogun 有 1 100 英尺高（大约 100 层楼高），Nurek 高 985 英尺。美国最高的水坝奥罗维尔（Oroville，位于加利

意大利至今仍保留的一座古罗马高架渠。（图片档案馆）

福尼亚州北部)高 755 英尺,是世界上第十六高的水坝。

农民是如何灌溉庄稼的?

　　农业上给农作物浇水的过程称作灌溉。在地球上的某些地区,农业所需求的水可以完全依赖降雨。在较干旱的地区(通常是那些年降雨量不足 20 英寸的地方)则需要灌溉。水从地下蓄水层抽出来,或者是通过水渠传输到农田,在管道中流向庄稼或由喷水装置喷洒。像以色列这样水资源保守的地区,是非常科学地浇灌植物的,从而提供所需的精确水量。

气 候

定　义

气候与天气的区别

气候是一个特定地区长期的(一般来说为 30 年)天气的平均水平。天气是该范围的当前状况。因此,阿拉斯加(Alaska)的巴罗(Barrow)的天气大概是 70℉,但是该冻土地带的气候通常是寒冷的,类似于极地的。

如何分类不同类型的气候?

德国气候学家科本(Wladimir Köppen)发展了一套气候分类系统,尽管后来进行过一些修改,但至今仍在使用。他将气候分为 6 类:热带潮湿气候、干燥气候、中纬度气候、中纬度寒冷气候、极地气候以及高地气候。在这些气候类型中有 5 种还有附属类别。他所划分的气候图经常能够在地理教科书或是地图集上见到。

世界上最烟雾缭绕的城市是哪儿?

墨西哥城,这个全球城市人口排名第二的城市是最烟雾弥漫的。墨西哥城拥有

2 400 万人口,4 万座工厂,以及 350 万辆汽车,这些都是造成城市烟雾污染问题的缘由,其每年都会引发疾病甚至造成数以百计的人口的死亡。

什么是全球变暖?

全球变暖是地球的平均温度自工业革命时期以来逐渐增高。如果温度继续增加,一些科学家预计将引发巨大的气候变化,包括因极地冰雪的融化造成的海平面的升高。很多科学家认为,全球变暖根本上是由温室效应引起的。

什么是willy-willy?

Willy-willy 是飓风的澳大利亚名字。

大　气

大气给我们施加了多少压力?

大气压的平均值在海平面上是每平方英尺 14.7 磅。

为什么天是蓝色的?

这是世界上最常见的问题之一,与一些人的看法相反,天空呈现的蓝色并不是由于水的反射。太阳射出的光芒形成彩色的光谱。当太阳光照射到地球的大气中时,紫外线和光的蓝波是最容易被大气中的微粒散射的。因此,光线中的其他颜色继续射向地球,而蓝波以及紫外线却保留在了空中。人的肉眼无法看到紫外线光,所以天空呈现出的是我们肉眼唯一可以分辨出来的蓝色。

大气分几层?

地球的大气分为 5 层。它们由地球表面延伸至外太空。我们呼吸及生存在对流层,其范围是从地面到大约距地面 10 英里的高度。地面以上 10—30 英里的部分为平流层。再往上,30—50 英里的部分称作中间层。热层非常厚,从距地面 50 英里的高度一直到 125 英里的高度都是热层的范围。高于 125 英里的部分为外逸

墨西哥城,世界上最烟雾缭绕的城市。(图片档案馆)

层和太空。

为什么我能够在夜间收听到几百英里以外的无线电台的调幅(AM)广播,而在白天却不能?

在夜间,调幅(AM)无线电波能够反射到电离层中的"F"层,并能够传播至几百甚至上千英里以外的地方。在白天,同样的反射却因为电离层中吸收无线电波的"D"层的存在而无法进行。

空气是由什么组成的?

近地面的空气主要是由氮气和氧气组成的,其中氮气占 78%,氧气占 21%。剩下的 1%中大部分为氩气(0.9%),少量二氧化碳(0.035%)以及其他气体(0.06%)。

为什么调频(FM)无线电波无法传播得很远?

调频(FM)无线电波被称为"高低线",也就是说,它们的传送距离只能是无线电天线的强度和高度所允许的范围。天线越高,电波的水平传输距离就越远(只要它们有足够的能量)。

空气压力是否随海拔变化？

是的。海拔越高，空气（或大气）压力越低。空气压力也受天气系统影响。低气压系统比高气压系统更容易带来降雨和恶劣天气，而高气压天气通常更干燥。在约 1.5 万英尺的高度，气压是海平面气压的一半。

什么是不同类型的云？

有很多种类的云，但是它们都能被划分为 3 个主要的种类：卷状云、层状云和积状云。卷状云是纤细的羽状的，它们是由冰结成晶状的，并且出现在高海拔处。布满全天或部分天穹的均匀（指厚度、灰度和透光程度均匀）幕状云层。常具有较大的水平范围，其中包括卷层云、卷云、高层云及雨层云。积状云是垂直发展的云块，主要包括淡积云、浓积云和积雨云。积状云多形成于夏季午后，具孤立分散、云底平坦和顶部凸起的外貌形态。积状云可能温和无害，也有可能引起龙卷风和旋风。

通常云能够覆盖地球多大面积？

在任何时候，行星的一半都会为云所覆盖。

飞机如何造云？

飞机在清冷而潮湿之空气中飞行时，于尾部形成之一条类似云带的带状物，称为凝结尾（condensation trails; contrails），亦称水汽尾。飞机排出的气体凝结成的尾形的云会很快蒸发，如果水蒸气过多，就会形成卷云。

什么叫做温室效应？

温室效应（greenhouse effect）是指大气层使星球变暖的效应。有些人认为，主要由于人为作用，在地球上使温室效应加强，而造成全球暖化的效应。温室效应主要是由于现代化工业社会会过多燃烧煤炭、石油和天然气，这些燃料燃烧后放出大量的二氧化碳气体进入大气造成的。

什么叫做反照率？

反照率（albedo）是行星物理学中用来表示天体反射的物理量，指物体反射太阳辐射的量同投射到物体上面的总辐射量之比，通常用百分比表示。通常，地球对于太

中东上空由急流推动的一大片
云层。(NASA/Corbis)

阳的返照率为33%。

什么叫做急流？

急流(jet stream)是位于对流层上层或平流层中的强而窄的气流。急流对风暴的
运行和接近地面的气团有很大影响。

臭　氧

什么叫做臭氧层？

自然界中的臭氧大多分布在距地面20—50公里的大气中，我们称之为臭氧层　59

(ozone layer)。臭氧层中的臭氧主要是紫外线制造出来的。在距离地球表面15—25公里的高空,因受太阳紫外线照射的缘故,形成了包围在地球外围空间的臭氧层,这一臭氧层正是人类赖以生存的保护伞。

臭氧层在日益减少吗?

科学家们发现,南极上空的臭氧层上有个空洞,洞自1979年后逐年增大。目前全球臭氧层削减率正以每年2%—3%的速度在进行,如果任其发展,在21世纪末,平流层臭氧层耗减的直接结果将是:大气层中的臭氧含量每减少1%,地面受太阳紫外线的辐射量就增加2%,人类患皮肤癌的患者就会增加5%—7%。过量的紫外线辐射可使农作物叶片受损,抑制其光合作用,改变细胞内的遗传基因和再生能力,导致农产品减产或质量劣化。过量的紫外线还会杀死水中的微生物,造成某些物种灭绝。

臭氧层会耗尽吗?

氯氟碳化合物(chlorofluorocarbon,CFCs)是一组由氯、氟及碳组成的卤代烷。因为低活跃性、不易燃烧及无毒,氯氟碳化合物被广泛使用于日常生活中。氟利昂是氟氯甲烷的商标名称。近年来发现臭氧层的破坏与氟氯碳化合物有关,氯氟碳化合物主要被用在冰箱冰柜、机械去污剂、灭火器成分、喷雾剂等中,而氯氟碳化合物又很难被分解。氯氟碳化合物在太阳的紫外线照射下会分解出氯气自由基,破坏臭氧。据估计,一个氯原子可以破坏近10万个臭氧分子。

气 候 趋 势

为什么山脉一面非常湿润?

因为地形降水,山脉一面经常比另一面湿润,形成地形降水(orographic precipitation)。地形降水引起空气在山的一边聚集上升,逐渐变冷。潮湿的气团前进时,遇到高山阻挡,气流被迫缓慢上升,引起绝热降温,发生凝结,这样就形成降雨。地形雨多降在迎风面的山坡(迎风坡)上,背风坡面则因空气下沉引起绝热增温,反使云量消减,降雨减少。内华达山(Sierra Nevada)是个典型的例子,内华达山西坡面向太平洋,处于湿润西风的路径上,因而雨量丰沛,而东部却相当干燥。

什么叫做雨影?

雨影(rain shadow)是指沉降幅度较小的地区,如山脉背风坡的干燥区域。海洋的湿润气流被阻碍物阻挡,迎风坡形成地形雨;背风坡因水分减少,气流下降时气温升高,相对湿度降低,因而云雨少见,降水量明显减少,形成雨影。

什么叫做厄尔尼诺现象?

厄尔尼诺(El Nino)现象又叫厄尔尼诺海流,是太平洋赤道带大范围内海洋和大气相互作用后失去平衡而产生的一种气候现象。正常情况下,热带太平洋区域的季风洋流从美洲走向亚洲,使太平洋表面保持温暖,给印度尼西亚周围带来热带降雨。这种模式在东太平洋持续4年后就转到西太平洋印度尼西亚一带活动4年时间。当暖洋到了西太平洋,就被人们称做拉尼娜(La Nina)现象。拉尼娜是西班牙语"La Nina"——"小女孩,圣女"的意思,是厄尔尼诺现象的反相,指赤道附近东太平洋水温反常下降的一种现象,表现为东太平洋明显变冷,同时也伴随着全球性气候混乱,这种现象总是出现在厄尔尼诺现象之后,指发生在赤道太平洋东部和中部海水大范围持续异常变冷的现象(海水表层温度低出气候平均值0.5℃以上,且持续时间超过6个月以上)。拉尼娜也称反厄尔尼诺现象。

"厄尔尼诺"名字的出处是什么?

"厄尔尼诺"一词来源于西班牙语,原意为"圣婴"。19世纪初,在南美洲的厄瓜多尔、秘鲁等西班牙语系的国家,渔民们发现,每隔几年,从10月至第二年的3月便会出现一股沿海岸南移的暖流,使表层海水温度明显升高。由于这种现象最严重时往往在圣诞节前后,渔民便将其称为上帝之子——圣婴。拉尼娜是西班牙语"小女孩、圣女"的意思。

什么叫做冰核钻芯样本?

冰核钻芯样本(ice core samples)就是用仪器在厚厚的冰柱上钻孔取样,有时孔深能达到几百英尺,从中取出圆形样本,用以测定地球气候变化。从格陵兰和南极洲取出的冰核钻芯样本给气象科学家提供了宝贵的第一手资料。科学家通过研究这些数百年前留下的冰核,来分析地球气候过去曾经发生的变化,并预测未来可能的变化方向。格陵兰和南极非常寒冷,常年下着厚厚的雪。在很多地方,下过的雪最终被冰川运动带走,汇聚到有成上万年历史的积雪处结成冰。这样一来,一旦钻探出这种年代久远的冰的冰核,科学家们就有望解开1 000年的年代次序之谜,在冰川中获取大量的历史信息,包括以用来分析古代火山爆发的灰烬层。

人类可以在热带生存吗？

古希腊人将世界按气候分成寒带、温带、热带几个区域，其实这种划分法并不准确。他们认为，文明人只能生活在温带地区，也就是希腊所处的地理位置。从欧洲向北，是一片无人居住的寒冷地区，而非洲大部分地区都处在热带。但就是这样一个并不准确的划分法却被人们所接受，后来当南半球被发现之后，又在3级划分的基础上增加了两种。人们通常将俄罗斯以北的北极圈（The Arctic Circle）北部以及南极海岸南极圈（The Antarctica）以南地区称做寒带，地处赤道两侧南北回归线之间的地带为热带，热带与南北极圈之间的地区为温带。

什么叫做大陆性气候？

大陆性气候（continentality）通常指处于中纬度大陆腹地的气候，在大陆内部，海洋的影响很弱，大陆性特征显著。大陆性气候是地球上一种最基本的气候型，其总的特点是受大陆影响大，受海洋影响小。在大陆性气候条件下，太阳辐射和地面辐射都很大，所以夏季温度很高，气压很低，非常炎热，且湿度较大。冬季受冷高压控制，温度很低，也很干燥。冬冷夏热，是大陆性气候最显著的特征。而近海地区的气候变化就没有如此明显。

为什么陆地变成了沙漠？

沙漠化指原由植物覆盖的土地变成不毛之地的自然灾害现象。今日世界各地沙漠化原因很多，主要是人为原因；人口急速增长，所居土地被过分耕种以及过度的牲畜放牧，导致土地枯竭不适合耕种，森林过度砍伐等。非洲的介于北方撒哈拉沙漠和南方肥沃土地之间的萨赫勒（Sahel）地区，在1950—1975年期间，沙漠以惊人的速度向南推进了100公里。撒哈拉沙漠的面积也在逐年扩大。沙漠化可以通过农耕和植树造林得以改善。

什么叫做无风带？

无风带（horse latitudes）指在赤道两侧，南北纬30°之间的地带。因阳光直射，终年高温，气流上升，成为赤道低压带。地表气流稳静，有无风之感，故称赤道无风带。16、17世纪的海员在出海时为了保存船上宝贵的淡水资源，因而抛弃马匹，此名由此而来。

天　气

华氏度和摄氏度如何转换?

华氏度和摄氏度是世界上应用最为广泛的两种温度计量单位。华氏度以其发明者 Gabriel D. Fahrenheir(1681—1736)命名,其冰点是 32°F,沸点为 212°F。 摄氏度的发明者是 Anders Celsius(1701—1744),其冰点是 0°C,沸点为 100°C。 两者的换算公式:

$$C=5/9(F-32) \qquad F=9/5C+32$$

在国际单位制(SI 制)中,建立了一种完全不依赖任何测温物质及其物理属性的温标——热力学温标。它是开尔文(Kelvin)在 1848 年引入的,所以也叫开尔文温标。1954 年后,国际上开始采用热力学温标规定,规定只用一个固定点建立标准温标。这个固定点选的是水的三相点(指纯冰、纯水和水蒸气平衡共存的状态),并严格规定它的温度为 273.16 开。用这种温标确定的温度叫做热力学温度,用 T 表示,其单位为开尔文,简称开,用 Kelvin(K)表示。1 开(K)等于水的三相点的热力学温度的 1/273.16。1960 年,国际计量大会统一摄氏温标和热力学温标,规定摄氏温标由热力学温标导出。摄氏(Celsius)温标其单位为摄氏度,写作 C。华氏(Fahrenheit)温标确定的温度用 tF 表示,其单位为华氏度,写作 F。3 种温标的换算关系为

$$t=T-273.15$$
$$tF=32 \ 9/5t=9/5T-459.67$$

什么叫做低高温和高低温?

当气象学家测量每日的气温时都会有当日的高温或低温。如果高温是在那一天或那一个月最冷时的相对高温,就叫低高温。相反的情况就是高低温。

美国保持着什么世界天气纪录?

美国新罕布什尔州(New Hampshire)的华盛顿山顶上于 1934 年测量到的风速为每小时 231 英里(约 370 千米),是迄今为止测量到的最大的风力;平均年降水量以夏威夷考爱岛的迎风坡最多,达 12 040 毫米;密苏里州曾创 42 分钟降雨 12 英寸的纪录。

为什么城市降雨多在工作日?

城市工作日时降雨多于周末,原因在于工作日时工厂机器的运转、交通车的排气等会促成大气中水分形成雨滴。同样的因素还会使温度上升,形成降雨。一项对巴黎市的研究表明,一周聚积起的降水量有时会引发周末时的大暴雨。

40%下雨的可能性?

有时早间新闻播报,当天可能会有 40%下雨的可能性,这就是说当地可能会有 4/10 降雨,雨量达.001 的英寸雨水的可能。

为什么城市比乡村热?

城市的温度高于乡村,原因在于城市热岛效应。近年来,由于城市人口集中,工业发达,交通拥塞,大气污染严重,且城市中的建筑大多为石头和混凝土建成,它的热传导率和热容量都很高,加上建筑物本身对风的阻挡或减弱作用,可使城市年平均气温比郊区高出 2℃,甚至更多。在温度的空间分布上,城市犹如一个温暖的岛屿,从而形成城市热岛效应。热岛效应是由于人们改变城市地表而引起小气候变化的综合现象,在冬季最为明显,夜间也比白天明显,是城市气候最明显的特征之一。由于城市热岛效应,洛杉矶市的温度甚至高出周边地区 5℉。

什么叫做雷暴?

雷暴(thunderstorms)是积雨云中剧烈放电造成的一种天气现象,属强对流天气系统,通常伴有雷阵雨。 它产生在强烈的积雨云中,因此常常伴有强烈的阵雨或暴雨,有时伴有冰雹和龙卷风。美国南方大多数城市,每年 40 多天中会出现雷暴天气,每年全国会出现 10 万次雷暴。因为雷暴会伴有闪电、打雷,有时还有冰雹,所以不是暴雨。

什么叫做大气污染?

多种原因可能造成大气污染。大气污染指有害物质排入大气,破坏生态系统和人类正常生活条件,对人和物造成危害的现象。大气污染有自然因素(如灰尘、烟尘、火山灰和花粉等)和人为因素(如工业废气、生活燃煤、汽车尾气、核爆炸等)两种,且以后者为主,尤其是工业生产和交通运输的原因。

工厂排放出来的烟造成空气污染。（UPI/Corbis-Bettmann）

风

风源自何处？

地球上不同地点和不同时间的大气压强是不同的。大气从高压区向低压区流动就是风。压强越大，风力也就越大。简单地说，风是空气分子的运动。

什么叫做盛行西风？

西风（westerlies）又称暴风圈、盛行西风带，位于副热带高压带与副极地低压带之间，在南北纬30°—60°之间。大气主要自西向东运动，北半球主要为西南风，南半球为西北风。在赤道上空受热上升的热空气与极地上空的冷空气交汇的地带，极易形成气旋。这个海区里风大浪高流急，终年浪高在7米以上。

什么叫做季风？

亚洲南部的季风指在夏季由海洋吹向大陆、冬季由陆地吹向海洋的风。季风每年 4—10 月从西南方向,10—4 月从相反的东北方向刮。夏季季风会给大陆带来丰沛的降水,还时常使地势低洼的河流河水泛滥,但同时也为亚洲农业国家提供了农业用水。

什么叫做沙尘暴?

沙尘暴(dust devil)是沙暴和尘暴两者兼有的总称,指强风把地面大量沙尘物质吹起卷入空中,使空气特别混浊,水平能见度小于 1 千米,风速达到每小时 60 英里的严重风沙天气现象。沙尘暴会给人们生活造成损害,但程度远逊于龙卷风,而且持续时间都不会太长。

西风朝哪个方向刮?

西风朝东刮。风向一般指起风的地方。

芝加哥真是一座"风城"吗?

芝加哥并不是美国风力最大的城市。芝加哥的平均风速为每小时 10.4 英里,而波士顿的平均风速为每小时 12.5 英里,檀香山每小时 11.3 英里,达拉斯和堪萨斯都为每小时 10.7 英里。尤其是真正的风城新罕布什尔州华盛顿山(Mt. Washintong),风力达到每小时 35.3 英里。

什么是危害?

危害指任何可能对人类或财产造成损害或死亡的因素,包括飞机失事、海啸、行星碎片进入地球等等。

提醒和警报之间有什么区别吗?

美国气象局(The US National Weather Service)经常会因为危险的天气向人们发出各种提醒(watch)或警报(warnings)。对龙卷风或水灾所发出的提醒是指这件事情很可能发生,或是将要发生。警报在程度上要严重得多,指灾害已经发生或马上就要发生。警报通常由紧急报警系统(The Emergency Alert System)通过电视或广播发出。

紧急报警系统和紧急广播系统之间有什么区别吗?

美国紧急广播系统(EBS)创建于 1964 年,负责向全国播报国家级紧急事件,比如原子袭击等。紧急广播系统 1997 年更名为紧急报警系统(EAS)。美国的紧急报警系统与数千个广播电(视)台、有线电视系统以及卫星公司相连,可以在全国紧急状况下向公众传送信息。美国州以上的广播电(视)台和有线电视系统每周都要对紧急报警系统进行测试。州及州以下的则每月测试一次,并结合当地的信息发布。从 1997 年开始,美国所有的调频调幅广播电台和电视台都使用上述测试程序。1998 年 12 月 31 日开始,1 万用户以上的有线电视系统也加入了紧急报警系统,能够在所有的视频频道中发送紧急信息。

如何应对灾难?

灾难的发生是难以避免的。应该为自己和家人每个人准备一个在家里、工作场所,甚至是汽车里随时可能用得上的应急箱,里面备上食品、饮用水、急救设备、一双结实的鞋子、收音机(电池一定不能放在收音机内)、一个手电筒、必备药品(尤其是药品说明书)、毯子、现金(以备断电,信用卡不能用时使用)、儿童玩具和其他一些必备品。

灾难发生和断电时能否用蜡烛照明?

很多死亡和财产损失都是在灾害之后,人们使用蜡烛不当而引发大火造成的。人们用蜡烛照明,但经常因为蜡烛倒下,引起大火。所以建议人们,千万不要在断电时用蜡烛,可以用一些用电池发光的电筒等。

美国哪一种灾难死亡人数最多?

在美国,死于闪电的人数最多,仅 1940—1981 年,就有 7 700 人死于闪电,5 300

1985 年,红十字会在给埃塞俄比亚村民发放灾难救济物资。(Chris Rainier/Corbis)

人死于龙卷风，4 500人死于水灾，2 000人死于飓风。所以，当带电暴风雨来临时，一定要远离空旷地、高地、水源、高大的金属物体和金属栅栏。

如何在所在社区成功躲避自然灾害？

每一个社区都应该制定预防措施，向居民普及预防知识，包括以前发生的灾害和有可能在将来发生的灾害以及应对措施。要保证所有人了解预防措施内容，熟悉紧急情况时的疏散通道。有些社区还将措施张贴在电话亭等处，方便大家了解。

医学地理学家是做什么的？

医学地理学家和流行病学家研究地理环境与人类疾病及健康的关系、查明主要流行病的地理分布及其原因，有效控制和治疗疾病。他们根据地域发现癌症高发和艾滋病蔓延的原因。医学地理学家绝不仅仅研究疾病的分布，还要查明保证人们健康的方式。

灾后救援的最好方式是什么？

红十字会（The Red Cross）等灾难救援组织在每一次大的灾难发生之后都急需资金，为灾民购买必须物资物品和为他们提供财政支持。可以给当地红十字会拨打电话，咨询提供帮助的方式。这时的民政部门也急需人手，帮助分发救援物资。

确定地区如何有效帮助阻止了霍乱的蔓延？

1854年，伦敦爆发霍乱。根据当时流行的观点，霍乱是经空气传播的。但是约翰·斯诺（John Snow）医生并不相信这种说法，他认为霍乱是经水传播的。斯诺用标点地图的方法研究了当地水井分布和霍乱患者分布之间的关系，发现在布劳德大街（Broad Street）的一口水井供水范围内霍乱罹患率明显较高，最终凭此线索找到该次霍乱爆发的原因：一个被污染的水泵。人们把水泵的把手卸掉后不久，霍乱的发病明显下降。约翰·斯诺在这次事件中的工作被认为是流行病学的开端。

南加利福尼亚没有经历过哪一种自然灾害？

南加利福尼亚曾经经历过地震、森林大火、山体塌方、龙卷风等，但却没有经历过暴风雪和飓风。

什么叫做火环带?

如果查看世界发生过的主要的地震和火山的地图，就会看到太平洋上的圆形环带，被称为"火环"（The Ring of Fire）的环太平洋地震带，正好在欧亚板块、印度板块及印度–澳洲板块三大板块之间，地震及火山活动非常活跃。太平洋火环带从南美洲安第斯山脉的智利起，向北经秘鲁、中美洲墨西哥、美国西部喀斯山山脉，西北行至阿留申群岛、堪察加、千岛群岛、日本、琉球、台湾、菲律宾、印度尼西亚、新几内亚、所罗门群岛、新喀里多尼亚及新西兰等，是太平洋板块与多个板块交界所形成，全球约 80% 的地震发生于这个地震带。

火　山

什么叫做火山?

火山是地下深处的高温岩浆及其有关的气体、碎屑从地壳中喷出而形成的、具有特殊形态的地质结构。火山爆发是一种很严重的自然灾害，它常常伴有地震。火山可以分为死火山和活火山。火山喷发会对人类造成危害，但是它也带来了许多好处。许多宝石都是由于火山喷发形成的；火山喷发也能扩大陆地的面积，夏威夷群岛就是由火山喷发而形成的。

庞贝古城遗址，后面是维苏威火山。（图片档案馆）

世界上有多少座活火山？

世界上有大约 1 500 座活火山，大多数位于环太平洋火环带，有 1/10 的活火山在美国。在过去 1 万年间喷发过的火山都被看作是活火山。

美国有哪些活火山？

华盛顿、俄勒冈和加利福尼亚州都有许多活火山。最近的一次大的火山活动是1980 年在华盛顿州南部的圣海伦斯火山（St. Helens）爆发，摧毁了附近的地区，死亡57 人，27 公里内森林荡然无存。美国的其他火山——拉孙峰（Lassen Peak）、沙斯塔峰（Mount Shasta）、雷尼尔峰（Mount Rainier）和胡德火山（Mount Hood）也都在没有任何征兆的情况下爆发过。

岩浆和熔岩有什么不同？

岩浆（magma）是指地下熔融或部分熔融的岩石。当岩浆喷出地表后，则被称为熔岩。熔岩（lava）是指喷出地表的岩浆，也用来表示熔岩冷却后形成的岩石。

庞贝古城是如何在瞬间被摧毁的？

公元 79 年 8 月 24 日的一天中午，庞贝（Pompeii）古城附近的活火山维苏威火山（Mount Vesuvius）突然爆发，深达 20 英尺厚火山灰、碎石和泥浆瞬间湮没了整个庞贝，古罗马帝国最为繁华的城市在维苏威火山爆发后的 18 个小时内彻底消失。庞贝附近赫库兰尼姆古城（Herculaneum）也在瞬间消失。从 1748 年起考古发掘持续至今，为了解古罗马社会生活和文化艺术提供了重要资料。挖掘出的不仅有民宅、别墅、贸易市场、商铺、面包房、温泉澡堂、仓库以及剧场、斗兽场、运动场，还有保留下来的大量壁画和手工作品。

地　震

为什么会发生地震？

地震是地球表面的震动，是一种自然现象。人们常听说的地震是天然地震中的一种——构造地震。由于地球内部物质的不断运动，逐渐积累了巨大的能量，在地壳某些脆弱的地带造成岩层突然破裂，或者引起原有断层的错动，就引发了地震。

71

什么叫做震中？

地震是大地的振动，它发源于地下某一点，该点称为震源（focus）。振动从震源传出，在地球中传播。地面上离震源最近的一点称为震中，它是接受振动最早的部位。理论上常常将震源看成一个点，而实际上它是具有一定规模的一个区域。震中是震源在地面上的投影。实际上震中也不是一个点，而是一个区域，即震中区。

什么叫做断层？

地壳岩层因受力达到一定强度而发生破裂，并沿破裂面有明显相对移动的构造称断层（fault）。大多数断层活动不是很频繁，但美国加利福尼亚州著名的圣安德烈斯（California's San Andreas）断层是个例外，它是地球表面最长和最活跃的断层之一。地质学家没能发现地球上所有的断层，所以经常会有人们意想不到的地震发生，正如1994年发生在加利福尼亚北岭（Northridge）的大地震，之前没有丝毫征兆。这种没有任何形变，隐藏地下的断层叫盲断层（blind fault）。

美国圣安地列斯断层的重要之处在哪里？

美国加利福尼亚州著名的圣安德烈斯断层位于北美和太平洋地震带之间。这一地震带位于加利福尼亚州，这里目前已发生过多次地震。洛杉矶位于太平洋板块上，而旧金山在北美板块。太平洋板块向北移动，也就是向北美板块的方向移动。所以，洛杉矶每年就会向旧金山的方向移动大约半英寸。用不了几百万年的时间，这两座城市就会成为近邻。

旧金山是毁于1906年的地震还是大火？

1906年，美国加利福尼亚州旧金山发生强烈地震。几乎是在瞬间，这座世界名城就化为一片废墟。大火随之而起，燃烧了3天3夜，又将全市许多建筑化为灰烬。这次地震成为美国历史上最严重的自然灾难之一。参与救援的警方人员事后说，这座城市其实是毁于大火，而不是地震。震后正式出版物都说，灾难的元凶是地震和大火。

美国有哪几个州不受地震威胁？

尽管20年时间远不能代表全部，但美国确实有4个州在1975—1995年这20年的时间里没有过任何地震记录。这4个州是：佛罗里达州、爱荷华州、北达科他州和威斯康星州。

美国中西部地震危险等级很高吗？

1811—1812 年，美国密苏里州新马德里（New Madrid）附近相继发生 3 次 8—8.5 级的大地震，地震造成相当大的人员伤亡和财产损失。这次震动如此强烈，以至全美洲几乎在同一时间都感觉到了。震动使远在 1 000 千米以外东部海岸的华盛顿特区的教堂大钟都响了起来。

加利福尼亚最终会全部沉入海洋吗？

不，不会的。著名的圣安德烈斯断层位于加利福尼亚西部海岸，从旧金山湾区（San Francisco Bay Area）一直到加利福尼亚南部地区，是一个横向断层带（transverse fault）。这就是说，包括蒙特雷海岸城市（Monterey）、圣巴巴拉（Santa Barbara）和洛杉矶等在断裂带西边城市都会向北缓慢移动。在几百万年之后，这个州的两大城市——旧金山和洛杉矶就会成为近邻。这条断裂带每年移动大约 2 厘米。

我们应该如何应对地震？

躲避，覆盖，抓握。躲避在桌子、台柜和任何可以提供支持保护的物体下。用双手保护住头部，挡住飞来碎片。抓住桌腿或任何坚固的物体，保证身体不来回晃动。

地震来临时，站在门口处安全吗？

当地震来临时，站在门口处是一个不错的选择。但是，灾难救助人员说，地震中，有很多站在门口处的人都被开关的门所挤伤。所以还是应该不要站在手指容易被挤伤的地方。

什么叫做里氏震级？

里氏震级（Richter scale）是由来自美国加州理工学院的地震学家里克特（Charles Francis Richter）和古登堡（Beno Gutenberg）于 1935 年提出的一种震级标度，是目前国际通用的地震震级标准。它是根据离震中一定距离所观测到的地震波幅度和周期，并且考虑从震源到观测点的地震波衰减，经过一定公式，计算出来的震源处地震（所释放出能量）的大小。里氏震级直接反映地震释放的能量。其中级能量 2.0×10^{13} 尔格（2.0×10^6 焦耳），按几何级数递加，每级相差 30 多倍（准确地说是根下 1 000 倍，即差两级能量差 1 000 倍）。比如说，7.0 级的地震所释放的能量比 6.0 级的地震高出 30 多倍，而 8.0 级的地震就要比 6.0 级的地震高出 900 多倍。迄今为止，世界上记录到最大的地震为 8.9 级，是 1960 年发生在南美洲的智利地震。

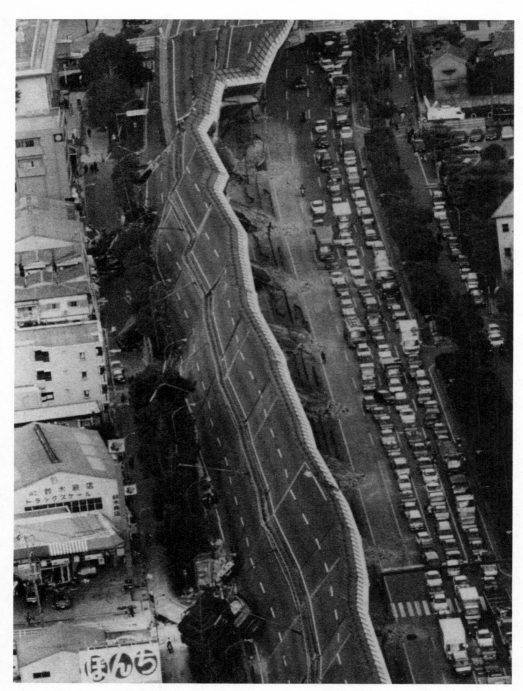

1995 年，日本神户遭地震破坏的高速公路。（路透社/图片档案馆）

什么叫做麦加利地震烈度?

麦加利地震烈度(Mercalli intensity scale)是一个量度地震对某一特定地点所受到的影响的量度单位,由地震时地面建筑物受破坏的程度、地形地貌改变、人的感觉等宏观现象来判定。地震烈度由意大利火山学家麦加利(Giuseppe Mercalli)于 1902年提出,从感觉不到至全部损毁分为 1—12 度。5 度以上才会造成破坏。麦加利地震烈度用罗马数字表示,从 I 无感觉,到XII全面破坏。

麦加利地震烈度

(Ⅰ)无感觉。

(Ⅱ)静止、楼上或处于一定条件下的人有感觉。

(Ⅲ)室内的人有感觉,振动如轻型卡车经过,很多人意识不到是地震。

(Ⅳ)盘、窗、门碰撞作响,感觉如重型卡车经过,晚上睡觉的人可能被惊醒。

(Ⅴ)几乎所有人都有感觉,许多人被惊醒。不稳定的物件可能倾覆。摆钟可能停摆。

(Ⅵ)所有的人都有感觉,很多人惊慌逃出屋外,走路摇晃。玻璃破碎,书籍从书架掉下,挂画从墙上掉下,家具移动或翻倒。破坏轻微。

(Ⅶ)站立困难。家具损坏。C 类建筑物出现裂缝,D 类建筑物毁坏。开车的人可以察觉。

(Ⅷ)B 类建筑物遭受某种损坏,C 类建筑物毁坏,部分倒塌,D 类建筑物毁坏严重损毁。烟囱、纪念碑、塔、墙倒塌,重型家具移动。

(Ⅸ)普遍恐慌。B 类建筑物遭到相当破坏,C 类建筑物严重破坏,有时倒塌,D 类建筑物倒塌。建筑物可能脱离地基。

(Ⅹ)一些木造建筑物毁坏,大多数建筑物连同地基毁坏。铁轨轻微弯曲。

(Ⅺ)只有少数建筑物尚未倒塌。桥梁毁坏。铁轨明显弯曲。

(Ⅻ)全面破坏。视线失常。物体被抛入空中。

A 类建筑物:工艺、材料设计良好,能抵抗外力。

B 类建筑物:设计良好,但未周密考虑抵抗外力。

C 类建筑物:工艺、材料一般,未加固,设计上未考虑水平方向力。

D 类建筑物:建筑材料差,工艺标准低,水平方向抗力弱。

每年有多少次大地震发生?

总的讲,每年有 100 次 6.0—6.9 级的地震发生,20 次 7.0—7.9 级的地震发生,2次 8.0—8.9 级的地震发生。其实许多特大地震都发生在海洋中,我们根本感觉不到。

里氏震级10级是最高级吗?

震级可以通过地震仪器的记录计算出来,它的单位是"级"。其大小与地震释放的能量有关,地震能量越大,震级就越大。里氏震级最高级为 10 级。

海 啸

什么叫做海啸?

海啸(tsunami)是一种具有强大破坏力的海浪。当地震发生于海底,因震波的动力而引起海水剧烈的起伏,形成强大的波浪,向前推进,将沿海地带——淹没的灾害,称之为海啸。夏威夷是一个经常遭受海啸威胁的城市。

夏威夷如何采取措施应对海啸?

目前,国际上有非常成熟完善的海啸监测警报中心,太平洋地区也在夏威夷成立太平洋海啸警报中心,夏威夷也有一套完善的应对海啸的措施。

飓 风

飓风的等级是确定的吗?

飓风(hurricane)是中心附近地面最大风力 12 级或 12 级以上的热带气旋。1969年,工程师萨菲尔(Herbert Saffir)和美国国家飓风中心博士辛普森(Dr. Bob Simpson)按照风速,按飓风破坏程度将萨菲尔-辛普森飓风(Saffir-Simpson Hurricane Scale)划分了 5 个等级(Saffir-Simpson-Skala):1 较小;2 中等;3 重大;4 极大;5 灾难性。

飓风破坏性最大的是什么?

飓风引发洪水最具杀伤力。飓风的低压中心会引发洪水,淹没周边河流水域。猛烈的飓风和低压推动洪峰咆哮冲向陆地,瞬间淹没所有建筑物,给人类生命和人民财产造成重大损失。飓风还可能引发海啸。

飓风的风速有多快?

最强的飓风风速能超过每小时 150 英里。

水 灾

多大的水构成水灾?

水灾泛指洪水泛滥、暴雨积水和土壤水分过多对人类社会造成的灾害而言。一般所指的水灾,以洪涝灾害为主。至今世界上水灾仍是一种影响最大的自然灾害。多大的水构成水灾视地域不同而有所区别。在某些美国西部沙漠地区或某些大城市,几分钟大雨就会引发地下道和低地积水。而在一些经常下雨的地区,几天大雨,甚至是几周的雨水才会引发大坝溢水,对水坝下游的居民构成威胁。雨水频繁的地区都有比较完善的泄洪机制,有成片能够蓄水的植被。

为什么人类要生活在泛滥平原?

人类在泛滥平原生活已经有几千年的历史。由于泛滥,平原土壤肥沃,又有河流供水,加上地势平坦,交通便利,而成为重要的农产区。但这里经常由于洪水泛滥而威胁到人民的生命和财产。洪水来临时,冲积堤、堤坝和其他一些建筑都可以有效降低洪水的侵袭。有时,当冲积堤等决堤,失去保护作用,洪水就会淹没大片土地。在此居住的人们一定要对此有所防范。

历史上给人类造成损失最大的洪水是哪几次?

1889 年,美国宾夕法尼亚约翰斯敦水库洪水漫顶垮坝,死亡 2 200 人;1931 年 8 月,长江发生大洪水。由于 7 月份长江流域降雨量超过常年同期一倍以上,致使江湖河水盈满。沿江堤防多处溃决,洪灾遍及四川、湖北、湖南、江西、安徽、江苏、河南等省,中下游淹没农田 5 000 多万亩,淹死 14.5 万人。

什么叫做泛滥平原?

泛滥平原即"河漫滩",是指河床与谷坡间枯水时出露、洪水时被水淹没的部分。

77

一般洪水淹没的部分,称为低河漫滩;特大洪水泛滥淹没的部分,称为高河漫滩。泛滥平原宽几英尺或许多英里,依洪水冲击面而定。尽管人们采取了种种措施,修建了冲击坝和防洪大堤,但洪水还是时有发生。如果防洪大堤决堤,泄出的水就能够冲出泛滥平原。

什么叫做百年不遇的洪水?

百年不遇的洪水不仅仅指洪水的规模,而且指洪水泛滥时能量。每年都有1%的可能遭遇百年洪水,它与发生过的次数无关,而洪水的大小与发生次数有关,所以说,百年洪水要比每年发生洪水大得多。500年一遇的洪水每年就只有0.2%的可能发生,洪水规模要远比百年洪水大得多,危害也大得多。

什么是美国国家洪水保险计划?

美国是世界上洪水灾害易发的国家之一,而且是世界财富的集中程度最高的国家,因此,洪灾造成的损失也非常严重。1956年,美国国会通过了《美国国家洪水保险计划》(*The National Flood Insurance Program*,NFIP),创设了联邦洪水保险制度。美国后来又制定了《洪水保险赔偿比例地图》(*Flood Insurance Rate Maps*,FIRM),成为特定洪水风险区及洪水风险保险费分区的官方地图,设定了百年洪水和500年洪水的界限。保险费用依洪灾的危险率而定。1968年,美国国会针对洪灾损失总数不断增长,纳税人为减灾付出的资金越来越多的现状,制定了国家洪水保险计划(NFIP)。1973年通过的洪灾保护法对该计划作了进一步的扩大和修改。国家洪水保险计划由联邦保险管理局(FIA)和减灾董事会负责管理,都属于联邦紧急事务管理局(The Federal Emergency Management Agency,FEMA)。国家洪水保险计划旨在用保险的方法来代替灾害救助的方法。

如何得到一张所在社区的洪水地图?

得到所在社区的《洪水保险赔偿比例地图》的最佳途径就是与当地政府部门联系,当地紧急事务管理局一定会提供洪水保险赔偿比例地图。

遭遇洪水,应该如何应对?

如果估计到洪水来临,立刻打开收音机,了解可能发生洪水的时间和地点。如果洪水从对面过来,要尽快跑到高地。不要幻想开车通过洪峰,因为洪水上涨很快,很可能瞬间就会将汽车吞没。

龙　卷　风

什么是龙卷风？

　　龙卷风是一种强烈的、小范围的空气涡旋，是在极不稳定天气下由空气强烈对流运动而产生的，由雷暴云底伸展至地面的漏斗状云（龙卷）产生的强烈的旋风，其风力可达 12 级以上，最大可达 100 米/秒以上。一般伴有雷雨，有时也伴有冰雹。龙卷风的生存时间一般只有几分钟，最长也不超过数小时。龙卷风破坏力极强，在经过的地方，常会发生拔起大树、掀翻车辆、摧毁建筑物等现象，有时把人吸走，危害十分严重。

遇到龙卷风应该怎么办？

　　在家时，务必远离门、窗和房屋的外围墙壁，躲到与龙卷风方向相反的墙壁或小房间内抱头蹲下，尽可能抓住坚固的物体。在野外遇龙卷风时，应迅速向龙卷风前进的相反方向或垂直方向逃离，伏于低洼地面，但要远离大树、电杆，以免被砸、被压或触电。汽车外出遇到龙卷风时，千万不能开车躲避，也不要在汽车中躲避，因为汽车对龙卷风几乎没有防御能力，应立即离开汽车，到低洼地躲避。

龙卷风道指哪里？

　　美国中西部比世界其他地区更容易发生龙卷风，是龙卷风高发地区。由于龙卷风频繁侵袭俄克拉何马州、堪萨斯州和得克萨斯州，所以这一带被人们形象地称作"龙卷风道"（Tornado Alley）。这一地区每年平均会发生 200 多次龙卷风。

美国哪个州是龙卷风最为肆虐的地区？

　　马萨诸塞州被认为是龙卷风最为肆虐的州，但是俄克拉何马州龙卷风发生的次数远远高于马萨诸塞州，而新英格兰的人口密度、死亡人数和财产损失都要高于其他各州。

什么是藤田龙卷风强度等级？

　　藤田级数（Fujita scale）是一个用来衡量龙卷风强度和灾害程度的标准，由芝加哥大学的美籍日裔气象学家藤田哲也于 1971 年所提出。等级 F0（表现程度轻微）到

龙卷风是一种强烈的、小范围的破坏力极强的空气涡旋,发生时可以连根拔起建筑物和其他物体。(图片档案馆)

等级 F6(F6 级龙卷风最强风速的中心部位还未触及物体时其周围的风速足以将一切物体破坏。此级别的龙卷风发生几率十分少)。3/4 的龙卷风都属程度轻微(F0—F1),只有 1%的龙卷风强度等级能达到破坏性(F4—F5)。

欧洲有龙卷风吗?

　　90%以上的龙卷风都发生在美国,但欧洲有时也有龙卷风发生,尤其是在法国。世界其他经常发生龙卷风的地区国家有澳大利亚、巴西南部、孟加拉国、南非和日本。

其他危害与灾害

什么是酸雨?

　　交通车和工厂排放到空气中成吨的污染物质。当这些物质沉降,就会形成硫酸和硝酸,落到地面与雨雪混合,就是酸雨。酸雨为酸性沉降,它可分为湿沉降和干沉降两大类,前者指的是所有气状污染物或粒状污染物,随着雨、雪、雾或雹等降水形态而落美国历史上遭受最严重的核事故的地点美国三哩岛（Three Mile Island）。（David H. Wells/Corbis）

到地面；后者则是指在不下雨的日子，从空中降下来的落尘所带的酸性物质而言。酸度过高，就会产生严重危害。它可以直接使大片森林死亡，农作物枯萎；也会抑制土壤中有机物的分解和氮的固定，淋洗与土壤离子结合的钙、镁、钾等营养元素，使土壤贫瘠化；还可使湖泊、河流酸化，并溶解土壤和水体底泥中的重金属进入水中，毒害鱼类；加速建筑物和文物古迹的腐蚀和风化过程；可能危及人体健康。

核辐射能够控制在10英里范围内吗？

美国规定核工厂必须在工厂周边10英里范围内设定禁止区域范围。这个范围区域并没有阻止辐射传播的围墙，只不过是由紧急情况救援人员划定的区域。如果发生核泄漏，这个区域里居住的居民不必撤离，而是待在房门窗户紧闭的屋内。核工厂还要在工厂2—5英里范围设定更小的区域，严防核辐射的蔓延。

美国三哩岛发生了什么？

三哩岛(Three-Miles Island)核泄漏事故，是1979年3月28日发生在美国宾夕法尼亚州萨斯奎哈纳河三哩岛核电站的一次严重放射性物质泄漏事故。当日，三哩岛压水堆核电站发生了堆心熔毁的严重事故，一座反应堆大部分元件烧毁，一部分放射性物质外泄。三哩岛核电厂发生的核事故是美国最严重的核事故，然而事故对环境和居民都没有造成危害和伤亡,也没有发现明显的放射性影响。此后,宾夕法尼亚州州长出于安全考虑于 3 月 30 日疏散了核电站 5 英里范围内的学龄前儿童和孕妇,并下令对事故堆心进行检查。检查中才发现堆心严重损坏,约 20 吨二氧化铀堆积在压力槽底部,大量放射性物质堆积在围阻体,少部分放射性物质泄漏到周围环境中。

什么叫做核冬季?

20 世纪 80 年代中期所提出的"核冬季"(Nuclear Winter)是指,只要引发核战争,就足以造成足量的辐射尘埃及烽烟进入平流层,导致在 6—12 月内 99% 的阳光被阻挡,不能到达地面,平均温度下降 20—25℃,而所有农作物也将死亡。表面上,大于昆虫的生物全部都灭绝,人类则以寒冷、饥饿、疾病、核污染及集体自杀等等而逐步走向灭绝。

什么引起了博帕尔灾难?

1984 年 12 月 3 日凌晨,美国的跨国公司联合碳化物公司(Union Carbide Pesticide Plant)在印度中央邦首府博帕尔开办的一家农药厂,发生了一起严重的毒气泄漏事故,给当地居民带来巨大的灾难。12 月 2 日子夜,农药厂的一个储气罐压力在急剧上升,里面装的 45 吨液态剧毒性异氰酸甲酯,是用来制造农药西维因和涕灭威的原料。3 日 0 时 56 分,储气罐阀门失灵,罐内的剧毒化学物质漏了出来,以气体的形态迅速向外扩散。那天晚上没有风,空中弥漫着大雾,使得毒气以较大的浓度缓缓扩散,传播着死亡。这是历史上最严重的一起工业事故。美国联合碳化物国际公司向印度政府支付了 4.7 亿美元的赔偿费。

闪电会在同一个地方击两次吗?

闪电确实经常会在同一个地方击两次。事实上,闪电特别钟情某些地方,尤其是高处,所以高楼和山顶,每年都可能遭闪电击中多次。有些地方的确比较容易出现闪电,通常是在湿热空气与冷空气相遇的气流不稳地带。一定要躲开曾经遭遇闪电的地方。暴风雨时,高楼最有可能遭电击。

交通与城市地理

城市扩张

城市和郊区

什么叫做市？

在美国，市是州下的一级法律实体，管理市民，为市民提供服务。各市有自己的宪章法律，也有城市边界。

世界上哪个城市第一个拥有百万以上人口？

在古代，罗马是第一个拥有百万以上人口的城市。随着罗马帝国在第五世纪的衰亡，人口骤减。世界直到 19 世纪才出现了下一个拥有百万以上人口的城市——伦敦。

什么叫做市区？

市区包括中心市区和周边郊区。市区也叫做都市区。

俯瞰世界人口最多的城市——日本东京。（Yann Arthus-Bertrand/Corbis）

哪个城市是世界人口最多的城市？

　　日本东京拥有 2 700 多万人口，比日本整个人口的 1/5 还要多，是世界人口最多的城市。东京在日本最大的平原——关东平原（Kanto Plain）上，周围是东京湾（Tokyo Bay）。世界其他大都市有墨西哥的墨西哥城，人口 2 400 万；巴西的圣保罗，人口 2 200万；美国的纽约市，人口 2 000 万；印度的孟买（Mumbai），人口 1 660 万；中国的上海，人口 1 600 万。

美国最大的城市有哪些？

　　纽约是美国最大的都市，有人口 2 000 万。坐落在美国西海岸加利福尼亚州南部的洛杉矶（Los Angeles）是仅次于纽约的美国第二大城市，有人口 1 500 万。芝加哥是第三大城市，有人口 850 万。位列第四的城市是华盛顿市，有人口 700 万。旧金山有人口 650 万，位居第五。

什么叫做"大都市带"理论？

　　"大都市带"理论，也称之为"大都市连绵带"理论。1961 年，曾任牛津大学地理学学院主任的法国地理学家戈特曼（Jean Gottmann）在对美国东北部高度城市化的区域研究了 20 年之后,提出著名的"大都市带"理论,认为大都市带是城镇群体发展、人类社会居住形式的最高阶段,必然会成为 21 世纪人类文明的标志。美国第一大都市带北起波士顿,南到华盛顿,所以简称 BosWash,戈特曼正是通过长期研究这一城市化区域而提出"大都市带"概念的。在随后的研究中,大都市带被西方的经济和技术发展所证明。

什么叫做商业中心区?

一座城市的商业中心区(CBD)都位于城市的商业繁华区,是城市的商业中心。

谁能决定房屋的建设?

美国几乎所有的市政府都有专门负责设计规划城市建设的城建部门。市建设部门要负责为住宅、商区、工厂,甚至是核工厂选址,监督工程进度。

郊区

郊区从何时起开始时尚现代?

第二次世界大战以后,美国人口的增长刺激了人们在人口相对较少的区域建房和建设高速公路的热情。市郊成为这时人们的首选目标。自 20 世纪 50 年代起,市郊的建设持续升温。

什么叫做莱维敦?

莱维敦(Levittown)是指威廉姆·莱维特和他的公司在 20 世纪 40 年代中期—20世纪 60 年代初期建造 3 个大型郊区城镇,这种城镇的发展,引起了美国城市化格局的重大转变,大大促进了美国城市的郊区化,后成为美国郊区化的理想模式。莱维敦适应了美国在第二次世界大战以后对住房的迫切需求,大批建造相同规格的房屋。第一批莱维顿建在纽约,有 1.7 万多间房屋。后两批分别建在新泽西和宾夕法尼亚。莱维敦强调家庭和社区的生活质量,并能在户型和规模上进行适当调整,深受美国社会主流的白人中产阶级的青睐,因而长盛不衰。它在郊区化进程中起到了示范作用,为众多社区效仿,成为郊区化的理想模式。

为什么需要邮政编码?

美国邮政编码(ZIP Code)是美国邮政服务(United States Postal Service, USPS)使用的一种邮政编码,一般常以大楷写作ZIP。ZIP是Zone Improvement Program,地区改进计划的简称,它暗示邮件可以以更有效率及快捷地送到目的地。最基本的ZIP编号包括5个号码,随后增加了4个号码,使邮件可以更精确地传送到目的地。增加号码后的ZIP编号称为"ZIP+4"。

城市建设

世界上最大的集装箱货运港口是哪一个?

香港集装箱货运站(Container Freight Station)占地700万平方英尺,是世界最大集装箱货运港口。

世界上最高的建筑是哪一个?

世界上最高的高塔是加拿大国家电视塔(Canada's National Tower, CN Tower),高553.33米,是世界上最高的自立构造。加拿大国家电视塔位于加拿大安大略省的多伦多市,是该市的标志性建筑。

世界上第一座摩天大楼是哪一个?

1885年在美国伊利诺伊州芝加哥市建成的"家庭保险公司大楼"(Home Insurance Company Building)是世界上第一座摩天大楼。

世界上第一座高层建筑是哪一个?

马来西亚首都吉隆坡(Kuala Lumpur)标志性城市景观双子塔楼(Twin Petronas Towers)高88层,距地面452米,高耸入云,曾是全世界最高的两座独立塔楼。1974年美国在芝加哥建成了当时世界最高的西尔斯大厦(Sears Tower),110层,高443米。

交通：天空、陆地和海洋

飞行

世界上第一个飞行器是哪一个？

1903 年 12 月以前，人类还没有坐过任何比空气重的飞行器离开过地面。是美国人莱特兄弟（Orville and Wilbur Wright）在 1903 年发明了世界上第一架现代意义上的飞机。美国的莱特兄弟，在 1903 年制造了具有当时世界领先水平的第一架飞机，并于 1903 年 12 月 17 日在北卡罗来纳州一个名叫小鹰（kitty hawk）的小镇上试飞成功。

美国最繁忙的机场是哪一个？

美国伊利诺伊州芝加哥市奥海尔国际机场（O'Hare International Airport）以每年超出 6 900 万人次的旅客流量成为世界上最繁忙的机场之一，其飞机流量、旅客人数、货物吨位均位居前列。如果按接待游客数量和停降来自世界各地国际航班数量来计算，美国亚特兰大哈兹菲尔德–杰克逊国际机场（Hartsfield-Jackson Atlanta International Airport）也可以称得上是世界上最繁忙的机场之一，每年旅客流量比奥海尔国际机场少 600 万人次。达拉斯国际机场（Dallas/Ft. Worth International Airport）每年接待旅客达 5 800 万，洛杉矶国际机场（Los Angeles International Airport）每年接待旅客也达 5 790 万。

世界还有哪些最繁忙的机场？

英国伦敦希思罗国际机场（London Heathrow International Airport），也是世界上最繁忙的国际机场之一。每年，通过该机场出进伦敦的乘客达 2 800 万人次，每 3 分钟就有一架飞机起落。大约有 70 多家航空公司使用这一机场。

公路和铁路

真的是条条道路通罗马吗？

不再是如此。"条条大路通罗马"这条西方谚语，对古罗马帝国来说确实当之无愧。当年，罗马只是南欧台伯河畔的一座小城。但曾几何时，它战胜了周围一些民族的入侵,并发展成为一个横跨欧、亚、非的强大国家,把罗马的道路铺向了全世界。在罗马帝国时期,罗马人就修建了四通八达的公路网,保证了在各种天气条件下出行和从各地到达罗马。罗马人将道路修的笔直,路面平坦。在5万多英里长的罗马道路上,每一罗马里(短于现代英里)长的路面都标注着离罗马的距离和前方的城市名称。罗马衰败后,道路建设不再受重视,而到了中世纪,道路受到严重损毁。尽管古罗马人是在2 000多年前修建的这些道路,但是有些至今仍在为人们提供服务。

什么是turnpike?

Turnpike指高速公路,尤指收费的高速公路(toll road)。18世纪末,美国和英国的一些私人企业开始修路,并向过路者收取费用。从19世纪80年代起,高速公路就与公路交通,随后是铁路交通形成了竞争。美国东部地区现在仍沿用turnpike的说法,如新泽西收费高速公路(New Jersey Turnpike)、马萨诸塞收费高速公路(Massachusetts Turnpike)和宾夕法尼亚收费高速公路(Pennsylvania Turnpike)等。

美国的哪一条道路被称做国家大道?

第一个由美国联邦财政支持修建的坎伯兰大道(The Cumberland Road)被称做国家大道。建设于1811年开工, 1852年竣工。整条大道以马里兰州的坎伯兰为起始点,

美国有400万英里长的快行道。(图片档案馆)

一路向西,最后到达伊利诺伊州的万达利亚(Vandalia),总长 800 英里。道路的建设是为了满足当时人们穿越阿巴拉契亚山脉(Appalachian Mountains),落户西部的需求。随着汽车业的发展,道路状况不断得到改善。1926 年时,成为贯通北美大陆的 40 号公路(U.S. Route 40)。

美国坎伯兰公路和坎伯兰山口之间有什么联系吗?

完全是两回事。美国坎伯兰公路(Cumberland Road)离坎伯兰山口(Cumberland Gap)有 100 多英里远,而坎伯兰山口是穿过阿巴拉契亚山脉坎伯兰高地(Cumberland Plateau),靠近肯塔基、田纳西和弗吉尼亚州边界的山口。这个名字取自美国殖民时代(Colonial America)一个名叫坎伯兰(Cumberland)的名震一时的英国公爵。

美国州际高速公路如何编号?

1956 年,美国州际公路网采用了统一的建筑标准,如通行、速度、车道数量、车道宽度和路肩宽度。同时也设立了线路编号标准:南北向路线用奇数;东西向路线用偶数;南北向路线中最小号从西部开始;东西向线路中最小号从南部开始。

因此 I-95 为沿着美国西海岸的南北向公路,从缅因州霍尔顿(Houlton)到佛罗里达州迈阿密,为大偶数号;而 I-10 则为美国南部东西向的公路,从加利福尼亚州圣莫尼卡(Santa Monica)到佛罗里达州杰克逊维尔(Jacksonville),为从西部开始最小偶数号。

如果州际公路经过大城市,则绕城的环路使用 3 位数字。这些线路的编号由主路编号前加上一个偶数构成。为避免同一州中出现相同的编号,前置的偶数依次递增。例如,如果 I-80 公路在某一个州内经过 3 个城市,这些城市的环路就是 I-280、I-480 和 I-680。这些编号只在该州内有效,因此在不同的州可能有几个城市的环路都叫做 I-280。

高速公路和快速干道之间的区别是什么?

"高速公路"指按一定规范建设的全封闭、全立交快速汽车专用,适合远距离行驶的各种高等级公路。"快速干道"是城市中多道并行,不设红绿灯的快速城市干道。

美国的第一条快速干道是何时建成的?

美国最早修建的快速干道是 1940 年在洛杉矶和帕萨迪纳之间的帕萨迪纳高速路(Arroyo Seco Freeway)。

什么叫做州际高速公路？

美国州际公路系统（Interstate Highway System）的正式名称为艾森豪威尔州际及国防公路系统（Dwight D. Eisenhower National System of Interstate and Defense Highways），是美国公路系统的一部分，大多属高速公路，全线至少四线行车。美国州际公路是在艾森豪威尔总统 1956 年批准了联邦公路资助法案（1956 US Federal-aid Highway Act）后开始修建的。州际高速公路为国家资助行为，大大减少了人们的出行时间。

为什么艾森豪威尔对州际高速公路情有独钟？

1919 年，小德怀特·戴维·艾森豪威尔（Dwight D. Eisenhower）参加了从华盛顿到旧金山的军事化旅游。但是当时的公路系统很落后，他们的行程用了整整 62 天。艾森豪威尔想到，如果国家需要军队保卫，这样的速度根本无法保证军队按时到达。这一经历使艾森豪威尔意识到修建一条高效快速交通干道的重要性。正是由于艾森豪威尔总统的提议和支持，艾森豪威尔州际及国防公路系统正式开工建设。

为什么夏威夷州也有州际高速公路？

自 1956 年联邦公路资助法案通过后，凡由联邦政府资助修建的高速公路都为州际高速公路，不管是否穿越州际边界线。众所周知，夏威夷州不与任何州接壤，但所修建的 H1、H2 和 H3 都为州际高速公路。

最后一条州际高速公路是哪一个？

美国洛杉矶 I–105 世纪大道（The Century Freeway）是 1993 年正式通车的州际高速公路，这时离 1956 年联邦公路资助法案的公布已经过去了 37 年。世纪大道只是市内的高速路段，从埃塞贡多（El Segundo）的海岸延伸至 I–405、I–110 和 I–710，最后到达诺尔沃克（Norwalk）的 I–605。

美国公路有多长？

美国的公路与高速公路系统遍布全国，全长将近 579 万公里，其中 515 万公里是铺好路面的。

阿道夫·希特勒创建了帝国高速路网吗？

德国在 1913 年就开始修建第一条现代化高速干道，而阿道夫·希特勒的纳粹政

英吉利海峡隧道建成完工后，双方工作人员握手合影。（路透社/图片档案馆）

权意识到高速公路网对于战争的意义，从 1933—1945 年第三帝国时代（The Third Reich）开始"帝国高速路网"工程，第一次统一确定了高速路的标准和正式的名称：Autobahn。"帝国高速路网"包括贯通德国的 6 800 英里公路。尽管人们普遍认为这条道路不限速，但道路上还是经常可以看到限速牌。

世界上最长的大桥是哪一座？

庞恰特雷恩湖桥（Lake Pontchartrain Causeway）位于美国路易斯安那州庞恰特雷恩湖上，连接新奥尔良和路易斯安那州的曼德韦尔（Mandeville），全长 38.4 公里，被认为是世界上最长的桥而收录在吉尼斯大全中。庞恰特雷恩湖桥由两座平行桥梁组成，其中 1 号桥 1956 年建成通车，2 号桥 1969 年建成通车，2 号桥比 1 号桥约长 16 米。

英吉利海峡是怎么回事？

英吉利海峡隧道（The Channel Tunnel）又称英法海底隧道或欧洲隧道（Eurotunnel），建于 1994 年，是横贯英法之间多佛海峡的海底铁路隧道，又称海峡隧道。它西起英国的福克斯通，东到法国的加来，全长 50 公里，水下长度 38 公里，为世界最长的海底隧道。

美国最常见的街道名称有哪些？

美国最常见的街道名称不是主街（Main Street），而是派克大街（Park）、华盛顿、枫树、橡树和林肯大街。

美国哪条大街最长？

爱达荷州岛湖公园（Island Park）的主街（Main St.）长约 33 英里，是美国最长的街道。

第一辆汽车于哪一年建造？

德国人卡尔·本茨（Carl Benz）是汽车的发明者之一，世界第一辆汽车的制造者。1885 年，世界上第一辆燃油汽车，尽管只有 3 个轮子就是用"汽车之父"卡尔·本茨的名字命名的。亨利·福特（Henry Ford）的首辆汽车 1893 年问世。

哪个城市中出租车最多？

拥挤的墨西哥市一共有 350 万车辆，其中出租车就占到 6 万辆。

第一个无人加油站是哪一个？

1947 年，乔治·尤里奇（George Urich）在洛杉矶这座汽车城中，开创了第一个无人加油站。

谁发明了交通信号？

我们所有人都非常熟悉的红、黄、绿 3 色交通信号最早是由加勒特·默根（Garrett Morgan）于 1923 年发明的，他还发明了防毒面具。默根一生中因多项发明得奖。

世界上最长的地铁系统是哪一个？

伦敦地铁（London Underground）是世界上第一条地铁，同时也是世界上最长的地铁，是伦敦的城市轨道交通系统。在伦敦市中心，地铁车辆大部分是在地底运行的,而在郊区则在地面运行。1863年,第一条地铁建成通车。1890年,蒸汽机车为电气机车取代。今天伦敦已建成总长408公里的地铁网,其中160公里在地下,共有12条路线,274个运作中的车站。

谁是第一辆火车的发明者?

1825年,英国工程师乔治·史蒂芬森(George Stephenson)发明出第一辆火车。史蒂芬森是英国工业革命时期杰出的工程师,英国铁路机车的主要发明家。19世纪30年代,史蒂芬森发明的火车引进到北美。但直到19世纪40年代,柴油发电机车才取代昂贵的蒸汽发动机开始使用。

海上交通

世界上最繁忙的港口是哪一个?

荷兰鹿特丹港口是世界上最繁忙的集装箱装运港之一,也是欧洲内陆的主要转运港口,每年转运3.25亿吨物资。新奥尔良的南路易斯安那(South Louisiana)的港口每年也有2亿吨物资的吞吐量。另外,新加坡港、日本神户(KOBE)港和中国上海港都是世界上比较大的海港。

运河上的水闸起什么作用?

运河是沟通水域间位于不同水位的人工水道,用以通航、灌溉、供水或导流,通常与自然水道或其他运河相连。如果一条运河的水位落差过大时,就需要一系列的水闸。通常当一艘船进入闸口,其前或后的门就会关闭。这时水就蓄积,将船只或升起或降下。然后,打开船只前方的门,让船只游到下一个闸口或是大海中。

巴拿马运河的船只朝哪个方向运行?

人们通常以为,船只在巴拿马(The Banama Canal)运河中运行,一定是从太平洋向大西洋一路向东行进。而实际上,船只是向着西北方向行进的。因为巴拿马地峡(The Isthmus of Panama)与赤道在同一纬度,所以运河并不是如一般人所想象的由东向西横过地峡,而是在大西洋一侧科隆(Colon)的入口向南通过加通水闸(Gatun Locks)进到加通湖的最宽处,然后急转向东,沿一条大致向东南的航道到达太平洋一侧的巴拿马湾。

巴拿马运河。(图片档案馆)

为什么要建伊利运河?

伊利运河(The Erie canal)是美国历史上著名的运河,它通过哈得孙河将北美五大湖与纽约市连接起来。早在 19 世纪初,人们就明显地感到需要一条从大西洋海岸到外阿勒格尼(trans-Allegheny)地区的交通线。有人建议开一条运河,从伊利湖东岸的水牛城,穿过摩和克(Mohawk)谷地的山峡,到达哈得孙河上游的奥尔班尼(Albany)。1817 年,国家立法机关通过修建一条 584 公里长的运河的提议。经过艰苦的施工,终于在 1825 年通航,全长 584 公里。伊利运河是第一条提供连通美国东海岸与西部内陆的快速运输工具,这比当时最常用的以动物拉动的拖车还快许多。伊利运河不只加快运输的速度,也将沿岸地区与内陆地区的运输成本减少了 95%。快捷的运河交通使得纽约州西部更便于到达,因此也造成中西部的人口快速成长。伊利运河的开凿对美国东部经济及纽约的发展,起到了重大的促进作用。

什么是圣劳伦斯海上航道?

圣劳伦斯海上航道(St. Lawrence Seaway)是从大西洋至五大湖西端的美加航道工程。航道建设始于 1954 年,1959 年通航。工程包括对圣劳伦斯河从蒙特利尔到安大略湖间河道的拓宽治理,若干人工河道的开凿,以及一系列水坝、闸门、水电站的建设等,使万吨级船只畅行无阻。但冬季仍有冰冻,5—11 月航运最繁忙。

政治地理

地理是如何影响政治的？

在做政治决定和采取行动时，地理因素都是不可或缺的重要一环。国家边境、自然资源的位置、海港的入口和投票区的确定等都会在不同程度上影响政治。

Country与nation之间的区别是什么？

经常有人将 country 与 nation 两词混用，但实际上，country 表示国家，包括领土和人民，着重指疆土。该词概念极为广泛，可用于各种文体，有时作"祖国"讲，带感情色彩。Country 来源于拉丁文 contra，是对立的意思，即某地区与其他地区极不相同而独立存在。Nation 指在某一国土上定居的人民，有时侧重于指"人民；国民"。Nation 来源于拉丁文 nasci，意思是出生，nation 原指具有相同血源的民族，因此它强调一个国家中的人民，概念较 country 狭窄。

大小写的state有什么不同？

大写的 State 代表一个国家，而小写的 state 代表的是一个州。

谁控制着世界上的大洋？

随着海底矿物资源和石油资源的发现，世界对海洋控制权的争夺就一天也没有停止过。1958年，联合国在日内瓦召开了第一届海洋法会议，制定了《领海与毗连区公约》《公海公约》《公海渔业和生物资源养护公约》和《大陆架公约》，统称日内瓦海洋法四公约。公约对内水、领海、临接海域、大陆架、专属经济区、公海等重要概念做了界定，规定了各国12海里之内为本国领海。会议还规定，各国沿海200海里之内属专属经济区（亦称排他性经济海域，EEZ），所属国家享有开采矿产、天然气和捕鱼的权利。对当前全球各处的领海主权争端、海上天然资源管理、污染处理等具有重要的指导和裁决作用。随后又出现各国划分的问题，所以又制定了中间线（Median Line）或等距离线（Equidistance Line），但还是存在不少争议。

所有国家都有州吗？

尽管大多数国家都设有州或省，但也有一些国家不下设任何政治行政区域，比如马里、坦桑尼亚、沙特阿拉伯和阿尔及利亚等。

"阻塞点"是如何让水域阻塞的？

阻塞点（choke point）又译作咽喉点或是瓶颈，为军事战略上的一种地理特征，诸如山谷峡径或是隘口等，在水路上指两条宽水域之间的狭窄通路，很容易堵塞或关闭，以控制水上交通。历史上，非洲和西班牙之间连接地中海和大西洋的直布罗陀海峡（The Strait of Gibraltar），扼守地中海与大西洋之战略航道；霍尔木兹海峡（The Strait of Hormuz）处于阿曼与伊朗之间，扼守波斯湾之出入口，在1991年海湾战争中（The Persian Gulf War）发挥着极其重要的作用。霍尔木兹海峡位于亚洲西南部，介于伊朗与阿拉伯半岛之间，东接阿曼湾，西连海湾（伊朗人称之为波斯湾，阿拉伯人称之为阿拉伯湾），呈人字形。由于霍尔木兹海峡是海湾与印度洋之间的必经之地，所以素有"海湾咽喉"之称，具有十分重要的战略和航运地位。海湾沿岸产油国的石油绝大部分通过这一海峡输往西欧、澳大利亚、日本和美国等地，西方国家把霍尔木兹海峡视为生命线。有人担心，一旦伊拉克控制了这一海峡，这一地区的石油就都无法运出了。

谁控制着世界的石油输出？

世界石油输出国组织（Organization of the Petroleum Exporting Countries，OPEC；简称欧佩克、油盟或油组）是一个国际组织。随着成员的增加，世界石油输出国组织发展成为亚洲、非洲和拉丁美洲一些主要石油生产国的国际性石油组织。世界石油输出国组织总部设在维也纳。现在,世界石油输出国组织旨在通过消除有害的、不必要的价格波动,确保国际石油市场上石油价格的稳定,保证各成员国在任何情况下都能获得稳定的石油收入,并为石油消费国提供足够、经济、长期的石油供应。目前 12 个主要成员国为阿尔及利亚、加蓬、印度尼西亚、伊朗、伊拉克、科威特、利比亚、尼日利亚、卡塔尔、沙特阿拉伯、阿拉伯联合酋长国和委内瑞拉。俄罗斯、美国和墨西哥也是主要石油生产国,但却不是石油输出国组织成员国。

联合国和北大西洋公约组织

联合国

联合国如何维护世界和平?

联合国(The United Nations)成立于第二次世界大战即将结束时的 1945 年,是当今世界最大、最重要、最具代表性和权威的国际组织,其国际集体安全机制的功能已经得到国际社会的普遍认可。近年来,联合国在维护世界和平,缓和国际紧张局势,解决地区冲突,协调国际经济关系,促进世界各国经济、科学、文化的合作与交流方面,都发挥着积极作用。

联合国现有多少个成员国?

截止到 2006 年 6 月 28 日,联合国共有会员国 192 个。其中亚洲 39 个,非洲 53 个,东欧及独联体国家 28 个,西欧 23 个,拉丁美洲 33 个,北美洲、大洋洲 16 个。另外,有 2 个常驻联合国观察员国:梵蒂冈、巴勒斯坦(地位高于梵蒂冈)。

哪些国家不是联合国成员国?

目前大多数国家都加入了联合国,只有极少数国家尚未参加,这些国家是:瑞士、基里巴斯、瑙鲁、汤加、图瓦卢和梵蒂冈等。

为什么有些国家不加入联合国?

加入联合国就意味着为争取更大的权益而放弃一些本国利益。瑞士是一个中立国家,它的国民担心加入联合国后,瑞士的中立国地位、主权独立和直接民主会受到影响,瑞士会成为大国的附庸,难以实现其自身价值和利益。考虑到这些问题,某些国家就没有加入联合国。

为什么国际联盟没有成功?

国际联盟(League of Nations,简称国联)是第一次世界大战后组成的国际组织,宗旨是减少武器数目、平息国际纠纷及维持民众的生活水平。但国联却不能有效阻止法西斯的侵略行为,第二次世界大战后被联合国取代。虽然美国总统伍德罗·威尔逊努力促成了国联的成立,但美国却从未加入国联。

北大西洋公约组织和冷战

哪些国家是北大西洋公约组织成员国?

北大西洋公约组织(North Atlantic Treaty Organization,NATO),简称北约组织或北约,是美国与西欧、北美主要发达国家为实现防卫协作而建立的一个国际军事集团组织。截止到 2007 年,共有成员国 26 个:比利时、冰岛、丹麦、德国、法国、荷兰、加拿大、卢森堡、美国、挪威、葡萄牙、土耳其、西班牙、希腊、意大利、英国、波兰、匈牙利、捷克、爱沙尼亚、拉脱维亚、立陶宛、保加利亚、罗马尼亚、斯洛伐克、斯洛文尼亚。

什么是华沙条约组织?

1955 年,为对抗北大西洋公约组织而成立的政治军事同盟。1955 年德意志联邦共和国(西德)加入北约后,欧洲社会主义阵营国家苏联、捷克和斯洛伐克、保加利亚、匈牙利、民主德国、波兰、罗马尼亚、阿尔巴尼亚 8 国,在华沙签订了《友好互助合作条约》,同年 6 月条约生效时正式成立了军事政治同盟——华沙条约组织,简称华约(Warsaw Pact)。1991 年,华沙条约缔约国政治磋商委员会在布拉格举行的会议上,与会各国领导人签署了关于华沙条约停止生效的议定书和会议公报,至此华沙条约正式解体。

北大西洋公约组织的目标是什么?

成立于 1949 年的北大西洋公约组织(North Atlantic Treaty Organization,NATO),

联合国开会现场。（图片档案馆）

简称北约组织或北约，是美国与西欧、北美主要发达国家为实现防卫协作而建立的一个国际军事集团组织。北约的目的是与苏联为首的东欧集团国成员相抗衡，若某成员国一旦受到攻击，其他成员国可以及时作出反应、联合进行反击。但这一条款在9·11事件之前，一直未曾付诸实施。及至苏联解体，华沙公约组织宣告解散，北约遂成为一个地区性防卫协作组织。

谁在冷战中取胜？

第二次世界大战之后开始的冷战（The Cold War）是美国与苏联之间争夺领导权的战争，指美国和苏联及他们的盟友于1945—1990年间在政治和外交上的对抗、冲突和竞争。由于第二次世界大战刚结束，在这段时期，虽然分歧和冲突严重，但对抗双方都尽力避免导致世界范围的大规模战争（世界大战）爆发，其对抗通常通过局部代理人战争、科技和军备竞赛、外交竞争等"冷"方式进行，因此叫做冷战。后来，冷战升级为东西方阵营的核战争、极端军事化，最后扩大到太空竞赛。冷战随1989年柏林墙的倒塌而渐近尾声。两年后，苏联解体。在这场冷战中，没有胜利方，因为从来没有战争场面出现。

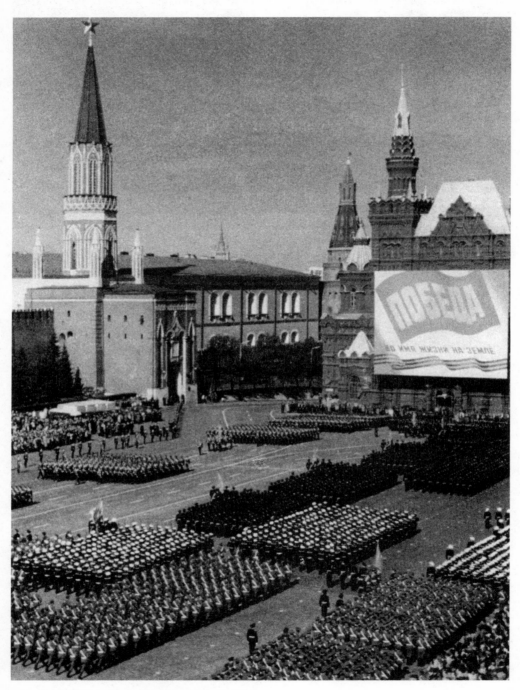

盛大的红场阅兵式。(路透社/图片档案馆)

当今的世界

哪些国家是世界上最新成立的国家?

20 世纪 90 年代,世界版图上又增加了二十几个国家。这些国家主要是 1991 年苏联解体之后独立的国家——爱沙尼亚(Estonia)、拉脱维亚(Latvia)、立陶宛(Lithuania)、摩尔多瓦(Moldavia)、白俄罗斯(Belarus)、乌克兰(Ukraine)、阿塞拜疆(Azerbaijan)、格鲁吉亚 (Georgia)、亚美尼亚 (Armenia)、哈萨克斯坦 (Kazakhstan)、乌兹别克斯坦(Uzbekistan)、吉尔吉斯斯坦(Kyrgyzstan)、土库曼斯坦(Turkmanistan)、塔吉克斯坦(Tadzhikistan)和俄罗斯。

南斯拉夫解体后也同样建立了几个新的国家——波斯尼亚和黑塞哥维那(Bosnia and Herzegovina)、塞黑(Serbia and Montenegro)、斯洛文尼亚(Slovenia)、克罗地亚(Croatia)、马其顿(Macedonia)。

1993 年,厄立特里亚(Eritrea)宣布独立,不再归属埃塞俄比亚,而捷克斯洛伐克也由一个统一体变为捷克和斯洛伐克两个独立国家。就在同一年,太平洋上的岛国马绍尔群岛(The Marshall Islands)、密克罗尼西亚(Micronesia)和帕劳(Palau)相继宣布独立。1990 年,纳米比亚脱离非洲独立,而东德和西德却合并成一个统一体——德国。

美国目前承认了多少个国家?

美国国务院(State Department)是美国确定承认国家的正式国家机构。国务院不断更新增补世界上正式成立的国家,到目前为止已有 190 多个国家。

国家宣布独立必须具备什么要件?

首先要有自己的国土、政府职能部门、长住居民、交通设施和经济基础,还要得到国际的承认。

为什么有些边界线弯曲，而有些则笔直？

边界线主要有两种，一种为几何图形的，一种为自然形成的。几何图形的边界线都沿经纬线或两点间的某些方向呈直线延伸。几何图形的边界线是在居住者进驻之前的边界划定。大多数美国西部各州都是按照几何图形划定的边界线，尤其是呈方形的科罗拉多州和怀俄明州。自然形成的边界线通常沿山脉、河流呈弯曲状。欧洲各国边境线通常为自然形成的边界线，一般都是在人口居住之后才建立的国家。

为什么也门和沙特阿拉伯的边境线未最终确定？

某些国家间的边境线有待确定。沙特阿拉伯和也门交界的沙漠地区边界长期以来存在争议，一直未最后确定。

什么是第三世界国家？

第三世界是一个描述国际政治经济体系的概念，它所涉及的国家和区域，虽然没有绝对明确的界定，但一般指一些在政治、经济、社会现代化进程中比较落后的国家和地区。从20世纪50年代以来，对这一概念曾有若干不同的诠释——除了从意识形态或全球战略观点加以定义的说法外，也有纯就经济及社会发展程度加以界定的看法。

今日流行的三个世界概念，就发展经济学的角度而言，这类国家包括被称为"发达国家"（developed countries）例如美国、日本、德国等，及发展中国家（developing countries）。这些国家在学术上也被称为南部国家，发展中国家，不发达国家和主体世界（Majority World）。此名原本是指法国大革命中的第三阶级（Third Estate）。冷战时期，一些经济发展比较落后的国家为表示并不靠拢北约或华约任何一方，用"第三世界"一词界定自己。

第三世界国家绝大多数过去都是帝国主义的殖民地或附属国，它们取得政治独立后，还面临着肃清殖民主义残余势力、发展民族经济、巩固民族独立的历史任务。它们是维护世界和平的重要力量。

为什么不公正的划分选区就如同蝾螈？

格里蝾螈（gerrymandering like a salamander）这个词是由格里"gerry"和蝾螈"salamander"两个词结合而成的。1812年，马萨诸塞州州长埃尔布里奇·格里(Ellbridge Gerry)主持重新划分了该州的参议员选区。新选区的形状由政治漫画家绘成蝾螈形状，从此诞生了格里蝾螈一词，专指不公正的划分选区。不公正的划分选区目的在于将本不属于本区的选民所在地划进来。如果一个州划分选区到了极不公正的地步，并且持续多年，最高法院有可能裁决其违反《宪法》；但是只要没到这种地步，这种做法已经在美国政治中属于约定俗成。

什么形式为国家最好的形式？

由于种种原因，国家与国家的形式各异，但最好是一个整体。一体的国家，比如德国和法国，容易管理。而分散型的，例如印度尼西亚，细长线型的，例如智利等国家都不易于管理。整体国家易于管理，因为交通、通信、国内安全都在国家掌控之下，而且国境线也较短。分散型的和细长线型的国家更容易闹分裂。

殖民地和扩张

为什么大英帝国曾宣称是"日不落帝国"？

日不落帝国(the empire on which the sun never sets)是指照耀在部分领土上的太阳落下而另一部分领土上的太阳仍然高挂的帝国，通常用来形容繁荣强盛、在全世界均有殖民地并掌握当时霸权的帝国。20世纪初，英国在全球范围拥有殖民地，在拉丁美洲有加拿大、圭亚那、百慕大(Bermuda)和新西兰等；非洲有埃及、南非和尼日利亚等；亚洲有印度、缅甸等；大洋洲有澳大利亚。

为什么有那么多的国家争相占领殖民地？

殖民地是指由宗主国统治，没有政治、经济、军事和外交方面的独立权利，完全受宗主国控制的地区。世界上的殖民地多是西方殖民国家从15世纪起在世界范围内建立的。第二次世界大战后，世界上大多数殖民地获得独立，旧的世界殖民体系不复存在。

从殖民地的性质上来说，大致可分为拓殖型殖民地、资源掠夺型殖民地和商业殖民地3种主要类型，这3种殖民地是随着资本主义的发展进程而顺次出现的。

第二次世界大战初,希特勒目睹纳粹帝国的扩张。(The National Archives/Corbis)

世界上最大的殖民地是哪一个?

美国的殖民地波多黎各有大约 360 万人口。波多黎各原为印第安人居住地,1898 年后成为美国殖民地。1972 年以来,联合国非殖民化特别委员会多次重申波多黎各人民享有自决和独立的不可剥夺的权利。1999 年,波多黎各再次面临是成为美国的第 51 个州、宣布独立,还是仍然保持殖民地身份的选择。如果波多黎各独立,法属波利尼西亚(French Polynesia)就是第一大殖民地。法属波利尼西亚由群岛组成,位于南太平洋,现有人口 20 万。

纳粹德国是如何利用地缘政治学的?

第二次世界大战爆发前夕,法西斯纳粹德国为向外侵略、扩张所提出的一种反动的地缘政治学,为侵略和扩张杜撰了一个专有名词——所谓的"殖民地"(Lebensraum)理论"生存空间",以指那些国土之外可供其控制的领土和属地。在战争最初两年,德国在东线战场夺取了巨大国土,这些占领的土地作为新德国的生存空间,成为德国不断增长的人口新的生活区。希特勒(Adolf Hitler)利用这种反动地缘政治学入侵了捷克斯洛伐克、波兰和苏联。

哪一个国家人均 GDP 最高？

GDP(Gross Domestic Product, 国民生产总值)，是对一个国家（地区）经济在核算期内所有常住单位生产的最终产品总量的度量，常常被看成显示一个国家（地区）经济状况的一个重要指标。美国目前的 GDP 达到 $28 000。摩纳哥位居第二，紧随其后的是卢森堡、挪威和加拿大。

民族统一主义为何引发第二次世界大战?

收复故土主义又称为民族统一主义，是国际关系学的名词。收复故土主义是指根据传统、文化、语言等，将失去的故土（因外国入侵或国际分割失去的土地）收回的民族主义运动。不管其诉求真实与否，它是身份政治（identity politics）、地缘文化及地缘政治的特征之一。由于世上的国界每天有所变化，很多国家在理论上都可以用不同的理由，向邻国提出领土要求。

任何领土，如果带来如此的领土纷争，就被称为尚未收复的故土（意大利语：Irredenta）。但不是所有这样的地区都会引起战争。引起第二次世界大战的原因很多，其中极端民族主义的发展是一个重要原因。希特勒以收复故土作为借口，入侵占领捷克斯洛伐克。他声称，生活在捷克斯洛伐克苏台德地区（Sudetenland）的德国人受到不公平待遇，所以苏台德地区应该归属德国。纳粹德国以苏台德为题，向第一次世界大战后的欧洲格局进行挑战。在慕尼黑会议后，在英法两国妥协和同意之下，捷克斯洛伐克被迫让纳粹德国占领该地。这只是助长希特勒侵略中欧的野心。最后，德国在 1939 年入侵波兰，引起第二次世界大战。

世 界 经 济

GDP与GNP之间有什么区别?

国内生产总值（Gross Domestic Product），亦称本地生产总值，是一个领土面积内的经济情况的度量。GDP 被定义为所有在一个国家内一段特定时间（一般为一年）里所有生产产品和货物的总值。国民生产总值（Gross National Product，GNP），也称本地居民生产总值，即一国一年内所生产的最终产品（包括劳务）的市场价值的总和，是国民收入核算中最重要的组成部分。在经济学上，由于不同角度，对国民生产总值的计算方式也有多种。国内生产总值（GDP）与国民生产总值（GNP）不同之处在于，GDP 不将国与国之间的收入转移计算在内。也就是说，GDP 计算的是一个地区内生产的产品价值，而 GNP 则计算一个地区实际获得的收入。国内生产总值与国民生产总值之间的主要区别，GDP 强调的是创造的增加值，它是"生产"的概念，GNP 则强调的是获得的原始收入。

哪些国家将国民生产总值作为国际援助的比率最高？

挪威、丹麦、瑞典、荷兰和芬兰都拿出 1% 国民生产总值作为国际援助。

哪一个国家是世界上最大的进出口国？

美国既是世界上最大的进口国，也是最大的出口国。它的进口量占世界总进口量的 15%，出口量占 12%。

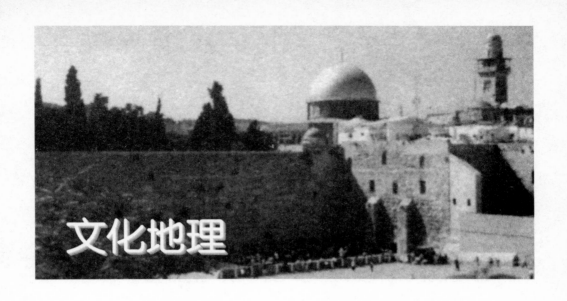

文化地理

人　口

在所有历史上的人种中,至今仍存在的人数比例是多少?

在所有历史上的人种中,仅有大约 5%—10%的人种至今仍然存在。因为人类的生存年限在 10 万年左右,历史上曾经生存的人口大约有 600 亿—1 200 亿。

地球上有多少人口?

地球上人口大约 60 亿。预计到 2050 年时,人口将会增长到 80 亿,而到了 2050年,人口将会增长到 93 亿。

历史各个时期有多少人口?

年　代	人　口	年　代	人　口
0	2 亿	1500	4.5 亿
1000	2.75 亿	1750	7 亿

续　表

年　代	人　口	年　代	人　口
1850	12亿	1975	40亿
1900	16亿	1985	48.5亿
1950	26亿	1990	53亿
1960	30亿	1999	60亿

世界人口增长速度有多快?

1998年时,世界人口每年的自然增长速度为1.3%,相当于7 900万人。也就是每年出生1.33亿,死亡5 400亿,相当于每秒出生4.2人,死亡1.7人。

世界上哪个国家人口密度最高?

摩纳哥(Monaco)位于欧洲西南部,三面被法国国土包围,南临地中海。东西长约3公里,南北最窄处仅200米,面积为0.75平方英里。摩纳哥平均每平方英里42 500人。另外一个人口密度最高,却又不像摩纳哥一样是个名副其实的袖珍小国的孟加拉国(Bangladesh)每平方公里2 200人。

什么叫做人口普查?

人口普查就是对人口数做精确统计,帮助政府作出决策。有关年龄、性别、子女数量、种族、语言、教育程度、工资和其他数据都是人口普查中所要统计的。相关数据经过汇总整理之后提交给政府有关部门,通常也会向社会公布。

在美国和发达国家,每10年就会进行一次人口普查工作。美国宪法规定,每10年必须进行一次人口普查工作,以此确定每个州的人数,进而确定每个州众议员的人数。

什么是婴儿潮?

第二次世界大战之后,世界经济快速发展,引发美国1946—1964年间的人口出生高潮,这就是人们通常所说的婴儿潮。在这期间,美国有大约7 700万婴儿出生,与其他时间相比,这是一个惊人的数字。现在,这些在婴儿潮时期出生的人也都到了退摩纳哥国土面积为 0.75 平方英里，而人口密度世界第一，平均每平方英里 42 500 人。
（Jonathan Blair/Corbis）

休年龄。

为什么男女出生比例基本相等？

科学家也不能确切说明为什么男女出生比例基本相等，但是男女出生比例基本
维持在 105：100 之间。

语 言 和 宗 教

世界上使用最多的语言是哪些语言？

世界上使用最多的语言是汉语，中国、新加坡的十几亿人都使用汉语。使用英语
的有 5 亿人，印度语 4.5 亿多人，西班牙语大约 4 亿人，俄语 2.5 亿多人。这些是世
界上使用最多的语言。

什么是混合国际语言和混杂语?

混合国际语言(lingua franca)常用于交流双方没有共同语言的人群之间,广泛应用于国际航空、通讯、旅游、体育比赛,也广泛用于科技交流和商务活动中。英语这门语言就经常被作为国际商务交流的通用语言。Pidgin 的意思是"混杂语"(在我国也叫做"洋泾浜语"),这种语言的词汇量很小,是人们为了便于与外国人交往沟通,将两种或多种语言混杂在一起,形成的新语言。比如在巴布亚新几内亚,有一种 Tok Pisin 语,就是典型的混杂语。在这种语言中,king and queen(国王和女王)被说成 king na kwin,其中 king 和 kwin 很明显来自英语,而 na 来自当地语言。大多数混杂语都是混合语,而混合语却不都是混杂语。

耶路撒冷有多少宗教圣地?

犹太教、伊斯兰教和基督教都将耶路撒冷看作圣地。耶路撒冷犹太教圣迹哭墙又称西墙(Western Wall),是耶路撒冷旧城第二圣殿护墙的一段,也是第二圣殿护墙的仅存遗址,为古代犹太国第二神庙的唯一残余部分。长约 50 米,高约 18 米,由大石块筑成。犹太教把该墙看做是第一圣地,教徒至该墙必须哀哭,以表示对古神庙的哀悼,并期待其恢复。圆顶清真寺(Dome of the Rock)和阿克萨清真寺是仅次于麦加禁寺和麦地那圣寺的伊斯兰教第三大圣寺。圣墓教堂(Holy Sepulchre Church)是基督教圣地。

托马斯·马尔萨斯提出了怎样的人口论观点?

托马斯·马尔萨斯(Thomas Malthus, 1766—1833)是英国的牧师、经济学家。他在《人口论》(An Essay on the Principle of Population, 1798)一书中提出:人和动、植物一样都听命于繁殖自己种类的本能的冲动,造成了过度繁殖。因此人口有超过生活资料许可的范围而增长的恒常趋势。他断言:人口按几何数列 1、2、4、8、16、32……增加,而生活资料只能按算术数列 1、2、3、4、5、6……增加。人口的增长快于生活资料的增长这种情况超出了食品供应能力,但是战争、粮食短缺、疾病和自然灾害也会在某种程度上限制人口的增长。

为什么清真寺都是圆顶?

伊斯兰教清真寺的圆顶建筑和其他一些西方宗教建筑都是借鉴拜占庭帝国(Byzantine Empire)的建筑模式。莫斯科红场的著名建筑圣巴索大教堂(St. Basil's Cathedral)是俄国沙皇伊凡四世于 16 世纪中叶为纪念战争胜利而建造的。

耶路撒冷的哭墙和圆顶清真寺。（图片档案馆）

危 机 处 理

生育仍然是女性死亡的首要杀手吗？

从有人类一直到 20 世纪，女性在生育过程中引发的并发症一直是女性死亡的主要杀手。现在，在发展中国家，女性从怀孕到生育已不再有任何死亡的危险。

黑死病如何影响了世界人口？

黑死病（Black Plague）是人类历史上最严重的瘟疫之一，在 1340—1950 年威胁到欧洲、亚洲和北美洲。尽管相关城市采取了隔离措施，但是瘟疫还是以相当快的速度迅速从一个城市蔓延到另一个城市。这场瘟疫造成了全世界大约 7 500 万人死亡，在欧洲和亚洲，约有一半的人死于黑死病。更多的人死于接下来由于食品短缺而引发的饥荒。

世界的粮食供应充沛吗？

尽管世界所生产的粮食产量足够世界人口供应，但由于种种问题，导致粮食分配不均。按照目前世界人口的增长速度，我们有必要迅速调整目前的饮食习惯，多吃谷类，少吃肉。世界所生产的粮食有限，却有大量的粮食都用于牲口饲养，而没有作为人类的食粮摆上餐桌。如果人类以谷类替代牛肉，人体的热量就会比仅食用牛肉高出 20 倍。

1918年的流感在什么范围内传播？

1918 年，一场世界性流感在世界范围内迅速流行，在两年的时间里夺走至少 2 100 万人的生命。仅在美国就有 50 万人死于这场流感。

什么革命意在解决世界性粮荒？

自 20 世纪 60 年代起，一些国际组织，比如联合国粮农组织等组织发起了绿色革命（Green Revolution），帮助世界各国，尤其是欠发达国家提高农业技术，确保粮食供应能够满足需求。在这数十年的时间里,世界许多地方,特别是亚洲和拉丁美洲,主要谷类作物的产量翻了一番多,其他作物的产量也大幅度增加。但当农民选择种植新的改良作物品种和养殖新的家畜品种时,许多传统的本地品种被遗弃并绝种。此外,杀虫剂和其他农用化学品在许多国家的广泛使用已经造成严重的环境退化并危及公共健康。绿色革命耕作系统还需要大规模的灌溉,这也对世界水源造成真正的压力。

什么人叫做难民?

难民就是害怕受到迫害而逃离家园的人。目前世界上有大约 1 500 万—2 000 万难民,大多数是因为所在的发展中国家社会动荡不安或发生动乱,逃到离自己国家最近的、稳定的国家。由于周边各国政治稳定情况各异,所以所接受的难民的数量就各不相同。发达国家所接纳的难民最多。难民问题已经如同移民问题一样,成为许多国家必须面对的棘手问题。

医学地理学是如何控制疾病蔓延的?

医学地理学家和流行病学家是研究人群疾病和健康状况的地理分布与地理环境的关系,以及确定发病的准确地理位置的学科。它是地理学的一个分支学科,又是医学学科的研究领域,具有边缘学科性质。比如,某一城市癌症高发。医学地理学家通过深入调查,发现一家工厂排放的污水中含有有毒物体。确定发病原因和准确地区后,就可以有针对性地治疗疾病了。

世 界 文 化

什么是游牧?

游牧是指终年随季节变换进行游动放牧的一种粗放的草原畜牧业方式。牧民长期无固定住所,过着逐水草而居的生活,基本处于靠天养草和靠天养畜的落后状态。游牧民族指的是以游牧为主要生活方式的民族,广义上游牧民族指的是居无定所的流浪民族,一般游荡于世界边缘化地区,如撒哈拉沙漠和西伯利亚北部。因为大众文化不认同居无定所的人群,所以游牧生活方式受到文化偏见的威胁。

吉卜赛人是怎么回事?

吉卜赛人是游走于欧洲各地的部落。吉卜赛人最初住在印度北部,10世纪时开始迁移,后流落到世界各地。这个流浪民族在"吉卜赛追捕"(Gypsy hunts)和奥斯威辛集中营(Auschwitz Concentration Camp)灭绝人性的屠杀之后消亡。

什么是人才外流?

人才外流(brain drain)中的brain就是头脑,drain是外流。Brain drain这两个字合在一起就成了:头脑外流,就是人才外流,指受过高等教育和掌握高级技术的人才离开自己的国家,移居国外。这种情况在亚洲更常见,许多受过高等教育的亚洲人纷纷移居美国、加拿大和澳大利亚等国。

高纬度国家的人如何度过长夜和长昼?

俄罗斯的摩尔曼斯克(Murmansk)位于科拉半岛东北,是北极圈内最大城市。摩尔曼斯克一年中有一个半月的长夜,又有两个月的长昼。每年从12月2日起到次年1月18日前后,太阳一直沉落在地平线以下,北极星则几乎垂直地悬挂在高空。而在夏至前后的两个月里,太阳终日不落,周而复始地在天空回转。这里有47万人口,在漫漫长夜里,人们行走在仿照日光的人工照明街道上。经历人工模拟太阳照明后,人们经常会患极地夜压病(Polar Night Strees)。极地夜压病症状包括疲乏、压抑、视觉模糊,容易患伤风感冒。

为什么有人吃土?

吃土的人被叫做食土癖者,一般是怀孕的女性和处在哺乳期的女性。这时的女性身体需要更多的营养,有的就需要含有矿物质的泥土。这种情况在非洲很常见,在非洲女性被迫卖到美国做奴隶时也传入了美国。目前美国南部也有食土癖者,这已经成为一种文化现象,而不仅仅是心理问题。

为什么有些文化要杀死婴儿?

因为粮食供应短缺,几个世纪以来,全球有不少国家都把杀死婴儿作为控制人口增长的一种手段。由于文化偏见,所杀死的婴儿中以女孩为主。目前这种现象仍

日本东京: 世界 2.3 万家麦当劳连锁店中的一家。(图片档案馆)

然存在。

为什么美国人不吃马肉?

大多数宗教和文化群体都有其特别的禁忌,有些是完全禁食,有些是在特定的时间里完全禁食, 还有一些是则在特殊的节日里禁食。宗教食物禁忌规定穆斯林和犹太教信徒不许吃猪肉,印度教信徒不许吃牛肉。文化食物禁忌也不可小视。比如,美国人不吃马肉,因为这是美国人的食物禁忌所限定的。而实际上马肉很有营养,也是可以食用的。

世界上有多少麦当劳连锁店?

1948 年,加利福尼亚伯纳迪诺(Bernardino)的第一家麦当劳开张。之后,世界各地的连锁店如雨后春笋般开张。现在,在世界 109 个国家有 2.3 万家麦当劳连锁店。

为什么长子享有全部继承权?

长子继承权是一种在世界范围内被广泛接受的传统, 保证家庭财产和地位代代

115

相传。在长子权利得到保证的情况下，其他孩子就需要自谋生路。

什么时候人们吃饭时开始使用叉子和勺子?

尽管叉子和勺子是在 15 世纪引入欧洲的，但是普及却是 17 世纪以后的事情了。在那之前，人们用手和刀进食。

时间、日历和季节

为什么早期人不需要用小时、日子、星期和季节计算时间？

因为早期人类主要活动就是打猎和采集，不需要了解准确时间，只要知道动物的迁徙和植物生长周期即可。

时　　间

早上12：00是什么时候？

早上 12：00 是午夜。晚上 11：59 之后是早上 0：00，而不是晚上 12：00。

英文a.m和p.m指什么？

英文 a.m 和 p.m 分别指午前和午后。

格林威治标准时间，协调世界时和祖鲁时间之间的区别是什么？

格林威治标准时间（Greenwich Mean Time，GMT），协调世界时（Universal Time

117

Coordinated, UTC）和祖鲁时间（Zulu Time）是同一个时区内的 3 个不同标准时间的叫法。这个时区位于英国伦敦格林威治皇家天文台零经度线上的本初子午线（The Prime Meridian）。本初子午线又称"首子午线"或"零子午线"，也就是 0°经线，是地球上计算经度的起算经线。本初子午线以东为东经，以西为西经。

军用时间是如何计算的？

许多国家选用 24 小时格式（通常称为军用时间，military time），从午夜 00：00 开始计算，一天的终结为 23：59。前两位数为小时，后两位数为分钟。每天有 24 小时，所以 01：00 就是早上 1 时，12：00 就是中午，13：00 就是下午 1 时，而 20：43 就是晚上8：43。

一天有多长？

一天是地球自转一周的时间，准确数字是 23 小时 56 分钟 4.2 秒钟。为了方便计算，我们通常说成 24 小时。

地球总是以相同的速度自转和围绕太阳公转吗？

不是。地球绕着地轴不停地旋转，每自转一周就是一天。地球存在周期性变化，每转一周有大约 5 毫秒的偏差。而由于潮汐摩擦，每一个世纪还会慢一毫秒。而且轴也会有微小晃动，所以围绕太阳的旋转也会有几毫秒的偏差。

如何能够确定准确时间？

在电报发明之后，人们就可以通过发射信号得到准确时间，也可以拨打相关部门的电话询问准确时间。

时　区

美国何时设立了时区？

1878 年，加拿大人桑福德·弗莱明（Sir Sanford Fleming）提议使用一个全球的时区，每一个跨越 15°经线（因为地球的经度 360°，划分成 24 块后，一块为 15°）。美国横

一座 24 时钟。（Roger ressmeyer/
Corbis）

跨 4 个时区。1895 年，美国大多数的州都按照东部、中部、山区和太平洋区确定了时
区。1918 年，议会批准通过了标准时间法案（The Standard Time Act），正式确定了美国
的时区。

火车如何帮助时区的确立？

在火车问世之前，许多城市和地区都使用自己当地以太阳为标准的时间。因为各
地的时间不同，所以火车时刻不统一，造成了许多麻烦。1883 年 11 月，美国和加拿大
的铁路公司开始使用标准的时间。

119

美国有几个时区？

美国一共有9个时区，分别是：东区、中部地区、山区、太平洋区、阿拉斯加时区、夏威夷时区、夏威夷-阿留申时区（Hawaii-Aleutian）、萨摩亚时区（Samoa）、威克岛时区（Wake Island）和关岛时区（Guam）。

美国哪几个州同时位于几个时区上？

佛罗里达州、肯塔基州、印第安纳州和田纳西州处在东区和中部地区。堪萨斯州、内布拉斯加州、北卡罗来纳州、南卡罗来纳州和得克萨斯州位于中部地区和山区。爱达荷州和俄勒冈州位于山区和太平洋区。

中国有几个时区？

中国有辽阔的疆土，从西到东共有5个时区，但是全国上下只用一个时间——北京时间。

为什么国际日期变更线近期有所变动？

基里巴斯共和国（The Republic of Kiribati）位于太平洋中西部，由33个岛屿组成，是世界上唯一的跨赤道、横越国际日期变更线（International Date Line）的国家，又是世界上唯一的跨南北两个半球和东西两个半球的国家。1884年，国际子午线会议确定国际日期变更线"弯曲"东移时，基里巴斯还不是一个独立的国家，因此没有把基里巴斯包括在内，变更线从基里巴斯中部拦腰而过，形成了基"一国两日"的状况。1995年，基里巴斯决定统一使用首都塔拉瓦时间，认为国际子午线会议为维护一个国家时间，绕这个国家划分国际日期变更线的原则也适用于基，因此主张把穿越基境内的国际日期变更线东移至基最东端的卡罗林岛。卡罗林岛位于西经150°、南纬10°处，比国际日期变更线往东约2 000多公里，基本上无人居住。基里巴斯改动国际日期变更线后，加罗林岛成为世界上第一个看到日出的岛，基里巴斯也因此成为世界上迎接新的一天的第一个国家。

南极和北极使用什么时间？

因为离赤道越远，时区就越窄，在南极和北极处最窄。为了避免事情复杂化，南极科考人员都用英国格林威治时间,也就是协调世界时。

向西旅行如何能省时?

　　一般说,乘飞机从伦敦飞往纽约需要 7 个小时,这中间有大约 5 个小时的时间是可以缩减的。如果乘协和飞机(Concorde)以每小时 1 300 英里的速度,声速两倍的速度飞行,那么,从伦敦飞往纽约仅需要 3 个小时。4 年前,协和式客机最后一次让乘客感受突破音障的激动瞬间。由于事故频发,这种高科技产物被迫退出历史舞台。在此之后,超音速飞机迅速成为飞机制造商的宠儿。眼下,打造超音速喷气式商用飞机的美国 Aerion 公司制造的飞机虽然没有协和式飞机大, 速度也没有协和式飞机快,但 Aerion 超音速飞机的速度还是不容人们忽视的。乘坐这种飞机,人们从伦敦到纽约的飞行时间将减少 3 个小时。

为什么俄罗斯总是早一个小时?

　　这是因为夏时制的推行。1916 年,德国首先实行夏时制,英国因为怕德国会从中得到更大的效益,因此紧跟着也采取了夏时制。夏时制节约了约 15%的煤气和电力。法国不久也效仿实行。1917 年,俄罗斯第一次实行了夏令时,但直到 1981 年才成为一项经常性的制度。1918 年,参加了第一次世界大战的美国也实行了夏时制,但战后立即取消了。1942 年,第二次世界大战期间,美国又实行了夏时制,1945 年战争结束后取消。1966 年,美国重新实行夏时制。欧洲大部分国家从 1976 年,即第四次中东战争导致首次石油危机 3 年后(1973 年)开始实行夏时制。根据联合国欧洲经济委员会的建议,从 1996 年起,夏令时的有效期推迟到 10 月份的最后一个星期日。

夏 时 制

为什么要推行夏时制?

　　夏时制,又称"日光节约时制"(Daylight Saving Time),是一种为节约能源而人为规定地方时间的制度,在这一制度实行期间所采用的统一时间称为"夏时制"。一般在天亮早的夏季人为将时间提前一小时,可以使人早起早睡,减少照明量,以充分利用光照资源,从而节约照明用电。各个采纳夏时制的国家具体规定不同。目前全世界有近 110 个国家每年要实行夏令时。

美国的夏时制是怎么回事?

美国原本于每年 4 月的第一个星期日 2 时起至 10 月的最后一个星期日 2 时实施夏令时间,将时间提前一个小时。但经美国国会 2005 年通过的能源法案,自 2007 年起延长夏令时间,开始日期从每年 4 月的第一个星期日,提前到 3 月的第二个星期日,结束日期从每年 10 月的最后一个星期日,延后到 11 月的第一个星期日。

1998 年　4 月 5 日 2 时—10 月 25 日 2 时
1999 年　4 月 4 日 2 时—10 月 31 日 2 时
2000 年　4 月 2 日 2 时—10 月 29 日 2 时
2001 年　4 月 1 日 2 时—10 月 28 日 2 时
2002 年　4 月 7 日 2 时—10 月 27 日 2 时
2003 年　4 月 6 日 2 时—10 月 26 日 2 时

美国何时将夏时制开始时间由4月初改为4月末?

1986 年,联邦法规定从 1987 年 4 月份第一个周日到 10 月份最后一个周日为日光节约时间。美国夏时制从 1987 年至 2006 年,都是从每年 4 月的第一个周日开始,至 10 月的最后一个周日结束。布什总统 2005 年提出的新方案获国会通过,决定 2007 年实行新的夏时制,提前从 3 月的第二个星期日开始,到 11 月的第一个星期日才结束。

不过,美国夏时制仍出现"一国两时",亚利桑那与夏威夷不实行夏时制。另外,波多黎各、维京群岛及美属萨摩亚也不实施。

夏时制何时开始实施?

1784 年,本杰明·富兰克林在一篇短文《火鸡对鹰,麦考利是我的小猎犬》中首先提出夏时制的计划,即在春天来到时将时钟拨快,以获取更多的光照资源,但这一计划真正开始实施是在第一次世界大战期间。在两次世界大战期间,美国允许各州自主选择是否实行夏时制。第二次世界大战期间,富兰克林·罗斯福总统为节省能源,施行全年的夏时制,直到 1945 年战争退出。1966 年,美国国会通过在全国实行统一时间法案以便全国实行夏时制。此后,许多州采用自己的夏时制,亚利桑那、夏威夷、印第安纳、波多黎各和一些岛屿不实行夏时制。

日晷利用阳光测算时间。(图片档案馆)

南半球各国何时执行夏时制?

夏时制的推行是为了节省能源,南半球各国在每年的 10 月到第二年的 3 月执行夏时制。

计　时

什么叫做日晷?

日晷是利用日影的方位计时的仪器。日晷通常由铜制的指针和石制的圆盘组成。铜制的指针叫做"晷针",垂直地穿过圆盘中心,晷针又叫"表",石制的圆盘叫做"晷面",安放在石台上,呈南高北低,使晷面平行于天赤道面,这样,晷针的上端正好指向北天极,下端正好指向南天极。在晷面的正反两面刻画出 12 个大格,每个大格代表两个小时。当太阳光照在日晷上时,晷针的影子就会投向晷面,太阳由东向西移动,投向晷面的晷针影子也慢慢地由西向东移动。于是,移动着的晷针影子好像是现代钟表的指针,晷面则是钟表的表面,以此来显示时刻。在钟表发明之前,人们都是利用日晷测算时间。

123

什么是水钟?

水钟(water clock)是最早不依赖阳光(比如日晷)进行报时的钟表。水钟以滴水增加重量,推动轴杆或使齿轮运转,以测定时间。最常见的水钟有两种,一种是以容器中的存量水测定时间,另一种则是看有多少水流进测量仪器中而测定时间。

最早的表是何时制造出来的?

16 世纪早期,德国表匠彼得·肯莱恩制造出了可携带的"纽伦堡蛋"(Nurnberg Egg),它具有卵状的外观造型,并且只有一根时针。随着时间的推移,人们制造出了可戴在手腕上的计时器。

什么是原子钟?

原子钟(Atomic Clock)是利用原子发出的能量准确测时的仪器,是世界上最准确的时间计测方法。1957 年,由诺尔曼·拉姆齐发明的现代原子钟利用了铯原子。从原子钟诞生之日起,各国科学家就尝试过使用各种物质原子来制造它,先后出现有氢原子钟和铷原子钟,但它们的地位都远远无法同铯原子钟相比。美国国家航空航天局、物理学家、天文学家和其他所有需要准确计时的科学家均使用原子钟。

历　　年

B.C 和A.D分别指什么?

在现代历法中,公元元年即基督耶稣的诞辰年。他出生之前的年份即为 B.C(公元前),他出生的年份即为 A.D(公元后)。

B.C.E 和C.E各指什么?

实际上,B.C.E 和 C.E 就是 B.C 和 A.D,分别代表公元前和公元后。

按月亮计算月份的不足是什么?

一轮新月到下新月的时间是 29.5 天。这样,在 12 个阴历月之后,以阴历计时的月历就比阳历少 11.25 日。希伯来历（或犹太历）是一种阴阳合历,弥补了这一缺憾。犹太历每月以月相为准,和伊斯兰历一样,以新月初升为一月的开始,但设置闰月,使每年和太阳周期一致。以每年秋分后的第一个新月为一年的开始,设置闰月和中国农历一样,每 19 年 7 闰,但闰月统一放到闰年的第六个月之后。以往犹太历是根据月亮周期而定,在吸收了巴比伦历的太阳计法后,犹太历的月份就按月亮计算,而年份就按太阳计算,结果就成为一套阴阳合历的历法。

恺撒大帝是如何确立历年的?

在恺撒大帝确立历年之前的许多年,罗马人都是按照阴历计算年代。因为一个阴历月为 29.5 天,12 个月下来就是 354 天。但是季节并不是以月历为计算单位,而是以太阳作为计算单位的。罗马皇帝儒略·恺撒（Julius Caesar）在天文学家索西琴尼（Sosigenes）的参与下改革历法称儒略历（Caesar's calendar）。儒略历每年有 365 天,分为 12 个月,规定单数月 31 天;双数月 30 天,平年时,2 月 29 天,闰年时 30 天。每 4 年闰年一次（该年 366 天）,平均每年长度为 365.25 天,比回归年多 0.007 8 天,约每 128 年相差一日,每 400 年多出 3.12 日。但恺撒当时没有考虑到,这种历法每年仍比一个太阳年长出 11 分钟。

历史上最长的年份是哪一年?

公元前 46 年,恺撒在罗马帝国颁行《儒略历》。为使新历重新与季节相合,这一年含有 445 天。

什么时候开始将每年的1月1日作为每年的第一天?

公元前 46 年,恺撒在罗马帝国颁行《儒略历》中规定,以 1 月 1 日取代之前一直沿用的 3 月 25 日作为每年的第一天,同时确定了每月的日子。这一历法沿用至今。

为什么1582年少了10天?

儒略历（Julian calendar）是由罗马大帝儒略·恺撒采纳埃及亚历山大的希腊数学家兼天文学家索西琴尼计算的历法,在公元前 46 年 1 月 1 日起执行,取代旧罗马历法的一种历法。由于误差较大,到了 1582 年时,每年 11 分钟的误差已经积累到了天的误差。所以,教皇格里高利十三世(Pope Gregrory XIII)在天主教区宣布,将1582年10月5日调整为1582年10月15日,这就是格里历(Gregorian calendar),即公历,一直沿用至今。

什么是格里历?

从实施儒略历到16世纪末期,累差约为10日。为了消除了这个差数,教皇格里高利十三世把儒略历1582年10月4日的下一天定为10月15日,中间消去10天;同时还修改了儒略历置闰法则:能被4除尽的年份仍然为闰年,但对世纪年(如1600,1700,……),只有能被400除尽的才为闰年。这样,400年中只有97个闰年,比原来减少3个,使历年平均长度为365.242 5日,更接近于回归年的长度。经过这样修改的儒略历叫格里高利历,亦称格里历。格里历先在天主教国家使用,20世纪初为全世界普遍采用,所以又叫公历。

为什么会有闰年?

在公历(格里历)纪年中,有闰日的年份叫闰年,一般年份365天,闰年为366天。由于地球绕太阳运行周期为365天5小时48分46秒(合365.242 19天)即一回归年,公历把一年定为365天。所余下的时间约为4年累计一天,加在二月里,所以平常年份每年365天,二月为28天,闰年为366天,二月为29天。因此,每400年中有97个闰年,闰年在2月末增加一天,闰年366天。闰年的计算方法:公元纪年的年数可以被4整除,即为闰年;被100整除而不能被400整除为平年;被100整除也可被400整除的为闰年。如2000年是闰年,而1900年不是。

美国从什么时间开始使用格里历?

尽管天主教国家从16世纪起开始使用格里历,但新教国家,比如英国及它的殖民国家都仍在沿用儒略历。直到18世纪,大英帝国,包括英格兰、苏格兰以及现在美国的一部分才采纳格里历,也就是儒略历。1752年9月2日星期三的次日是格里历1752年9月14日星期四,日期跳过11日。

格里历确实准确吗?

可以说基本准确,但每年仍然比阳历年多25秒。这样,在3 320年后就会比阳历年多出整整一天。这是人们到那时所要面临和处理的问题。

法国在1793—1806年间使用什么历法?

法国在 1793 年法国大革命中一度实行了法国革命历法。1793 年 10 月 5 日,国民公会决定废止基督教的格里历法(即公历),采用革命历法,即共和历。共和历以法兰西第一共和国建立之日(1792 年 9 月 22 日)为历元,每年分 4 季、12 个月,每月 30 天,每 10 天为一旬,每旬第 10 日为休息日。12 个月之外余下的 5 天(闰年为 6 天,包括 1796、1800、1804)加在年末。 但这一历法沿用的时间很短,1806 年 1 月即被法国皇帝拿破仑一世废弃。

苏联在1929—1940年间使用什么历法?

苏维埃革命历法是苏联从 1929—1940 年间使用的历法。这一历法废除 7 天一周,改为 5 天一周(4 天为工作日,1 天休息),不设星期日,每月 6 周。在年末加 5 天(闰年加 6 天)以凑足 365 天或 366 天。

星期是以哪些天神命名的?

现在世界各国通用一星期 7 天的制度。这个制度最早由君士坦丁大帝(Constantine the Great)制定。他在公元 321 年 3 月 7 日正式宣布 7 天为 1 周,这个制度一直沿用至今。这样就形成今天英语中的 1 周 7 天的名称:

Sunday(太阳神日,即星期日)

Monday(月亮神日,即星期一)

Tuesday(战神日,即星期二)

Wednesday(主神日,即星期三)

Thursday(雷神日,即星期四)

Friday(爱神日,即星期五)

Saturday(土神日,即星期六)

21世纪从何时开始?

21 世纪从 2001 年 1 月 1 日零时开始计时。因为 1 个世纪为 1—100 年,所以世纪都是从"01"开始,而不是从"00"计时。例如,20 世纪就是从 1901—2000 年。

哪里的夏天太阳连续 24 小时不落？

极昼和极夜是只有在南北极圈内才能看到的一种奇特的自然现象。产生这种现象的原因是：地球环绕太阳旋转(公转)的轨道是一个椭圆，太阳位于这个椭圆的焦点上。由于地球总是侧着身子环绕太阳旋转，即地球自转轴与公转平面之间有一个 66°33′的夹角，而且这个夹角在地球运行过程中是不变的。这样就造成了地球上的阳光直射点并不是固定不动，而是南北移动的。春分以后，阳光直射点逐渐向北移动，这时，极昼和极夜分别在北极和南极同时出现。直到夏至日时，太阳光直射在北回归线上，整个北极圈内都能看到极昼现象；而整个南极圈内都能看到极夜现象。到冬至日时，太阳光直射在南回归线上，这时整个南极圈内都能看到极昼现象，而整个北极圈内都能看到极夜现象。

季　节

为什么地球的倾斜会影响季节变化?

由于地球倾斜 23.5°，使得太阳光直射地球的区域，会随着地球在公转轨道上位置的不同而改变。夏天时，太阳直射北半球，使北半球温度较高而形成夏天，而南半球因为阳光斜射，得到的能量较少，因此温度较低而形成冬天。半年后，太阳直射南半球、斜射北半球，因此季节互换，南半球是夏天，而北半球是冬天。

什么是南北回归线?

南回归线(The Tropic of Capricorn)和北回归线(The Tropic of Cancer)是太阳每年在地球上直射来回移动的分界线。南回归线是太阳在南半球能够直射到的最远位置，大约在南纬 23°26′，与纬度线平行。每年冬至日，太阳直射点在南半球的纬度达到最大，此时正是南半球的盛夏，太阳照射墨西哥、南非、印度中部和中国南部地区。此后太阳直射点逐渐北移，照射澳大利亚、巴西南部和南美地区，并始终在南纬 23°26′附近和北纬 23°26′附近的两个纬度圈之间周而复始地循环移动。因此，把这两个纬度圈分别称为北回归线和南回归线。

什么是冬至和夏至?

节气上分冬至和夏至,也就是每年 6 月 21 日和 12 月 21 日。每年的 6 月 21 日,太阳在正午时直射北回归线,预示着北半球夏季、南半球冬季的来临。而到了每年的 12 月 21 日,太阳在正午时分直射南回归线,昭示着北半球冬季、南半球夏季的来临。

春分时节鸡蛋能够竖立不倒吗?

在古老的传说中,每年春分这天可以很容易把鸡蛋立起来。因为,春分那天太阳直射在赤道上,南北半球昼夜时间相同。据说,春分这天,蛋站立的稳定性最好。春分这一天是时间的平衡,是白天和夜晚的平衡,这就是全世界人们喜欢立蛋的原因。其实立蛋与春分并不相干,鸡蛋能不能立起来取决于地球引力和鸡蛋本身的条件。春分对地球引力产生的影响是微不足道的,而立鸡蛋,蛋黄成分起了很大的作用,蛋黄的下沉会降低蛋的重心,加上蛋壳本身凹凸不平,只要找到 3 个突出点,平衡后蛋就能够立起来了。

什么是春分和秋分?

春分在每年的 3 月 21 日,秋分在每年的 9 月 21 日。无论是春分还是秋分,太阳都是直射赤道。3 月 21 日昭示着北半球春天、南半球秋天的开始。9 月 21 日则昭示着北半球秋天、南半球春天的开始。

南北极圈在哪里?

北极圈(Arctic Circle)即赤道以北 66°34′纬线圈。南极圈(Antarctic Circle)即赤道以南 66°34′纬线圈。北极圈是北半球上发生极昼、极夜现象最南的界线。北极圈以北的区域,阳光斜射,正午太阳度角很小,并有一段时间是漫长的黑夜(极夜),因而获得太阳热量很少,为北寒带。北极圈是北温带和北寒带的分界线。南极圈是南半球上发生极昼、极夜现象最北的界线。南极圈以南的区域,阳光斜射,虽然有一段时间太阳总在地平线上照射(极昼),但正午太阳高度角也是很小,因而获得太阳热量很少,为南寒带。南极圈是南温带和南寒带的分界线。

探险

欧洲和亚洲

谁伪装成穆斯林进入了麦加?

因为宗教圣地麦加严禁非穆斯林人员进入,英国考察者理查德·弗朗西斯·伯顿(Sir Richard Francis Burton)伪装成阿富汗的朝圣者进入了这座城市。伯顿在部队服役期间学过几种外国语言,曾经去过印度、中东、非洲和南美。他同时还是一名高产作家,出版了许多游记,而最为人所熟知的就是将《一千零一夜》(*1001 Arabian Nights*)翻译成英文。

马可·波罗对探险作出了什么贡献?

马可·波罗(Marco Polo,1254—1324),世界著名的旅行家、商人。马可·波罗 1254 年生于意大利威尼斯一个商人家庭,也是旅行世家。他的父亲尼科洛和叔叔马泰奥都是威尼斯商人。马可·波罗 17 岁时跟随父亲和叔叔,途经中东,历时 4 年多来到中国,在中国整整住了 17 年,被元世祖派到许多地方视察,还经常出使到国外,到过南洋好几个国家。他在扬州待过 3 年,据说还在那里当过总管。回到意大利之后,马可·

131

波罗在一次威尼斯和热那亚之间的海战中被俘,在监狱里口述旅行经历,由鲁斯蒂切罗(Rustichello da Pisa)写出《马可·波罗游记》(*Travels of Marco Polo*)。

世界第一所地理研究院在哪里?

1418 年,亨利王子在葡萄牙拉古什港附近的圣文森特角上的萨格里什(Sagres)创设了世界第一所地理研究院,专门研究航海、制图和先进的造船技术。尽管亨利王子本人并不是探险家,但却乘船沿着非洲海岸进行过多次考察。

哪一位探险家被中国皇帝提为大太监?

郑和是中国 15 世纪初明代的航海家。从 1405—1433 年这 20 多年的时间里,郑和先后 7 次率船队出使西洋,到达亚非 30 多个国家。郑和本人是伊斯兰教徒。在他12 岁那年,明军平定了云南。就在这一年,郑和的父亲病故。在这种境况下,郑和被送到北平,成为北平燕王朱棣家的一名奴隶,做了官(太监)。郑和在做宦官期间,取得了燕王的信任。朱元璋死后,太子朱允炆继位,便是历史上的建文帝。他继位后,一心要巩固自己的皇位,于是接连削废了 5 个番王。面临削藩威胁的燕王朱棣,兴师南下,攻取了南京,王宫起火,建文帝下落不明。郑和跟随燕王起兵征战,立了不少战功。因此,朱棣登上皇位(明成祖)以后,对郑和愈加信任。永乐二年(1404)初,朱棣亲笔写下"郑"字,赐他为姓,并提升他为内宫大太监。1405 年,郑和受皇帝的委派,出使西洋,将中国的影响扩至南亚和非洲等地。

亚历山大·冯·洪堡是什么人?

亚历山大·冯·洪堡(Alexander von Humboldt, 1769—1858)是德国自然科学家、自然地理学家、著述家、政治家、近代气候学、植物地理学、地球物理学的创始人之一,是19 世纪科学界中最杰出的人物之一。他走遍了西欧、北美洲和西亚。他的足迹遍及亚马孙雨林,绘制了最早的气候图,并写下了驰名中外的 5 卷本的自然地理学巨著《宇宙》。

阿拉伯世界最伟大的探险家是谁?

伊本·巴图塔(Ibn Battuta, 1304—1369)是中世纪阿拉伯世界最伟大的旅行家,被人誉为"穆斯林马可·波罗"。他的一生花了 27 年在旅行,行程近 7.5 万英里,6 次到麦加朝圣,足迹遍及非洲和亚洲,在中世纪为伊斯兰世界带来小亚细亚、中国、印度等地的资讯,在文化、知识的交流上有极大的贡献。他的旅行,加上绕道的距离,足以绕地球一圈。

成吉思汗征服了哪些地方？

成吉思汗（Chinggis Khaan），蒙古民族杰出的军事家、政治家，名铁木真。1206 年，进位蒙古帝国大汗，统一蒙古各部落。在位期间，征服了西亚和中东，建立了世界上最大的帝国，但很快在他 1227 年死后解体。

普列斯特·约翰是谁？

12 世纪，罗马教皇收到了一封自称来自东方基督教王国的叫普列斯特·约翰（Prester John，或译长老约翰）写来的信件，称马上就要被异教徒推翻。尽管人们一直就没有找到普列斯特·约翰这个人和他在信中所说的王国，但这封信激起人们极大的兴趣，在几个世纪中不断探索寻找这个王国。

十字军东征是怎么回事？

十字军东征（The Crusades）是在 1096—1291 年发生的 9 次宗教性军事行动的总称，是由西欧基督教（天主教）国家对地中海东岸的国家发动的战争。由于罗马天主教圣城耶路撒冷落入伊斯兰教徒手中，所以十字军东征大多数是针对伊斯兰教国家的，主要的目的是从伊斯兰教手中夺回耶路撒冷。东征期间，教会授予每一个战士十字架，组成的军队称为十字军。十字军东征一般被认为是天主教的暴行，到近代，天主教已承认十字军东征造成了基督教徒与伊斯兰教徒之间的仇恨和敌对，是使教会声誉蒙污的错误行为。

非　洲

谁发现了尼罗河源头？

1856 年，英国皇家地理学会（The British Royal Geographical Society）派英国探险家约翰·汉宁·斯皮克（John Hanning Speke，1827—1864）前往东非寻觅尼罗河河源。1858 年，斯皮克与同行的探险家理查德·柏顿爵士（Sir Richard Burton，1821—1890）发现了坦噶尼喀湖（Tanganyika）。以后，斯皮克在一次单独出行时发现了维多利亚湖（Lake Victoria），并以英国女王的名字为此湖命名。他认为维多利亚湖就是尼罗河的源头。当时有很多人不接受这一观点，所以斯皮克于 1860 年再次前往维多利亚湖，证明这里确实是尼罗河的源头。

哪一位探险家在美国独立战争期间同时为联邦和邦联做事？

亨利·莫顿·史坦利爵士(Sir Henry Morton Stanley)在美国独立战争(The Civil War)之前，通过海路到了美国。他在美国参加了邦联军队（The Confederate Army），但是在西罗之役(Battle of Shiloh)中被俘，之后便参加了联邦军队(the Union Army)。史坦利爵士所做的最有影响的事情是曾深入非洲内陆寻找渺无音讯的英国传教士及探险家李文斯顿(David Livingston)。

谁的尸体被保存下来，并在9个月之后被运送到非洲海岸？

大卫·李文斯顿(1813)是世界著名的苏格兰探险家、传教士，在赞比亚探险传教时不幸身亡。有人将他的尸体用沙子做了防腐处理，将他的心脏埋在了不远处的一棵大树下。然后用布将他的尸体包裹起来，涂上焦油做防水处理。忠诚的仆人抬着他的尸体艰难跋涉 9 个月，走到非洲东部海岸，乘 HMS Vulture 号船运回英国。1874 年 4 月 18 日，他的尸体被葬于西敏寺(Westminster Abbey)。

基德船长是谁？

17 世纪，英国派威廉·基德船长(William Kidd, 1645—1701)出海缉捕海盗，但不久传出，他本人也成了一名海盗。当时的非洲海盗很多，很快英国就接到有关报告，称基德也捕获了几艘船。他听说要逮捕他，就立即去找他的捐助人。但在审讯中被认定有罪判处绞刑，就这样曾经的海军英雄、大名鼎鼎的基德船长被吊在了泰晤士河边，而他的宝藏一直没有被找到，和他那坎坷传奇的经历一起成了永远的传说。

新 世 界

谁是第一个到达北美洲的欧洲人？

早在 11 世纪初，雷夫·埃里克森(Leif Ericson)成为第一位登陆加拿大的欧洲人。

雷夫·埃里克森在温兰（纽芬兰）附近海域。（Corbis-Bettmann）

据史料记载，埃里克森是挪威人，他曾去过如黑卢兰（Helluland）、马克兰（Markland）和温兰（Vinland），也就是现在的巴芬岛（Baffin Island）、拉布拉多省（Labrador）及纽芬兰省（Newfoundland）。

庞塞·德莱昂是谁？

1513 年，西班牙探险家庞塞·德莱昂（Juan Ponce de Leon）为了寻找不老泉（Fountain of Youth）而到达佛罗里达，并在圣奥古斯丁（St. Augustine）附近上岸。他没有找到传说中不老泉所在地，却意外发现了佛罗里达州。

谁是第一个从东海岸到达太平洋的欧洲人？

西班牙航海家巴尔沃亚（Vasco Nunez de Balboa）横渡巴拿马海峡（Isthmus of Panama），成为第一个从东海岸到达太平洋的欧洲人。巴尔沃亚全身披挂着盔甲冲入太平洋，并且声称太平洋是属于西班牙国王的。巴尔沃亚将这一海命名为"大南海"（The South Sea）。仅仅过了 6 年，一名竞争对手妒忌巴尔沃亚的成功，设法将他逮捕。巴尔沃亚以叛国罪受审，并被判处斩首极刑。

克里斯托弗·哥伦布在新大陆。（图片档案馆）

麦哲伦海峡是怎么回事？

费尔南多·麦哲伦（Ferdinand Magellan）是葡萄牙著名航海家和探险家，他在 1520 年环球航行时发现了麦哲伦海峡，并以他的名字命名。麦哲伦海峡在巴拿马运河开通前，是南大西洋和南太平洋间的重要航道。海峡内寒冷多雾，并多有大风暴，是世界上风浪最猛烈的水域之一。

麦哲伦环海航行的目的是什么？

费尔南多·麦哲伦 1519 年离开欧洲，环球航行，1521 年成功到达菲律宾岛屿，后在菲律宾被当地人杀死。麦哲伦率 5 艘船只，241 名船员于 1519 年 9 月 20 日从西班牙出发，绕过南美洲，发现麦哲伦海峡，然后横渡太平洋，但最后只有维多利亚（The Victoria）一艘船和船上 18 名船员于 1522 年 9 月 6 日成功返航。1521 年 4 月 27 日，费尔南多·麦哲伦在与菲律宾当地人的战争中被杀，但他的船队继续西航回到西班牙，完成第一次环球航行。他被认为是第一个环球航行的人。

为什么人们认为是哥伦布发现了新大陆？

克里斯托弗·哥伦布（Christopher Columbus）是中世纪欧洲航海家，他在 1492—1502 年间 4 次横渡大西洋，并成为到达美洲新大陆的首位欧洲人。他直到 1506 年逝世,一直认为他到达的是印度。后来,一个叫做亚美利哥的意大利学者,经过更多的考察,才知道哥伦布到达的这些地方不是印度,而是一个原来不为人知的新的大陆。哥伦布发现了新大陆,但是,这块大陆却用证实它是新大陆的人的名字命了名:亚美利加洲。

后来,对于谁最早发现美洲不断出现各种微词,但是哥伦布发现新大陆的结论是不容置疑的。这是因为当时,欧洲乃至亚洲、非洲整个旧大陆的人们确实不知大西洋彼岸有此大陆。至于谁最先到达美洲,则是另外的问题,因为美洲土著居民本身就是远古时期从亚洲迁徙过去的。中国、大洋洲的先民航海到达美洲也是极为可能的,但这些都不能改变哥伦布发现新大陆的事实。

哥伦布的远航是大航海时代的开端。新航路的开辟,改变了世界历史的进程。它使海外贸易的路线由地中海转移到大西洋沿岸。从那以后,西方终于走出了中世纪的黑暗,开始以不可阻挡之势崛起于世界,并在之后的几个世纪中,成就海上霸业。一种全新的工业文明成为世界经济发展的主流。

哥伦布时代的人都认为地球是平的吗?

不是。哥伦布认为地球是圆的,他预言从欧洲向西航行最终必定能将他的船队带到陆地。他最终向西班牙国王斐迪南(Ferdinand)和王后伊莎贝拉(Isabella)证实"地球是圆的"。在此之前,希腊人也曾发现地球是圆的,但在几个世纪之后,才由哥伦布证实。在哥伦布出海航行的 15 世纪,大多数知识分子认为地球是圆的,但谁也不清楚绕行地球一周有多长的距离。

哥伦布真的篡改了圆周线以骗取人们的信任吗?

大多数学者认为地球的圆周大约 2.5 万英里,但哥伦布却采用了波斯多努(Posidonus)1.8 万英里的估测,而排除了厄拉托斯恩(Eratosthenes)2.5 万英里的估测,以使他的航行更易和他的预测更合理。

梅森–迪克森线最初是如何划分的?

位于马里兰州和宾夕法尼亚州边界的美国南北方的分界线梅森–迪克森线(Mason-Dixon Line,"梅–迪线")最早是指东部划分了马里兰和宾夕法尼亚的州界的那条线,1763 年由查尔斯·梅森(Charles Mason)和杰里麦亚·迪克森(Jeremiah Dixon)勘测确定,后以他们的名字命名。美国独立战争时期,马里兰州和宾夕法尼亚州边界向西扩展,按照蓄奴和非蓄奴区域重新进行了划分。

加拿大的温哥华是以谁的名字命名的？

起初这里是一个不出名的小渔镇，1792 年，英国航海家乔治·温哥华海军上校的探险船航海到达此地，并对这里进行勘测。温哥华曾与英国探险家及航海家詹姆斯·库克船长（Captain James Cook）一起，远征太平洋，并探索了太平洋沿岸的海岸线。1863 年，第一批欧洲移民来到这里，建立了锯木厂，从事出口贸易。1881 年，人们为了纪念第一位到达此地的探险者，故将此市命名温哥华。

刘易斯和克拉克寻找什么？

托马斯·杰弗逊总统（Thomas Jefferson）派梅里韦瑟·刘易斯（Meriwether Lewis）和威廉·克拉克（William Clark）从大西洋沿岸的圣路易斯沿密西西比河到太平洋沿岸，探明连接大西洋和太平洋的水路。他们于 1804 年 5 月 14 日从密苏里州的圣路易斯出发，1806 年 9 月返回，期间考察了路易斯安那和俄勒冈。根据他们的笔记绘制成的地图为以后北美地图的绘制打下了基础。

为什么说乔治·华盛顿是地理学家？

乔治·华盛顿（Geoege Washington）在很小的时候就显示出对绘图和测量的喜爱和才能，年仅 13 岁时，他就为父亲的领土弗吉尼亚州弗农山（Mount Vernon）绘制出一幅图，这也是他所绘制的第一幅图。他在 17 岁时被派往库尔佩珀县（Culpeper County）做勘测员。21 岁时，华盛顿进入部队服役。

约翰·卫斯里·鲍威尔是什么人？

约翰·卫斯里·鲍威尔（John Wesley Powell）在美国独立战争中失去一条臂膀，但仍然成为 19 世纪美国最重要的地质学家之一。科罗拉多河大峡谷在 1868 年以前，一直是一片令人望而生畏、无法涉足的神秘险境。鲍威尔于 1869 年乘船成功地对该地区进行科学探险考察，完成了对美国本土大陆的最后一次探险勘查。1880 年，他被推选为美国地质勘测协会（The United States Geological Survey）第二任主席。

亚美利加洲的名字是如何得来的？

尽管克里斯托弗·哥伦布发现了新大陆，但他一直以为他所到的地方是印度，

英国探险家、航海家詹姆斯·库克。（图片档案馆）

没有想到那是一片新大洲。意大利航海家亚美利哥·维斯普奇（Amerigo Vespucci）经过更多的考察，才知道哥伦布到达的这些地方不是印度，而是一个原来不为人知的新的大陆。他将他的游记发表，让世人知道了新大陆。德国绘图学家马丁·瓦尔特瑟米勒（Martin Waldseemüller）于 1507 年发表了震惊世界的《宇宙学入门》（*Cosmographiae introductio*）。这本科学名著本身并不十分庞大，其理论部分不过是一本小册子，历史价值主要在于附录的世界地图。这张地图上不仅首次标出了当时刚刚发现的美洲以及太平洋，更重要的是瓦尔特瑟米勒在这张版图上第一次使用了为纪念意大利学者亚美利哥而命名的亚美利加（America）这个名称。从此，人们一直沿用这个名字。

詹姆斯·库克没有发现什么？

詹姆斯·库克是英国的一位探险家、航海家和制图学家，由于他在 18 世纪时进行了 3 次探险航行而闻名于世。他曾几次被派往南太平洋，勘查历史史诗中的大陆——澳大利亚（Terra Australis Incognita）。尽管当时已经有人发现了澳大利亚，但在多少个世纪以来流传于民间的传说中，这里还有一个未曾发现的大陆。库克被派查明北美北部从亚洲到欧洲的水路。他一路乘船航行，沿途发现了桑威奇群岛（Sandwich Islands，夏威夷群岛的旧称），得出因为冰层的覆盖，不存在"西北水道"（Northwest Passage）的结论。就在这次没有任何发现的航行结束返回时，库克在与夏威夷土著的冲突中被杀害。

"五月花"的航行速度是多少？

1620 年，清教徒乘"五月花"从英格兰的普利茅斯（Plymouth）前往美洲新大陆马萨诸塞的普利茅斯，用时 66 天。"五月花"在航行中主要借助了风力，整个穿越大西洋的速度为每小时 2 英里。

什么叫做海里？

海里用于测量海上距离，一海里等于 6 076 英尺或 1.15 英里。船的航速用"节"（knots）表示，一节等于每小时一海里。

巴拿马的货币单位是什么？

巴拿马的货币单位是巴波亚（Balboa），因为是巴波亚在巴拿马建立了第一个欧洲人居住区。

罗伯特·斯科特一行在南极。（Hulton-Deutsch Collection/Corbis）

南 极 和 北 极

谁第一个到达北极？

　　尽管社会普遍认为，美国探险家罗伯特·皮尔里（Robert Edwin Peary）为到达北极第一人，实际上只是离北纬 90° 30—60 英里远的地方。至今人们仍没有停止对到达北极第一人这一问题的探讨。

谁第一个到达南极？

　　1911 年，人类历史上最早到达南极点的两名科学探险家——挪威人罗尔德·阿蒙森（Roald Amundsen）和英国人罗伯特·斯科特（Robert Scott）分别开始了南极之旅。1911 年 12 月 4 日，阿蒙森领导的 4 人团队率先到达南纬 90°。大约 1 个月之后，斯科特率领的团队也到达南极。由于受到失败的挫伤和沿途食物的缺乏，斯科特和同伴在返回途中，先后死在大本营。

自然特征和自然资源

哪里是美国的正中心？

美国本土境内最高与最低点均在加利福尼亚州境内：惠特尼山（Mount Whitney）海拔 14 495 英尺（4 418 米），是美国本土（除阿拉斯加与夏威夷外）48 个州的地理中心，在北部的 39°50′，西部 98°35′位置，大约离堪萨斯莱巴嫩（Lebanon,Kansas）西北 4 英里处。

美国的最高点在哪里？

阿拉斯加本地人称阿拉斯加的麦金利峰为 Denali，它是北美洲最高峰，海拔 20 320 英尺。在美国本土境内 48 个州中，最高与最低点均在加利福尼亚州境内：惠特尼山（Mount Whitney）海拔 14 495 英尺，而死谷（Death Valley）的一部分地区则低于海平面 282 英尺。

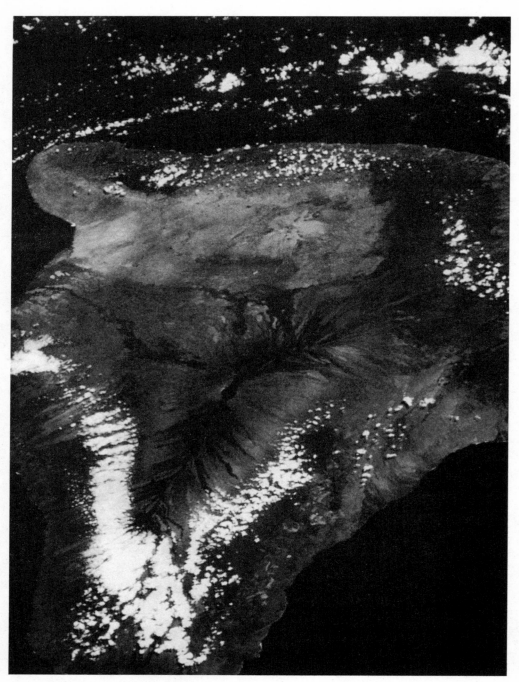

美国夏威夷岛。（NASA/Corbis）

美国密西西比河东部最高点在哪里？

美国北卡罗来纳州密西西比河以东米契尔山（Mount Mitchell）是美国东部最高峰，高达 6 684 英尺。

北美最高的湖在哪里？

黄石湖（Yellowstone Lake）是美国黄石国家公园（Yellowstone National Park）内的最大湖泊，也是北美地区同一纬度上最大最高的湖泊，高度为 7 735 英尺。

美国最深的湖在哪里？

位于美国俄勒冈州的火山口湖（Crater Lake）深达 1 932 英尺，是全美国最深的湖，也是世界第七深的湖。火山口湖是因为火山喷出了许多的岩浆，使火山的内部结构失衡而整个塌陷，冰雪和雨水落在这个火山口而成为火山口湖。

美国最大的岛在哪里？

美国最大的岛是夏威夷岛（Hawaii Island），总面积 4 021 平方英里。波多黎各岛（Puerto Rico）是仅次于夏威夷岛的第二大岛，面积 3 435 平方英里。

世界最大的沼泽在哪里？

美国佛罗里达州南部的大沼泽（Everglades）是世界上最大的沼泽地，面积约 2 185 平方英里，流经佛罗里达南部的沼泽水平均 6 英寸深。这里沼泽遍布，河道纵横，小岛数以万计，陆地、水泊、蓝天浑然一体。现在，大沼泽的生态环境由于过度浇灌和外国植物的大量引进而受到威胁。

太平洋的最高峰在哪里？

最高峰冒纳凯阿峰在夏威夷最高的山脉冒纳凯阿山脉（Mauna Kea），是太平洋的最高峰，高达 13 796 英尺。

北美有几大湖？

北美有五大湖（Great Lakes），位于加拿大与美国交界处，分别为：休伦湖（Huron）、安大略湖(Ontario)、密歇根湖(Michigan)、伊利湖(Erie)和苏必利尔湖(Superior)。首字母缩略词 HOMES(英文意为"家乡")有助于记忆这 5 大湖。除了密歇根湖,其他 4 大湖都在美加边境上。

世界最大的淡水湖在哪里?

苏必利尔湖(Superior)是世界上最大的淡水湖,其面积为 31 700 平方英里,大约 350 英里长。

按照面积大小五大湖应该如何排序?

苏必利尔湖面积 31 700 平方英里,是世界上最大的淡水湖;休伦湖面积 23 000 平方英里,为世界上排行第三的淡水湖;密歇根湖面积 22 300 平方英里,为世界上排行第四的淡水湖;伊利湖面积 9 900 平方英里,为世界上排行第十的淡水湖;安大略湖面积 7 300 平方英里,在世界上排行第十二。

世界最短的河在哪里?

世界最短的河在俄勒冈的恶魔河(Devil's River),全长只有 37 米,连接俄勒冈林肯市的恶魔河流入太平洋,是目前公认的"地球上最短的河流"。

为什么康尼岛名字叫岛而实际上并不是岛?

康尼岛(Coney Island,又译科尼岛)是位于美国纽约市布鲁克林区长岛的半岛,原本为一座海岛。由于康尼岛湾(Coney Island Creek)的淤泥沉积,把原本分开的两个岛连在了一起。20 世纪初,美国在这里修建了知名的休闲娱乐区。

美 国 各 州

美国最大的5个州为哪5个州?

美国最大的 5 个州按照面积大小排序为:阿拉斯加(Alaska),面积为 591 000 平方英里;得克萨斯(Texas),面积为 266 800 平方英里;加利福尼亚(California),面积

158 700 平方英里;蒙大拿(Montana),面积 147 000 平方英里;新墨西哥(New Mexico),面积 121 600 平方英里。

美国最小的5个州为哪5个州？

美国最小的 5 个州按照面积从小到大排序为：罗得岛(Rhode Island),面积为 1 200 平方英里;特拉华(Delaware),面积 2 000 平方英里;康涅狄格(Connecticut),面积 5 000 平方英里;夏威夷(Hawaii),面积 6 500 平方英里;新泽西(New Jeresy),面积 7 800 平方英里。

美国人口最多的5个州为哪5个州？

按照 1990 年人口统计数字排序为：加利福尼亚(California),人口 3 000 万;纽约(New York),人口 1 800 万;得克萨斯(Texas),人口 1 700 万;佛罗里达(Florida),人口 1 300 万;宾夕法尼亚(Pennsylvania),人口 1 190 万。但是到了 20 世纪 90 年代,得克萨斯的人口已经超过纽约人口。

美国人口最少的5个州为哪5个州？

按照 1990 年人口统计数字排序为：怀俄明(Wyoming),人口 450 000;阿拉斯加(Alaska),人口 550 000;佛蒙特(Vermont),人口 563 000;北达科他(North Dakota),人口 639 000;特拉华(Delaware),人口 666 000。

美国哪个州湖泊最多？

在明尼苏达州北部,也就是苏必利尔湖西面有大大小小几十个湖泊,是美国湖泊最密集的区域之一,素有"千湖"之称(牌照上都如此标明)。而实际上,它周边的威斯康星州(Wisconsin)却有大约 14 000 个湖泊。湖泊数量最多的当属阿拉斯加州,州内拥有 300 多万个大小湖泊。

美国哪几个州的州名是由4个字母构成？

美国有 3 个州的州名是由 4 个字母构成,它们是：Utah(犹他),Ohio(俄亥俄)和 Iowa(爱荷华)。

美国哪几个州的州名以字母"a"结尾?

美国 50 个州有 21 个州州名以字母"a"结尾。

为什么罗得岛州不是岛,名字却叫岛?

罗得岛州全名是罗得岛与普洛威顿斯庄园州(The State of Rhode Island and Providence Plantations),此州包括了普洛威顿斯庄园的主要土地,也就是普洛威顿斯区中所有的城镇。罗得岛目前有纽波特(Newport)、米德尔敦(Middletown)与朴次茅斯(Portsmouth)3 个大城。这些城市大多是港湾,地理上罗德岛州有相当长的海岸线。

为什么德尔马瓦半岛叫这个名字?

德尔马瓦半岛(Delmarva Peninsula)在美国东海岸,东为大西洋,包括了特拉华(Delaware)和马里兰(Maryland)与弗吉尼亚(Virginia)。所以这个名字使用了这几个州的前 3 个字母或 2 个字母。

夏威夷州有多少个岛屿?

夏威夷(Hawaii)一共有 122 个岛屿,夏威夷岛是最南的,也是最大的岛屿,有 4 000 平方英里;最西部的两个岛为中途岛(Midway Islands),它们属于美国,但不属于夏威夷。

哪个夏威夷岛屿州曾经是关押麻风病人的地方?

位于瓦胡岛(Oahu)和毛伊岛(Maui)之间的莫洛凯岛(Molokai)海岸线总长 88 英里,面积 260 平方英里。1868 年到 20 世纪 40 年代期间,破坏人体皮肤和神经的麻风病在夏威夷蔓延,由此莫洛凯岛成为专门关押麻风病人的地方。乘船的麻风病人从其他岛屿被抓来,在靠近海滩的地方被推下海水,病人游到岸上,在岛上自生自灭。麻风病人的生存状况十分恶劣,直到 1873 年神职人员上岛传播基督福音并从生活上救助他们,他们的生存状况才有所转变。20 世纪 40 年代以后,人类研制出了治疗麻风病的有效方法,莫洛凯岛作为专门关押麻风病人地方的使命遂宣告结束。现在岛上建有麻风病研治中心。

美国哪个州离婚率最高？

内华达州（Nevada）的离婚率为千分之十四，几乎是其他州的两倍。因为 100 年来，内华达州一直被人们认为是最容易办理离婚的州，就是现在，也还是有不少人从不同的地方前往内华达州，满足居住 6 周要求之后就可以办理离婚手续。

夏威夷群岛和三明治群岛有什么共性？

三明治群岛（Sandwich Islands，桑威奇）实际上就是夏威夷群岛。1778 年，英国詹姆斯·库克船长发现了三明治群岛（Sandwich Islands），并在考爱岛（Kauai）上登陆。后来就以他的资助者桑威奇伯爵的名字命名。后来，人们了解当地人把这个岛屿叫做夏威夷岛，也就开始随当地人改叫夏威夷岛。

美国只有哪个州有金刚石矿？

美国阿肯色州是唯一一个有金刚石矿的州。金刚石矿位于阿拉斯加西南，但现在已不再是它的产地，而是阿肯色州的"钻石坑"州立公园（Crater of Diamonds State Park），游客在那里挖到的任何钻石都归他们自己所有。

美国哪个州是最干燥的？

内华达州的年降水量平均只有 7.5 英寸，是全美国最干燥的州。

亚利桑那州的官方领带是什么样的？

如同各州有自己的州花、动物等，有的州也有比较奇特的规定。1940 年，美国亚利桑那州（Arizona）银匠维克多·瑟达斯达夫为了不让帽子在骑马时飞走而发明的保罗领带（Bolo Tie），是以金属扣环和皮绳制作的非布领带，在美国西部非常普及。1973 年该州政府将保罗领带定为官方领带，甚至成立推广协会。

美国哪个州只和其他一个州接壤？

缅因州（Maine）是唯一一个只和其他一个州接壤的州，它只与新罕布什尔州（New Hampshire）接壤。

149

美国哪个州所接壤的州最多?

田纳西州(Tennessee)与 8 个州接壤,分别是: 阿肯色州、密苏里州、肯塔基州、弗吉尼亚州、北卡罗来纳州、佐治亚州、阿拉巴马州和密西西比州。密苏里州也与 8 个州接壤,它们是: 爱荷华州、内布拉斯加州、堪萨斯州、俄克拉荷马州、阿肯色州、田纳西州、肯塔基州和伊利诺伊州。

美国哪个州海岸线最长?

阿拉斯加州的海岸线有 5 500 英里长,是美国海岸线最长的州。加利福尼亚州的海岸线长约 840 英里,在美国为海岸线第二长的州。

美国哪个州只有一个立法机构?

美国除了内布拉斯加州只有单一的州立法机关外,其他的州都有两院制的州立法机关。

城 市 与 县 城

美国一共有多少个城市?

美国有大约 1.93 万个城市,这中间大约 1.8 万个城市中人口不足 2.5 万。

美国哪个城市面积最大?

阿拉斯加州府朱诺(Juneau)的占地面积为 3 100 平方英里,是美国面积最大的城市。

美国哪个城市人口增长最快?

拉斯维加斯(Las Vegas)在 1990—1994 年间,人口从原来的 85.3 万增长到 107.6 万,增长了 26.2%,成为美国人口增长最快的城市。拉斯维加斯是美国内华达州的最大城市,以赌博业为中心的庞大的旅游、购物、度假产业而著名,是世界知名的度假胜地之一。

美国最古老的城市佛罗里达的圣奥古斯丁（St Augustine）。（国会图书馆/Corbis）

美国哪些城市分别位于最南、最东、最西和最北端？

阿拉斯加州的巴罗（Barrow）地处美国领土最北端；夏威夷州希洛（Hilo）地处美国领土最南端；缅因州伊斯特波特（Eastport）是美国最东部城市和港口；阿特卡岛（Atka）是位于美国最西部的城市。

路易斯安那州有县吗？

在美国，县是州以下最普遍的行政区划模式，绝大多数州都有县这种建制。但在路易斯安那州（Louisiana）却不存在县这种建制，路易斯安那州的基本行政区划是64个教区。教区和县除了名称以外没有什么不同。这种建制是受天主教会的影响，也可以看出法国和天主教对路易斯安那州的影响。

美国人居最高的地区是哪里？

科罗拉多州（Colorado）的克莱马克斯（Climax）位于11 302英尺高的地方，是目前美国人居最高的地区。

美国被外国占领时间最长的是哪个城市？

1565 年 9 月 8 日，西班牙冒险家彼得罗·蒙尼德兹在佛罗里达东北部的海岸发现了这片土地，遂在此建立了欧洲人第一个永久定居点，并将此处命名为圣奥古斯丁城。圣奥古斯丁现有人口 1.2 万，它不仅是美国最古老的欧洲殖民地，也是整个北美洲最古老的欧洲殖民地。

哪里更靠西，加利福尼亚州的洛杉矶还是内华达州的里诺？

尽管内华达州在加利福尼亚州的东部，洛杉矶又位于太平洋海岸一带，而里诺却比洛杉矶更靠西。

哪个美国城市是以电视游戏竞赛类节目命名的？

1950 年，新墨西哥州的温泉镇同著名的事实还是推论（Truth or Consequences）节目主持人拉尔夫·爱德华进行了一笔交易，他们用节目的名称将温泉市（Hot Springs）易名为特鲁斯康西昆西斯市（Truth or Consequences），条件是他得在该市进行该节目十周年庆典转播。

美国哪座城市被人称为"地震市"？

美国南卡罗来纳州查尔斯顿市（Charleston）被人称为"地震市"。1886 年 8 月 31 日，这里发生了里氏 6.6 级地震，60 人在地震中丧生。这是美国历史上最大的地震之一，美国东海岸都有震感。

洛杉矶的水来自哪里？

美国洛杉矶用水不完全来自本地，而大多数水来自于几百英里以外的地方。政府投入数百万美元修建水渠，从加利福尼亚中东部的欧文谷（The Owens Valley）、科罗拉多和加利福尼亚北部的河水中调水。尽管这一措施为急需水资源的城市解决了缺水的问题，但开采水源的行为也破坏了当地的生态。

美国有多少个县？

美国一共有 3 043 个县，特拉华州只有 3 个县，是美国县城最少的州；得克萨斯州内县城最多，共有 254 个。

美国最大的和最小的县城是哪两个？

圣贝纳迪诺县（San Bernardino County, California）是美国加利福尼亚州东南部的一个县，东邻内华达州和亚利桑那州，东界科罗拉多河，面积 2 万平方英里，是全国面积最大的县。卡拉瓦奥县（Kalawao County, Hawaii）是夏威夷州的一个县，位于莫洛凯岛北部的卡劳帕帕半岛上，陆地面积 13 平方英里，人口只有 130 个，是美国陆地面积最小的县。

人 民 和 文 化

美国有多少人口？

美国人口从 1790 年的 3 900 万增加到 1990 年人口普查时的 2.49 亿。1998 年人口增至 2.70 亿，2005 年又增至 2.88 亿。现已达 3 亿。预计 2015 年将增至 3.13 亿，2025 年增至 3.38 亿。1990 年时，年增长率为 1%。

美国大部分合法移民来自哪些国家？

根据 1993 年的统计数据，美国有 12.6 万墨西哥移民，6.5 万中国移民，6.3 万菲律宾移民，5.9 万越南移民。

美国哪所大学历史最为悠久？

建于 1636 年的哈佛大学是美国最早的私立大学，是以培养研究生和从事科学研究为主的综合性大学，总部位于波士顿的剑桥城。

美国哪个国家公园最受欢迎？

蓝岭公园道（Blue Ridge Parkway）是美国最吸引人的风景区之一，是美国著名的国家公园。公园建立于 1934 年，面积达 52 万英亩（约 21 万公顷），它位于美国东部北卡罗来纳和弗吉尼亚的阿巴拉契亚山脉（Apalachian Mountains）南端的蓝色山脊上（Blue Ridge），每年接待 1 700 多万旅游观光者。公园道是一条高速公路，沿途景致迷人，令人赏心悦目。仅次于蓝岭公园道的另外两个观光人数最多的公园是金门国家游乐区（Golden Gate National Recreation Area），每年接待游客 1 400 万；米德湖国家休闲区（Lake Mead National Recreation Area），每年接待游客 940 万。

美国哪个公园历史最为悠久?

1643 年，威廉姆·布莱克斯通（William Blackstone）将 50 英亩土地卖给波士顿市政当局。因为是居民共用，所以被冠上 common（共同）之名，叫做波士顿公园（The Boston Common）。波士顿市中心有块面积达 59 英亩的土地，这片公地最初用于放牧牛羊，后来开辟成一个公共园地，是美国最早的公园。公园位于马萨诸塞州议会大厦（Massachusetts State House）对面。

每年有多少游客进入美国?

每年有大约 4 600 万世界各国游客到美国参观游览，其中大约 1 500 万为加拿大游客，9 万左右为墨西哥游客，日本游客为 500 万。

美国哪个主题公园最受人们喜爱?

全世界面积最大的主题乐园是美国佛罗里达州奥兰多（Orlando, Florida）的迪斯尼世界，最受人们喜爱。神奇王国（Magic Kingdom）占地 43.3 公顷（107 英亩），位于美国佛罗里达州奥兰多附近博伟湖市的华特迪斯尼世界度假区，于 1971 年开园，每年接待游客 1 200 万。其他 3 个主题公园分别为迪斯尼乐园（Disneyland）、爱普卡中心（EPCOT Center）和迪斯尼－米高梅影城（Disney-MGM Studios）。

世界第一个昆虫纪念雕塑建在哪里?

1919 年 12 月 11 日，阿拉巴马安特普莱斯（Enterprise）建了一座棉铃象鼻虫雕塑。这个高大的雕塑为一位伸展双臂的女子，手中拿着一个棉铃象鼻虫，对人们说："让我们对棉铃象鼻虫充满感激，它赐给我们丰收。"棉铃象鼻虫是一种甲壳虫，专门侵袭棉铃，20 世纪初期在美国南方城市蔓延，吞吃了无数庄稼。安特普莱斯的居民不再种棉花，而改种花生，由此开辟了一条新的致富通路。棉铃象鼻虫纪念雕塑向当地居民和过往游客昭示一条真理，社会资源丰富，人的能力无穷。

美国有多少辆汽车?

美国有大约 1.51 亿辆汽车，几乎为两人一辆。

第一架商业飞机在哪里起飞？

1914 年 1 月 1 日，第一架商业飞机载着乘客从佛罗里达州坦帕湾(Tampa Bay)飞往圣彼得斯堡(St. Petersburg)。这条飞行线路只维持了几周时间，每次仅载一名乘客飞行在 22 英里的飞行线路上。

哪里为"阳光带"？

阳光带(Sunbelt)为一个地理概念词，指美国热带地区，覆盖美国南部和西南部地区。在过去的几十年时间里，美国南部阳光带迅速崛起，加利福尼亚州、亚利桑那州、得克萨斯州和佛罗里达州的人口数量快速增长。

美国"锈带"在哪里？

锈带(rustbelt)是一个专门用于描述美国东北部和中西部地区衰退的制造业的词汇。工厂停业，尤其是钢铁和纺织业的衰退导致大批工人失业和锈带区内城市人口的减少。锈带区分布在明尼苏达到马萨诸塞一带。

"圣经地带"在哪里？

"圣经地带"(Bible Belt)是指基督教新教会控制的地区，在美国主要分部于南方和中西部各州，在加拿大和欧洲也有分布。在美国的圣经地带包括从俄克拉何马州到南北卡罗来纳州一带。

谁雕刻了总统山？

早在 1923 年，就有一位名叫多恩·罗宾逊(Doane Robinson)的历史学家提出在拉什莫尔山雕刻总统群像，为南达科他州吸引更多游客。为此他在 1924 年说服了雕刻家格曾·博格勒姆(Gutzon Borglum)前往布拉克山地区勘查，判定拉什莫尔山这一地区是否适宜进行这一巨大的雕刻工程。博格勒姆在他看到拉什莫尔山时曾说："美利坚将在这条天际线上延伸。"("America will march along that skyline.")1925 年 3 月，美国国会正式批准建设拉什莫尔山国家纪念公园。从 1927—1941 年，格曾·博格勒姆和约 400 名工人花了整整 14 年时间，雕刻出了高达 60 英尺(约合 18 米)的 4 位美国总统巨像。这 4 位总统是乔治·华盛顿、托马斯·杰斐逊、西奥多·罗斯福和亚伯拉罕·林肯。博格勒姆死后，他的儿子于 1941 年完成了尚未完工的罗斯福总统的雕刻。

南达科他州黑岗的总统山。（图片档案馆）

美国加利福尼亚州的俄罗斯贸易点在哪里？

1812 年，俄美公司在现在美国加利福尼亚州的索诺玛县（Sonoma County）玫瑰堡（Fort Ross）所在地建立了一个定居点，俄罗斯皮毛商人在此进行贸易。这是俄罗斯人在北美大陆最南边的一个定居点，但这个定居点 1841 年卖给了一个德国企业家。

美国连续出版的报纸中历史最悠久的报纸是哪个？

汤姆斯·格林（Thomas Green）1764 年在美国康涅狄格州创办的英文报纸《哈福特新闻》是美国连续出版的报纸中历史最悠久的报纸，也是美国最早发行的报纸。

美国最早的购物中心是哪个？

美国最早的购物中心（shopping mall）是 1922 年由哈佛大学的一名毕业生设计建造的，位于堪萨斯州乡村俱乐部区（Country Club District），占地 6 000 英亩。

美国死亡率最高的病是什么病？

心血管病的死亡率占到美国总死亡率的 1/3，癌症仅次于心血管病位于第二位，死于癌症的人数占总死亡率的 1/4。

阿卡地在哪里?

阿卡地亚人(Acadian)是最早在现加拿大新不伦瑞克(New Brunswick)、新苏格兰(Nova Scotia)地区以及现美国缅因(Maine)州地区殖民的法国人及其与当地印第安人混血后裔的名称。早在 1605 年,法国就在加拿大东海岸建立了永久的殖民地,当时他们把桥头堡命名为皇家港,将四周的土地称为阿卡地(Acadie),住在那里的法裔移民,就叫做阿卡地亚人(Acadian)。但英国觊觎这个新世界已久,在 1713 年,根据英国与法国在荷兰签订的和约,英国终于据有此地,并将它改名为新斯高细亚(Nova Scotia),意即"新苏格兰"。1755 年时,原来的法裔阿卡地亚人被驱赶离境,这群人流分布在整个北美,有些就移居到现在美国的路易斯安那州。他们用自己特有的文化孕育出那里的 cajun 料理(美国路易斯安那州的一种乡土料理)和音乐。阿卡地亚人居住的路易斯安那南部地区现在叫做阿卡地。

为什么路易斯安那州的墓地都在地面上?

因为路易斯安那州新奥尔良地势低洼,所以当地人通常不将死者埋入地下,而是将棺木置于地面之上的墓地中,以免洪水冲走。路易斯安那州的墓群就好似一座小型城市,其中有墓地和小弄。

历史:创建美国

美国如何建成目前状态的?

1776 年 7 月 4 日,北美 13 个殖民地宣布脱离英国独立。此时,美国领土只有大西洋沿岸 13 个州的面积,约 80 万平方公里。1783 年,英国承认美国独立,并先后把 13 个州以外大西洋沿岸的大部分土地划归美国。这一地区包括现在的俄亥俄州、印第安纳州、伊利诺伊州、密歇根州和威斯康星州。美国和西班牙在 1789 年就佛罗里达北部地区达成协议,并收回密西西比领土的控制权。1809 年,美国以 1 500 万美元从法国购入自密西西比河到落基山脉的整个地区,其中包括路易斯安那,使国土面积增加了一倍。1845 年,得克萨斯共和国并入美国,成为美国的一个州。1845 年 3 月 3 日,西班牙放弃佛罗里达控制权,佛罗里达正式成为第 27 个州。1812 年美英战争之后,广大的俄勒冈地区按照条约规定为英美两国共有。美国为了夺取俄勒冈地区,开始大规模向这一地区进行移民。1846 年,英国将俄勒冈地区(包括俄勒冈、华盛顿和爱达荷)交给美国。1846—1848 年墨西哥战争结束时,美国与墨西哥签订条约,美国只象征性地支付 1 500 万美元,就得到了包括加利福尼亚、新墨西哥地区在内的 140 万平方公里土地。接着,在 1853 年,美国驻墨西哥公使加兹登又以 1 000 万美元购得美墨边境 11 万平方公里土地(后以"加兹登"命名此地)。在这次美墨战争中,墨西哥丧失了大半领土。墨西哥战争之后,美国本土已经比 1783 年刚刚被承认独立时的领土扩大了两倍。1853 年,美国在哥斯登购买计划(Gadsden Purchase)中把现在亚利桑那州及新墨西哥州剩下的部分置于美国的控制下。1867 年,美国从俄罗斯人手中买下阿拉斯加,最后又于 1898 年将夏威夷王国归为美国的属地,1959 年成为美国第五十个州。

美国早期探险家路易斯和克拉克探寻什么?

梅里韦瑟·路易斯(Meriwether Lewis)及威廉·克拉克(William Clark)是美国早期的最有影响力的北美探险家。两人受命于美国总统托马斯·杰弗逊,于 1804 年从美国中部的圣路易斯开始沿水路向美国大西北进发探明连接太平洋和大西洋的水路,沿途绘制美国内陆地图,收集动植物、矿物标本作为珍贵的早期记录,而最重要的是与美国西北的土著印第安人建立了联系。他们和探险队其他成员沿地图尚未标注的路易斯安那和俄勒冈一路探险,尽管没有探到西北水路,但是标注出了西部的地图。

什么叫做"西瓦德的蠢事"?

1867 年 4 月 9 日,美国国务卿威廉·西瓦德(William Seward)建议以 720 万美金从俄罗斯手里买下阿拉斯加。当时很多美国人觉得这并不值钱,并揶揄这是"西瓦德的蠢事"(Seward's Folly)或"西瓦德的冰箱"(Seward's Icebox)。1900 年,阿拉斯加空前的淘金热(Gold Rush)证明西瓦德是个明智的人。1959 年,阿拉斯加正式成为美国的第四十九个州。

美国在什么时间一次性收回领土最多?

1803 年的路易斯安那购地(Louisiana Purchase),美国用 1 500 万美元从法国人手中购入自密西西比河到落基山脉的整个 80 万平方英里地区,其中包括路易斯安那,使国土面积增加了一倍。

除了路易斯安那购地之外的美国西部是如何得到的?

美国除了路易斯安那购地之外,还有几次使其疆土扩大的著名购买,其中包括哥斯登购地(Gadsden Purchase)。1853 年,美国驻墨西哥代表詹姆士·哥斯登与墨西哥总

梅里韦瑟·路易斯和威廉·克拉克在西北探险的路上与当地土著人交流。（Corbis/Bettmann）　**159**

统安东尼奥·罗培兹·圣塔·安那将军在墨西哥市签署《哥斯登购买计划》。这项条约解决了墨西哥与得克萨斯州爱尔巴索（El Paso）以西的边界问题。美国以大约 1 000 万美金的代价，取得了大约 2 .9 万平方英里的土地，即现在的新墨西哥南部、得克萨斯州等地。

俄勒冈小径是怎么回事？

俄勒冈小径（Oregon Trail）是一条长约 2 000 英里的通向美国西部的最有名、最长的陆路。从密苏里州的独立市（Independence，Missouri）到俄勒冈的维拉美特河谷全程需要走 6 个月左右。19 世纪初，路易斯与克拉克对密西西比河以西的广袤地区进行了一次历史性的大探险，揭去了人们一无所知的荒蛮西部神秘的面纱，导致 19 世纪中期爆发一波又一波向西移民的浪潮，其中最著名的一条线路便是这条俄勒冈小径。华盛顿的怀特曼国家历史古迹（Whitman Mission National Historic Site）如今仍展有俄勒冈小径概貌。

血泪之路是怎么回事？

1838 年最后一批佐治亚州的土著人切罗基（Cherokee）人也在士兵的枪口和刺刀下含泪离开家乡来到西部，他们移民所经过的路线就是美国西部开发史上著名的"血泪之路"（Trail of Tears）。切罗基印第安人原本住在美国的东南部。但到了 1700 年代晚期，白人殖民开始掠夺他们的土地。1838 年，美军甚至逼迫 1.5 万名切罗基人离开他们位于佐治亚州的家乡，迁移至东北方的俄克拉何马州。在这段长达 116 天的旅程中，约有 1/4 的人死于饥饿、寒冷的天气、疾病及精疲力竭，所以这条路又名"血泪之路"。

英国人哪一年在美国建立了第一个海外定居点？

詹姆斯敦是英国在北美的第一个海外定居点。1607 年，105 名英国人来到美国弗吉尼亚州，建立詹姆斯敦，从此开始了美国的历史。土地被侵占的印第安人经常前来攻打，1622 年和 1644 年的两次大规模袭击分别导致 350 个和 500 个定居者丧命。但土著人的侵袭没有使英国人定居点消亡，真正的威胁是 1676 年，反抗州长的弗吉尼亚人一把火将该市夷为平地。

门罗主义如何保护了美洲？

1823 年，美国第五届总统 J.门罗在国情咨文中提出的美国对外政策的原则，史称门罗主义（Monroe Doctrine）。从 T.杰斐逊执政起，美国进入领土大规模扩张时期，其扩张政策与英国发生尖锐的冲突。当时，欧洲的"神圣同盟"企图干涉拉丁美洲的独立运动，英国也乘机向拉美地区扩张。1823 年 12 月 2 日，门罗总统在致国会咨文中宣称：美国将不干涉欧洲列强的内部事务或它们之间的战争；美国承认并且不干涉欧洲列强在拉丁美洲的殖民地和保护国；欧洲列强不得再在南、北美洲开拓殖民地；欧洲任何列强控制或压迫南、北美洲国家的任何企图都将被视为对美国的敌对行为，并提出"美洲是美洲人的美洲"的口号。

美国如何得到维尔京群岛？

维尔京群岛（The United States Virgin Islands）由圣托马斯岛（St. Thomas）、圣约翰岛（St. John）和圣克洛伊岛（St. Croix）3 个大岛及 50 个小岛组成。1917 年，美国用 2 500 万美元向丹麦买下该群岛，由美国海军部管辖保卫加勒比海。岛上有居民 10 万人，现为美国领土。

波多黎各是一个国家吗？

不是。波多黎各（Puerto Rico）是美国在加勒比海地区的一个自治领地，正式名称是波多黎各自由邦（The Commonwealth of Puerto Ric），1509 年沦为西班牙殖民地，1898 年美西战争后割让给美国。1952 年通过的宪法规定，在实现内部自治的前提下，保持与美国的联系，美国会通过法案给予波多黎各美国联邦领土地位（即在内部事务方面享有最高自治地位）。岛上居民无须赋税，也不参加美国总统选举，但是他们保有美国居民身份，可以在美国全境自由往来，并有一名众议院成员。现有居民 360 多万，成为世界上最大的殖民地。1999 年，波多黎各再次提出是保持美国联邦领土地位，还是拥有美国州的地位，或者是完全独立的问题。

北　美

北美的中心在哪里?

北美(包括加拿大、美国和墨西哥)的地理中心在北达科他州(North Dakota)巴尔塔(Balta)西 6 英里处。

北美自由贸易协议是怎么回事?

北美自由贸易协议(NAFTA)是 North American Free Trade Agreement 的简称, 由美国、加拿大和墨西哥 3 国组成, 1994 年 1 月 1 日正式生效。协议规定 3 个国家在 15 年内须排除所有贸易障碍, 自由贸易区内的国家, 货物可以互相流通并免关税, 同时亦要合力排除其他的非关税障碍。

什么是大陆分界线?

大陆分界线(Continental Divide)是落基山脉的轴线, 北美西部的主要山脉, 也是东西两地和大西洋和太平洋的分水岭。

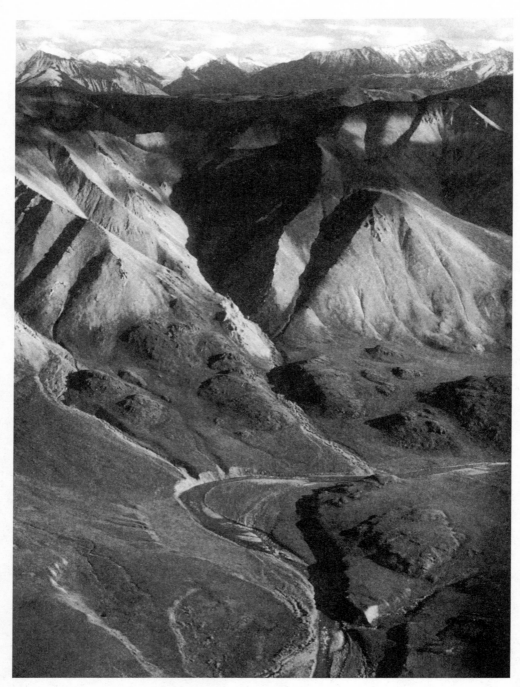

加拿大境内落基山脉上的大陆分界线。（Lowell/Corbis）

格陵兰北极地区

格陵兰确实是绿色的吗?

格陵兰的字面意思为"绿色的土地"(Greenland)。公元 982 年,一个叫"红发"埃里克的诺曼人和他的伙伴从冰岛出发,去寻找新大陆,却意外发现了一个大岛。经过一段考察, 终于在该岛西南沿海地段找到了几片平坦之地。这几片平坦的沿海土地在地形上可防御北极寒风的袭击, 而且在北极短暂的夏季还长满青嫩的植被。面对四周一片冰天雪地的荒原,埃里克情有独钟地将这片长满绿色植被的没海地段命名为"格陵兰",意为"绿色的土地"。埃里克想以这个"令人亲切的、充满生机的称谓"吸引人们迁徙到这个荒凉的冰原上。实际上,这里并非绿色。海岸线一带适合居住,而大部分地区却是山区或冰层。格陵兰现在是丹麦的一个自治区。

世界最北端在哪里?

格陵兰佩里陆地(Peary Land)的莫里斯·耶苏普角(Cape Morris Jesup)位于北部83°38′,是世界上最北地区。

北极有陆地吗?

北极位于北冰洋,一年四季被冰雪覆盖,所以没有陆地。尽管没有陆地,但这里仍有北极熊等动物生活在这里。

加 拿 大

加拿大有多少个省份?

加拿大有 10 个自治省和 3 个地区。10 个自治省为艾伯塔省(Alberta)、不列颠哥伦比亚省(British Columbia)、马尼托巴省(Manitoba)、新不伦瑞克省(New Brunswick)、新斯科舍省(Nova Scotia)、安大略省(Ontario)、爱德华王子岛省(Price Edward Island)、魁北克省(Québec)、纽芬兰省(Newfoundland)和萨斯喀彻温省(Saskatchewan)。3 个地区是:西北地区(Northwest Territory)、育空地区(Yukon Territory)和努纳武特地区

（Nunavut Territory）等 3 个地区。

加拿大大草原诸省在哪里？

加拿大大草原诸省（Prairie Provinces）指西南部的马尼托巴省、萨斯喀彻温省和艾伯塔省 3 省。

努纳武特地区是怎么回事？

努纳武特（Nunavut，在当地原住民的因纽特语中意指"我们的土地"）是加拿大 13 个一级行政区中 3 个地区（Territory）中的一个，也是加拿大所有的一级行政区之中最晚成立的一个，在 1999 年时由原本西北地区的东部分割而出。努纳武特境内约有 85% 的人口属于加拿大位于北极圈内地区的原住民因纽特人，土地占整个加拿大领土的 1/5，而人口却不足 1%，只有 2 万人。

加拿大最大的城市有哪些？

加拿大最大的城市有多伦多（Toronto），人口 440 万；蒙特利尔（Montreal），人口 340 万和温哥华（Vancouver），人口 190 万。

加拿大何时建了州际铁路？

加拿大在克服种种开发中遇到的困难之后，终于于 1885 年 11 月 7 日全线贯通加拿大太平洋铁路（The Canadian Pacific Railway）。加拿大太平洋铁路的全线贯通既是整个加拿大西部开拓和发展的主导性因素，同时也极大地推动了温哥华的发展。

加拿大西部地区如何提升？

在冰河时代，加拿大北部地区，哈得孙湾（Hudson Bay）都被厚厚的冰层所覆盖，整个地区由于厚重冰层的压力而下沉。冰层融化，冰河世纪结束时，这一区域的地表每年都会升高几英寸。

为什么魁北克省的居民讲法语？

因为魁北克人 17 世纪时在北美建立了这座城市，所以大多数魁北克人讲法语。1763 年，英法签订巴黎条约。1763 年，英国同法王路易十五签署巴黎条约，法国放弃新法兰西以换取继续拥有西印度群岛的瓜德鲁普，魁北克作为加拿大的附属地正式割让给英国。英国人将加拿大(当时是新法兰西的一部分)改名为魁北克省。尽管这一地区自 18 世纪起一直在英国控制之下，但这个法国曾经的领地一直在北美保持着法国文化和语言。

魁北克省和加拿大其他地区在文化上的差异极大，而魁北克人独立的呼声也从来不曾减弱，他们一直在争取魁北克独立。尽管魁北克省区于 1980、1995 两次进行了关于"从加拿大独立出去还是继续留在加拿大"的魁北克公民公投，魁北克还是因为投赞成独立票的公民未超过半数而继续留在加拿大联邦之内。有人估计，将来国家还可能组织新的全民公投，以确定魁北克的未来。

加拿大的居民集中于哪里？

加拿大一半以上的居民集中于加拿大东部的安大略南部和魁北克的南部被称做缅因街(Main Street)的地区，从安大略的温莎(Windsor)到魁北克省魁北克市，包括多伦多市(Toronto)、渥太华市(Ottawa)和蒙特利尔市(Montreal)。

"要么54°40′，要么战斗"是什么意思？

19 世纪中叶，美国企图向北部加拿大领地扩张，提出"要么 54°40′，要么战斗"(Fifty-four forty or fight)。这一区域包括加拿大南部地区。最终，边界定在 49°一带，维持至今。

北美最深的湖是哪个？

加拿大西北部的大奴湖(Great Slave Lake)是北美最深的湖，深达 2 015 英尺。因当地土著人被人叫做奴隶，所以这里的湖就被人称做大奴湖。

全球最大的商场在哪里？

世界上最大的购物中心在加拿大艾伯塔(Alberta) 埃德蒙顿(Edmonton)的西埃德蒙顿购物中心(West Edmonton Mall)，它是全球最大的商场，于 1981 年落成。美国最大的商场是明尼苏达州布鲁明顿(Bloomington)的美国摩尔购物中心

（The Mall of America），这是全美最大的购物娱乐中心。这两个商场都有室内娱乐设施、宾馆和教堂，人们甚至可以在"爱情教堂"（Chapel of Love）内举行婚礼！

落基山脉有多长?

落基山脉（the rocky Mountains）长约 2 000 英里，从加拿大的育空领地（Yukon Territory）一直到美国南部的亚利桑那和新墨西哥。

尼亚加拉瀑布在哪里?

尼亚加拉瀑布（Niagara Falls）位于北美洲五大湖区的尼亚加拉河上。连接伊利湖和安大略湖的尼亚加拉河流经宽约 350 米的戈特岛（Goat Island）时跌入断崖，并一分为二，分别流入美国纽约州和加拿大安大略省，形成两个瀑布。美国瀑布（American Falls）为小瀑布，在东侧美国境内，占 6% 的水量。马蹄瀑布（Horseshoe Falls）为大瀑布，也称加拿大瀑布（Canadian Falls），在西侧加拿大境内，占 94% 的水量。1969 年，美国从主陆地到山羊岛修筑了一条临时大坝，截断河水，以便专家们就近观察研究"美国瀑布"的底部。当瀑布断流后，底部显现出来的岩石堆的巨大使专家们也吃了一惊。经过 7 月 12 日—11 月 25 日 4 个半月的详细观察和论证，赞成保持原状的一方占了上风，主张搬走石块的意见被否决。

克朗代克淘金热是怎么回事?

1896 年，人们在加拿大西部育空领地地区克朗代克河和育空河交汇处发现了黄金。这个消息一经公布，人们便蜂拥而至，这就是历史上著名的"克朗代克淘金热"（Klondike Gold Rush）。

世界上最大的湾是哪一个?

在北美洲东南部边缘，有一扁圆形的海湾，因濒临墨西哥而得名墨西哥湾。海湾的东部与北部是美国，西岸与南岸是墨西哥，东南方的海上是古巴，东部是加勒比海。墨西哥湾面积约 150 万平方公里，平均水深约 1 500 米，最深处超过 5 000 米。

墨 西 哥

西半球最早建立的主要城市是哪个城市？

公元 1—7 世纪建造的"万神之城"特奥蒂瓦坎（Teotihuacan）位于墨西哥城北约 40 公里处，繁荣时期人口达到 20 万人，也是西半球最早建立的主要城市。它以几何形排列建筑遗址及庞大规模闻名于世，最突出的是形状独特的"太阳金字塔"和"月亮金字塔"。特奥蒂瓦坎市不是阿兹特克市（Aztec），阿兹特克市建市时间比特奥蒂瓦坎市晚了将近 6 个世纪，原址在现在的墨西哥城。

西马德雷山脉和东马德雷山脉在哪里？

西马德雷山脉（Sierra Madre Occidental）和东马德雷山脉（Sierra Madre Oriental）是墨西哥境内两条重要的山脉。这两条山脉的名称分别取自它们所处的地理位置，也就是说西马德雷山脉位于墨西哥西部海岸，而东马德雷山脉位于墨西哥东部海岸。

墨西哥有多少个州？

墨西哥有 31 个州和墨西哥城联邦区。最大的州为位于墨西哥北部的奇瓦瓦州（Chihuahua），全州占地 95 400 平方英里。人口最多的州是位于墨西哥西部的墨西哥州。

尤卡坦在哪里？

尤卡坦半岛（Peninsula of Yucatan）是中美洲北部、墨西哥东南部的一个大半岛，是古玛雅文化的摇篮之一。尤卡坦半岛位于墨西哥湾和加勒比海之间，对着美国佛罗里达，面积 19.76 万平方公里。

墨西哥市内有多少人口？

墨西哥大约 1/4 的人口都生活在墨西哥市内。墨西哥的首都墨西哥城是西半球最大的市区，有人口 2 400 万。

墨西哥保税加工出口区是如何帮助美国的？

保税加工出口区（Maquiladoras）为由外国主要是美国公司控制的墨西哥工厂，大多数设在美墨边境。保税加工出口区从美国进口原材料，加工成成品出口国外。保税加工出口区主要加工生产服装和汽车。

中　美

中美和拉丁美洲之间的区别是什么？

中美指的是墨西哥和哥伦比亚之间所有连接南美和北美的国家。中美一共是有8个国家，它们是：危地马拉（Guatemala）、伯利兹（Belize）、萨尔瓦多（El Salvador）、洪都拉斯（Honduras）、尼加拉瓜（Nicaragua）、哥斯达黎加（Costa Rica）和巴拿马（Panama）。拉丁美洲的概念较为广泛，包括中美的墨西哥和南美所有国家。

中美洲哪个国家最后独立？

1981年，伯利兹正式成为完全独立国，也成为中美洲最后独立的国家，并将英属

1890 年建设巴拿马运河时的情景。（图片档案馆）

洪都拉斯更名为伯利兹。

蚊子海岸真的有很多的蚊子吗？

尼加拉瓜是中美地峡中面积最大的国家，东部加勒比海沿岸的蚊子海岸（Mosquito Coast）大约有 64 英里宽，250 英里长。这一地区每年雨量丰沛，平均为 250 英寸，非常适合蚊子生存。蚊子海岸得名自生活在此地的蚊族印第安人。

巴拿马运河归哪个国家？

1903 年，美国策动巴拿马脱离哥伦比亚独立，并与刚刚成立的巴拿马政府签订了《巴拿马运河条约》。根据该条约，美国享有在巴拿马开凿运河和"永久使用、占领及控制"运河和运河区的权利。美国可以穿过巴拿马地峡（The Isthmus of Panama），参与修建巴拿马运河的一条 10 英里长的河道。1979 年以前，美国控制着巴拿马运河以及周边巴拿马运河区（Canal Zone）。运河区于 1979 年 10 月 1 日撤销，民政权归还巴拿马。到 2000 年时，运河已完全由巴拿马管辖。

什么叫做佣工？

中美洲的佣工（Peon）主要是指由于欠大地主的债无力偿还，被迫为大地主耕作的印第安农奴。

世界上最大的珊瑚礁群在哪里？

位于中美洲东北角的伯利兹珊瑚礁群（Belize Barrier Reef）总长约 257 公里，是仅次于澳洲大堡礁的世界第二大珊瑚礁自然保护区，包括格洛弗礁岛（Glover Reef）和灯屋礁（Lighthouse Reef）。伯利兹珊瑚礁群仅几十英里长，而世界最大的大堡礁（Great Barrier Reef）有几百英里长。

西 印 度 群 岛

东印度群岛和西印度群岛在哪里？

东印度群岛和西印度群岛分别位于东西两个半球。西印度群岛又称安的列

171

斯群岛,为加勒比海之岛弧,包括三大岛群：巴哈马群岛、大安的列斯群岛(The Greater Antilles)、小安的列斯群岛(The Lesser Antilles)。东印度群岛包括东南亚、印度和印度尼西亚。当哥伦布在 1492 年首次到达新世界时,他认为自己找到了一条通往印度的捷径,因此认为他所到达的地方为印度的一部分,土著民为印第安人。

大安的列斯群岛和小安的列斯群岛的区别是什么？

大安的列斯群岛指加勒比群岛上最大的 4 个岛屿：波多黎各 (Puerto Rico)、牙买加(Jamaica)、古巴(Cuba)和伊斯帕尼奥拉(Hispaniola)。所有小于这几个岛的都属小安的列斯群岛。

向风群岛在哪里?

向风群岛(Windward Islands)一般指西印度群岛中小安的列斯群岛东部岛群的南部诸岛。向风群岛位于加勒比海东南缘,北与背风群岛隔有多米尼加海峡,包括马提尼克(Martinique)、圣卢西亚(St.Lucia)、圣文森特(st.Vincent)、格林纳达(Grenada)、以及格林纳丁斯群岛。

背风群岛在哪里?

背风群岛(Leeward Islands)为加勒比海东缘西印度群岛中的小安的列斯群岛北部岛群,位于东北信风带内,比南部向风群岛受信风影响稍小,故叫此名。背风群岛包括多米尼加(Dominica)、巴布达(Barbuda)、蒙塞拉特(Montserrat)、圣基斯(St. Kitts)、尼维斯(Nevis)瓜德罗普(Guadeloupe)、安提瓜(Antigua)、维尔京群岛及众多小岛。

古巴在历史上曾是美国的领土吗?

美西战争是 1898 年,美国为夺取西班牙属地古巴、波多黎各和菲律宾而发动的战争,是列强重新瓜分殖民地的第一次帝国主义战争。之后美国占领古巴直到 1902 年古巴共和国成立。关塔那摩湾是古巴的领土,位于古巴东部,是加勒比海屈指可数的天然良港。其后美国利用普拉特修正案于 1903 年 2 月租借了古巴的关塔那摩湾。关塔那摩基地位于古巴东南部的关塔那摩湾,是美国在海外建立的最早的军事基地,现在仍是美国的海军基地。

西半球最早建立的大学是哪所大学？

多米尼加共和国的圣多明各自治大学（The Autonomous University of Santo Domingo）创建于 1538 年，是西半球最早建立的大学。

猪湾事件是怎么回事？

猪湾事件即 1961 年，1 400 多名在古巴革命后逃到美国的古巴流亡分子，在美国中央情报局的支持下，从猪湾（The Bay of pigs）登陆，试图在古巴制造内乱，推翻卡斯特罗政权。但是，这次战斗仅仅持续了 72 个小时，入侵的流亡分子有 114 人被击毙，另有 1 189 人被俘，美国在此次事件中扮演了很不光彩的角色。

人和物真的会在百慕大三角神秘消失吗？

百慕大三角（Bermuda Triangle）也叫百慕大魔鬼三角（Devil's Triangle），因为在这里航行的舰船或飞机常常神秘地失踪。事后不要说查明原因，就是连一点船舶和飞机的残骸碎片也找不到。百慕大三角的具体地理位置是指位于大西洋上的百慕大群岛、迈阿密（美国佛罗里达半岛）和圣胡安（波多黎各岛）这三点连线形成的三角地带，面积达 40 万平方英里。但是，人们根本无法在地图上找到这里，因为这里无论是在地理，还是政治上都不曾被人视为单独一个地区。

人们关于百慕大三角的传说已有一个多世纪，但没有任何证据能够证实这一切的发生不是自然危险和人为错误，而是神力。1945 年 12 月发生了一起"飞行 19 号"的意外事故，美国海军 5 架轰炸机消失在百慕大。当天，飞机起飞执行例行的巡逻使命，一个小时之后，其中一个飞行员报告出事了。听到过几次信号之后，一切归于沉寂！人们认为整个事情很蹊跷，所有飞机的残骸碎片都不复存在，但是人们也不排除人为操作不当、燃油不足、海面上风大浪急等原因造成此次事故。

加勒比海地区最早独立的国家是哪个国家？

海地是这一地区最早独立的国家。1970—1803 年，法属圣多明各黑人爆发大起义，于 1804 年 1 月 1 日起义成功，正式宣告独立，建立了世界上第一个独立的黑人共和国，成为拉美大陆最先获得独立的国家，从此摆脱法国的统治。1822 年，海地统治者布瓦耶东征圣多明各成功，将伊斯帕尼奥拉岛（Hispaniola）东西两部合而治之。1844 年，圣多明各脱离海地，成为独立的国家——多米尼加共和国。

173

1959 年之后古巴共产党领导人菲德尔·卡斯特罗。（Hulton-Deutsch Collection/Corbis）

哪个加勒比海国家是这一地区的旅游胜地？

加勒比海有许多美丽的小岛国，但最美的应该是多米尼加。位于加勒比海伊斯帕尼奥拉岛东部的多米尼加共和国是中美洲著名的旅游胜地，每年都会吸引 150 万的游客到这里参观旅游。这里有美丽的沙滩，清澈的海水，独特的热带气候，每年都会吸引来自世界各地，尤其是欧洲的游客。牙买加是紧随多米尼加之后的旅游胜地，每年吸引 85 万游客。

南美洲

自然特征和自然资源

智利的圣地亚哥和佛罗里达州的迈阿密，哪个更靠东？

尽管智利的圣地亚哥位于南美的西海岸，但经度却比佛罗里达州的迈阿密更靠东。人们通常认为，南美一定是在北美的正南，而实际上南美在北美的东南部。

哪条河流是世界上流域面积和流量最大的河流？

亚马孙河位于南美洲北部，全长 6 400 千米，是南美第一大河，也是世界上流域面积最广、流量最大的河流。

安第斯山脉在哪里？

安第斯山脉从中美洲顶部的巴拿马到南美洲最南端的麦哲伦海峡（Strait of Magellan），横贯南美整个西部海岸。安第斯山脉长约 4 500 英里，有许多海拔 6 000 米以上、山顶终年积雪的高峰。南部山脉中的阿空加瓜山（Acongagua）为安第斯山最高

175

峰,位于智利和阿根廷之间,海拔 22 834 英尺,它也是世界上最高的死火山。令人震撼的古城马丘比丘(Machu Picchu)就在秘鲁境内的安第斯山脉。

什么叫做哥伦比亚安第斯山脉?

安第斯山脉在哥伦比亚境内分成西、中、东 3 条南北走向的平行山脉,山脉间有宽大的山间谷地。卡利(Cali)市位于西部山脉和中部山脉之间,波哥大(Bogota)则在中部山脉和东部山脉之间。

什么是安第斯山脉的4个气候区?

安第斯山脉有 4 个区别明显的气候区,以地理位置高度划分。最低的地区为热带地区,是大多数人群聚居生活的地区,低地平原到 2 500 英尺高的地区都属这一区域。第二个区域是温带,为 2 500—6 000 英尺高的地区。第三个地区是凉爽地带,为 0.6 万—1.2 万英尺的地区。1.2 万英尺以上地区是第四个区域,为冰冻带。

哪个湖是世界上海拔最高的可供航行湖?

位于秘鲁和玻利维亚边界的的的喀喀湖(Lake Titicaca)海拔 1.25 万英尺,是世界上可供航行的高山湖中海拔最高的湖,也是南美最大的湖。世界上还有其他的湖,海拔高于的的喀喀湖,但却都不能够通航。的的喀喀湖还是印加文明(Inca)的中心。

世界落差最大的瀑布在哪里?

世界落差最大的瀑布安赫尔瀑布(Angel Falls)位于委内瑞拉境内,高达 3 212 英尺。1935 年,美国飞行员吉米·安赫尔首次发现了这个瀑布,并以自己的名字命名。

阿塔卡马沙漠

阿塔卡马沙漠(Atacama Desert)从秘鲁南部边境一直延伸到智利(Chile)北部。在沙漠中心,有一个被气候学家称为"绝对沙漠"的地方,这就是地球上最为干旱的地方——地球旱季,在那里没有任何生命迹象。阿塔卡马沙漠中的重镇卡拉马(Calama)从来不曾下过雨。阿塔卡马盛产亚硝酸盐和硼砂。

复活节岛。(图片档案馆)

复活节岛归属哪个国家?

复活节岛(Easter Island)位于法属南太平洋波利尼西亚群岛的东部,是智利瓦尔帕莱索省的属岛。复活节岛四周的海岸,到处是面向大海的巨大的半身石雕人像,总共600多尊。这些人面巨石像大多整整齐齐地排列在4米多高的长形石台上,共约100座石台。每座石台一般安放4—6尊像,个别的多达15尊。石像以坚固的火山岩为材料。

麦哲伦海峡是弯曲的吗?

是的。麦哲伦海峡(Strait of Magellan)是位于南美洲大陆南端同火地岛(Tierra del Fuego)等岛屿之间的海峡,十分迂回曲折。因航海家麦哲伦于1520年首先由此通过进入太平洋,故名。此后,这里就成为避免绕道南美最南端的合恩角(Cape Horn)所必行的近道。

哪里是世界最大的热带雨林?

亚马孙雨林(Amazon forest)是地球上最大的热带雨林,其面积占巴西国土面积的1/3,每年的降雨量达80英寸。由于非法森林砍伐,每年有1.5万平方英里的森林永远消失。作为美洲中最大的热带雨林,亚马孙雨林拥有无可比拟的生物多样性,这里聚集了世界90%的动植物,也是氧气的主要产地。

哪个南美国家是世界主要铜产国？

智利蕴藏多种丰富金属及非金属矿产，为世界重要矿产国家之一。智利铜的蕴藏量约占全世界 25%，每年出口量占世界总出口量的 20%，为最大铜产国及出口国。世界年产 920 公吨铜，智利的产量占到 180 公吨。

哪个南美国家为世界石油输出国组织成员？

委内瑞拉的石油储量占世界 6%，是南美唯一一个世界石油输出国组织（The Organization of Petroleum Exporting Countries, OPEC）成员。委内瑞拉的石油主要产自北部的马拉开波（Maracaibo）地区。

哪个南美国家是世界主要咖啡产国？

人们通常认为哥伦比亚是世界主要咖啡产国，而实际上巴西才是世界上咖啡主要产国，巴西每年咖啡出口量占世界 25%（哥伦比亚只占 16%）。巴西的咖啡主要产在南方。

哪个南美国家出口牛肉？

阿根廷是唯一出口牛肉的国家。阿根廷牛的存栏总数占世界 4%，出口牛肉占世界 2%。

可卡因源于哪个国家？

可卡因（Cocaine）是从古柯树叶中分离出来的一种生物碱，属于中枢神经兴奋剂。最早是印加族（Inca）用古柯植物做成古柯糊（coca paste），然后做成可卡因。哥伦比亚和一些南美国家的人非法向其他国家，尤其是美国出口可卡因。

历　　史

印加文明是在哪里发展起来的？

古印加文明是 15—16 世纪在南美洲西部、中安第斯山区发展起来的著名的印第安人古代文明。印加帝国从立国到被毁灭，共经历了几个世纪的发展历程，其间共传12世13王。

什么是马丘比丘？

马丘比丘古城是世界著名的古印加文明遗址，位于现今的秘鲁（Peru）境内库斯科（Kuscow）西北130公里。整个遗址高耸在海拔约2 350米的安第斯山脉上，于1911年由美国开拓者和耶鲁大学学者海拉姆·宾汉姆发现，被认为是印加文明的最后遗存。

新世界是如何在西班牙和葡萄牙之间分割的？

15世纪末叶的1493年，教皇亚历山大六世颁布教谕，把全世界的海洋一分为二，划分给西班牙和葡萄牙这两个老牌殖民地国家，中间有一条在阿速尔群岛（Azores）西面"100海里"（大约300英里），大西洋沿岸葡萄牙西部几百英里的分界线。1494年，西葡两国订立《托德西利亚斯条约》(*The Treaty of Tordesillas*)，明确海洋分割事宜——大西洋的子午线为两国行使海洋权利的分界线，以西归西班牙控制，以东归葡萄牙控制。葡萄牙认为分配不均，所得甚少。尔后，葡西两国又签订了新的《托德西利亚斯条约》，重新划定分界线，将分界线再向西移800英里。教皇尤里乌斯二世（Pope Julius II）在1506年批准了这条分界线。

巴西如何变成了葡萄牙的殖民地？

巴西现在的大部分国土都在《托德西利亚斯条约》划定的子午线以东，所以在1506年之后划归葡萄牙。巴西的官方语言为葡萄牙语，成为南美唯一一个讲葡萄牙语的国家。

哪个南美国家首先摆脱殖民统治宣布独立？

1816年，阿根廷宣布独立，摆脱西班牙的殖民统治。当时的布拉达河联合省（The United Provinces of the Plate River）直到美国1823年承认后才得到世界的承认。

哪个南美地区至今尚未宣布独立？

法属圭亚那位于南美洲的东北海岸，自1817年起就是法国的殖民地。1946年，法国宣布法属圭亚那为法国的"海外省"，1977年成为法国的一个大区。法属圭亚那航

马丘比丘印加古城遗址。(图片档案馆)

天中心是欧洲的发射基地。

"魔鬼岛"是怎么回事？

法属圭亚那沿岸的魔鬼岛(Devil's Island)从 19 世纪中期起，就是法国重案犯的海外关押地。1938 年，这个流放营终于被关闭。

"大哥伦比亚"是怎么回事？

1522 年，西班牙在南美洲的第一个殖民地新卡地兹(Nueva Cádiz)在今日的委内瑞拉境内建立。1717 年，新格林纳达副王国(Virreinato de Nueva Granada)成立时，委内瑞拉被规划为其下属的一个行省。在 1810 年的一场政变中，委内瑞拉脱离了西班牙的控制，并且在 7 月 5 日正式宣告独立，但是战争仍未平息。经过了多年动荡，该国终于在南美洲著名的独立英雄西蒙·玻利瓦尔(Simón Bolívar)带领下，于 1821 年完全独立，哥伦比亚、巴拿马、厄瓜多尔和委内瑞拉成立"大哥伦比亚共和国"。1830 年，"大哥伦比亚共和国"宣布瓦解，哥伦比亚、厄瓜多尔和委内瑞拉各自独立。

西蒙·玻利瓦尔是什么人？

西蒙·玻利瓦尔是拉丁美洲著名的革命家和军事家，由于他的努力，委内瑞拉、秘鲁、哥伦比亚、厄瓜多尔、玻利维亚和巴拿马6个拉美国家从西班牙殖民统治中解放出来，获得独立。玻利维亚(Bolivia)就是为了纪念他而命名的。

人民、国家和城市

有多少南美人生活在贫困之中？

有大约1/3的南美人生活在贫困之中。南美的财富主要掌握在拥有大部分土地的少数人手中。

南美的人口主要集中在哪里？

南美有大约3.29亿人口，比美国多20%。大多数南美人住在大西洋沿岸。巴西人口主要集中在东南部地区的两个城市里——里约热内卢（Rio de Janeiro）和圣保罗（Sao Paulo）。它们都属世界最大城市，分别拥有1 000万和2 200万人口。阿根廷的布宜诺斯艾利斯(Buenos Aires)也是大西洋沿岸上的大城市，拥有1 100万人口。

南美哪些国家城市人口密度最大？

阿根廷、智利、乌拉圭和委内瑞拉都是城市化(按居住在城市的人口计算)程度非常高的城市，和美国相同，有大约85%的人口居住在城市。

哪座城市是亚马孙盆地上最大的城市？

巴西马瑙斯(Manaus)是亚马孙盆地上最大的城市，拥有人口100多万，是巴西亚马孙州(Amazonas)的州府所在地，也是这一地区的贸易中心。当亚马孙盆地还是橡胶的唯一出产地时，马瑙斯呈现出相当的繁荣景象。但是随着后来世界各地橡胶种植，马瑙斯的重要程度呈下降趋势。因马瑙斯是巴西最大的现代化河流港口，巴西在这里设立了自由贸易区和免税区后重又恢复了以往的繁荣。

什么是南美洲南半部锥体组成的共同市场？

南美洲南半部锥体组成的共同市场(The Southern Cone Common Market，MERCO-SUR)又称南方共同市场，成员国为巴西、阿根廷、巴拉圭和乌拉圭。1995年1月1

181

科科瓦多山顶上俯瞰里约热内卢的基督像。（Marilyn Bridges/Corbis）

日,南方共同市场正式开始运作,宗旨是降低 4 国间的贸易壁垒,推动拉美地区经济一体化进程的发展。

巴西有多大?

巴西面积 854.7 万平方公里,是拉丁美洲面积最大、世界第五大的国家,占整个南美大陆的 50%左右。

巴西什么时候迁移了首都?

历史上,巴西曾先后在萨尔瓦多和里约热内卢两个海滨城市建都。为开发内地,巴西决定迁都内地。1960 年,一座现代化的都市——巴西利亚(Brasilia)在巴西内地国家中心平地上建成。同年 4 月 21 日,巴西首都从里约热内卢迁至巴西利亚。将首都由沿海迁至内地这一举措正式宣告了巴西的独立,加快了内地的开发。

哪座雕塑俯瞰着里约热内卢?

巴西里约热内卢基督像(Christ the Redeemer)位于巴西里约热内卢市的科科瓦多(Corcovado Mountain)山顶,山高 710 米。基督像身高 30 米,站立在 8 米的基座上,基座同时也是一座能够容纳 150 人的天主教堂。基督像总重 1 145 吨,张开的双臂横向总长 28 米。

玻利维亚有几个首都?

玻利维亚有两个首都,一个是政府所在地拉巴斯(La Paz),一个是法定首都苏克雷(Sucre)。世界上有几个国家是按照国家的职能划分城市的。

哪个国家既处于赤道线,又处在南回归线上?

巴西是世界上唯一一个既处于赤道 0°,又处在南回归线(The Tropic of Capricorn)23.5°上的国家。

哪个南美城市中日本移民最多?

巴西的圣保罗日本移民最多,有 200 多万日本后裔住在这座城市中,他们最初都是从事农业生产。

四旬斋前的狂欢节是怎么回事?

四旬斋前的狂欢节(Mardi Gras)在法语中意为"油腻的星期二"(fat Tuesday),是一项罗马天主教庆典,是复活节前长达40天的四旬斋前的节日。人们要在圣灰星期三(Ash Wednesday)前游街、跳舞、狂欢。这个节日在里约热内卢、新奥尔良和路易斯安那最为盛行。

是什么使得巴西汽车工业发展?

在巴西,汽车使用的燃料中,高达一半以上是汽油醇(gasohol)和乙醇(Ethanol)。汽油醇这种功能、效率和石油差不多的燃料是从甘蔗残渣制造出来,乙醇是用酒精制造,不仅比石油环保,所产生的二氧化碳只有石油的20%,而且还便宜。

1975年以后1/3苏里南人口移居到了哪里?

苏里南在1975年正式宣布独立以前一直是荷兰殖民地。1975年以后,有大约20万居民移民荷兰。

哪个国家是世界上海拔最高的国家?

南美玻利维亚的首都拉巴斯海拔3 650米,是世界上独立国家中海拔最高的城市。拉巴斯在海拔高度达3 700米安第斯山脉上,是世界上最高的大城市。1548年,西班牙殖民者为了大量掠夺拉巴斯河沿岸的丰富金矿,在河畔建造了这座城市,现有人口71.1万。

内陆国家玻利维亚使用什么港口?

1992年,玻利维亚与秘鲁共和国签约,由秘鲁共和国租借伊洛(ILO)港口予玻利维亚共和国使用100年。

波哥大原名叫什么?

波哥大(西班牙语全名:Santa Fe de Bogotá)是哥伦比亚的首都和昆迪纳马卡省的省会,原名叫圣达菲(Santa Fe),后来改称圣达菲波哥大(Santa Fe de Bogotá)。现在,人们为了简便,直接称波哥大。波哥大市内有大约 600 万人口。

什么是卡特尔组织?

卡特尔(cartel)是为采取共同行动而组织起来的政治联盟,在南美,通常为制造与贩卖毒品的团伙(drug cartel)。哥伦比亚最著名的两个卡特尔组织是卡利(Cali)和麦德林(Medellin),政府已对这两个能量很大的违法制造与在南美贩卖毒品的团伙采取了有效的打击措施。

智利有多长?

智利是世界上最狭长的国家,其国土南北长 4 332 公里,东西宽 90—401 公里。智利是个经典的狭长国家,管理起来有很大难度。

是谁一直在争夺福克兰群岛?

福克兰群岛(Falkland Islands)(也叫马尔维纳斯群岛,Islas Malvinas,简称马岛)位于阿根廷南端以东的南大西洋水域,它的归属问题一直以来就是阿根廷和英国争论的焦点。英国以最早发现为由声称马岛属英国,并于 1833 年武装占领马岛,阿根廷驻岛总督被迫撤出。此后两国一直对马岛主权存有争议。1982 年,阿根廷政府派兵占领马岛,但英国仅在几周之后就夺回了所属权。阿根廷仍然宣称自己的所有权,并通过各种外交渠道争取国际社会的承认。

哪个城市是世界上最南部的城市?

阿根廷南部的乌斯怀亚是世界上最南端的城市。乌斯怀亚位于麦哲伦海峡南部海岸的火地岛上。

泛美高速公路是怎么回事?

泛美高速公路(Pan-American Highway)始建于 20 世纪 30 年代,从阿拉斯加的费尔班克斯(Fairbanks)到阿根廷的布宜诺斯艾利斯,是贯穿整个美洲大陆的国际通道。1962 年,又在巴拿马运河(Panama Canal)修建了一座美洲大桥(The Bridge of the Americas),贯通了巴拿马运河。巴拿马东部还有一段高速路仍在修建中。

拉丁美洲的主要宗教是什么宗教?

由于西班牙和葡萄牙的殖民统治,大多数拉丁美洲居民信仰天主教,占整个信教人口的 83%,新教占 7%,其余人为无神论者、泛灵论者或信仰其他宗教。

什么叫做"Plaza"?

在大多数南美城市,人们习惯把露天的公共广场叫做"Plaza",意即中心广场。中心广场一般用做节日庆典,周围都是教堂或购物场所。

西 欧

自然特征和自然资源

哪里叫做阿尔卑斯山？

阿尔卑斯山（Alps）是欧洲最高大、最雄伟的著名山脉，位于欧洲南部，呈一弧形，东西延伸长约 1 200 多千米，从西班牙东南进入巴尔干。勃朗峰（Mont-Blanc）是阿尔卑斯山的最高峰，海拔 4 810 米左右。

直布罗陀岩山在哪里？

直布罗陀岩山（Rock of Gibraltar）位于西班牙南部直布罗陀半岛上，直布罗陀市也在这个岛上。直布罗陀市实际上是英国的殖民地，所以这座岩山多年以来，一直被英国人用作防御工事，修建了复杂的地下出口与隧道系统。直布罗陀海峡（The Strait of Gibraltar）是连接地中海和大西洋的重要门户，多年来英国和西班牙围绕直布罗陀的主权、对直布罗陀海峡附近海域的控制权，一直争执不下。

西班牙在直布罗陀海峡对岸的摩洛哥也占据了两处"领土"：休达（Ceuta）和梅利利亚（Melilla），在此实施对直布罗陀海峡附近海域的控制。

高地在哪里?

大不列颠岛在 Tees-Exe 线一带被分成高地和低地,这条线穿过南部的普利茅斯(Plymouth)和东部沿海的米德尔斯堡(Middlesborough)。这条线的东部是英格兰平原,西北部是苏格兰高地。

直布罗陀海峡有多宽?

连接地中海和非洲与西班牙之间的大西洋的直布罗陀海峡最狭窄处只有 8 英里宽。

冰岛主要出口什么?

渔业在冰岛国民经济中占有十分重要的地位,是冰岛经济的基础和生命线,冰岛的繁荣在很大程度上取决于渔业。鱼类在冰岛出口产品中占到了 3/4,全国有 12% 的人从事着与渔业有关的工作,而冰岛鱼价的涨幅也影响着世界的鱼价。

冰岛上有多少个火山?

沿大西洋中部山脊(Mid-Atlantic Ridge)形成的冰岛是"冰与火之国",全岛有 100 多座火山,其中活火山 20 多座。

罗马有哪七座山?

传说中罗马城最初是由罗慕路斯(Romulus)在帕拉蒂尼山(Collis Palatinu)上兴建。而现在其余 6 座山则与古代的称呼有所不同,分别为阿文庭山(Aventinu)、卡匹托尔山(Capitolinu)、奎里尔诺山(Quirinali)、维弥纳山(Viminali)、埃斯奎里山(Esquilinu)与西莲山(Caeliu)。

日德兰半岛在哪里?

日德兰半岛(Jutland Peninsula)是德国北部伸出的一个半岛,属丹麦。

德国黑森林在哪里?

黑森林(The Black Forest)是德国西南部著名的自然风景区。在南北长 160 公里,东西宽 20—60 公里连绵起伏的山区内,密布着大片茂密的森林,远看黑黑的一片。一年四季,黑森林都是人们旅游度假的好去处。林内有十几条特色旅游线路,每条线路突出一个主题。通过遍布山区的公路网,人们可根据自己的需要方便地到达任何一处景点。到黑森林旅游,除了欣赏美景,还要观赏当地的特产"咕咕钟"。咕咕钟是用黑森林中精选的木材手工雕制而成的,刻工精美,都是祖传的手艺。

历　史

何谓德意志帝国?

德国历史上的第一帝国是指公元 900—1806 年的神圣罗马帝国。1806 年,神圣罗马帝国被拿破仑一世推翻。第二帝国是指 1871—1918 年统一的德意志帝国,它是由普鲁士奥托·冯·俾斯麦(Otto von Bismarck)通过 3 次王朝战争统一起来的。第二帝国的寿命很短,仅存在了 47 年。1914 年开始的第一次世界大战以德国的失败和第二帝国的瓦解而告终。第三帝国是指 1933—1945 年的法西斯德国,希特勒自称第三帝国。1945 年,德国在投降书上签字,第三帝国宣告完结。

什么是波茨坦会议?

1945 年 7 月 7 日至 8 月 2 日,苏联、英国和美国在德国波茨坦举行第二次世界大战期间的第三次,也是最后一次三国首脑会议。会议讨论了控制德国和其他东部疆界等问题,还将德国和奥地利分成 4 个占领区,并由苏联、法国、美国和英国 4 国组成盟国管制委员会控制管理。

柏林墙是怎么回事?

柏林墙的正式名称叫"反法西斯防卫墙",是第二次世界大战和东西方冷战期间的产物。第二次世界大战结束时,德国被分成 4 块,分别由苏联、法国、美国和英国控制管理。1949 年,苏联占领区包括东柏林在内成立德意志民主共和国,首都定在东柏林,而美英法占领区则成立德意志联邦共和国,首都设在波恩。美英法苏的占领协定保证联邦德国和西柏林之间的空中走廊。西柏林在联邦德国法律和西柏林基本法都规定是联邦德国的领土,然而,美英法 3 国认为规定和现状相抵触而推迟实施,所以西柏林一直都不是西德的领土。最初柏林市民是能在各区之间自由活动的,但随着冷战紧张气氛的提升,1952 年,东西柏林的边界开始关闭。1949—1961 年,大约有

250万东德人逃入西柏林。柏林墙在1961年8月13日开始建造，一开始只是铁丝网，后来被大量换成真正的墙，至此真正将东西柏林分开。墙的西面成了人们自由阐述个人观点的场所，而东面则只有铁丝网和持枪巡逻的士兵，被人称做"无人区"。

柏林墙存在了几十年，将东西德国一分为二。1989年11月8日，此事件也成为"柏林墙倒塌"事件。柏林墙的倒塌被认为是东西方冷战的终结，也是东西柏林和东西德统一的标志。

查理检查站在哪里？

查理检查站（Checkpoint Charlie）是在1961—1990年间东西柏林间3个边境检查站之一，是当时东西柏林间盟军军人唯一的出入检查站，也是所有外国人在东西柏林间唯一的一条市内通路。

哈德良长城是怎么回事？

哈德良长城（Hadrian's Wall）是一条由石头和泥土构成的横断大不列颠岛的防御工事，由罗马帝国君主哈德良所兴建。公元122年，罗马皇帝哈德良命令在英格兰和爱尔兰边界上修筑一条长城。长城东起泰恩河口（The Tyne River），横贯英格兰，至西海岸的索尔韦湾（Solway Firth），长约118千米。哈德良长城既是当时军事领域中重要的组成部分，也有力的说明了当时罗马人的技术水平、战略思想和地质学的发展。

什么是马其诺防线？

以法国陆军部长A.L.R.马其诺的姓氏命名的马其诺防线（Maginot Line）是法国在第一次世界大战后，为防德军入侵而在其东北边境地区构筑的防御体系。马其诺防线的整个防线由保障地带和主要防御地带组成，最重要地段构筑有地面和地下部分相结合、适于环形防御的综合工事群，其地面部分为装甲或钢筋混凝土的机枪工事和火炮工事。地下部分有数层，包括指挥所、人员休息室、食品储藏室、弹药库、救护所、电站、过滤通风室等。工事之间都有通道连接，通电动车。射击工事内的武器都是专门设计安装的。最坚固的钢筋混凝土工事的顶盖和墙壁厚度达3.5米，装甲塔堡的装甲厚度达300毫米。防线内的防坦克障碍物主要有防坦克壕、崖壁、断崖及金属和混凝土桩砦，并用地雷场加强。

第一次世界大战期间，德国确实入侵了法国，但其绕过了固若金汤的马其诺防线，从中立国家比利时迂回进入，占领了法国北部，接着进抵马其诺防线的后方，使防线丧失了作用。

爱尔兰因为马铃薯引发的大饥荒是怎么回事？

19 世纪中叶，爱尔兰发生大饥荒（Great Starvation）。1845—1850 年间，爱尔兰的土豆染上某种不知名的疫病，大面积死亡，引发大饥荒。土豆危机爆发之后，超过 100 万爱尔兰人在饥荒中死去，还有数百万人不得不外出逃荒。大量爱尔兰人为生存下去被迫迁往北美洲、澳大利亚和新西兰等地，由此引发的文化和经济上的损失难以估计。

什么叫做"Benelux"？

"Benelux"指比利时、荷兰和卢森堡 3 国和这 3 个国家于 20 世纪 40 年代起结成的经济联盟。因为比利时的主要经济是工业，而荷兰却以农业为经济支柱，两个国家互助互补，增强了双方的经济实力。卢森堡是一个小国，经济形式却多样化，多年来与比利时和荷兰这两个邻邦国家关系密切，同时也在联盟中受益。

人民、国家和城市

何谓欧洲联盟？

1951 年 4 月 18 日，法国、联邦德国、意大利、荷兰、比利时和卢森堡在巴黎签订了建立欧洲煤钢共同体条约（又称《巴黎条约》）。1952 年 7 月 25 日，欧洲煤钢共同体（The European Coal and Steel Community）正式成立。1991 年 12 月 11 日，欧共体马斯特里赫特首脑会议通过了以建立欧洲经济货币联盟和欧洲政治联盟为目标的《欧洲联盟条约》（简称"马约"）。1993 年 11 月 1 日，"马约"正式生效，欧共体更名为欧盟。这时欧盟成员国有奥地利、比利时、丹麦、芬兰、法国、德国、希腊、爱尔兰、意大利、卢森堡、荷兰、葡萄牙、西班牙、瑞典和英国等 15 个国家，目前已增加至 27 个国家。欧盟有自己的旗帜、会徽和货币（欧元）。

哪里是低地？

比利时、荷兰和卢森堡 3 国的地理位置相对较低，所以被称作低地。

荷兰人怎样扩大领土？

多年来,荷兰人一直通过修堤围地扩大疆土,这些新辟的低地扩大了原有的土地面积。这种举措现在被认做是现代社会七大奇迹之一。

荷兰的兰斯台德区有什么特征？

荷兰西部的城市事实上形成了直径 60 公里的延绵的圆环,该环状地区叫做"兰斯台德区"（Randstad）,包括阿姆斯特丹（Amsterdam）、鹿特丹（Rotterdam）、海牙（The Hague）、乌得勒支（Utrecht）、莱顿（Leiden）和德尔夫特（Delft）。兰斯台德区的人口几乎占到了荷兰人口的一半。

荷兰的海牙有什么特征？

海牙（The Hague）是荷兰第三大城市,在阿姆斯特丹和鹿特丹之后。海牙位于荷兰西海岸,有人口 47.2 万人。有许多国际组织设在这里,比如国际法庭（The International Court of Justice）。

比利时有哪两种文化群体？

比利时总人口 1 000 余万,北部的弗拉芒区（Flemings）人口约 600 万,大多为德国法兰克人（German Frank）后裔,居民讲弗拉芒语（严格来讲算是荷兰语的一种方言,书写基本相同,但发音差异很大）;南部瓦隆区（Walloons）人口大约 340 万,大多为凯尔特人（The Celts）后裔,同法国接壤,居民讲法语。最后,就是位于中部的首都布鲁塞尔,这里是双语区,政府机构和公共设施都用弗语和法语双语标注。

丹麦早期移民是从哪些国家迁来？

令人颇感惊讶的是,丹麦最早期的移民并不是从丹麦南部的欧洲国家迁过来的,而是从冰岛和斯堪的纳维亚半岛移民过来的丹族人（Danes）。

英格兰、大不列颠和联合王国之间的区别是什么？

法国东北部有两个大岛,东部是大不列颠（Great Britain）,西部是爱尔兰。大不列颠岛上有 3 个区,分别是东南部的英格兰,西部的威尔士和北部的苏格兰。另外一个

荷兰海牙的国际法庭所在地——和平宫（Peace Palace）。（Dave Bartruff/Corbis）

岛,爱尔兰岛由于政治原因被人为分成两部分：北部的北爱尔兰和南部的爱尔兰国。联合王国是一个国家,包括大不列颠岛上的英格兰、威尔士、苏格兰和爱尔兰岛上的北爱尔兰。

苏格兰是一个国家吗?

位于大不列颠岛北部地区的苏格兰是联合王国的一部分,但有一定的自治权限。

英国岛屿是怎么回事?

英国岛屿(The British Isles)包括大不列颠岛和爱尔兰岛,这两个岛被圣乔治海峡(St. George's Channel)一分为二。英国岛屿还包括联合王国和爱尔兰两个国家。

英联邦是怎么回事?

英联邦(The British Commonwealth)指联合王国和前英帝国殖民地,独立后参与联邦组织的国家。英联邦不是政治实体,只是由过去以英王为共主的领地自愿组成。

为什么叫做"陆地的尽头"?

在英格兰的西南角的康沃尔郡（Cornwall）有一个音译名叫兰兹角(Land's End）的地方,按照英文直译过来是"陆地的尽头",所处地理位置也在英国的最西部。

哪里是荒野?

顾名思义,荒野(moor)就指未经开垦的牧场土地。英国有大片的荒野,而在美国,人们把这样的土地叫做草原或田野。

卡米洛特宫在哪里?

卡米洛特宫(Camelot)是 16 世纪传奇故事中亚瑟王的宫殿所在地,但它的位置（如果真有卡米洛特宫的话）却始终是个谜,有人说在爱塞特(Exeter),有人说在温切斯特(Winchester)。卡米洛特宫不仅是亚瑟王迎娶格温妮维尔(Guinivere)时父亲所赠之所,而且是著名的圆桌骑士中的圆桌所在地。

过去人们真的在巴斯洗浴吗?

英国的巴斯(Bath)位于英格兰西南部,邻近威尔士。巴斯的悠久历史可以追溯到公元前 860 年,当时的王子布拉杜德因患麻风病被流放于此,偶然落入当地的热泥塘中,却意外治愈了麻风病,后登基成国王,建立了这座城市。公元 1 世纪,恺撒大帝的铁骑横扫欧亚,强大的罗马人入侵英国,被这里优美的风光和天然的温泉所吸引,便将此地取名巴斯(即"浴池"之意),在这里广修精美豪华的浴池和神庙建筑,使巴斯成为世所瞩目的温泉度假胜地。

加泰罗尼亚大区在哪里?

加泰罗尼亚大区(Catalonia)是西班牙东北部的一个自治区,位于伊比利亚半岛东北部,拥有 600 万居民,有加泰罗尼亚自己本民族的语言和文化。许多年以来,呼吁独立的呼声从来就没有停止过。加泰罗尼亚大区的首府是巴塞罗那,这里曾成功举办 1992 年奥林匹克夏季运动会。

蓝色海岸在哪里?

法国蓝色海岸(French Riviera, Cote d Azur)位于法兰西东南,毗邻意大利,在地中海海域上。蓝色海岸海水极清极蓝,气候清爽宜人,风景美丽,是欧洲人主要度假场所。世界第二小国摩纳哥(Monaco)就在蓝色海岸上,这里有蒙特卡罗(Monte-Carlo)大赌场和与之相配套的各项奢华设施及宾馆饭店。

环法自行车公路赛起始点在哪里?

环法自行车赛(Tour de France)是公路自行车运动界中的年度大赛,也是世界上规模最大、知名度最高、影响力最广泛的公路自行车比赛。环法自行车公路赛路线每年变化,但最后一段平地赛段通常在著名的香榭丽舍大街(Champs-Elysees)进行。自行车路线大约 2 000 英里长,一般持续 25—30 天。

古代高卢在哪里?

高卢(Gaul)是古国,现代法国的大部地区都是古代高卢属地。高卢最早是希腊的殖民地,后被罗马帝国占领,直到公元前 5 世纪罗马帝国被推翻。后来又不断有帝国占领控制高卢,最终成为法国人的先民法兰克人(Franks)的王国。

英国伦敦议会广场。(Hulton-Deutsch Collection/Corbis)

法兰西共同体是个什么组织?

　　法兰西共同体是法国与其已独立和尚未独立的殖民地组成的国家集合体，由法兰西共和国与它原来的一些殖民地附属国组成，以维持法国与它们的特殊联系。

安道尔公国的实际控制人是谁?

　　安道尔公国（Andorra）是西南欧一个非常小的内陆公国，位于比利牛斯山脉（Pyrenees）东南部，与法国和西班牙毗邻，是世界上还唯一存在着封建制度的国家。安道尔于1278年成为公国，根据法国和西班牙签订的和约规定，两国对安道尔都有宗主权，名义上至少处于两位"国君"的统治之下，一位是西班牙边境塞奥–德乌赫尔（La Seu d'Urgell）地区的天主教主教，而另一位是法国总统。

欧洲最大的城市有哪些?

　　西欧最大的城市有巴黎，人口900万；紧随其后的有伦敦，人口700万；米兰、马德里和雅典，人口均为400万。

哪个国家最早设立立法机关？

公元 870 年,部分挪威人到冰岛定居建国,很快于 930 年建立世界上最早的议会（Althing）。冰岛 930 年在雷克雅未克首次召开了名为阿耳庭的全体居民大会。阿耳庭既是立法会议,也是仲裁纠纷的法庭。

哪个欧洲国家是旅游者最青睐的地方？

每年,全世界有 5 000 多万游客前往法国观光旅游,使这里成为旅游者最青睐的欧洲旅游景点。

哪条隧道是阿尔卑斯山的第一条隧道？

1871 年,在法国和意大利之间的塞尼山（The Mont Cenis）开凿了第一条穿越阿尔卑斯山（Alps）的铁路隧道,隧道全长 8.5 英里,连接法国和意大利。

哪个欧洲国家完全依赖核能做能源？

法国比其他欧洲国家更依赖核能,核能目前已经成为法国能源的主要来源之一,占能源总量的 3/4。

哪个国家是欧洲最早独立的国家？

圣马力诺共和国于公元 301 年 9 月 3 日独立,是世界最小和最古老的共和国,并于 1600 年 10 月 8 日确立了其成文宪法。圣马力诺位于意大利中部铁达诺山（Mt. Titano）山麓,是世界上几个面积最小的国家之一,面积只有 61 平方公里。

俄罗斯和东欧

俄罗斯和前苏联

欧洲从哪里开始,亚洲在哪里终止?

尽管欧洲和亚洲处在同一大陆块上,但传统观点是以俄罗斯西部的乌拉尔山作为两大洲的分界线。

苏联是怎么回事?

在推翻沙皇统治7年之后的1924年,苏维埃联邦社会主义共和国(通常叫做苏联)宣布成立。苏联包括俄罗斯以及周边地区,其中有乌克兰(Ukraine)、哈萨克斯坦(Kazakhstan)等。1991年苏联解体,俄罗斯苏维埃共和国改名为俄罗斯联邦。

什么叫做独立国家联合体?

在苏联解体之后建立了独立国家联合体 (Commonwealth of Independent States,CIS),简称独联体。目前,除波罗的海3国外,苏联其他12个加盟共和国阿塞拜疆

苏联第一任共产党领导人弗拉基米尔·列宁在 1917。（图片档案馆）

（Azerbaijian）、亚美尼亚（Armenia）、白俄罗斯（Belarus）、格鲁吉亚（Georgia）（1993 年 12 月起）、吉尔吉斯斯坦（Kurgyzstan）、摩尔多瓦（Moldava）（1994 年 4 月起）、哈萨克斯坦（Kazakhstan）、俄罗斯（Russia）、乌兹别克斯坦（Uzbekistan）、乌克兰（Ukraine）、塔吉克斯坦（Tajikistan）和土库曼斯坦（Turkmenistan）均为独联体正式成员国。未加入独联体的国家为波罗的海 3 国，即爱沙尼亚（Estonia）、拉脱维亚（Latvia）和立陶宛（Lithuania）。独联体总部设在白俄罗斯首都明斯克。

俄罗斯占苏联的多大比重？

苏联包括 15 个苏维埃社会主义联邦共和国，其中最大的为俄罗斯苏维埃社会主义联邦共和国（Russian Soviet Federated Socialist Republic，RSFSR）。俄罗斯苏维埃社会主义联邦共和国简称俄罗斯，人口占全苏联的一半，土地占 3/4。

俄罗斯有多大？

俄罗斯有 660 万平方英里土地，1.47 亿人口，是欧洲最大的、人口最多的国家。除此之外，俄罗斯还是世界最大、世界上人口第六多的国家，乌克兰是独联体内第二大国家，占地 23.31 万平方英里，而德国有 8 200 万人口，为欧洲人口第二多的国家。

圣彼得堡、列宁格勒和彼得格勒有何共性？

圣彼得堡（St.Peterburg）、列宁格勒（Leningrad）和彼得格勒（Petrograd）这 3 个名字同指一个城市。这座城市濒临芬兰湾，位于俄罗斯西北部。1703 年，俄国沙皇彼得大帝（Czar Peter the Great）给这座城市起名圣彼得堡。因为这个名字听上去太像德国名，而不像是俄罗斯首都名。1914 年，俄国遂用斯拉夫语表示城市的"格勒"取代来自德语的"堡"，圣彼得堡被改名为彼得格勒。1924 年 1 月列宁逝世后，该城又改称列宁格勒。1991 年 12 月苏联解体后，这座城市恢复了它的原名圣彼得堡。

俄罗斯正式名称叫什么？

苏联解体之后一直叫做俄罗斯联邦。俄罗斯联邦不仅仅是一个大的政治主体，还由 89 个联邦主体组成。

为什么东欧中部还有一个小俄罗斯？

第二次世界大战结束后，位于波兰和立陶宛（Lithuania）的重要港口城市加里宁格勒（Kaliningrad）被划归苏联。立陶宛曾经是东普鲁士（east prussia）的首都，传统德国人聚集区。但没过多久，苏联政府强行将这里的德国居民迁走，并迁入大批苏联居民。1991 年苏联解体后，许多加盟共和国宣布独立。加里宁格勒位于这些共和国的西部，但它的居民主要是俄罗斯人，所以一直是俄罗斯的一部分。

西伯利亚有多冷？

西伯利亚（Siberia）寒冷程度仅次于南极。1933 年 2 月 6 日，俄罗斯奥伊米亚康（Oimyakon）的气温达到-90°F。在漫长的冬季，西伯利亚非常寒冷，经常在-50°F。

俄罗斯全境适合驾车吗？

俄罗斯境内的大部分道路都是泥泞的土路，驾车在俄罗斯行驶就完全取决于天气情况。每年 11 月至次年 5 月，寒冷的气候使道路结冰，这时的道路反倒适于行驶。而到了夏天，道路泥泞，汽车无法行驶。

多数人是如何驾车行驶的?

俄罗斯境内的大多数人和物资都主要靠火车运输。1891年,沙皇亚历山大三世(Czar Alexander Ⅲ)开始兴建连接苏联东西部的大铁路。沿太平洋海岸,从莫斯科到西伯利亚,再从西伯利亚到海参崴(Vladivostok)。西伯利亚大铁路是世界上最长的铁路,1904年正式通车。

欧洲最长的河流是哪条河流?

流经整个苏联的伏尔加河(Volga River)是欧洲最长的河流。全长2290英里,源自莫斯科西北面的瓦尔代高地,东流至喀山附近转向南流,到伏尔加格勒折向东南,在热泽夫(Rzhev)市附近注入里海。

西伯利亚有多大?

西伯利亚土地面积占俄罗斯的3/4,西部连接乌拉尔山脉,北部接北冰洋,东部濒临太平洋,南部与中国、蒙古、哈萨克斯坦接壤。自16世纪起,西伯利亚这一地区就归属俄罗斯。

西伯利亚最大的城市是哪座城市?

新西伯利亚(Novosibirsk)处在西伯利亚大铁路干线上,有人口140万,是西伯利亚最大的城市。

俄罗斯的贝加尔湖有多大?

贝加尔湖(Lake Baikal)位于西伯利亚南部,淡水占世界淡水的1/5,是世界上最深和蓄水量最大的淡水湖,最深处有1英里(5371英尺)。月牙形状的贝加尔湖内还以植物、动物和鱼类而闻名世界。

为什么苏联的工厂都在国家的东部地区?

第二次世界大战期间,苏联在德国从西部入侵之后,施行了焦土政策。这一政策包括将他们所能够搬动的东西运往东部,而搬不动的东西则一律烧毁。他们将工厂拆解,用船只运往乌拉尔山附近地区之后,重新进行了组装,使苏联的工业得以恢复生产。后来,乌拉尔地区一直是俄罗斯的重工业生产基地。

什么引起了车臣的战乱？

车臣共和国（Chechnya）曾经是俄罗斯的一部分，叫做车臣–印古什（Chechen-Ingush）。1991年苏联解体之后，俄罗斯辖下之车臣–印古自治共和国宣布脱离俄罗斯独立，成立了车臣共和国和印古什共和国，车臣在东，而印古什在西。尽管车臣于1992年宣布独立，但俄罗斯当局对车臣的独立也一直未予承认，并在1994年直接派兵进入车臣镇压叛乱，有数千名车臣人丧生。

哪里为"栅栏区"？

在 18—19世纪，俄罗斯将瓜分波兰时犹太人的定居区划为所谓的"栅栏区"（Pale of Settlement），从波兰东部地区一直延伸至乌克兰和白俄罗斯。犹太人几乎无一例外地被限制在"栅栏区"之内，尽管如此，还经常受到反犹势力殴打、掠夺和袭击，还要面对时不时爆发的反犹大屠杀。

哪里曾发生过世界上最严重的核泄漏事故？

1986年4月26日，世界上最严重的核事故在苏联切尔诺贝利（Chernolyl）核电站发生。乌克兰基辅市以北130公里的切尔诺贝利核电站的灾难性大火造成的放射性物质泄漏，当即造成31人死亡。切尔诺贝利事故是人类历史上最严重的一次核事故，它使10万多人被迫离开家园，5 000多儿童罹患甲状腺癌，上百万的人生活在对自己健康和生活的忧虑之中，而且核辐射的蔓延仍然威胁着许多人的生命。

东　欧

波罗的海国家包括哪些国家？

波罗的海国家（Baltic States）包括爱沙尼亚（Estonia）、拉脱维亚（Latvia）和立陶宛（Lithuania）3国。之所以叫做波罗的海国家，是因为它们都位于波罗的海。这些国家在苏联解体之后宣布独立。在习惯上，人们通常也把同样位于波罗的海的波兰和芬兰看做是波罗的海国家。

哪些国家是巴尔干国家？

巴尔干国家（Balkan States）和波罗的海国家是完全不同的两个概念，巴尔干半岛（Balkan Peninsula）国家通常指整个巴尔干半岛上的国家。巴尔干半岛位于意大利东部的亚得里亚海（Adriatic Sea）和黑海之间，而巴尔干半岛国家则包括波斯尼亚和黑塞哥维那（Bosnia and Herzegovina）、保加利亚（Bulgaria）、克罗地亚（Croatia）、希腊（Greece）、马其顿（Macedonia）、罗马尼亚（Romania）、塞尔维亚和黑山（Serbia and Montenegro）、斯洛文尼亚（Slovenia）和土耳其位于欧洲的部分。

何谓巴尔干化？

巴尔干化（Balkanization）指地方政权等在诸多地方之间的分割，及其所产生的地方政府体制下的分裂，即"碎片化"（Fragmentation），如1991年苏联解体就被称做苏联的巴尔干化。

南斯拉夫还存在吗？

在1991东欧剧变和苏联解体后，各民族开始各自争取自治和独立。1991年，斯洛文尼亚、克罗地亚、波黑（波斯尼亚和黑塞哥维那）、马其顿、塞尔维亚和黑山相继宣布独立，原南斯拉夫社会主义联邦共和国的塞尔维亚和黑山两个共和国于1992年4月27日宣布成立南斯拉夫联盟共和国。由于南联盟的解体，南斯拉夫这个国家已不存在。尽管多年来各国间不断签署停火协议，有些时候表面显得很平静，实际上，地区间的民族冲突从未停止过，使得这一地区成为世界上最不稳定的地区之一。

何谓"种族清洗"？

种族清洗（Ethnic Cleansing），又称种族净化，通常指某个国家或某个地区的强势集团，为了自己的政治目的、经济目的或宗教目的而动用军队、警察，对特定的一个或者多个少数民族的所有成员实施的无差别屠杀或强制迁移的活动。历史上发生过多次令人发指的种族清洗事件，例如发生在前南斯拉夫的臭名昭著的种族清洗、犹太人大屠杀（Holocaust）和第一次世界大战期间约200万美国人在土耳其被杀的事件。

乌克兰如何为苏联提供粮食？

从农业实力看，乌克兰素有苏联"粮仓"之美称，是苏联的"面包篮子"，也是苏联

联合收割机在乌克兰田野上进行秋收。(Dean Conger/Corbis)

小麦的主要产地和供应地。现在,乌克兰作为一个独立国家,每年生产的粮食占世界4%,大部分都出口到了俄罗斯。

为什么罗马尼亚有那么多孤儿?

由于罗马尼亚曾推行严厉的限制流产人口政策,要求所有育龄妇女必须生育5个以上孩子,致使人口数急剧上升,国家濒临不堪重负的地步。出生率一下蹿升到每年40‰,可与出生率最高的国家相匹敌。作为欧洲最穷困的国家之一,罗马尼亚人无法承担养育孩子的负担,只好把养育不起的孩子送到国立孤儿院。

为什么波兰的河水污染那么严重?

波兰过去对于工业污染疏于管理,导致环境污染严重,致使95%以上的河水不可饮用,有些河水不能进行农业灌溉,2/3的水源被污染,腐蚀了工业仪器。

为什么马其顿的名字引发马其顿与希腊的国名之争?

马其顿是南斯拉夫加盟共和国,1991年独立,1993年以“前南马其顿共和国”之

205

名加入联合国。此后,马其顿对内对外坚持使用宪法国名"马其顿共和国"。但希腊方面认为,马其顿的宪法国名暗示该国对希腊北部马其顿省存在领土要求,要求其继续使用"前南马其顿共和国"。希腊政府于1994年2月开始对马其顿共和国进行经济封锁。1995年,马希在联合国签署两国关系正常化的《临时协议》。其后,希腊结束了对马其顿的经济封锁。现在,马其顿在联合国使用"前南斯拉夫马其顿共和国"一名。

特兰西瓦尼亚是一个国家吗?

特兰西瓦尼亚(Transylvania)是吸血伯爵德古拉(Count Dracula)的家乡,位于罗马尼亚中部,由喀尔巴阡山脉和特兰西瓦尼亚阿尔卑斯山脉所包围。

克里米亚在哪里?

克里米亚(Crimea)半岛又称克里木半岛,是位于前苏联欧洲部分南部、黑海北部海岸上的一个珍珠形状的半岛,贯穿皮里可普地岬(Perekop Isthmus),深入南乌克兰。苏联解体后克里米亚成为乌克兰的一部分。1992年克里米亚宣布独立,后来决定成为乌克兰的一个自治共和国。但这不过是权宜之计,克里米亚人从没停止过独立的努力。

为什么波希米亚地区的人指不落生活俗套的人?

波希米亚地区是现今捷克共和国的一部分,大写的 Bohemian 一般指的就是波希米亚地区的人,或是捷克人。可能是由于在这个地区生活的人经常过着放荡不羁的生活的缘故,人们用小写的 bohemian 来形容一种生活方式,一种或具有艺术潜质或外国风格的人。这就是一种浪漫的生活方式,以及过这种方式生活的人,例如诗人、艺术家,其特色是反传统、无拘无束、有流浪性与浪漫色彩。从这方面看来,波希米亚与吉卜赛很相似。吉普赛人来自波希米亚,可现在的研究发现吉普赛人其实是高加索种的印度人后裔。

锡瓦什海在哪里?

锡瓦什海(Sivash Sea)位于皮里可普地岬(Isthmus of Perekop)东部,克里米亚和乌克兰之间,是一片咸水湖沼泽地。

拜占庭帝国

自 476 年西罗马帝国灭亡后,拜占庭帝国(The Byzantine Empire)在罗马帝国东部建立,拜占庭帝国首府迁至君士坦丁堡(Constantinople),后更名伊斯坦布尔(Istanbul)。拜占庭帝国领土包括地中海沿岸东南的大部分地区。1453 年,奥斯曼苏丹穆罕默德二世攻陷君士坦丁堡,拜占庭帝国灭亡。

捷克斯洛伐克是由哪两个国家合并而成?

第一次世界大战后,奥匈帝国瓦解,捷克与斯洛伐克联合,于 1918 年成立捷克斯洛伐克共和国。布拉格之春(Prague Spring)是 1968 年 1 月 5 日开始的捷克斯洛伐克国内的一场政治民主化运动, 这场运动直到 1968 年 8 月 20 日苏联及华约成员国武装入侵捷克才告终。布拉格之春是一次有重大意义的国际政治事件,标志着华约内部的裂痕已经渐渐显现,可视为东欧剧变的前奏与导火索。1992 年,捷克与斯洛伐克和平宣告独立,成立了捷克共和国和斯洛伐克共和国。

亚特兰蒂斯在哪里?

亚特兰蒂斯(Atlantis)是历史史诗中的水下乌托邦,在赫拉克利斯之柱即希腊神话中天神宙斯的儿子大力神赫拉克利斯之柱(Pillars of Hercules)西面,即今天的西班牙和北非之间的直布罗陀海峡的对面。公元前 4 世纪,柏拉图描述的亚特兰蒂斯很神奇:全岛是几个呈同心圆的陆地,被环状的运河分隔开。柏拉图认为,整个亚特兰蒂斯文明在大灾难中消失,但谁也不否认,水下曾有过一个灿烂的文明古国。现在的研究人员认为, 亚特兰蒂斯的原型是毁灭于公元前 1500 年圣多里尼火山爆发的希腊西拉(Thera)岛和克里特(Crete)岛上的迈诺斯文明(Minoan Civilization)。西拉(Thera)岛和克里特(Crete)岛上的迈诺斯文明与亚特兰蒂斯毁灭的日期相符,但地理位置有差异。

布达佩斯由哪两个城市组成?

多瑙河将城市一分为二,河西岸称为布达(Buda),东岸称为佩斯(Pest)。这两个城市是匈牙利的首都布达佩斯(Budapest)。

匈牙利早期人叫什么?

匈牙利早期人叫"Maygars",是匈牙利以前一个人数众多的少数民族。这个民族是由乌拉尔山东部的亚洲迁徙而来,所使用语言也与其他欧洲语言不同。

什么叫做疏树大平原?

在俄罗斯、亚洲和中欧,疏树大平原(steppes)指或平坦,或起伏不平的干燥、草木稀疏的草原,而这些草原都曾是树木茂密的平原,但由于过度种植和放牧变成如今这样。

高加索人来自高加索山吗?

高加索人种在《牛津当代英语大辞典》中有许多不同的定义,第一是指一大类属于欧洲、西亚、印度次大陆以及部分北美洲的人类;第二是指起源于欧洲的白皮肤者;第三则是指东南欧属于高加索地区的人。高加索人种的概念起源于19世纪的欧洲思想家,他们以人的肤色作为种族归类的依据,因为在他们看来,高加索人种是主要分布在西南亚的高加索山一带。人们在以后的研究中发现,世界上所有的人类最早都是来自非洲。

哪条河流所流经国家最多?

多瑙河源出于德国的黑森林(Schwarzwald)的两条小溪,到多瑙辛根(Donaueschingen)会合,从这个地名开始被称为多瑙河。多瑙河全长2 850公里,流经德国、奥地利、斯洛伐克、匈牙利、克罗地亚、塞尔维亚、罗马尼亚、保加利亚、摩尔多瓦和乌克兰等10个国家,是世界上流经国家最多的河。

亚 洲

中 国 和 中 亚

世界上哪个国家人口最多?

中国有 13 亿人口,这就意味着我们这个星球上,每 5 人中就有 1 人为中国人。印度有 10 亿人口,人口数暂居世界第二,有可能在 21 世纪赶上中国。这两个国家的人口远远高于美国,美国目前以 3 亿的人口位居世界第三。

中国的独生子女政策是怎么回事?

因为人口增长过快,20 世纪 70 年代末,中国政府决定出台独生子女政策,缓解过快增长的人口给中国经济发展带来的压力。政策规定,一对夫妻只允许生一个孩子(少数民族除外)。这一政策起到了遏止人口过快增长的作用,缓解了人口过剩的压力。

什么是紫禁城?

紫禁城位于中国北京,是古代长达 500 年间皇帝和整个皇室的住所。紫禁城于

中国的一张独生子女政策宣传画。（UPI/Corbis）

1420 年建设完工后，曾经有明朝和清朝 24 位皇帝居住在这里。在过去的几个世纪里，这里是不对外开放的。直到最后一位皇帝被赶出皇宫几十年后的 1950 年，这里才被定为国家博物馆，并对公众开放。

中国的万里长城是太空中能够看到的地球上唯一的人工建筑吗？

不是。除了中国长城，人类还可以在太空中看到人类建设的城区和高速公路。

中国的长城有多长？

长城位于中国东北部，长约 1 500 英里，平均 25 英尺高，底部有 15—30 英尺宽，顶部 10—15 英尺宽。为了防御北方游牧民族骑兵闪电式的袭击，古代中国人修建了这座城墙。长城的修建始于公元前 3 世纪，又经过以后的各朝各代的扩充和加固。

什么是兵马俑？

公元前 3 世纪，中国的首位皇帝——秦始皇统一了中国，建立了政府统治模式，建造了长城，并且为他自己修建了豪华坟墓。为了体现个人鹰瞬虎视，横扫六合的雄

中国长城。（图片档案馆）

风,也为了死后陵墓的护卫,秦始皇下令建造了约 7 000 个兵马俑,神态各异,各不相同。

什么是长江三峡?

长江三峡是世界上最大的水力发电大坝。三峡大坝全长 2 300 多米,1994 年工程正式开工,预计 2009 年完工。因为河水可能会淹没河流上游村庄和农田,所以有 100 多万三峡移民离开了故土,迁往他乡。整个大坝大约 600 英里长,600 英尺高,1.5 英里宽。

亚洲最早的欧洲殖民地是哪里?

1557 年,葡萄牙人在中国内地西江口的澳门建立了贸易殖民区。1849 年以前,这里都是葡萄牙的殖民统治区,1999 年回归中国。

世界上讲哪一种语言的人数最多?

世界上讲汉语的人数最多,超过 10 亿。紧随其后的是印度语,有大约 5 亿人口讲这种语言。中国人所讲的其他方言有粤语(广东话),有大约 7 100 万人口讲这种语言。还有其他少数民族的语言,比如闽北方言(福州话)、闽南方言(台湾话)等。

什么叫做汉语拼音?

中华人民共和国国家通用语言文字法》第十八条规定:"《汉语拼音方案》是中国人名、地名和中文文献罗马字母拼写法的统一规范,并用于汉字不便或不能使用的领域。"根据这套规范写出的符号叫做汉语拼音。

无论中国自己的规范还是国际标准,都明确指出了汉语拼音的性质和地位,即汉语普通话的拉丁拼写法或转写系统,而非汉语正字法或汉语的文字系统。汉语拼音字母只是对方案所用拉丁字母个体的称谓,并不意味着汉语拼音是一种拼音文字(全音素文字)。

汉语拼音在中国内地使用范围十分广泛。海外华人地区,特别是华语地区如马来西亚和新加坡等,目前也在汉语教育中进行汉语拼音教学。

中国稻子的产量是多少？

中国是世界粮食主要生产国，稻子产量占世界总产量的 1/3 以上，大约为 19 亿公吨。泰国是世界主要粮食出口国，出口量占世界粮食出口量的 1/3。

香港1997年发生了什么样的转变？

1997 年，香港结束了自 1842 年起就在英国殖民者统治之下的生活，回到中国怀抱。香港回归以后，仍保持一国两制、港人治港的社会制度。

世界上哪个国家人口最少？

蒙古（不要和中国北方的内蒙古混淆）人口只有 258 万，土地面积 60 万平方英里，平均每 4 平方英里才有一人。由于蒙古全国只有 1% 的可耕土地，所以人口稀少。其余地区干旱少雨，多为牧区。

咸海为何越来越小？

位于哈萨克斯坦与乌兹别克斯坦两国附近的内流咸水湖咸海自 1960 年以来，面积缩小了一半。咸海曾是世界第四大湖泊，现在由于注入水量的减少，面临消失的危险。咸海的生态日趋恶化，一些珍稀鱼类正在灭绝；咸海周围地区盐碱化严重。

为什么苏联入侵阿富汗？

1979 年，苏联入侵阿富汗，扶植亲苏傀儡政权。苏联的武装入侵，给阿富汗人民带来深重的灾难，并严重威胁亚洲和世界和平。长达 10 年的内战，有 200 多万人丧失生命。戈尔巴乔夫上台后，决定从阿富汗撤军。

夏尔巴人是什么人？

夏尔巴人（Sherpa）在藏语中表示"来自东方的人"，是藏族和尼泊尔的土著人。夏尔巴人住在喜马拉雅山上，经常被人聘为登顶珠穆朗玛峰的向导。1953 年，夏尔巴人登山者丹增·诺盖（Tenzing Norgay）和埃德蒙·希拉里（Edmund Hillary）爵士首次登上 29 028 英尺高的珠穆朗玛峰顶峰。

印 度 次 大 陆

印度泰姬陵是怎么回事?

坐落于印度古都阿格拉(Agra)的泰姬陵(Taj Mahal)是世界七大建筑奇迹之一。泰姬玛哈陵(Taj Mahal),亦称泰姬陵,是蒙兀儿帝国第五代君主沙·贾汗(Shah Jahan)对他心爱的皇后慕塔芝·玛哈(Mamtaz Mahal)之爱的见证。1631 年皇后去世后,丈夫为了纪念他的妻子,开始建造这个高达 300 英尺,通体白色大理石的宏伟壮观的陵墓。

是什么让新德里新?

1773—1912 年,印度首都一直设在加尔各答(Calcutta)。1912 年,"英属印度"决定把首府从加尔各答迁返德里,并在德里旧城以南 3 公里处,新修了一座现代化的城市——新德里。新德里 1912 年动工,1931 年基本建成。建成后起名新德里,并成为印度首都。新德里现已成为世界上最大的城市之一,有人口 1 100 多万。

孟买名字的变迁

1996 年,印度政府将孟买的英文由"Bombay"改为"Mumbai"。它有 1 700 万人口,是印度人口最多的城市,也是世界人口最多的城市之一。

印度宝莱坞是怎么回事?

位于印度孟买的宝莱坞是世界级电影城。印度电影工业每年生产的电影比美国生产的影片还要多。

达姆达姆机场在哪里?

每年世界各地 250 多万旅客经孟买达姆达姆国际机场（Dum Dum International Airport)往返印度。

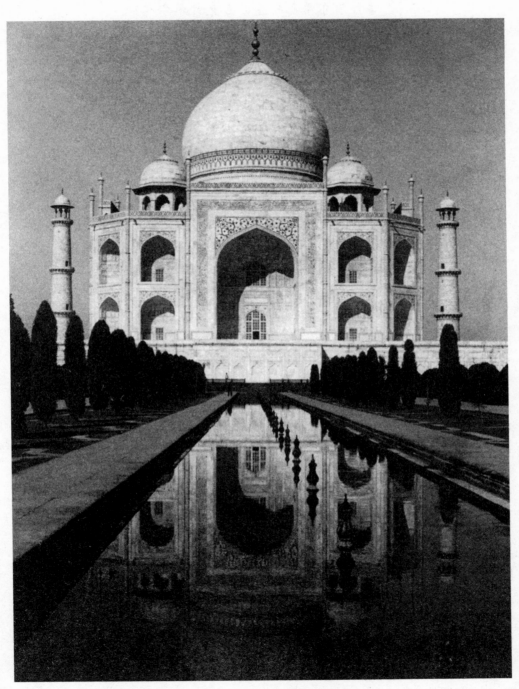

蒙兀儿帝国第五代君主沙·贾汗(Shah Jahan)为爱妻修建的泰姬陵。(Corbis-Bettmann)

喀什米尔羊毛衫是产自克什米尔吗？

喀什米尔羊毛（cashmere）确实是用印度克什米尔地区（这一地区至今仍存在争议，很多人认为它不属于任何一个国家）克什米尔山羊毛纺成的。克什米尔位于印度北部，与巴基斯坦接壤，是一个饱受战乱和动荡的地区。1947年，英国决定将印度殖民地分成两个独立区域——印度和巴基斯坦。克什米尔问题是印巴分治时英国殖民主义遗留下来的问题。查谟和克什米尔（Jammu-Kashmir）邦既有印度人，也有穆斯林。印度和巴基斯坦在这一地区先后发动了3次战争，这里暴力冲突就从来没有停止过。

印度是否也采取了与中国相同的人口控制措施？

尽管印度政府不曾采取"独生子女"政策，但政府早在1951年就开始推行计划生育项目，是世界上最早实行人口控制政策的国家。政府鼓励人们自觉计划生育，控制家庭人口，由政府对进行绝育手术的家庭进行补助。虽然印度人口控制没有取得与中国相同的显著效果，但远比20世纪50年代前好许多。

种姓制度是如何在印度大行其道的？

种姓制度是在印度存在了几千年之久的一种非常严格而古老的等级世袭制度，它对印度社会政治、经济、文化等各个方面都有深远的影响，其中也包括法律。印度的种姓制度根据《摩奴法典》（*The Laws of Manu*）将人分为4个不同等级：婆罗门、刹帝利、吠舍和首陀罗。婆罗门即僧侣，为第一种姓，地位最高，从事文化教育和祭祀；刹帝利即武士、王公、贵族等，为第二种姓，从事行政管理和打仗；吠舍即商人，为第三种姓，从事商业贸易；首陀罗即农民，为第四种姓，地位最低，从事农业和各种体力及手工业劳动等。后来随着生产的发展，各种姓又派生出许多等级。除4大种姓外，还有一种被排除在种姓外的人，即"不可接触者"或"贱民"。他们的社会地位最低，最受歧视，绝大部分为农村贫雇农和城市清洁工、苦力等。种姓是世袭的。几千年来，种姓制度对人们的日常生活和风俗习惯方面影响很深，种族歧视至今仍未消除。

世界第二高峰在哪里？

乔戈里峰（Mount Qogir）海拔28 250英尺，是喀喇昆仑山脉的主峰，也是世界上第二高峰，国外又称K2峰。乔戈里峰（K2峰）坐落于巴基斯坦北部颇负争议的克什米尔地区。

孟加拉国为何经常洪水泛滥?

孟加拉国海拔较低,又位于恒河(The Ganges)与布拉马普特拉河(Brahmaputra River)三角洲地带,每年雨季来临,随着河流上游水位上涨和大量降雨,经常受到季节性风暴和洪水侵袭。除此之外,孟加拉国的紧急情况预警制度很不完善,很少能在灾难发生之前提出预警。

日本和朝鲜半岛

日本的4个主要岛屿是哪4个?

日本4大主要岛屿为北海道(Hokkaido)、本州(Honshu)、四国(Shikoku)与九州(Kyushu)。北海道是日本4岛中最北的岛屿,属札幌市(sapporo);本州是日本最大的岛屿,是日本的核心地带,岛上有东京、大阪和京都。北海道是世界第七大岛屿,同时也是日本的"大陆岛"。全岛面积86 246平方英里,有大约100万人口。本州的南面是四国,九州是日本4岛中最南的岛屿,还是日本最先允许外国人进行贸易的岛屿,岛上人口1 300多万。除了这4大主要岛屿之外,日本还有2 000个小岛屿。1998年人口统计时,日本有1.27亿人口。

世界哪座山参观游客最多?

高耸入云的富士山(Mount Fuji)自古就是日本的象征和日本人的精神支柱,日本人都把它看做是十分神圣的山峰,是一座高约3 776米的休眠火山,也是典型的成层火山。从形状上来说,富士山属于标准的锥状火山,具有独特的优美轮廓。自1708年以来,富士山一直处于休眠状态。

哪里是太阳升起的地方?

日本人把自己的国家称为Nippon,意为"太阳升起之地",连国旗也以日为本。Nippon(日本)也表达了这个概念,(日)ni的意思是"太阳",(本)pon的意思是"起源"。因此名字的含义就是"太阳升起的土地"。许多世纪以来,人们都认为日本是世界上最靠东部的国家,所以应该是太阳升起的地方。

世界上游客参观最多的山峰——富士山。（图片档案馆）

为何日本地质活动频繁？

日本列岛位于亚欧板块和太平洋板块交界处。由于太平洋板块稍薄，密度比较大，位置较低，因此当太平洋板块向西水平运动时，就会横冲至亚欧板块的下面，在亚欧板块与太平洋板块碰撞、挤压之下，交界处的岩层便出现变形、断裂等运动，产生火山爆发现象与地震。日本有 19 座活火山，其中几座都在刚刚过去的 10 年间有过喷发。地震也频频发生，过去 10 年间，就发生过危害极大的地震。1923 年，日本横滨（Yokohama）发生一场里氏 8.3 级地震，有 14 万人在这场地震中丧失生命。1995 年，神户（Kobe）发生地震，又有 5 500 多人丧生。

日本如何获取石油？

日本的能源资源极为贫乏，为确保稳定的石油供应，日本从 1968 年开始启动建立石油储备体系的计划。目前，日本已成为仅次于美国的第二大石油储备国。日本的储油罐连接起来有大约 300 英里长，足以保证一年 365 天的用油。

日本人为何长寿？

日本人是世界上最长寿的，男性的平均寿命为 76.7 岁，女性寿命更是长达 82.8

岁。日本新生儿死亡率也是世界上最低的,为千分之四。日本自然出生率也非常低,为0.2%,这也就是说,大约 350 年之后,日本人口才有可能翻番。

硫磺岛在哪里?

位于日本最南部的硫磺岛(Iwo Jima)是日本 3 大火山岛屿之一。第二次世界大战期间,这里曾上演了多场最惨烈的战役,战役历时整整 36 天,2 万多名驻岛日军几乎全军覆没,而美方也有 6 000 多人战死沙场,万余人负伤,是第二次世界大战期间伤亡最惨重的一次。1945 年 2 月 23 日,美国占领日本空军基地。直到 1968 年,硫磺岛才重归日本。

第一颗原子弹投在了哪个人口密集的区域?

1945 年 8 月 6 日,美国向日本广岛(Hiroshima)投下第一颗原子弹。3 天之后的 1945 年 8 月 9 日,第二颗原子弹在长崎(Nagasaki)爆炸。这些事件直接导致日本于 9 月 2 日投降,但却有 11.5 万多人由此丧失生命,更多的人由于原子辐射在日后死亡。

南北朝鲜是如何形成的?

从 1392—1910 年,全州李氏是朝鲜半岛历史上的一个王朝,建都于汉阳(即今日首尔汉江以北地区)。因君主姓李,所以又称"李氏朝鲜"。1910 年,日本吞并朝鲜,但朝鲜又在第二次世界大战收回了这片土地。北纬 38°线原本是一条自然的和地理的划线,但后来却成为南北朝鲜的一条分界线。第二次世界大战以后,美国控制了南朝鲜,而苏联控制了北朝鲜。1950 年 6 月 25 日,朝鲜战争爆发。在此之后,尽管双方不断交战,但阵地基本没有大的变动,一直维持在三八线附近。

东 南 亚

印度支那在哪里?

印度支那半岛是东南亚的一个半岛,包括越南(Vietnam)、老挝(Laos)、柬埔寨(Cambodia)、泰国(Thailand)、缅甸(Myanmar)和马来西亚(Malaysia)的大陆部分。在殖民统治时期,印度支那东部地区受法国统治,西部地区由英国统治。

缅甸为何改名？

Burma 是缅甸在英国殖民统治时期的旧名字，而 1988 年 9 月缅甸现政府上台以后，向联合国申请把缅甸的英文名称由 Burma 改为 Myanmar，这主要有两方面的原因：一是缅甸现政府认为缅甸的许多地名都是在英国殖民统治时期确定的，既带有殖民色彩，也与缅语的发音有很大的出入，容易造成误解和混淆。因此，缅甸现政府 1989 年决定把包括国名、前首都仰光等数十个地名按照缅语的发音重新用英文字母标注，Myanmar 与 "缅甸" 的缅语发音是对应的，因此正式的国名改成了 "Union of Myanmar"。现政府所使用的这个英文国名源自缅甸历史上的 "Myanmar Naingngandaw"，象征着它与英国殖民统治时代的决裂。在英国殖民时期，缅甸被称为 "Burmah"，取自缅甸最大的民族 Burmese。二是缅甸是一个多民族国家，并且十多个较大的少数民族都曾组建本民族的武装与中央政府对抗。缅甸现政府认为原来的国名 "Burma"，不能反映缅甸的多民族机制。因此，希望通过更改国名缓和主体民族与少数民族的关系。

认为缅甸现政权没有合法性的西方学者以及非政府组织不认可缅甸的新国名，继续使用 Burma，但是联合国、日本和其他许多国家（包括中国）则接受 "Myanmar" 为缅甸的官方名称。但在正式国际场合一般还是按联合国的规定，用 Myanmar。

越南为何发生战争？

第二次世界大战之后，越南人民与法国展开全面抗战，最终赢得奠边府大捷，迫使法国在日内瓦会议上承认越南的独立。由于得到美国支持的以吴庭艳为首的南方反动势力的破坏，日内瓦协议规定的以 17°线为界的临时军事分界线，实际上变成了一条国界线，越南被人为地分割开了，从而形成了长达 20 年的南北分裂状态。1964 年 8 月 5 日，美国制造了 "北部湾事件"，开始轰炸越南北方。1965 年 3 月 8 日，美国海军陆战队在岘港登陆，并不断增兵南越，在越南发动了一场长达 8 年的大规模 "局部战争"。巴黎协定签订后，美军撤出越南。1975 年，越南人民军解放了整个越南南方，越南南北方实现统一。

哪个东南亚国家是世界上最富有的国家？

面积只有 5 765 平方公里的文莱国（Brunei）位于东南亚婆罗洲（Borneo）岛，是世界上最富有的国家之一。文莱国是石油和天然气的主要出口国。苏丹是某些伊斯兰国家最高统治者的称号，文莱现任苏丹全名为苏丹·哈吉·哈桑纳尔·博尔基亚·穆伊扎丁·瓦达乌拉。除了作为国家元首，他还担任首相，并兼任国防大臣和财政大臣，他是世界上最富有的人之一。

哪个国家是世界上海拔最低的国家?

马尔代夫(Maldives)位于印度西南,由 19 个珊瑚群岛组成,平均海拔只有 1 米。全国大部分地区都与海平面同高,海浪的任何活动都有可能给这个国家带来毁灭性的灾害。1965 年,马尔代夫脱离英国统治,宣布独立。

什么是"经济老虎"?

人们通常把经济发展迅猛,在国际上有影响力的亚洲国家称作"经济老虎"(economic tiger)。韩国、中国台湾、中国香港和新加坡曾被公认为亚洲的 4 只"经济老虎"。

菲 律 宾

菲律宾群岛由多少个岛屿组成?

菲律宾群岛由 7 100 多个大小岛屿组成,但其中只有 1 000 个岛上有居民,而有 2 500 个至今尚未命名。这些岛屿被划分成 3 个海岛群,北部的吕宋岛(Luzon),中部的比萨扬(Visayan)和南部的棉兰老岛(Mindanao)。首都马尼拉坐落在最大的岛吕宋岛(Luzon)南部。

亚洲哪个国家是唯一一个信仰天主教的国家?

菲律宾是亚洲唯一一个信仰天主教的国家,有超过 83% 的人信仰天主教。强迫改变宗教信仰,也是西方人巩固其统治的诸多手段之一。16—19 世纪西班牙统治菲律宾期间,迫使当地人信奉天主教,也曾规定只有华侨天主教徒才能在菲律宾居留、娶妻。

美国什么时候统治了菲律宾?

1898 年之前,菲律宾一直是西班牙殖民地,1898 年的美西(美国–西班牙)战争之后,西班牙将波多黎各、关岛和菲律宾转让美国,之后一直由美国实际控制着菲律宾(只有在第二次世界大战期间的两年时间里由日本控制)。1946 年 7 月 4 日,美国正式同意菲律宾独立,但一直在菲律宾领土上设军事基地,直到 1992 年 9 月 30 日美国将最大的海外军事基地移交菲律宾。

印 度 尼 西 亚

印度尼西亚由多少个岛屿组成?

位于亚洲东南部的印度尼西亚是世界上最大的群岛国家,由大小 13 500 多个岛屿组成,但只有 6 000 个岛上有人居住。1596 年荷兰入侵,成立具有政府职权的"东印度公司"(The Dutch East Indies)。1942 年第二次世界大战期间,日本占领印尼。1945 年日本投降后,印尼爆发八月革命,8 月 17 日宣布独立,成立印度尼西亚共和国。

世界上人口最为密集的岛屿是哪个?

印度尼西亚的人口主要分布在爪哇岛(Java)。这个只有 5.1 万平方英里的岛屿虽然面积不大,但集中了全国 6 成的人口,2000 年普查人口达 1.2 亿,是世界上人口最多的岛屿。首都雅加达(Jakarta)也在爪哇岛上。

哪个国家是东南亚最大的产油国?

印度尼西亚石油产量占到世界石油产量的 2.5%,1995 年, 这个世界石油输出国组织(OPEC)成员生产了 5.5 亿桶石油。

东帝汶是什么时候独立的?

东帝汶(East Timor)原来是葡萄牙殖民地,受葡萄牙统治将近 4 个世纪。1975 年,主张同葡维持关系的民主联盟和主张独立的东帝汶独立革命阵线(简称革阵)之间爆发武装冲突,葡萄牙殖民政府无力平息事态,仓皇逃往海外。独立革命阵线经过斗争,于 1975 年宣布东帝汶独立。同年 12 月,印度尼西亚出兵东帝汶,有近 10 万人在冲突中丧生。1991 年发生在印度尼西亚和东帝汶之间的武装暴力冲突在联合国的斡旋下得以平息。2002 年 5 月 20 日,东帝汶宣布独立。

中东

国 土 和 历 史

中东是哪里的中部？

    曾经有一段时间，人们都习惯说近东、中东和远东。尽管这其中的两个已经退出历史舞台，但是中东一词还依旧在使用。16 世纪时，近东指的是包括东欧、西亚和北非在内的奥斯曼帝国（Ottoman Empire）；中东指的是从伊朗到缅甸的国家和地区；远东指的是东南亚、中国、日本和朝鲜。

如今的中东在哪里？

    人们通常认为，中东包括埃及、以色列、叙利亚、黎巴嫩、约旦、阿拉伯半岛各国（沙特阿拉伯、也门、阿曼、阿拉伯联合酋长国、巴林和卡塔尔）、伊拉克、科威特、土耳其和伊朗。还有许多地区专家认为北非各国（摩洛哥、阿尔及利亚、突尼斯和利比里亚）也应该包括在远东之内。一些新国家，如阿塞拜疆、格鲁吉亚和亚美尼亚也应该包括在远东范畴之内。

为什么说死海死了？

因为死海里的水含盐量非常高（是普通海水含盐量的 9 倍之多），可致从约旦河流入大海中的所有动植物死亡。死海是一个内陆盐湖，位于以色列和约旦之间的约旦谷地，是世界表面海拔最低的地区。

何谓奥斯曼帝国？

奥斯曼帝国是 14 世纪时的一个很小的国家，但通过不断吞并周边国家，迅速扩张了领土。在 16 世纪将欧洲东南的国家、中东和北非各国归入本国版图之后，奥斯曼帝国达到历史上最辉煌时期。由于 17、18 世纪与欧洲国家频繁的战争，奥斯曼帝国逐步衰落，被人们称作"欧洲病人"。奥斯曼帝国是土耳其的前身，土耳其在 1922 年宣布独立，成为独立国家。

中东是一片沙漠吗？

实际上，沙丘和沙漠风暴根本构不成中东地区的主要特色。中东地区海岸线一带气候湿润，有些地区甚至是气候宜人的地中海气候。此地区各国都在充分利用海水淡化和海水直接利用等科学手段，解决整个地区的农业用水资源不足的问题。

什么叫做地中海气候？

地中海气候与地中海沿岸国家地区的气候相同：夏季炎热干燥，高温少雨，冬季温和湿润。南美洲智利中部、北美洲加利福尼亚却是具有地中海气候特征但又不在地中海地区的国家或地区。

什么叫做新月沃土？

新月沃土（Fertile Crescent）是个历史地名，指东部的波斯湾和西部的以色列之间弯月形地区，也因此而得名。新月沃土是指底格里斯河（Tigris）和幼发拉底河（Euphrates）之间的美索不达米亚平原（Mesopotamia，希腊文意为"两河之间"，现在在伊拉克境内）。新月沃土是两河流域及附近一连串肥沃的土地。两河流域的定期泛滥，使两河沿岸因河水泛滥而积淀成适于农耕的肥沃土壤。这一地区是人类文明的发源地，也是古美索不达米亚帝国的遗址。

所谓"空域"真的是空的吗？

阿拉伯半岛上的空域（Empty Quarter）也被称之为鲁布哈利（Rub al Khali），是一片广袤的沙漠。尽管空域人迹罕至，但却因为是世界上最大的石油储藏地而备受关注。

为什么说波斯湾的战略地位十分重要？

波斯湾（Persian Gulf），又名阿拉伯湾，是一条600英里长的水道。由于它在世界石油运输上的重要地位，所以还是世界上最具战略意义的水路。波斯湾的东南出口就是目前已经成为世界经济发展的石油大动脉、掌控载油船只进出的霍尔木兹海峡（Strait of Hormuz）。

什么叫做美索不达米亚？

古代时美索不达米亚又称两河流域，即幼发拉底河和底格里斯河流域。现在人们所说的美索不达米亚通常指土耳其南部到波斯湾间的国家和地区。美索不达米亚是历史上巴比伦文明、亚述文明和苏美尔文明的发源地。

什么是巴比伦？

巴比伦（Babylonia）是世界著名古国和人类文明的发祥地之一，位于伊拉克首都巴格达以南90公里处，幼发拉底河右岸。巴比伦国始建于公元前21世纪，公元前18世纪由其第六代国王汉穆拉比统治。

苏伊士运河何时开始其使命？

由法国承建的苏伊士运河（Suez Canal）经过10年的时间，1869年11月17日正式投入运行使用。全长101英里的苏伊士运河将地中海与红海分隔开，为从欧洲到印度的船只提供了一条捷径，使这些船只不必绕过非洲大陆。

埃及金字塔在什么位置？

埃及最负盛名的金字塔墓群位于开罗附近的吉萨市。大金字塔（Great Pyramid）是埃及现存规模最大的金字塔，被喻为"世界古代七大奇观之一"。埃及金字塔是公元前27世纪—公元前10世纪古埃及法老（即国王）和王后的陵墓。其他的金字塔都在

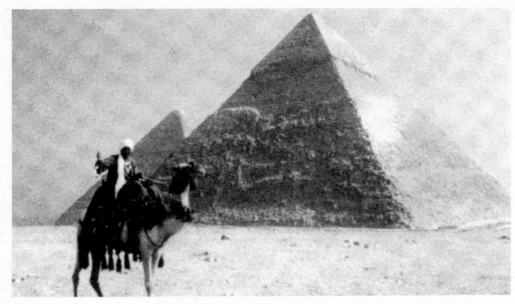

建于公元前 27 世纪—公元前 10 世纪的埃及金字塔是专为法老们修建的坟墓。（图片档案馆）

埃及南部尼罗河沿岸和苏丹北部一带，共有大约 70 座墓。

宗 教 信 仰

中东最早的宗教是什么教？

犹太教、基督教和伊斯兰教在中东地区有着很深的渊源。这一地区有很多宗教圣地，每年都会吸引不少世界各地前来的观光者和朝拜者。

伊斯兰教和穆斯林之间有什么区别？

伊斯兰教是一种宗教信仰的名称，而穆斯林是对信仰伊斯兰教的人的称呼。

谁是穆罕默德？

先知穆罕默德是伊斯兰教的创始人。穆罕默德 571 年出生在麦加，后逃至麦地那（Medina）城。根据伊斯兰教圣经《古兰经》中的描述，穆罕默德是接到了安拉通过天

每年有大约 200 万穆斯林从世界各地涌向麦加朝拜。（图片档案馆）

使传达的启示,命令他作为人间的使者,传播伊斯兰教。穆罕默德于 632 年辞世后,伊斯兰教在欧亚大陆得以更广泛的传播。

为什么人们蜂拥去麦加?

　　伊斯兰教圣经《古兰经》中要求所有穆斯林一生中一定要去伊斯兰教的第一圣地麦加朝觐至少一次。坐落在沙特阿拉伯西部的麦加不仅是伊斯兰教创始人穆罕默德的出生地,还有很多宗教圣地。非穆斯林不许进入麦加。

麦加城中最神圣的地方是哪里?

　　麦加城中最重要的朝觐之处是城中心的著名的大清真寺(Great Mosque),又称禁寺(Ka'abah),可容纳 30 万穆斯林同时做礼拜。禁寺广场中央有一块黑色陨石,被穆斯林视为圣物,朝觐者经过此石时,争先与之亲吻或举双手致意。

每年有多少穆斯林到麦加朝拜?

　　每年在伊斯兰教历的第十二个月,都有约 200 万的穆斯林涌向沙特阿拉伯的麦加,参加一年一度的朝觐。几百年前,朝拜者要经过数星期或数月时间才能从遥远的地方赶到麦加,参加朝拜。而现在,大多数人都可乘飞机或其他便捷的交通工具到达沙特阿拉伯。

为什么穆斯林分为逊尼派和什叶派?

逊尼派和什叶派是伊斯兰教的两个主要教派,85%的穆斯林都属逊尼派,而什叶派主要集中在伊朗。在穆罕默德去世后,伊斯兰教因哈里发继承权问题开始发生分歧,追随者后来发展成为一个教派的两个派别。

谁是阿亚图拉?

阿亚图拉(Ayatollah)原本是伊斯兰教什叶派的最高宗教职衔,意为"安拉的象征"、"安拉的奇迹"、"安拉的迹象"。1979 年,霍梅尼领导的伊斯兰革命推翻了巴列维王朝,建立了伊斯兰共和国。在阿亚图拉的领导下,伊朗建立了政教合一的伊斯兰教国家。

什么叫做政教合一?

政教合一(Theocracy)指国家在宗教统治之下运行。伊朗是世界上最典型的政教合一的国家,也就是说国家领导人同时还是宗教领袖。尽管国家有总统,但实际政权却是由毛拉(mullahs)和总统共同管理的。

伊斯兰帝国的范围有多大?

从广义上说,伊斯兰帝国包括北非大部分国家、西班牙、葡萄牙、巴尔干半岛、印度、印度尼西亚、哈萨克斯坦和俄罗斯南部地区,并且影响着中国的西部地区。从 7 世纪到 16 世纪一直受伊斯兰教影响的国家和地区现在依然信奉伊斯兰教。

世界上穆斯林人数最多的是哪个国家?

印度尼西亚是世界上人口第四、穆斯林人数第一大国。伊斯兰教在中世纪时期进入这个国家,现在全国有近 87%的人口为穆斯林。

以色列人都信犹太教吗?

不是的。以色列有大约 80%的人口为犹太教徒,其余 20%的人主要为阿拉伯教徒。

冲 突 和 国 家

以色列是如何成为一个国家的？

第二次世界大战结束后，英国准备放弃对部分殖民地的统治。巴勒斯坦当时也是英国的领地之一，但是由谁来接管的问题一时难以敲定。因此，英国请联合国出面解决。1947 年 11 月，联合国大会通过巴勒斯坦分治决议，宣布将巴勒斯坦分为犹太和阿拉伯两个国家，但阿拉伯人对此持坚决反对的态度，由此引发了内战。英国在 1948 年撤离了这一地区，之后犹太人即宣布建立以色列国（State of Israel）。

何谓加沙地带？

加沙地带（Gaza Strip）是位于地中海沿岸、巴勒斯坦西部的一个狭长地区，在 1956—1957 年被以色列占领之前一直属埃及领地。1967 年"六五"战争中，加沙地带被以色列占领。巴勒斯坦解放组织（PLO）和以色列在 1994 年达成协议，在加沙地带成立巴勒斯坦自治政府。

约旦河西岸何以冲突不断？

西岸（West Bank）就是通常人们所说的约旦河西岸，在以色列宣布成立以色列国的那一刻起就成了巴勒斯坦独立地区。在以色列接管了约旦河西岸，并于 1948 年根据联合国决议宣布建国后，阿以之间爆发了一系列大规模的战争。1950 年宣布停战以后，犹太人占领了约旦河西岸，但以色列在 1967 年与阿拉伯邻国的战争中又重新收回了约旦河西岸。20 世纪 80 年代，以色列和巴勒斯坦和平组织就限制巴勒斯坦在约旦河西岸进行自治问题进行了一系列和平谈判。

以色列军队驻扎在黎巴嫩什么地方？

以色列部队自 1982 年入侵黎巴嫩起，就一直派部队驻扎在黎巴嫩南部与以色列北部接壤的"安全区"（security zone）。在双方签署了和平协议之后，以色列部队仍然没有撤离这一标示两国间和平地带的地区。

犹太人在耶路撒冷哭墙(Western Wall)前祈祷。(图片档案馆)

联合国哪些成员国不能进入安理会?

安理会由 5 个常任理事国和 10 个非常任理事国组成。非常任理事国由联合国大会选举产生,最初为 6 个,1965 年开始增加到 10 个,席位按地区分配。根据地域分配原则,每次新选出的 5 个成员国中应包括来自亚洲和非洲的 3 个国家、1 个东欧国家和 1 个拉美或加勒比地区国家。以色列不属其中任何地域,所以不能进入安理会。

海湾战争是怎么回事?

海湾战争(Persian Gulf War)是由伊拉克对科威特的入侵而引发的。伊拉克宣称,科威特是伊拉克的领土,理应成为伊拉克的第十九个省份。由美国领导的多国部队向伊拉克发动了进攻,陆地打击持续了大约 100 个小时,又在 1991 年 1 月 17 日对其实施了空中打击。整个行动于 1991 年 2 月 28 日结束,宣布科威特从伊拉克的控制下解放。当时科威特的大部分石油资源设施都被伊拉克的"烧光政策"破坏。

为什么塞浦路斯被分裂?

塞浦路斯是位于地中海东北部的岛国,1960 年宣布脱离英国独立。1974 年,塞浦路斯发生政变,总统马卡里奥斯被希腊族的塞浦路斯进步党领袖、持极端观点的尼科斯–桑普斯推翻。土耳其军队侵入塞浦路斯,成功占领控制了塞浦路斯北部地区,并宣布成立北塞浦路斯土耳其共和国(Turkish Republic of Northern Cyprus),但此举并未得到国际社会的承认。南部塞浦路斯(希族)仍为独立国家,也就是塞浦路斯共和国。目前,联合国在这两个地区间的停火区域派驻了 2 000 名维和士兵。

人民、国家和城市

哪些城市是中东地区最大的城市?

中东地区最大的城市当属埃及有 1 000 多万人口的开罗。土耳其城市伊斯坦布尔拥有约 900 万人口。伊朗首都德黑兰有 700 万人口。

谁居住在死人城?

在埃及开罗市区郊外有一座有数百年历史的墓地,那里有陵墓、纪念碑、寺院式坟墓和圣祠。因为埃及人口密度过高,所以许多人选择在这个被称做死人城(City of the Dead)的地方居住。最近,埃及政府为这一地区提供了水和电的供应。这里的墓宅是按照民居风格建造的,现在已经成为活人的家园。

后缀"stan"是什么意思?

"stan"这一后缀指国家或国土,比如阿富汗(Afghanistan)。阿富汗在字面意义上为"阿富汗的国土"。

有多少个国家是以"stan"作为后缀的?

一共有 7 个,其中有 5 个是原苏联的领土,分别为:哈萨克斯坦共和国(Kaza-khstan)、土库曼斯坦 (Turkmenistan)、吉尔吉斯斯坦 (Kyrgyzstan)、塔吉克斯坦(Tajikstan)和乌兹别克斯坦 (Uzbekistan)。其他两个是阿富汗(Afghanistan)和巴基斯坦(Pakistan)。

小亚细亚在哪里?

土耳其的亚洲部分被称为安纳托利亚,也称小亚细亚(Asia Minor),在博斯普鲁斯海峡（Strait of Bosporus），又称伊斯坦布尔海峡黑海海峡的北段。

马格里布在哪里？

马格里布（Maghreb）是一个专有的地理名称，阿拉伯语意为"西方"，是历史上对北非地区阿尔及利亚、摩洛哥和突尼斯的统称。大马格里布除上述 3 国外还包括毛里塔尼亚和利比亚两国。马格里布这一叫法自伊斯兰帝国时期起沿用至今。

埃及大多数人口住在哪里？

埃及 95%以上的人口都住在尼罗河沿岸 12 英里以内的地方。因为埃及其他地区几乎都是沙漠，其他 5%的人口基本都分散居住在全国各个地方，以绿洲地区和沿海岸线地区为主。

库尔德人是什么人？

库尔德人（Kurds）是生活在中东地区的游牧民族，没有自己的国家。他们大多生活在土耳其东南部、伊朗北部、伊拉克北部和其他周边国家。为保护库尔德人安全，1991 年 4 月，联合国安理会通过决议，谴责伊拉克当局对库尔德人的镇压行动。此后，联合国派军队迅速抵达这一地区，在伊拉克北纬 36°以北设立了"安全区"。库尔德人希望将来能够在他们现在生活的地区建立自己的国家。

哪个国家有7个酋长国？

由 7 个酋长国组成的阿拉伯联合酋长国位于阿拉伯半岛。19 世纪之前，英国是 7 个酋长国的"保护国"。1971 年 3 月 1 日，英国宣布同海湾诸酋长国之间签订的所有的条约于同年年底终止。同年 12 月 2 日，阿布扎比、迪拜、沙迦、乌姆盖万、阿治曼、富查伊拉 6 个酋长国组成阿拉伯联合酋长国。1972 年 2 月 11 日，哈伊马角酋长国加入阿联酋。

世界上有多少人讲阿拉伯语？

世界上有大约 2.35 亿人口讲阿拉伯语，使其成为世界上第六大通用语言。《古兰经》（Koran）是用阿拉伯语写的圣书，在中东地区广泛流传。这一地区还使用波斯语、土耳其语和希伯来语。

哪个中东国家城市人口最多?

90%的以色列人口居住在城市,人口密度仅次于巴林和黎巴嫩,平均每平方英里702个人。

哪个中东国家GDP和GNP居前?

石油大国科威特的 GDP 为$17 000,GNP 为$13 000,在中东地区排行靠前。

哪个中东国家人口最多?

伊朗是中东地区人口最多的国家,有大约 6 700 万人口,在世界排行第十五。紧随其后的是埃及,有大约 6 500 万人口。排名第三的土耳其,有 6 400 万人口。

哪个中东国家阿塞拜疆人最多?

令人吃惊的是,有 1 500 多万阿塞拜疆人居住在埃及,600 多万人居住在伊朗北部的小邻邦国阿塞拜疆。

哪个中东国家的领导人执政时间最长?

约旦的侯赛因国王自 1952 年起一直在位。侯赛因生于 1935 年,1951 年 7 月 20 日他的祖父阿卜杜拉国王遇刺身亡后,他的父亲塔拉勒继任王位。由于塔拉勒患神经分裂症,无法理政,由议会任命侯赛因继位。侯赛因为中东地区执政时间最长的一位国家元首。

贝都因人是什么人?

贝都因(Bedouin)人是多少个世纪以来居住在中东和非洲北部的游牧民族,他们以牧羊和骆驼为生,游走在国境线一带。许多中东国家都作出努力,阻止贝都因人穿越国境线。如果这些国家成功阻止了贝都因人,那么贝都因文化就会发生很大的改变,甚至是彻底消亡。

沙特阿拉伯是参观的好地方吗?

沙特阿拉伯不允许外国旅游者参观,而只允许朝拜的穆斯林、外国工作人员和商

234　中东地区游牧民族贝都因人。(国会图书馆)

务人士进入，其他一些中东国家也因为防止恐怖袭击和战争严格限制入境人员。

哪个国家的国旗只有一种颜色，没有任何图案和徽章？

利比亚国旗为绿色，没有任何图案。这个北非国家位于埃及和阿尔及利亚之间，人口不足 600 万。穆阿迈尔·卡扎菲一直领导着利比亚，而利比亚则在 1986 年受恐怖事件牵连遭美国轰炸。

大叙利亚在哪里？

叙利亚–巴勒斯坦又称大叙利亚（Greater Syria），位于亚洲西南部，包括今叙利亚、黎巴嫩、约旦和巴勒斯坦 4 国。这里的许多人认为，他们的国界是人为划分的，希望这 4 个地区能够成立联合大叙利亚。

什么是阿拉伯联合共和国？

1958 年，非洲邻邦国家叙利亚与埃及合并成立阿拉伯联合共和国（United Arab Republic）。这个国家仅仅持续到 1961 年，当时叙利亚决定独立。解体后，埃及仍然沿用这一名称长达 10 年。

如何驱车去岛国巴林？

巴林距沙特阿拉伯东海岸 15 英里，自 1986 年以来，就由巴林和沙特之间的法赫德国王四道大桥相连。大桥由沙特阿拉伯出资修建。

沙特阿拉伯国名的起源？

沙特阿拉伯是以国王阿卜杜勒·阿齐兹·沙特（King Abdul Aziz Al-Saud）的名字命名，他是沙特阿拉伯王国的创建者，1932 年建立沙特阿拉伯王国，即位为国王。沙特阿拉伯是世界上唯一一个用皇权家族名字命名的国家。

地理特性和自然资源

卡拉哈迪沙漠在世界上的什么位置?

卡拉哈迪沙漠(Kgalagadi Desert)覆盖了博茨瓦纳和纳米比亚大部分的土地,是世界上最大的沙漠之一,总面积达 10 万多平方英里,位于 3 000 英尺高的高原地区。

撒哈拉沙漠有多大?

撒哈拉沙漠是世界上最大的沙漠,位于非洲北部,占地约 350 万平方英里。撒哈拉沙漠每年的降雨量还不足 10 英寸,但撒哈拉沙漠有上千个自成一体的绿洲。撒哈拉沙漠的海拔高度从不足 100 英尺到高出海拔 1.1 万英尺不等。撒哈拉沙漠上的居民大都选择在沙漠绿洲或临近绿洲的地方居住。

为什么会有青白两条尼罗河?

尼罗河(Nile River)最初原本是两条河,也就是我们通常所说的白尼罗河(White

尼罗河沿岸的金字塔。（Hulton-Deutsch 图片社）

Nile River）和青尼罗河（Blue Nile River）。白尼罗河源头是东非的维多利亚湖，而青尼罗河却源自埃塞俄比亚高地。这两条河在苏丹首都喀土穆汇合，一起流入地中海。

人们在河坝建造之前可以预测尼罗河泛滥吗？

　　埃及人可以根据埃及的太阳历预测尼罗河每年夏天的汛期。古埃及人发现，尼罗河每次泛滥之间大约相隔 365 天。同时，他们还发现，每年 6 月的某一天早晨，当尼罗河的潮头来到今天开罗附近时，天狼星与太阳同时从地平线升起。以此为根据，古埃及人便把一年定为 365 天，把天狼星与太阳同时从地平线升起的那一天定为一年的起点。一年分为 12 个月，每月 30 天，年终加 5 天作为节日，这就是埃及的太阳历。在埃及境内，尼罗河每年 6 月开始涨水，7—10 月是泛滥期，这时洪水夹带着大量腐殖质，灌满两岸龟裂的农田。几个星期后，当洪水退去时，农田就留下了一层肥沃的淤泥，等于上了一次肥。11 月进行播种，第二年的 3—4 月收获。测量水位的尺叫做"尼罗尺"（nilometers），被人们摆放在沿河一线，但尼罗尺绝不仅仅用于测量水位，还被用做太阳历。

非洲存在终年不化的冰吗？

　　海拔 19 340 英尺高的乞力马扎罗山位于烈日似火的赤道与南纬 3°之间的坦桑

尼亚,是非洲第一高山,山上积雪终年不化。

乞力马扎罗山是如何形成的?

海拔 19 340 英尺高的乞力马扎罗山是非洲第一高山,形成时是一座火山,现处于休眠状态。乞力马扎罗山位于坦桑尼亚东北部。1889 年,德国地理学家汉斯·迈耶和奥地利登山运动员路德维格·珀茨切勒首次登上乞力马扎罗山顶峰。

哪个湖是世界上最长的淡水湖?

位于刚果民主共和国和坦桑尼亚边境约 420 英里长的坦噶尼喀湖(Lake Tanganyika)是世界上最长的淡水湖,但它的宽度仅为 10—45 英里。坦噶尼喀湖的深度为 4 710 英尺,是非洲最深的湖泊,也是仅次于俄罗斯贝加尔湖的世界第二深湖。

非洲最大的湖是哪个?

东非的维多利亚湖(Lake Victoria)是非洲最大的湖泊,大部分在坦桑尼亚和乌干达境内,是坦桑尼亚、乌干达与肯尼亚的界湖。维多利亚湖总面积 2.7 万平方英里,是仅次于北美苏必利尔湖的世界第二大淡水湖。1858 年,首批欧洲人英国探险家约翰·汉宁·斯皮克和格兰特到此处调查尼罗河的源头时,以英国女王维多利亚的名字命名该湖泊。

邦尼湾是怎么回事?

邦尼湾(Bight of Bonny)是非洲西部的一个海湾,位于几内亚湾东部,邻近的国家还有喀麦隆。Bight 是古英语"湾"的叫法。

湖水怎么也能致2 000多人死亡?

1986 年 8 月 21 日傍晚,非洲喀麦隆北部尼奥斯湖突然喷发出一股含有二氧化碳和氰化氢的有毒气体。有毒气体飘过附近村庄,导致 2 000 多人因此中毒身亡。

东非大裂谷是怎么回事?

东非大裂谷(Great Rift Valley)是世界上最大的断层陷落带,长约 3 000 英里,宽

239

约 20—60 英里,纵贯非洲,素有地球的伤疤之称。据说由于约 3 000 万年前的地壳板块运动,非洲东部地层断裂而形成。这条大裂谷每年都有向两侧分离的迹象,有人预测未来东非大裂谷将把非洲一分为二,形成自成一体的次大陆。

世界上海拔最高的非洲国家是哪个国家?

位于南非山区的莱索托是世界上平均海拔最高的国家,全国的每寸土地都在海拔 1 000 米以上,是世界上海拔最高的国家南部非洲的一个小国,四周被南非所包围,是典型的国中之国。奥兰治河谷(The Orange River)一带的平均高度为 4 530 英尺,但全国大多数地区都在海拔 6 000 英尺以上的地区。

非洲哪个国家为咖啡豆的主要生产国?

科特迪瓦在 1986 年以前叫做象牙海岸,是世界上主要的咖啡豆生产国,生产的咖啡豆总产量占到世界咖啡豆总产量的 1/3,主要用于生产巧克力。"象牙海岸"一名源于以前这里曾经有大量的象牙。

非洲哪个国家黄金储藏量最高?

南非每年的黄金开采量占世界总开采量的 28%。1886 年,南非威特沃特斯兰德(Witwatersrand)附近首次发现了金矿,目前这里已成为南非最大的黄金产地。

哪种鱼类被认为已经绝种,但又突然间出现在喀麦隆?

1938 年 12 月,一个渔民在喀麦隆海岸捕捞到一条长相奇特的鱼。科学家发现,这是一条被认为早在 7 000 多万年前就已灭绝的腔棘鱼。从化石中可以把这种腔棘鱼生活的年代追溯到 3.6 亿年前,大约 7 000 万年前灭绝。这种鱼目前仍生活在马达加斯加和非洲大陆间的喀麦隆岛屿。

历 史

1884年的柏林会议如何加快了殖民步伐?

1884 年,非洲许多国家尚处在殖民统治之下。这一年,13 个欧洲国家和美国在柏林召开了一个会议,会议集中讨论和制定列强瓜分非洲的一般原则。在这次会议上,他们完全忽视了大陆间的文化背景差异,重新划归了非洲各国边境线。这次会议促使欧洲列强加快了抢占非洲土地的速度,瓜分非洲的进程又进一步加快了。尽管边界早在 100 多年前就已经划定, 但至今仍然是独立了的非洲国家冲突混乱的导火索。

1950年时有多少非洲国家宣布独立?

1950 年,非洲大陆仅有 4 个国家为独立国家,它们分别是:埃及、南非、埃塞俄比亚和利比里亚,所有其他国家都是在以后的 10 年时间里先后独立的。1993 年 5 月 24 日,厄立特里亚正式宣告摆脱埃塞俄比亚,成为独立的国家。

什么叫做种族隔离?

南非的种族隔离(南非语:Apartheid)为 1948—1990 年间在南非共和国实行的一种种族隔离制度,这个制度把人种分成白人、黑人、其他有色人种和亚洲人。然后依照法律上的分类,各族群在地理上强制的被分离,在规定的地域内生活和工作。这一制度于 1990 年被废除。

美洲的奴隶是如何帮助利比里亚建国的?

通过美国殖民协会的努力,利比里亚于 1821 年在非洲西部海岸为美国赢得自由的努力下建立了一个殖民地。殖民地命名为利比里亚(拉丁文意为"自由")。在 1822 年至 19 世纪 60 年代,主要定居者是获得自由的奴隶。利比里亚于 1847 年宣布独立,是非洲最早独立的国家。

非洲统一组织是个什么组织?

成立于 1963 年的非洲统一组织(Organization of African Unity ——OAU,简称"非统组织"),总部设在亚的斯亚贝巴。非统组织的宗旨是:促进非洲国家的统一与团结;协调和加强非洲国家在各个方面的合作;努力改善非洲各国人民的生活;保卫和巩固非洲各国的独立及主权、领土完整;从非洲根除一切形式的殖民主义;促进国际合作。

人民、国家和城市

非洲一共有多少个国家？

非洲的国家总数占世界国家总数的 1/4，其中在非洲大陆版块上有 47 个独立国家，如果算上分布在附近岛屿的喀麦隆、马达加斯加、塞舌尔、佛得角、毛里求斯、圣多美和普林西比就是 53 个国家。

有多少个非洲国家是内陆国家？

在所有 47 个非洲国家中，只有 15 个国家没有靠海洋。这 15 个国家是：博茨瓦纳、布基纳法索、布隆迪、中非共和国、乍得、埃塞俄比亚、莱索托、马拉维、马里、尼日尔、卢旺达、斯威士兰、乌干达、赞比亚和津巴布韦。

哪个非洲国家人口最多？

尼日利亚是非洲人口最多的国家，总人口达到 1.07 亿。尼日利亚的人口在世界上排名第十。如果尼日利亚的人口按照目前情况继续增长，到 2022 年，人口就会达到 2.14 亿。尼日利亚的育龄妇女平均生育 6.1 个孩子。

南非有多少个省份？

南非在 1994 年又新成立了几个省份，目前共有 9 个省，分别是：东开普省、自由邦省、豪登省、夸祖–纳塔尔省、普马兰加省、西北省、北开普省、西开普省和凌波波省。各省内都有土著人。

南非有几个首都？

南非一共有 3 个首都，分别是行政首都比勒陀利亚（Pretoria），立法首都开普敦（Cape Town）和司法首都布隆方丹（Bloemfontein）。

为什么那么多船只在利比里亚注册？

尽管在利比里亚注册的船只大多都是外国公司的船只，而且在利比里亚水域注

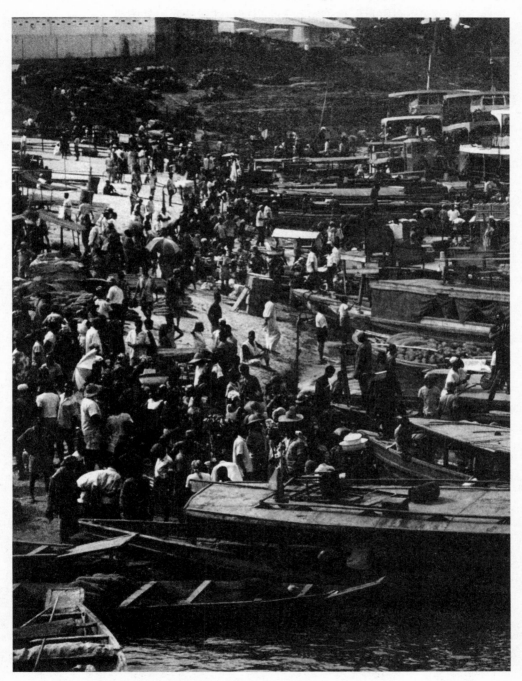

尼日利亚人在尼日尔河岸买卖货物。(保罗·阿尔梅斯)

册也很快捷,但因为在这里注册价格便宜,所以吸引了大批外国船只,使利比里亚成为全球第二大方便旗船籍国,世界上有近 1 700 艘船只悬挂利比里亚方便旗。如果说这些国家是海运强国的话,他们实际上是以廉价注册费吸引外国船注册,成为名义上的海运强国。

非洲有几个刚果?

非洲有两个刚果——刚果民主共和国和它西部的邻邦刚果共和国,但人们却经常把这两个刚果混淆。1908 年刚果民主共和国成为比利时殖民地,改称比属刚果;1960 年改称刚果共和国,简称刚果(利);1964 年又改国名为刚果人民共和国;1966年恢复刚果民主共和国;1971 年改国名为扎伊尔共和国(The Republic of Zaire);1997 年又改国名为刚果民主共和国。

廷巴克图在哪里?

廷巴克图是尼日尔河附近、马里国内的一个城镇,有大约 3 万人口。廷巴克图在历史上是贸易和文化中心,是古代西非和北非骆驼商队的必经之地,也是伊斯兰文化向非洲传播的中心,是马里历史上最悠久的一个古城。此外,它还以具有伊斯兰建筑风格的清真寺而闻名于世。

谁控制着鲸湾港?

当纳米比亚 1990 年从南非独立以后,在南非北部大约 400 英里远的港口城市鲸湾港(Walvis Bay)还属南非领地。一直到了 1994 年,这个重要的深海港口和旅游城市才又重新归属纳米比亚。

北非海岸在哪里?

北非海岸(Barbary Coast)指北非靠地中海海岸的 5 个国家:摩洛哥、阿尔及利亚、突尼斯、利比亚和埃及。尽管这个名字取自土著柏柏尔部落的柏柏尔(Berber)人,但这一地区更为世人所了解的却是 16—19 世纪时的海盗。

为什么卡宾达独立于安哥拉之外?

卡宾达(Cabinda)是安哥拉的一个省,但却被刚果民主共和国(旧称扎伊尔)隔开,离安哥拉国土有大约 25 英里远,是安哥拉的一块飞地。1886 年,比利时把这一小块土地归到了安哥拉名下。现在卡宾达人在为脱离安哥拉而独立做着不懈的努力。

赞比亚以前叫什么名字？

1980 年 4 月 18 日，罗得西亚脱离了英国的殖民统治，成立了独立国家津巴布韦。赛西尔·罗兹（Cecil John Rhodes，1853—1902）是英国政治家、商人、罗得西亚（Rhodesia）的殖民者。罗得西亚即以他的名字命名。通过掠夺南非的自然资源，罗兹取得了大量财富，死后设立罗兹奖学金。

瓦加杜古在哪里？

瓦加杜古（Ouagadougou）是西非国家布基纳法索（Burkina Faso）的首都，约有 50 万人口，是瓦加杜古大学所在地。

哪个国家完全在南非领土之内？

1966 年摆脱英国统治，赢得独立的小国莱索托完全位于南非领土之内，国内40% 的男性都在南非工作。

哪些人讲斯瓦希里语？

尽管有 5 000 多万东非人讲斯瓦希里语（Swahili），但这个语言却不是土著语，而是在非洲人和阿拉伯人做生意的过程中发展起来的一种融合了阿拉伯语和非洲语汇的合成语言。非洲有 1 000 多种不同语言，但斯瓦希里语是仅次于阿拉伯语的第二大语言。

赤道几内亚真的位于赤道上吗？

不是，赤道几内亚的最南端离赤道还有 1°距离。尽管赤道几内亚离赤道很近，但它南部的近邻加蓬才真正处在赤道线上。

1770年以前有多少人生活在塞舌尔岛上？

没有人。这是一个由 115 个大小岛屿组成的国家，18 世纪 70 年代时期只有法国殖民统治者在此居住。1794 年，英国取代法国，并把非洲人带到了岛上。1976 年，塞舌尔宣告独立，成立塞舌尔共和国，仍留在英联邦内。

哪里是卡普里维地带？

卡普里维地带（Caprivi Strip）是纳米比亚东北角的一个狭长地带。1890 年，德国总理莱奥·冯·卡普里维从英国人手中夺回了卡普里维地带，使纳米比亚，也就是当时的德属东南非能够拥有进入赞比西河（Zambezi River）的通道。这一地带大约 300 英里长，最宽处大约 65 英里。

马达加斯加人讲什么语言？

马达加斯加的民族语言为马达加斯加语（属马来–波利尼西亚语系），与印度尼西亚和波利尼西亚人所讲语言十分接近，而与非洲大陆的语言没有亲属关系。马达加斯加人都是印度尼西亚和马来西亚人的后裔，在 2 000 多年前迁徙到这里的。

南非有几种官方语言？

南非的官方语言有 11 种，它们分别是：阿菲力康语、英语、恩德贝勒语、祖鲁语、科萨语、斯佩迪语、茨瓦纳语、索托语、聪加语、斯威士语和文达语。

哪个非洲国家把西班牙语作为官方语言？

赤道几内亚是位于非洲中西部几内亚湾上的 3 个岛屿和喀麦隆、加蓬间的陆上小国，在 1968 年以前一直是西班牙的殖民地，官方语言为西班牙语。赤道几内亚的首都是位于比奥科岛上的马拉博，以前叫做费尔南多波（Fernando Poo）。

世界上最大的教堂在哪里？

西非科特迪瓦共和国（Cote d'Ivoire，1987 年以前名为象牙海岸 Ivory Coast）的亚穆苏克罗大教堂（Our Lady of Peace of Yamoussoukro Basilica）目前是世界上最大的教堂。整个教堂 1989 年建成，占地 10 万平方英尺，能够容纳 1.8 万人。1983 年，乌弗埃–博瓦尼总统把首都从阿比让（Abidjan）迁到了他的家乡亚穆苏克罗。

昆塔·肯特的家乡在哪里？

美国黑人亚历克·哈里（ Alex Haley ）的作品《根》取材于冈比亚。全境为一狭长平原，平均 12 英里宽，切入西非国家塞内加尔共和国境内；冈比亚河横贯东西，顺冈比亚 200 多英里注入大西洋。

博茨瓦纳的货币名称是什么?

南非国家博茨瓦纳几乎贯穿整个卡拉哈里(Kalahari)沙漠,所以它的货币起名为普拉(pula),当地语言为"雨"。

哪个国家是世界上唯一立法保护同性恋和双性恋的国家?

南非1996年立法保护同性恋和双性恋,立法禁止性取向歧视、保护同性恋者权益。1996年12月,南非总统曼德拉签署新宪法,为今后建立种族平等的新型国家体制奠定了法律基础。新宪法规定,宪法具有至高无上的地位;不分种族、性别、怀孕与否、婚姻状况、家庭出身、年龄、残疾与否、宗教信仰、文化、语言、出身,法律面前人人平等。

谁控制着西撒哈拉?

西撒哈拉位于非洲西部,1976年以前一直是西班牙的殖民地。西撒哈拉从西班牙独立之后,被相邻国家所瓜分,毛里塔尼亚分得南部,摩洛哥分得北部。1979年8月,毛里塔尼亚同西撒哈拉人签订和平条约,放弃对西撒哈拉的领土要求,退出西撒哈拉战争,摩洛哥乘机占领了毛里塔尼亚退出的地区。联合国出面斡旋,并组织公民投票,以决定西撒哈拉独立,但摩洛哥却一再推迟投票。

大洋洲和南极洲

大 洋 洲

哪里叫大洋洲？

　　大洋洲指太平洋中部和南部的地区,其中包括澳大利亚、新西兰、巴布亚新几内亚和东部的波利尼西亚、中部的密克罗尼西亚和西部的美拉尼西亚 3 大岛群。

所有太平洋上的岛屿归谁所有？

　　太平洋上有几百个岛屿,有一些是独立国家的主权,有些是宗主国家的殖民地。

密克罗尼西亚是怎么回事？

　　密克罗尼西亚地区包括菲律宾群岛东部、国际日期变更线（International Date Line)西部、赤道北部和北回归线(Tropic of Cancer)南部的 600 多个岛礁,第二次世界大战时被美国占领。1947 年,联合国将密克罗尼西亚交美国托管,后来成为政治实体。1965 年 1 月成立议会,此后要求自治。1969 年开始就未来政治地位与美国谈判。

比基尼（Bikini）岛上空出现的蘑菇云。（美国档案馆）

1979年5月10日，密克罗尼西亚的4个区通过了新宪法，成立密克罗尼西亚联邦。1982年与美国正式签订《自由联系条约》，美国于1986年11月宣布该条约生效。尽管密克罗尼西亚联邦有600多个岛礁，但这一区域还有1 500多个其他岛屿，包括马绍尔群岛共和国、基里巴斯共和国和帕劳共和国的一些独立国家。

波利尼西亚是怎么回事？

波利尼西亚是太平洋上的3大岛群之一，夏威夷在其北部，新西兰在其西南。这一区域还有萨摩亚、汤加、图瓦卢和大溪地等117个其他岛屿。

美拉尼西亚是怎么回事？

美拉尼西亚位于澳大利亚东北部，在赤道的南部，经度180°线的西部。美拉尼西亚群岛包括瓦努阿图、斐济群岛、所罗门群岛和新喀里多尼亚等国家，但不包括新西兰。

什么是珊瑚礁？

珊瑚礁的主体是由珊瑚虫组成的。珊瑚虫是海洋中的一种腔肠动物，它以捕食海洋里细小的浮游生物为食,在生长过程中能吸收海水中的钙和二氧化碳,然后分泌出石灰石,变为自己生存的外壳。珊瑚虫生活在浅层温暖的水域里,一群一群地聚居在一起,生长繁衍,同时不断分泌出石灰石,并黏合在一起。由于珊瑚虫具有附着性,许多珊瑚礁的底部常常会附着大量的珊瑚虫。

世界上最大的珊瑚礁在哪里?

位于澳大利亚东北部昆士兰省大堡礁（Great Barrier Reef Queensland, Australia）是世界上最大、最长的珊瑚礁区,全长 1 200 多英里。现这里的大部分已作为国家海洋公园。

什么叫做环礁?

海洋里除了珊瑚礁之外，还有环礁。环礁一般是由火山岛周围的裙礁演化而成的。通过风化,岛屿逐渐被消磨,最后沉到水面以下,最后只剩下一个环绕着一个暗礁的环礁。

比基尼一词的起源?

比基尼(Bikini)得名于太平洋的马绍尔群岛中的一个珊瑚小岛,于 1946 年初美国人首创。1946 年，美国在此岛进行了一系列的原子弹实验。20 世纪 40 年代末给 bikini 命名的人有两个考虑，一是因为身着这种泳衣的苗条女子可能引起异性的冲动力足以和 bikini 岛上的原子弹相媲美;二是因为 bi 在英语构词中的指的是二的意思,所以 bikini 指的是两段式的泳衣。

南太平洋小岛上的居民如何购物?

南太平洋各岛上的居民在所居住的岛上购买生活基本用品，大宗物品要靠飞机空运到岛上。岛上居民通常乘飞机往来于各岛之间,每个岛屿都有简易机场,可保证飞机起飞降落。而在以前,岛上居民的主要出行交通工具是船只。

保罗·高更曾经住在哪里?

法国画家保罗·高更由于厌倦城市生活,于 1891 年到了南太平洋上的塔希提岛,后又到了南太平洋的法属玻利尼西亚群岛生活和画画,直到去世。

《鸟粪岛法案》对美国的繁荣起到了怎样的作用?

1856 年,美国国会通过了《鸟粪岛法案》(*The Guano Island Act*),允许美国开发无人居住、但有大量鸟粪的岛屿。从此,美国人在化肥大行其道之前一直都在开发中途岛上的鸟粪滋养良田。美国在 1857 年开发了豪兰和贝克群岛(Howland and Baker Islands),直到鸟粪被开采完。

世界上哪一国家中使用的语言最多?

巴布亚新几内亚居民操有 700 多种语言,皮金语和莫土英语为最流行语言。

英国皇家军舰兵变船员在哪里着陆?

1789 年,英国皇家海军邦蒂号军舰(HMS Bounty)上船员发生兵变,在与其他 19 名船上乘员分开后,包括威廉姆·布莱斯船长在内的兵变人员就在无人居住的皮特克恩岛上住了下来。当船长和他忠诚的船员成功返回英格兰后,包括 9 名男性兵变人员和当时也在船上的 6 名男性波利尼西亚人和 12 名女性波利尼西亚人组成了自己的社区。1856 年,参加了 1789 年英国皇家海军邦蒂号军舰叛变的船员的后裔定居于诺福克岛。

达尔文在哪里发展了他的自然选择理论?

查尔斯·达尔文 1831 年毕业于剑桥大学, 毕业后以博物学者的身份登上英国海军舰艇贝格尔号(HMS Beagle),作了 5 年(1831—1836)绕地球探险航行。在此期间,他到了南美西部的加拉帕戈斯群岛(Galapagos Islands),用 6 周的时间收集了大量有关自然选择理论的数据,并于 1859 年出版了《物种起源》这一划时代的巨著。

澳 大 利 亚

澳大利亚因何得名?

古时候, 澳大利亚是一片神秘的大陆, 被人称作澳大利斯因科格尼塔地(Terra Australis Incognita),意为"未知的南方大陆"。公元前 4 世纪,亚里士多德(Aristotle)认为,南半球有一个尚未被发现的大陆,没有这个大陆,整个大陆块就显得不完整。在很长一段时间里,这片尚未被人们所认识的大陆一直是人们心中的传奇,常常以不同的形状出现在各种地图版本中。当这个大陆在 17 世纪被人们发现时,人们甚至不相信它就是"未知的南方大陆"。 1642 年,荷兰的"东印度公司"探险船船长塔斯曼,沿着大陆的西海岸南下探险,并把这块大陆命名为新荷兰(New Holland)。到了 1770 年,在东海岸一带探险的英国人库克船长又把这块大陆命名为新南方威尔士地区(New South Wales),宣布为英国的领土。不久,英国把东海岸地区定为流放犯人的殖民地,这块大陆逐渐被英国殖民化了。 直到 1803 年,英国人马修·弗林德斯提议按照古地名将大陆称为澳大利斯地(Terra Australis),得到英、荷两国的赞同。到了 1828 年,英国控制了澳大利斯地全境,地名也被英语化了,成为澳大利亚(Australia),意为"南方之国"。

哪些人是澳大利亚原住民?

澳大利亚的原住民(Aborigines)就是在大约 4 万年前从东南亚迁居到此地的澳大利亚土著居民。18 世纪末,欧洲在此开拓殖民地时,这里有 30 多万原住民。但由于欧洲人带来的疾病和欧洲人对土著居民的凌辱,到 1920 年时,原住民人数骤减至 6 万。与新西兰毛利人口一样,澳大利亚的原住民人数在 20 世纪猛增至 20 万。现在,大多数原住民依靠政府救济生活在城市。

澳大利亚是否曾经是英国的罪犯流放地?

回答是肯定的,澳大利亚最早的居民中的 2/3 人都是英国流放过来的罪犯。英国从 1788—1850 年期间,向澳大利亚流放 16 万名罪犯。1850 年起,英国不再向澳大利亚流放罪犯,但是自由殖民者又开始向澳大利亚流放罪犯。

澳大利亚的内陆在哪里?

澳大利亚传统意义上的"内地"(the Outback)是指内陆地区西部高原以及中央平原和北部平原,因为这片土地异常干燥贫瘠,大多数澳大利亚人都居住在沿海地区。

澳大利亚的首都在哪里?

澳大利亚首都特区堪培拉和美国华盛顿相同,位于联邦新南威尔士政府所在地。在澳大利亚 1901 年建国时, 悉尼市和墨尔本市都曾为争取首都城市作过努力。但 1908 年,议会选择将政府特区设在了非沿海的堪培拉。堪培拉特区有 30.8 万人口,是非沿海地区最大的城市。

澳大利亚中部艾尔斯巨石（Ayers Rock），又名乌卢鲁巨石（Uluru Rock）。（图片档案馆）

澳大利亚中部的大红石是怎么回事？

当地原住民也称这个岩石为乌卢鲁巨石（Uluru Rock）或艾尔斯巨石（Ayers Rock）。这是世界上最大的独立岩石，有大约 1.5 英里宽，1 100 英尺高。

澳大利亚是袋鼠之家吗？

是的，澳大利亚是袋鼠之家。大袋鼠能有 5 英尺高，而小的袋鼠却只有老鼠大小。

塔斯马尼亚魔鬼真的是一种动物吗？

塔斯马尼亚魔鬼（Tasmania Devil）真的是一种动物，但它却和其卡通形象大相径庭。真正的塔斯马利亚恶魔是一种濒临灭绝的澳洲食肉袋獾，生活在澳大利亚大陆东南部的塔斯马尼亚岛上。

澳大利亚是世界上最小的大陆吗？

澳大利亚是世界上第六大的国家，同时又是世界上面积最小的大陆，占地大约 300 万英里，略小于巴西。

哪个国家铝矾土产量世界第一？

澳大利亚铝矾土产量世界第一，产量占世界总产量的 40%。铝矾土作为一种铝矿，主要产于澳大利亚西南达令山脉（Darling Range）一带。

哪个国家铅的产量世界第一？

澳大利亚铅的产量占到世界总产量的 17%，主要产于昆士兰州的艾萨山（Mount Isa）和澳大利亚东南部的布罗肯山（Broken Hill）一带。

澳大利亚每年牛肉的出口量是多少？

澳大利亚每年出口 73.9 万公吨牛肉，占世界牛肉出口量的 15%。

什么叫做"飞去来器"？

"飞去来器"（boomerang）是澳大利亚原住民发明的一种捕猎工具。"飞去来器"分为能飞回原处的和不能飞回原处的两种。能飞回原处的"飞去来器"用于捕猎小动物，而不能飞回原处的则用于捕猎大型猎物和敌人。

新　西　兰

毛利人是什么人？

毛利人是新西兰境内的土著居民。在大约 9 世纪，毛利人从太平洋上的岛国迁徙到新西兰。1769 年，新西兰的毛利人口达到 10 万人，但由于欧洲的殖民化，到了 19 世纪末时，毛利人口只剩下 4 万。20 世纪，毛利人数增至 40 万，占到新西兰总人口的大约 1/9。

皇家飞行医生服务队是怎么回事？

1928 年创建的皇家飞行医生服务队（Royal Flying Doctor Service，RFDS）是

澳大利亚一个独特的组织,旨在为在澳大利亚偏僻内地居住、工作和旅行的人们提供紧急医疗和保健服务。服务队共有 17 个医疗基地和 38 架飞机,每天出诊 80 次,全年接诊达 13.5 万人次。

新西兰境内人多还是羊多?

新西兰全国的人口大约 350 多万,而羊的数量达到 5 600 万,人口数量仅仅是羊只数量的 1/16。新西兰还是世界上羊毛出口大国。

什么是"几维"?

新西兰人的俗称叫做"几维"(KIWI),而实际上几维是新西兰一种不会飞的鸟和一种水果的名称。几维鸟作为新西兰国鸟被新西兰人看做是自己民族的象征,其喙部修长,长度超过腿长,几维的蛋(按与身体的比例而言)是现存鸟类中最大的。新西兰还是世界上主要的几维果产地。

"彩虹勇士号"是怎么回事?

"彩虹勇士号"(Rainbow Warrior)是非政府环保组织绿色和平组织船队的旗舰。"彩虹勇士号"在全球范围航行,从事反对捕鲸、反对核试验、反对砍伐原始森林等主题的宣传活动。1985 年,"彩虹勇士号"在新西兰最大城市奥克兰港口被炸,船上全体绿色和平组织成员遇难。后来发现有法国特工人员在船上安放了爆炸装置,目的是阻止"彩虹勇士号"反对法国在太平洋进行核武器试验。后来,法国国防部长被迫辞职。从此之后,新西兰与法国两国关系一直处于紧张状态。

哪个国家是世界上第一个福利国家?

1936 年,新西兰政府建立基本社会医疗保障,向居民提供基本医疗,成为世界上第一个福利国家。

世界上哪个国家第一个赋予妇女选举权?

1893 年,新西兰政府允许妇女参加投票选举,成为世界上第一个赋予妇女选举权的国家。

1959 年签订的《南极公约》（*Antarctic Treaty*），其中包括 14 条条文，并宣布南极这片土地只能用于科学研究。（Chris Rainer/Corbis）

南 极 洲

南极洲的冰层有多厚？

南极洲的大多数冰层厚约 1 英里，世界上 80% 以上的淡水都在南极洲。有些人建议将大冰块切割，用船运至世界上的干旱地区。但这一建议目前还尚未实施。

什么叫做《澳新美安全条约》？

1951 年，澳大利亚、新西兰和美国签订《澳新美安全条约》（ANZUS），结成军事联盟组织。1986 年，新西兰宣布在国内禁止核武器，随后又禁止美国载有核武器的船只在其港口停泊，退出了条约国。

哪个大陆海拔最高？

南极洲的平均海拔为 8 000 英尺，是世界上海拔最高的大陆。南极洲最高峰文森峰(Vinson Massif)的高度为 16 860 英尺。

南极洲有多么干燥?

尽管南极洲被冰雪覆盖,但它确实是地球上最为干燥的大陆。那里的冰层已有千万年的历史,现在仍以每年 2 英寸的速度继续增厚,而撒哈拉沙漠却在以每年 10 英寸的速度增厚。

南极洲属于谁?

尽管南极洲寒冷、贫瘠,但从 1908—1941 年,共有 7 个国家先后对南极洲提出了领土要求。这些国家划定了边界线,但因为所主张的领土互相重叠,各方坚持各自的主权要求,互不承认他方的主权要求而发生分歧。这些矛盾的存在与发展,在客观上需要制定一个多边条约以缓解各种矛盾与纷争。1959 年,12 国代表在华盛顿签署了《南极条约》,禁止在条约区从事任何带有军事性质的活动,明确南极只用于和平和科学考察的目的。

世界各国概况

目前世界上有联合国正式成员国 192 个国家，我们将在这一章节中给出每一个国家的重要数据资料。也门的平均生育率是多少？越南人信仰什么宗教？印度有多少人口？加拿大的总面积是多少？你可以在这一章节中查到前面各个章节中所提到的所有国家的地理、政治、文化等相关重要信息资料。

阿富汗

全称：阿富汗伊斯兰国（Islamic State of Afghanistan）
地理位置：位于南亚，在巴基斯坦西北，伊朗东
首都：喀布尔（Kabul）
政体类型：过渡政府
通用货币：阿富汗尼（AF）
面积：249 935 平方英里（652 300 平方公里）
人口：17 690 000
人口增长速度：4.2%
出生率（每千人）：42
死亡率（每千人）：17
平均寿命（自出生）：46.8
平均生育率（每名育龄妇女平均育儿）：6.0

宗教：伊斯兰教逊尼派 84%，伊斯兰教什叶派 15%，其他教派 1%

语言：普什图语 35%，阿富汗波斯语（达里语）50%，土耳其语（主要为乌兹别克语和库曼语）11%，30 种小语种 4%，大多数人拥有两种语言的能力

文化普及率：31.5%

平均 GDP：$800

职业：农业和畜牧业 67.8%，工业 10.2%，建筑 6.3%，商业 5%，服务业及其他 10.7%

气候：干旱或半干旱；冬季寒冷，夏季炎热

地形：大部分地区为崎岖山地，北部和西南部地区为平原

阿尔巴尼亚

全称：阿尔巴尼亚共和国（Republic of Albania）

地理位置：位于欧洲东南部，紧邻亚得里亚海和爱奥尼亚海，与希腊、塞尔维亚和黑山共和国接壤

首都：地拉那（Tirane）

政体类型：新兴民主制度

通用货币：阿尔巴尼亚列克（lek）

面积：10 576 平方英里（28 748 平方公里）

人口：3 300 000

人口增长速度：1%

出生率（每千人）：21

死亡率（每千人）：7

平均寿命（自出生）：68.6

平均生育率（每名育龄妇女平均育儿）：2.6

宗教：伊斯兰教 70%，阿尔巴尼亚东正教 20%，天主教 10%

语言：阿尔巴尼亚语，希腊语

文化普及率：72%

平均 GDP：$1 290

职业：农业 49.5%，私营经济 22.2%，国有经济 28.3%

气候：气候温暖；冬季凉爽、多云、潮湿；夏季炎热、晴朗、干燥；内陆凉爽湿润

地形：大部分地区为山区丘陵；沿海地区为平原

阿尔及利亚

全称：阿尔及利亚民主人民共和国（Democratic and Popular Republic of Algeria）

地理位置：位于北非，濒临地中海，与摩洛哥和突尼斯接壤

首都：阿尔及尔(Algiers)

政体类型：共和

通用货币：阿尔及利亚第纳尔(DA)

面积：919 351 平方英里(2 381 741 平方公里)

人口：29 550 000

人口增长速度：2.1%

出生率(每千人)：28

死亡率(每千人)：6

平均寿命(自出生)：68.9

平均生育率(每名育龄妇女平均育儿)：3.4

宗教：伊斯兰教逊尼派(国家教派)99%,基督教和犹太教 1%

语言：阿拉伯语,法语,柏柏尔方言

文化普及率：61.6%

平均 GDP：$4 000

职业：政府部门 29.5%,农业 22%,建筑和市政工程 16.2%,工业 13.6%, 商业和服务 13.5%,交通和通讯 5.2%(1989)

气候：干旱或半干旱;沿海地区冬季温暖潮湿,夏季干燥;高原地区冬季寒冷,夏季炎热,比沿海更加干燥;经常刮多尘多沙的热风,这在夏季更是一种常态

地形：大部分地区为高原和沙漠;部分地区为山区;沿岸地区为小平原

安道尔

全称：安道尔公国(Principality of Andorra)

地理位置：位于欧洲西南,与法国和西班牙接壤

首都：安道尔(Andorra la Vella)

政体类型：议会民主

通用货币：法国法郎和西班牙比塞塔(French franc and Spanish peaeta)

面积：174 平方英里(468 平方公里)

人口：64 000

人口增长速度：0.5%

出生率(每千人)：10

死亡率(每千人)：5

平均寿命(自出生)：83.5

平均生育率(每名育龄妇女平均育儿)：1.2

宗教：天主教(占最大比例)

语言：加泰罗尼亚语(官方语言),法语,西班牙语

文化普及率：100%

平均GDP：$18 000

职业：农业，旅游业

气候：温和，冬季多雪寒冷，夏季温暖干燥

地形：山地崎岖，多山谷

安哥拉

全称：安哥拉共和国（Republic of Angola）

地理位置：位于非洲南部，濒临大西洋，与纳米比亚和刚果民主共和国接壤

首都：罗安达（Luanda）

政体类型：过渡政府，也就是多党民主制和强有力的总统系统

通用货币：新宽扎（NKz）

面积：481 226平方英里（1 246 700平方公里）

人口：11 600 000

人口增长速度：2.8%

出生率（每千人）：44

死亡率（每千人）：17

平均寿命（自出生）：47.9

平均生育率（每名育龄妇女平均育儿）：6.2

宗教：原始宗教47%，天主教38%，新教徒15%

语言：葡萄牙语（官方语言），班图语以及其他非洲部落语言

文化普及率：42%

平均GDP：$800

职业：农业85%，工业15%（1985）

气候：南方和沿罗安达海岸线一带半干旱；北方5—10月凉爽干燥，11—4月炎热多雨

地形：海岸线附近为小片平原地区，内陆则为大片高原

安提瓜和巴布达

全称：安提瓜和巴布达（antigua and Barbuda）

地理位置：位于加勒比海，是加勒比海、北大西洋波多黎各东到东南的岛国

首都：圣约翰（saint John's）

政体类型：议会民主

通用货币：东加勒比元（EC$）

面积：170 平方英里（441.6 平方公里）

人口：72 000

人口增长速度：0.4%

出生率（每千人）：17

死亡率（每千人）：6

平均寿命（自出生）：71.2

平均生育率（每名育龄妇女平均育儿）：1.7

宗教：圣公会（国家教派），其他基督教分支，部分天主教

语言：英语（官方语言），当地方言

文化普及率：89%

平均 GDP：$6 800

职业：商业与服务业 82%，农业 11%，工业 7%（1983）

气候：热带海洋气候；气候随季节而变化

地形：大部分地区为石灰石低地和珊瑚岛，部分地区为火山高地

阿根廷

全称：阿根廷共和国（Argentine Republic）

地理位置：位于南美南部，濒临南大西洋，与智利和乌拉圭接壤

首都：布宜诺斯艾利斯（Buenos Aires）

政体类型：共和

通用货币：披索（nuevo peso argentino）

面积：1 056 362 平方英里（2 776 889 平方公里）

人口：34 700 000

人口增长速度：1.3%

出生率（每千人）：20

死亡率（每千人）：8

平均寿命（自出生）：74.5

平均生育率（每名育龄妇女平均育儿）：2.7

宗教：主要为天主教 90%（常去教堂做礼拜的不足 20%），基督教 2%，犹太教 2%，其他教派 6%

语言：西班牙语（官方语言），英语，意大利语，德语，法语

文化普及率：96.2%

平均 GDP：$8 600

职业：服务业 57%，工业 31%，农业 12%（1985）

气候：以温暖潮湿为主；东南干旱；西南为次南极气候

地形：北方为肥沃的南美大草原；南方为或平坦，或绵延起伏的高原；西部为崎岖的
安第斯山脉

亚美尼亚

全称：亚美尼亚共和国（Republic of Armenia）
地理位置：位于亚洲西南，土耳其东部
首都：埃里温（Yerevan）
政体类型：共和
通用货币：亚美尼亚德拉姆（dram）
面积：10 962 平方英里（29 800 平方公里）
人口：3 782 000
人口增长速度：−0.4%
出生率（每千人）：14
死亡率（每千人）：9
平均寿命（自出生）：66.7
平均生育率（每名育龄妇女平均育儿）：1.7
宗教：亚美尼亚东正教 94%
语言：亚美尼亚语 96%，俄语 2%，其他语言 2%
文化普及率：99%
平均 GDP：$2 800
职业：农业 38%，服务业 37%，工业和建筑业 23%，其他 2%
气候：高地为大陆性气候；夏季炎热，冬季寒冷
地形：亚美尼亚高原山区地势；小片森林；湍急的河流；阿拉斯河谷一带土壤肥沃

澳大利亚

全称：澳大利亚联邦（Commonwealth of Australia）
地理位置：位于大洋洲，印度洋与南太平洋间的大陆
首都：堪培拉（Canberra）
政体类型：联邦议会
通用货币：澳大利亚元（$A）
面积：2 940 521 平方英里（7 682 300 平方公里）
人口：18 289 000
人口增长速度：0.9%
出生率（每千人）：13

死亡率(每千人)：7

平均寿命(自出生)：79.9

平均生育率(每名育龄妇女平均育儿)：1.8

宗教：圣公会 26.1%，天主教 26%，其他基督教 24.3%

语言：英语，本地语

文化普及率：100%

平均 GDP：$23 600

职业：财政和服务业 34%，公共服务事业 23%，批发零售业 20%，制造工业 17%，农业 6%(1987)

气候：大部分地区干旱或半干旱，东南部气候适中；北方为热带气候

地形：大部分地区沙漠平原；东南部为肥沃的平原

奥地利

全称：奥地利共和国(Republic of Austria)

地理位置：位于欧洲中部，在意大利和斯洛文尼亚北

首都：维也纳(Vienna)

政体类型：联邦共和

通用货币：奥地利先令(AS)

面积：31 934 平方英里(83 858 平方公里)

人口：8 047 000

人口增长速度：0.1%

出生率(每千人)：10

死亡率(每千人)：10

平均寿命(自出生)：77.3

平均生育率(每名育龄妇女平均育儿)：1.4

宗教：天主教 85%，新教 6%，其他教派 9%

语言：德语

文化普及率：99%

平均 GDP：$19 700

职业：服务业 56.4%，工业和手工业 35.4%，农业和林业 8.1%

气候：温和；大陆性气候，多云；冬季寒冷，低地多雨，山区多雪；夏季凉爽，时有阵雨

地形：西南大部地区为山区(阿尔卑斯山脉)；东北部地区平坦或稍有倾斜

阿塞拜疆

全称：阿塞拜疆共和国（Azerbaijani Republic）

地理位置：位于亚洲西南，紧邻黑海，与伊朗和俄罗斯接壤

首都：巴库（Baku）

政体类型：共和

通用货币：阿塞拜疆马纳特（manat）

面积：33 235 平方英里（86 600 平方公里）

人口：7 566 000

人口增长速度：0.7%

出生率（每千人）：22

死亡率（每千人）：9

平均寿命（自出生）：63.3

平均生育率（每名育龄妇女平均育儿）：2.7

宗教：伊斯兰教 93.4%，俄罗斯东正教 2.5%，亚美尼亚东正教 2.3%，其他教派 1.8%

语言：阿塞拜疆语 89%，俄语 3%，亚美尼亚语 2%，其他语言 6%

文化普及率：99%

平均 GDP：$1 550

职业：农业和林业 32%，工业和建筑业 26%，其他 42%

气候：干燥，半干旱

地形：全境 50%以上为山地，北部有大高加索山脉，南部为小高加索山脉，其间是库临卡盆地。西南部为中阿拉克辛盆地，其北面由达拉普亚兹山脉和赞格祖尔斯基山脉所环抱。东南部有塔累什山脉，主要河流有库拉河和阿拉斯河

巴哈马

全称：巴哈马联邦（Commonwealth of The Bahamas）

地理位置：位于加勒比海，是北大西洋中的岛国，在佛罗里达东南

首都：拿骚（Nassau）

政体类型：联邦

通用货币：巴哈马元（B$）

面积：3 887 平方英里（13 939 平方公里）

人口：278 000

人口增长速度：1.4%

出生率（每千人）：21

死亡率（每千人）：5

平均寿命（自出生）：74.0

平均生育率（每名育龄妇女平均育儿）：2.3

宗教：浸礼会 32%，圣公会 20%，天主教 19%，卫理公会 6%，卫理公会 6%，其他新教 12%，无名教 3%，其他教派 2%

语言：英语，克里奥尔语言

文化普及率：98.2%

平均 GDP：$18 700

职业：旅游业 40%，政府部门 30%，商业服务 10%，农业 5%

气候：热带海洋气候，受墨西哥湾暖流影响气候温和

地形：绵长平坦的珊瑚礁和低矮的圆形小山

巴　林

全称：巴林国（State of Bahrain）

地理位置：位于中东，是波斯湾中的岛国，在沙特阿拉伯东

首都：麦纳麦（Manama）

政体类型：传统君主政体

通用货币：巴林第纳尔（BD）

面积：239 平方英里（706.5 平方公里）

人口：586 000

人口增长速度：2.1%

出生率（每千人）：22

死亡率（每千人）：3

平均寿命（自出生）：75.0

平均生育率（每名育龄妇女平均育儿）：3.0

宗教：什叶派伊斯兰教 75%，逊尼派伊斯兰教 25%

语言：阿拉伯语，英语，波斯语，乌尔都语

文化普及率：85.2%

平均 GDP：$13 000

职业：工业和商业 85%，农业 5%，服务业 5%，政府部门 3%（1982）

气候：干旱；冬季温暖，气候宜人；夏季非常炎热潮湿

地形：大部分地区为无人居住的平原低地，中部地区地势缓慢升高

孟加拉国

全称：孟加拉人民共和国（People's Republic of Bangladesh）

地理位置：位于南亚，紧邻孟加拉湾，与缅甸和印度接壤

首都：达卡（Dhaka）

政体类型：共和

通用货币：孟加拉塔卡（Tk）

面积：51 689 平方英里（143 998 平方公里）

人口：120 000 000

人口增长速度：1.8%

出生率（每千人）：29

死亡率（每千人）：11

平均寿命（自出生）：56.7

平均生育率（每名育龄妇女平均育儿）：3.3

宗教：伊斯兰教 88.3%，印度教 10.5%，其他教派 1.2%

语言：孟加拉语（官方语言），英语

文化普及率：38.1%

平均 GDP：$1 260

职业：农业 65%，服务业 21%，工业和采矿业 14%（1989）

气候：热带气候；冬季 10 月至第二年 3 月凉爽干燥；夏季 3 月至 6 月炎热潮湿

地形：大部分地区为平坦的冲积平原；东南部为丘陵山区

巴巴多斯

全称：巴巴多斯（Barbados）

地理位置：位于加勒比海，是加勒比海、北大西洋和委内瑞拉间的岛国

首都：布里奇顿（Bridgetown）

政体类型：议会民主

通用货币：巴巴多斯元（Bds$）

面积：166 平方英里（431 平方公里）

人口：265 000

人口增长速度：0.1%

出生率（每千人）：15

死亡率（每千人）：8

平均寿命（自出生）：74.8

平均生育率（每名育龄妇女平均育儿）：1.9

宗教：新教 67%（圣公会 40%，五旬节教派 8%，卫理会 7%，其他 12%），天主教 4%，
无名或不知名 20%，其他教派 9%（1980）

语言：英语

文化普及率：97.4%

平均 GDP：$10 300

职业：服务业和政府部门 41%，制造业和建筑业 18%，商业 15%，交通、仓储、通信和
　　　财政院所 8%，农业 6%，公共事业 2%

气候：热带气候；每年 6—10 月为雨季

地形：相对平坦；在中部高地地势平缓升高

白俄罗斯

全称：白俄罗斯共和国（Republic of Belarus）

地理位置：位于东欧，在波兰东部

首都：明斯克（Minsk）

政体类型：共和

通用货币：白俄罗斯卢布（BR）

面积：80 134 平方英里（207 600 平方公里）

人口：10 235 000

人口增长速度：–0.1%

出生率（每千人）：10

死亡率（每千人）：13

平均寿命（自出生）：68.3

平均生育率（每名育龄妇女平均育儿）：1.3

宗教：东部正统基督教 80%，其他教派（包括天主教，新教，犹太教和伊斯兰教）20%

语言：白俄罗斯语和俄语

文化普及率：98%

平均 GDP：$5 000

职业：工业和建筑业 36%，农业和林业 19%，服务业 45%

气候：冬季寒冷，夏季凉爽湿润；在大陆性气候与沿海地区气候间变化

地形：比较平坦，有相当多的沼泽地

比利时

全称：比利时王国（Kingdom of Belgium）

地理位置：位于西欧，紧邻北海，与法国和荷兰接壤

首都：布鲁塞尔（Brussels）

政体类型：联邦议会制君主立宪政体

通用货币：比利时法郎（BF）

面积：11 669 平方英里（30 528 平方公里）

人口：10 130 000

人口增长速度：0.1%

出生率（每千人）：10

死亡率（每千人）：10

平均寿命（自出生）：77.4

平均生育率（每名育龄妇女平均育儿）：1.5

宗教：天主教 75%，新教和其他教派 25%

语言：佛兰芒语 56%，法语 32%，德语 1%，双语 11%

文化普及率：99%

平均 GDP：$20 300

职业：服务业 69.7%，工业 27.7%，农业 2.6%

气候：温和；冬天温暖，夏天凉爽；多雨，潮湿，多云

地形：西北部平坦海岸平原；中部为起伏山地；东南阿尔登为崎岖不平的山脉

伯利兹

全称：伯利兹（Belize）

地理位置：位于美洲中部，紧邻加勒比海，与危地马拉和墨西哥接壤

首都：贝尔莫潘（Belmopan）

政体类型：议会民主

通用货币：伯利兹元（Bz$）

面积：8 801 平方英里（22 963 平方公里）

人口：211 000

人口增长速度：2.4%

出生率（每千人）：31

死亡率（每千人）：6

平均寿命（自出生）：69.0

平均生育率（每名育龄妇女平均育儿）：3.9

宗教：天主教 62%，新教 30%（圣公会 12%，卫理会 6%，门诺派 4%，基督复临安息日会 3%，五旬节教派 2%，耶和华见证人 1%，其他教派 2%），无名 2%，其他教派 6%

语言：英语（官方语言），西班牙语，玛雅语，加勒比语

文化普及率：70.3%

平均 GDP：$2 960

职业：农业 30%，服务业 16%，政府部门 15.4%，商业 11.2%，建筑业 10.3%

气候：热带气候；非常炎热潮湿；每年 5 月至第二年的 2 月为雨季

地形：平坦、湿而松软的海岸平原；南部是低低的山脉

贝　宁

全称：贝宁共和国（Republic of Benin）

地理位置：位于西非，紧邻北大西洋，与尼日利亚和多哥接壤

首都：波多诺伏（Porto-Novo）

政体类型：多党民主共和

通用货币：非洲金融共同体法郎（CFAF）

面积：42 699 平方英里（112 622 平方公里）

人口：5 600 000

人口增长速度：3.3%

出生率（每千人）：46

死亡率（每千人）：13

平均寿命（自出生）：53.6

平均生育率（每名育龄妇女平均育儿）：6.5

宗教：原始宗教 70%，伊斯兰教 15%，基督教 15%

语言：法语（官方语言），丰族语和部落语言

文化普及率：37%

平均 GDP：$1 440

职业：农业

气候：热带气候；南部炎热潮湿；北部半干旱

地形：大部分地区为平原；部分地区为山区

不　丹

全称：不丹王国（Kingdom of Bhutan）

地理位置：位于南亚，与中国和印度接壤

首都：廷布（Thimphu）

政体类型：君主

通用货币：不丹努扎姆（Nu）

面积：18 142 平方英里（46 000 平方公里）

人口：700 000

人口增长速度：2.3%

出生率（每千人）：37

死亡率（每千人）：15

平均寿命（自出生）：52.3

平均生育率（每名育龄妇女平均育儿）：5.2

宗教：喇嘛佛教 75%，受印度、尼泊尔影响的印度教 25%

语言：宗卡语（官方语言）

文化普及率：42.2%

平均 GDP：$730

职业：农业 93%，服务业 5%，工业和商业 2%

气候：差异很大；南方平原为热带气候；中部地区冬天凉爽，夏季炎热；喜马拉雅地区冬季异常寒冷，夏季凉爽

地形：主要为山区，还有一些富饶的山谷和热带大平原

玻利维亚

全称：玻利维亚共和国（Republic of Bolivia）

地理位置：位于美洲中南，在巴西西南

首都：拉巴斯（政府所在地）（La Paz）；苏克雷（法定首都，最高法院所在地）（sucre）

政体类型：共和

通用货币：玻利维亚诺（$B）

面积：418 575 平方英里（1 098 581 平方公里）

人口：7 760 000

人口增长速度：2%

出生率（每千人）：31

死亡率（每千人）：10

平均寿命（自出生）：60.9

平均生育率（每名育龄妇女平均育儿）：4.1

宗教：天主教 95%，新教（福音）

语言：西班牙语（官方语言），盖丘亚语（官方语言），艾马拉语（官方语言）

文化普及率：83.1%

平均 GDP：$3 000

职业：农业，服务业和公共事业，制造业，采矿和建筑业

气候：随海拔高度的不同而有所变化；部分地区湿热，部分地区寒冷干旱

地形：高低起伏的安第斯山脉地形；玻利维亚高原；丘陵；亚马孙盆地低地平原

波斯尼亚和黑塞哥维那

全称：波斯尼亚和黑塞哥维那（Bosnia and Herzegovina）

地理位置：位于欧洲东南，紧邻亚得里亚海和克罗地亚

首都：萨拉热窝（Sarajevo）

政体类型：新兴民主制度

通用货币：第纳尔

面积：19 776 平方英里（51 129 平方公里）

人口：3 644 000

人口增长速度：3.6%

出生率（每千人）：9

死亡率（每千人）：12

平均寿命（自出生）：63.0

平均生育率（每名育龄妇女平均育儿）：1.1

宗教：伊斯兰教 40%，东正教 31%，天主教 15%，新教 4%，其他教派 10%

语言：塞尔维亚–克罗地亚语（也叫波斯尼亚语）99%

文化普及率：90%

平均 GDP：$600

职业：工业，采矿业

气候：冬季寒冷，夏季炎热；高海拔地区夏季短而凉，冬季漫长寒冷；沿海地区冬天温
暖多雨

地形：多山和峡谷

博茨瓦纳

全称：博茨瓦纳共和国（Republic of Botswana）

地理位置：位于非洲南部，在南非北部

首都：哈博罗内（Gaborone）

政体类型：议会共和

通用货币：博茨瓦纳普拉（pula）

面积：225 953 平方英里（581 730 平方公里）

人口：1 590 000

人口增长速度：1.1%

出生率（每千人）：32

死亡率（每千人）：21

平均寿命（自出生）：40.1

平均生育率（每名育龄妇女平均育儿）：4.0

宗教：原始宗教 50%，基督教 50%

语言：英语（官方语言），茨瓦纳语

文化普及率: 69.8%

平均 GDP: $3 100

职业: 采矿业,农业

气候: 半干旱;冬天温暖,夏季炎热

地形: 以平坦地势为主,缓慢升高至高地;卡拉哈里沙漠位于西南

巴 西

全称: 巴西联邦共和国(Federative Republic of Brazil)

地理位置: 位于南美洲东部,紧邻大西洋

首都: 巴西利亚(Brasilia)

政体类型: 联邦共和

通用货币: 瑞亚尔(R$)

面积: 3 264 213 平方英里(8 547 403 平方公里)

人口: 155 820 000

人口增长速度: 1.2%

出生率(每千人): 21

死亡率(每千人): 9

平均寿命(自出生): 64.4

平均生育率(每名育龄妇女平均育儿): 2.3

宗教: 天主教 70%

语言: 葡萄牙语(官方语言),西班牙语,英语,法语

文化普及率: 83.3%

平均 GDP: $6 300

职业: 服务业 42%,农业 31%,工业 27%

气候: 大部分地区为热带气候;南方气候温和

地形: 南方平坦,有起伏不平的低地;有些地区为平原,山地,山脉和狭窄的海岸带

文 莱

全称: 文莱达鲁萨兰国(Negara Brunei Darussalam)

地理位置: 位于东南亚,紧邻中国南海和马来西亚

首都: 斯里巴加湾市(Bandar Seri Begawan)

政体类型: 立宪苏丹国

通用货币: 文莱元(B$)

面积: 2 034 平方英里(5 765 平方公里)

人口：296 000

人口增长速度：2.4%

出生率(每千人)：25

死亡率(每千人)：5

平均寿命(自出生)：71.7

平均生育率(每名育龄妇女平均育儿)：3.4

宗教：伊斯兰教（官方教)63%，佛教 14%，基督教 8%，原始宗教和其他教派 15%（1981）

语言：马来语(官方语言)，英语，汉语

文化普及率：88.2%

平均 GDP：$15 800

职业：政府部门 48%，石油生产、天然气体、服务业和建筑业 42%，农业、林业和渔业 4%，其他 6%(1986)

气候：热带气候；炎热，潮湿，多雨

地形：沿海为平坦的平原，在东部形成山脉；西部为丘陵低地

保加利亚

全称：保加利亚共和国(Republic of Bulgaria）

地理位置：位于欧洲东南，紧邻黑海，与罗马尼亚和土耳其接壤

首都：索非亚(Sofia）

政体类型：新兴民主制度

通用货币：保加利亚列弗(Lv)

面积：42 672 平方英里(110 994 平方公里）

人口：8 384 000

人口增长速度：–0.6%

出生率(每千人)：8

死亡率(每千人)：13

平均寿命(自出生)：72.0

平均生育率(每名育龄妇女平均育儿)：1.1

宗教：保加利亚东正教 85%，伊斯兰教 13%，犹太教 0.8%，天主教 0.5%，东仪天主教 0.2%，新教和其他教派 0.5%

语言：保加利亚语

文化普及率：98%

平均 GDP：$4 630

职业：工业 41%，农业 18%，其他 41%

气候：温和；冬天寒冷潮湿,夏天炎热干燥
地形：大部分地区为山地,北部和东南部为低地

布基那法索

全称：布基那法索（Burkina Faso）
地理位置：位于非洲西部,在加纳北部
首都：瓦加杜古（Ouagadougou）
政体类型：议会
通用货币：非洲金融共同体法郎（CFAF）
面积：105 687 平方英里（274 200 平方公里）
人口：11 576 000
人口增长速度：2.7%
出生率（每千人）：46
死亡率（每千人）：18
平均寿命（自出生）：46.1
平均生育率（每名育龄妇女平均育儿）：6.6
宗教：伊斯兰教 50%,原始宗教 40%,基督教（主要为天主教）10%
语言：法语（官方语言）,苏丹语系的土著语,90%的人口都讲这种语言
文化普及率：19.2%
平均 GDP：$740
职业：农业 80%,工业 15%,商业、服务业和政府部门 5%
气候：热带气候,冬季温暖干燥,夏季炎热潮湿
地形：大部分地区为平坦的平原；东南部和西部为山区

布隆迪

全称：布隆迪共和国（Republic of Burundi）
地理位置：位于中非,刚果民主共和国东部
首都：布琼布拉（Bujumbura）
政体类型：共和
通用货币：布隆迪法郎（FBu）
面积：9 901 平方英里（27 834 平方公里）
人口：6 400 000
人口增长速度：3.5%
出生率（每千人）：42

死亡率(每千人): 17

平均寿命(自出生): 45.6

平均生育率(每名育龄妇女平均育儿): 6.4

宗教: 基督教 67%(天主教 62%,新教 5%),原始宗教 32%,伊斯兰教 1%

语言: 基隆迪语(官方语言),法语(官方语言),斯瓦西里语(在坦噶尼喀湖和布琼布拉地区使用)

文化普及率: 35.3%

平均 GDP: $600

职业: 农业 93%,政府部门 4%,工业和商业 1.5%,服务业 1.5%

气候: 赤道地区气候;高原地区气候随地理位置的升高而发生变化;气候温度随纬度而变化;每年 2—5 月,9—11 月,气候湿润,而在 6—8 月,12—1 月,气候却非常干燥

地形: 山地丘陵,东部下降为高原;某些地区为平原

柬埔寨

全称: 柬埔寨王国(Kingdom of Cambodia)

地理位置: 位于东南亚,紧邻泰国湾,与泰国和越南接壤

首都: 金边(Phnom Penh)

政体类型: 多党民主君主立宪政体

通用货币: 柬埔寨瑞尔(CR)

面积: 68 137 平方英里(181 035 平方公里)

人口: 10 400 000

人口增长速度: 2.5%

出生率(每千人): 42

死亡率(每千人): 16

平均寿命(自出生): 48.0

平均生育率(每名育龄妇女平均育儿): 5.8

宗教: 小乘佛教 95%,其他教派 5%

语言: 高棉语(官方语言),法语

文化普及率: 35%

平均 GDP: $710

职业: 农业 80%

气候: 热带气候;每年 5—11 月为雨季;12 月至第二年的 4 月干旱少雨;全年气候温度变化不大

地形: 大部分地区为平坦的平原;西南和北方多山

喀麦隆

全称：喀麦隆共和国（Republic of Cameroon）

地理位置：位于西非，紧邻比夫拉湾，与赤道几内亚和尼日利亚接壤

首都：雅温得（Yaounde）

政体类型：单一共和；多党政体

通用货币：非洲金融共同体法郎（CFAF）

面积：181 204 平方英里（475 422 平方公里）

人口：13 400 000

人口增长速度：2.8%

出生率（每千人）：42

死亡率（每千人）：14

平均寿命（自出生）：51.4

平均生育率（每名育龄妇女平均育儿）：5.9

宗教：原始宗教 51%，基督教 33%，伊斯兰教 16%

语言：24 种主要的非洲人使用的语言，英语（官方语言），法语（官方语言）

文化普及率：63.4%

平均 GDP：$1 230

职业：石油，农业

气候：气候从沿海地区的热带气候到北部的半干旱炎热气候变化很大

地形：西南一带为沿海平原，中部地区高原，西部山区，北部平原

加拿大

全称：加拿大（Canada）

地理位置：位于北美北部，紧邻北大西洋、北太平洋，毗连美国北部

首都：渥太华（Ottawa）

政体类型：联邦议会民主制

通用货币：加拿大元（Can$）

面积：3 559 294 平方英里（9 970 610 平方公里）

人口：29 800 000

人口增长速度：1.1%

出生率（每千人）：12

死亡率（每千人）：7

平均寿命（自出生）：79.2

平均生育率（每名育龄妇女平均育儿）：1.7

宗教：天主教 45%，联合教会 12%，圣公会 8%，其他教派 35%

语言：英语（官方语言），法语（官方语言）

文化普及率：97%

平均 GDP：$25 000

职业：服务业 74%，制造业 15%，农业 3%，建筑业 5%，其他 3%

气候：气候从南方的温暖到北方的寒冷差异很大

地形：大部分地区为平原，西部多山，东南多低地

佛得角

全称：佛得角共和国（Republic of Cape Verde）

地理位置：位于西非，北大西洋上的岛国，在塞内加尔西

首都：普拉亚（Praia）

政体类型：共和

通用货币：佛得角埃斯库多（CVEsc）

面积：1 556 平方英里（4 033 平方公里）

人口：390 000

人口增长速度：1.5%

出生率（每千人）：34

死亡率（每千人）：7

平均寿命（自出生）：70.5

平均生育率（每名育龄妇女平均育儿）：5.1

宗教：98%的居民信奉天主教，少数人信奉基督教新教和复临派教

语言：葡萄牙语，克里奥尔语（交杂有葡萄牙词汇和非洲词汇）

文化普及率：71.6%

平均 GDP：$1 000

职业：农业

气候：温和；夏季温暖干燥；降雨量极少，气候变化无常

地形：整个群岛均由火山形成，地形几乎全为山地

中非共和国

全称：中非共和国（Central African Republic）

地理位置：位于中非，刚果民主共和国北

首都：班吉（Bangui）

政体类型：共和

通用货币：非洲金融共同体法郎（CFAF）

面积：240 470 平方英里（622 984 平方公里）

人口：3 500 000

人口增长速度：2%

出生率（每千人）：39

死亡率（每千人）：17

平均寿命（自出生）：46.8

平均生育率（每名育龄妇女平均育儿）：5.1

宗教：新教 25%，天主教 25%，原始宗教 24%，伊斯兰教 15%，其他教派 11%

语言：法语（官方语言），桑戈语（法语和本国语混杂使用），阿拉伯语，斯瓦希里语

文化普及率：60%

平均 GDP：$800

职业：农业，工业，采矿业

气候：热带气候；冬季炎热干燥，夏季炎热潮湿

地形：整体上地势平坦，有丘陵状起伏，自北向南为高原；东北和西南为山区

乍　得

全称：乍得共和国（Republic of Chad）

地理位置：位于中非，利比亚南

首都：恩贾梅纳（N'Djamena）

政体类型：共和

通用货币：非洲金融共同体法郎（CFAF）

面积：486 051 平方英里（1 284 000 平方公里）

人口：6 279 000

人口增长速度：2.7%

出生率（每千人）：43

死亡率（每千人）：17

平均寿命（自出生）：48.2

平均生育率（每名育龄妇女平均育儿）：5.7

宗教：伊斯兰教 50%，基督教 25%，原始宗教 25%

语言：法语（官方语言），阿拉伯语（官方语言），萨拉和桑戈语（南方），100 多种不同的
　　　语言和方言

文化普及率：48.1%

平均 GDP：$600

职业：农业 85%

气候：北部热带沙漠气候,南部热带草原气候

地形：中部为广阔贫瘠的平原;北部为沙漠;西北山区;南方低地

智 利

全称：智利共和国(Republic of Chile)

地理位置：位于南美南,毗邻南大西洋和南太平洋,与阿根廷和秘鲁接壤

首都：圣地亚哥(Santiago)

政体类型：共和

通用货币：智利比索(Ch$)

面积：289 037 平方英里(756 626 平方公里)

人口：14 210 000

人口增长速度：1.3%

出生率(每千人)：18

死亡率(每千人)：6

平均寿命(自出生)：75.2

平均生育率(每名育龄妇女平均育儿)：2.3

宗教：天主教 89%,新教 11%,犹太教少于 1%

语言：西班牙语

文化普及率：95.2%

平均 GDP：$8 400

职业：服务业 38.3%(其中包括政府部门 12%),工业和商业 33.8%,农业、林业和渔业 19.2%,建筑业 6.4%,采矿业 2.3%

气候：温和;北部沙漠气候,南方凉爽潮湿

地形：大部分地带为沿海岸伸展的山区;中部是由冲积物所填充的陷落谷地,东为安第斯山脉

中 国

全称：中华人民共和国(People's Republic of China)

地理位置：位于东亚,毗邻中国东海、朝鲜湾、黄海和中国南海,与朝鲜和越南接壤

首都：北京(Beijing)

政体类型：社会主义

通用货币：人民币元(RMB¥)

面积：3 599 994 平方英里(9 600 000 平方公里)

人口：1 239 292 000

人口增长速度：0.8%

出生率(每千人)：16

死亡率(每千人)：7

平均寿命(自出生)：69.6

平均生育率(每名育龄妇女平均育儿)：1.8

宗教：官方倡导无神论,民间有道教、佛教、伊斯兰教和天主教等

语言：标准汉语(以北京方言为基础的普通话),粤语(广东方言),上海方言,闽北语
(福建方言),闽南方言(台湾地区方言),湘赣等地区方言

文化普及率：81.5%

平均 GDP：$2 800

职业：农业和林业 54%,工业和商业 26%,建筑和采矿业 7%,社会服务 6%,其他 7%

气候：气候复杂多样;南方为热带气候,北方寒冷

地形：西部多为山区、高原、沙漠;东部多为平原、三角洲和丘陵

哥伦比亚

全称：哥伦比亚共和国(Republic of Colombia)

地理位置：位于南美洲北部,紧邻加勒比海,与巴拿马和委内瑞拉接壤,毗邻北太平
洋,位于厄瓜多尔和巴拿马之间

首都：波哥大(Bogota)

政体类型：共和;中央集权制共和政体

通用货币：哥伦比亚比索(Col$)

面积：400 938 平方英里(1 141 748 平方公里)

人口：37 100 000

人口增长速度：1.9%

出生率(每千人)：25

死亡率(每千人)：6

平均寿命(自出生)：70.1

平均生育率(每名育龄妇女平均育儿)：2.9

宗教：天主教 95%

语言：西班牙语

文化普及率：91.3%

平均 GDP：$5 400

职业：服务业 46%,农业 30%,工业 24%

气候：东部平原和海岸一线为热带雨林气候;高地气候较凉爽

地形：沿海为平坦低地;中部高地;西部是高耸的安第斯山脉,东部为低地平原

科摩罗

全称：科摩罗伊斯兰联邦共和国（Federal Islamic Republic of the Comoros）

地理位置：位于南非，非洲东南莫桑比克海峡北端的岛国，有 2/3 在马达加斯加北部
与莫桑比克北部之间

首都：莫罗尼（Moroni）

政体类型：独立共和

通用货币：科摩罗法郎（CF）

面积：838 平方英里（2 235 平方公里）

人口：4 970 000

人口增长速度：3.1%

出生率（每千人）：41

死亡率（每千人）：10

平均寿命（自出生）：60.4

平均生育率（每名育龄妇女平均育儿）：5.5

宗教：罗伊斯兰教逊尼派 86%，天主教 14%

语言：阿拉伯语（官方语言），法语（官方语言），科摩罗语（掺杂有斯瓦西里语和阿拉
伯语）

文化普及率：57.3%

平均 GDP：$650

职业：农业 80%，政府部门 3%

气候：温热带海洋气候；每年 11 月至第二年的 5 月为雨季

地形：火山岛，地形崎岖，多山地

刚果民主共和国

全称：刚果民主共和国（Democratic Republic of the Congo）

地理位置：位于中非，安哥拉北

首都：金沙萨（Kinshasa）

政体类型：总统领导下的共和

通用货币：智刚果法郎（Congolese franc）

面积：875 294 平方英里（2 344 885 平方公里）

人口：45 570 000

人口增长速度：3%

出生率（每千人）：47

死亡率（每千人）：15

平均寿命（自出生）：49.3

平均生育率（每名育龄妇女平均育儿）：6.5

宗教：天主教 50%，新教 20%，金邦古教 10%，伊斯兰教 10%，另外的合一派别和原始宗教 10%

语言：法语（官方语言），林加拉语，基刚果语，契卢巴语和斯瓦希里语

文化普及率：77.3%

平均 GDP：$400

职业：农业 65%，工业 16%，服务业 19%

气候：热带雨林气候；赤道线一带河流盆地炎热多雨；南方高地较为凉爽干燥；东部高地较为凉爽湿润；赤道以北地区 4—10 月潮湿，12 月至第二年 2 月干燥；赤道以南地区，每年 11 月至第二年 3 月湿润，而 4—10 月干燥

地形：中部盆地为绵长低缓的高原；东部为山区

刚果共和国

全称：刚果共和国（Republic of the Congo）

地理位置：位于西非，毗邻南大西洋，与刚果民主共和国和加蓬接壤

首都：布拉柴维尔（Brazzaville）

政体类型：共和

通用货币：非洲金融共同体法郎（CFAF）

面积：131 819 平方英里（342 000 平方公里）

人口：2 780 000

人口增长速度：2.2%

出生率（每千人）：39

死亡率（每千人）：16

平均寿命（自出生）：47.1

平均生育率（每名育龄妇女平均育儿）：5.0

宗教：基督教 50%，泛灵论者 48%，伊斯兰教 2%

语言：法语（官方语言），非洲语言（林加拉语和基刚果语为使用最为广泛的非洲语言）

文化普及率：74.9%

平均 GDP：$1 960

职业：农业，石油

气候：热带雨林气候；每年 3—6 月为雨季，6—10 月干燥少雨；常年高温潮湿

地形：沿海平原，南方盆地，中部高原，北方盆地

哥斯达黎加

全称：哥斯达黎加共和国（Republic of Costa Rica）

地理位置：位于中美，毗邻加勒比海和北太平洋，与尼加拉瓜和巴拿马接壤

首都：圣约瑟（San Jose）

政体类型：民主共和

通用货币：哥斯达黎加科郎（C）

面积：19 554 平方英里（51 100 平方公里）

人口：3 191 000

人口增长速度：1.9%

出生率（每千人）：23

死亡率（每千人）：4

平均寿命（自出生）：75.9

平均生育率（每名育龄妇女平均育儿）：2.8

宗教：天主教 95%

语言：西班牙语

文化普及率：94.8%

平均 GDP：$5 500

职业：工业和商业 35.1%，政府部门和服务业 33%，农业 27%，其他 4.9%（1985）

气候：热带雨林气候；每年 12 月至第二年 4 月干燥少雨，5—11 月为雨季

地形：海岸平原，有起伏的山脉

科特迪瓦

全称：科特迪瓦共和国（Republic of Cote d'Ivoire）

地理位置：位于西非，紧邻北大西洋，与加纳和利比里亚接壤

首都：政治首都亚穆苏克罗（Yamoussoukro），经济首都阿比让（Abidjan）

政体类型：共和

通用货币：非洲金融共同体法郎（CFAF）

面积：122 748 平方英里（322 463 平方公里）

人口：14 700 000

人口增长速度：2.4%

出生率（每千人）：42

死亡率（每千人）：16

平均寿命（自出生）：46.2

平均生育率（每名育龄妇女平均育儿）：6.0

宗教：伊斯兰教 60%，原始宗教 25%，基督教 12%

语言：法语（官方语言），全国大部分地区通用迪乌拉语（无文字）

文化普及率：40.1%

平均 GDP：$1 620

职业：农业和林业

气候：沿海地区热带雨林气候，最北部为热带草原气候；分为 3 季——11 月至第二年
3 月温暖干燥，3—5 月炎热干燥，6—10 月炎热潮湿

地形：大部分地区为平坦或连绵起伏的平原；西北为山区

克罗地亚

全称：克罗地亚共和国（Republic of Croatia）

地理位置：位于欧洲东南，毗邻亚得里亚海，与波斯尼亚-黑塞哥维那和斯洛文尼亚
接壤

首都：萨格勒布（Zagreb）

政体类型：总统/议会民主

通用货币：克罗地亚库纳（HRK）

面积：21 774 平方英里（56 538 平方公里）

人口：4 780 000

人口增长速度：0.1%

出生率（每千人）：10

死亡率（每千人）：11

平均寿命（自出生）：73.8

平均生育率（每名育龄妇女平均育儿）：1.5

宗教：天主教 76.5%，东正教 11.1%，伊斯兰教 1.2%，新教 0.4%，其他和无名教派 10.8%

语言：塞尔维亚-克罗地亚语 96%，其他 4%（包括意大利语、匈牙利语、捷克斯洛伐
克语）

文化普及率：97%

平均 GDP：$4 300

职业：工业和采矿业 31.1%，政府部门 19.1%（包括教育和健康），农业 4.3%、其他 45.5%

气候：地中海式气候和大陆性气候，大陆性气候表现为夏季炎热，冬天寒冷；沿海地
区冬天潮湿，夏天干燥

地形：地理情况复杂；匈牙利边境一带为平坦平原，亚得里亚海、海岸线一带和岛屿
附近为低山和高地

古 巴

全称: 古巴共和国(Republic of Cuba)

地理位置: 位于加勒比海西北部,在加勒比海与北大西洋之间,佛罗里达南

首都: 哈瓦那(Havana)

政体类型: 社会主义

通用货币: 古巴比索(Cu$)

面积: 42 792 平方英里(110 860 平方公里)

人口: 11 070 000

人口增长速度: 0.4%

出生率(每千人): 13

死亡率(每千人): 7

平均寿命(自出生): 75.6

平均生育率(每名育龄妇女平均育儿): 1.6

宗教: 天主教,无神论

语言: 西班牙语

文化普及率: 95.7%

平均 GDP: $1 480

职业: 服务业和政府部门 30%,工业 22%,农业 20%,商业 11%,建筑业 10%,交通和
通信 7%

气候: 热带雨林气候;气候受季风影响;每年 11 月至第二年 4 月干燥少雨,5—10 月
为雨季

地形: 大部分地区为或平坦或起伏的平原,东南地区多山

塞浦路斯

全称: 塞浦路斯共和国(Republic of Cyprus)

地理位置: 位于中东,是地中海上的岛国,在土耳其南

首都: 尼科西亚(Nicosia)

政体类型: 共和

通用货币: 塞浦路斯镑(£C)

面积: 3 567 平方英里(9 251 平方公里)

人口: 823 000

人口增长速度: 0.7%

出生率(每千人): 14

死亡率(每千人): 8

平均寿命(自出生)：76.8

平均生育率(每名育龄妇女平均育儿)：2.0

宗教：希腊东正教78%，伊斯兰教18%，马龙教、亚美尼亚使徒教和其他教派4%

语言：希腊语，土耳其语，英语

文化普及率：94%

平均GDP：$11 800

职业：服务业62%，工业25%，农业13%

气候：温和；地中海气候，夏季炎热干燥，冬季寒冷潮湿

地形：中部平原，北部南部多山；南方沿海地区有大片平原

捷克共和国

全称：捷克共和国(Czech Republic)

地理位置：位于中欧，德国东南

首都：布拉格(Prague)

政体类型：议会民主

通用货币：捷克克朗(Kc)

面积：30 357平方英里(78 866平方公里)

人口：10 321 000

人口增长速度：−0.1%

出生率(每千人)：9

死亡率(每千人)：11

平均寿命(自出生)：74.1

平均生育率(每名育龄妇女平均育儿)：1.2

宗教：无神论者39.8%，天主教39.2%，新教4.6%，东正教3%，其他教派13.4%

语言：捷克语，斯洛伐克语

文化普及率：99%

平均GDP：$11 100

职业：服务业43.7%，工业33.1%，农业6.9%，建筑业9.1%，交通与通信7.2%

气候：温和；夏天凉爽，冬天寒冷、多云、潮湿

地形：丘陵起伏，森林密布，西半部为波希米亚高地，东部的摩拉维亚山地，它由一系列东西走向山脉组成

丹 麦

全称：丹麦王国(Kingdom of Denmark)

地理位置：位于北欧，在欧洲北部波罗的海至北海的出口处、德国北部半岛上

首都：哥本哈根（Copenhagen）

政体类型：君主立宪制

通用货币：丹麦克朗（DKr）

面积：16 364 平方英里（43 094 平方公里）

人口：5 220 000

人口增长速度：0.5%

出生率（每千人）：12

死亡率（每千人）：11

平均寿命（自出生）：76.3

平均生育率（每名育龄妇女平均育儿）：1.7

宗教：基督教路德宗 91%，其他新教和天主教 2%，其他教派 7%

语言：丹麦语，法罗语，丹麦属法罗尔群岛地方语言（一种爱斯基摩方言）

文化普及率：99%

平均 GDP：$22 700

职业：私人企业 40%，政府服务业 30%，制造和采矿业 19%，建筑业 6%，农业、林业和
　　　渔业 5%

气候：气候温和；海洋性温带阔叶林气候；冬季潮湿多风，夏季凉爽

地形：低而平缓或稍有起伏的平原

吉布提

全称：吉布提共和国（Republic of Djibouti）

地理位置：位于东非，地处非洲东北部亚丁湾西岸，扼红海进入印度洋的要冲曼德海
　　　　　峡，东南同索马里接壤，北与厄立特里亚为邻

首都：吉布提（Djibouti）

政体类型：共和

通用货币：吉布提法郎（DF）

面积：8 484 平方英里（23 200 平方公里）

人口：520 000

人口增长速度：1.5%

出生率（每千人）：42

死亡率（每千人）：15

平均寿命（自出生）：51.1

平均生育率（每名育龄妇女平均育儿）：5.9

宗教：伊斯兰教 94%，基督教 6%

语言：法语（官方语言），阿拉伯语（官方语言），索马里和阿法尔方言

文化普及率：46.2%

平均 GDP：$1 200

职业：农业 75%，服务业 14%，工业 11%

气候：属热带沙漠气候，终年炎热少雨属热带沙漠气候

地形：沿海为平原和高原，中部有高山

多米尼克

全称：多米尼克国（Commonwealth of Dominica）

地理位置：南临加勒比海，北濒大西洋，毗邻波多黎各和特立尼达和多巴哥

首都：罗索（Roseau）

政体类型：议会民主

通用货币：东加勒比元（EC$）

面积：290 平方英里（751 平方公里）

人口：74 000

人口增长速度：−1.3%

出生率（每千人）：17

死亡率（每千人）：6

平均寿命（自出生）：77.8

平均生育率（每名育龄妇女平均育儿）：1.9

宗教：天主教 77%，新教 15%

语言：英语（官方语言），法语方言

文化普及率：94%

平均 GDP：$2 500

职业：农业 40%、工业和商业 32%，服务业 28%

气候：热带气候，四季如夏；受东北季风影响；降雨充沛

地形：岛上多有火山

多米尼加共和国

全称：多米尼加共和国（Dominican Republic）

地理位置：加勒比海，西印度群岛中伊斯帕尼奥拉岛（海地岛）东半部，西接海地，在加勒比海和北大西洋之间

首都：圣多明各（santo Domingo）

政体类型：共和

通用货币：多米尼加比索（RD$）

面积：18 675 平方英里（48 464 平方公里）

人口：7 900 000

人口增长速度：1.6%

出生率（每千人）：26

死亡率（每千人）：6

平均寿命（自出生）：69.7

平均生育率（每名育龄妇女平均育儿）：3.1

宗教：天主教 95%

语言：西班牙语

文化普及率：82.1%

平均 GDP：$3 670

职业：农业 50%，服务业和政府部门 32%，工业 18%

气候：热带海洋性气候；四季如夏，气温年变化不大，降雨量各季不同

地形：多山间盆地和谷地。介于中、北科迪勒拉山脉之间的锡瓦奥谷地，土地肥沃

厄瓜多尔

全称：厄瓜多尔共和国（Republic of Ecuador）

地理位置：位于南美西部，毗邻赤道线位置的太平洋，与哥伦比亚和秘鲁接壤

首都：基多（Quito）

政体类型：共和

通用货币：厄瓜多尔苏克雷（S/）

面积：106 860 平方英里（281 341 平方公里）

人口：11 700 000

人口增长速度：1.9%

出生率（每千人）：23

死亡率（每千人）：5

平均寿命（自出生）：71.8

平均生育率（每名育龄妇女平均育儿）：2.8

宗教：天主教 95%

语言：西班牙语（官方语言），美国印第安语（尤其是）

文化普及率：90.1%

平均 GDP：$4 100

职业：农业 29%，制造业 18%，商业 15%，服务业和其他活动 38%

气候：沿海为热带雨林气候，越进入内陆，气候越凉

地形：按照厄瓜多尔地理特征及构造可分为沿海地区，安第斯西麓山脉，东部丛林

埃 及

全称：阿拉伯埃及共和国（Arab Republic of Egypt）

地理位置：位于北非，北临地中海，与利比亚和以色列接壤

首都：开罗（Cairo）

政体类型：共和

通用货币：埃及镑（£E）

面积：384 244 平方英里（1 002 000 平方公里）

人口：61 400 000

人口增长速度：1.9%

出生率（每千人）：27

死亡率（每千人）：8

平均寿命（自出生）：62.1

平均生育率（每名育龄妇女平均育儿）：3.4

宗教：伊斯兰教（主要是穆斯林逊尼派）94%，科普特基督教和其他宗教约占 6%

语言：阿拉伯语（官方语言），英语和法语（主要以受教育人群使用）

文化普及率：51.4%

平均 GDP：$2 900

职业：农业 40%，服务业，包括政府部门 38%，工业 22%

气候：热带沙漠气候，夏季炎热干燥，冬季气候宜人

地形：广袤的沙漠，但富饶的尼罗河谷和三角洲滋养了这片土地

萨尔瓦多

全称：萨尔瓦多共和国（Republic of El Salvador）

地理位置：位于中美洲北部，东北部同洪都拉斯交界，南濒太平洋，西部、西北部同危
地马拉接壤

首都：圣萨尔瓦多（San Salvador）

政体类型：共和

通用货币：萨尔瓦多科朗（C）

面积：7 998 平方英里（21 393 平方公里）

人口：5 780 000

人口增长速度：1.6%

出生率（每千人）：27

死亡率(每千人)：6

平均寿命(自出生)：69.7

平均生育率(每名育龄妇女平均育儿)：3.1

宗教：天主教75%

语言：西班牙语,部分美国印第安人讲土著语

文化普及率：71.5%

平均GDP：$2 080

职业：农业40%,商业16%,制造业15%,政府部门13%,财政服务9%,交通6%,其他1%

气候：热带草原气候,每年5—10月为雨季,11月至第二年4月干燥少雨

地形：大部分地区为山区;有狭长的海岸线和中部高原

赤道几内亚

全称：赤道几内亚共和国(Republic of Equatorial Guinea)

地理位置：位于西非,毗邻比亚夫拉湾,与喀麦隆和加蓬接壤

首都：马拉博(Malabo)

政体类型：共和向多党民主过渡

通用货币：非洲金融共同体法郎(CFAF)

面积：10 827平方英里(28 051平方公里)

人口：436 000

人口增长速度：2.6%

出生率(每千人)：39

死亡率(每千人)：13

平均寿命(自出生)：53.9

平均生育率(每名育龄妇女平均育儿)：5.1

宗教：基督教,主要为天主教,原始宗教

语言：西班牙语(官方语言),通商英语,芳语,布比语,依布语

文化普及率：78.5%

平均GDP：$800

职业：农业,工业,服务业

气候：赤道雨林气候;一年四季炎热潮湿

地形：沿海为狭长平原,内陆为高原,各岛都是火山岛

厄立特里亚

全称：厄立特里亚国(State of Eritrea)

地理位置：位于东非及非洲之角最北部，东南与吉布提毗连，东北隔红海与也门和沙特阿拉伯相望

首都：阿斯马拉（Asmara）

政体类型：过渡政府

通用货币：纳克法（nakfa）

面积：46 830 平方英里（125 000 平方公里）

人口：3 500 000

人口增长速度：3.4%

出生率（每千人）：43

死亡率（每千人）：13

平均寿命（自出生）：55.3

平均生育率（每名育龄妇女平均育儿）：6.0

宗教：伊斯兰教，埃及基督教（又称科普特教），天主教，新教

语言：阿法尔语，阿姆哈拉语，阿拉伯语，意大利语，提格雷和库纳马语，提格雷尼亚语，小部落语言

平均 GDP：$570

职业：农业，服务业

气候：东部和西部气候炎热，红海沿岸地区气候呈沙漠状态，高原地区气候宜人（年降雨量达到 61 毫米；西部低地气候炎热干燥；每年降雨集中在 6—9 月，但不包括沿岸沙漠）

地形：在埃塞俄比亚从北向南绵长的高地上，向东降为海岸沙漠平原，西北为山地气候，而西南是平坦起伏的平原

爱沙尼亚

全称：爱沙尼亚共和国（Republic of Estonia）

地理位置：位于东欧，毗邻波罗的海和芬兰湾，与拉脱维亚和俄罗斯接壤

首都：塔林（Tallinn）

政体类型：共和

通用货币：爱沙尼亚克朗（EEK）

面积：16 679 平方英里（45 200 平方公里）

人口：1 464 000

人口增长速度：−1%

出生率（每千人）：9

死亡率（每千人）：14

平均寿命（自出生）：68.5

平均生育率(每名育龄妇女平均育儿)：1.3

宗教：居民多信奉基督教路德教派；其他的分别为浸信会，卫理会，安息日会，天主教，五旬节教，犹太教等

语言：爱沙尼亚语(官方语言)，拉脱维亚语，立陶宛语，俄语等

文化普及率：100%

平均GDP：$5 560

职业：工业和建筑业42%，农业和林业20%，其他38%

气候：属海洋性气候，冬天潮湿温和，夏天凉爽

地形：地势低平，间有低矮丘陵，多湖泊和沼泽

埃塞俄比亚

全称：埃塞俄比亚联邦民主共和国(Federal Democratic Republic of Ethiopia)

地理位置：位于东非，与索马里接壤

首都：亚的斯亚贝巴(Addis Ababa)

政体类型：联邦共和国

通用货币：埃塞俄比亚比尔(Br)

面积：432 198平方英里(1 103 600平方公里)

人口：56 600 000

人口增长速度：2.2%

出生率(每千人)：45

死亡率(每千人)：21

平均寿命(自出生)：40.9

平均生育率(每名育龄妇女平均育儿)：6.9

宗教：伊斯兰教45%—50%，埃塞俄比亚东正教35%—40%，万物有灵论者12%，其他教派3%—8%

语言：阿姆哈拉语(官方语言)，奥罗莫语，提格雷语，提格雷尼亚语，索马里，阿拉伯语，英语(学校讲授的主要语言)等

文化普及率：35.5%

平均GDP：$430

职业：农业和畜牧业80%，政府部门和服务业12%，工业和建筑业8%

气候：地处热带的埃塞俄比亚，由于地势高低不同，形成多种多样的气候

地形：境内以山地高原为主，大部分属埃塞俄比亚高原，中西部是高原的主体，东非大裂谷纵贯全境

斐 济

全称：斐济共和国（Republic of Fiji）

地理位置：位于大洋洲，南太平洋地区的交通枢纽，在夏威夷与新西兰之间

首都：苏瓦（Suva）

政体类型：共和

通用货币：斐济元（F$）

面积：7 052 平方英里（18 272 平方公里）

人口：803 000

人口增长速度：1.3%

出生率（每千人）：23

死亡率（每千人）：6

平均寿命（自出生）：66.3

平均生育率（每名育龄妇女平均育儿）：2.7

宗教：基督教 52%（卫理会 37%，天主教 9%），印度教 38%，伊斯兰教 8%，其他教派 2%

语言：英语（官方语言），斐济语，印度斯坦语

文化普及率：91.6%

平均 GDP：$6 500

职业：农业 67%，雇佣劳动者 18%，受薪人士 15%

气候：热带海洋性气候，年平均气温变化不大

地形：多为珊瑚礁环绕的火山岛

芬 兰

全称：芬兰共和国（Republic of Finland）

地理位置：位于北欧，毗邻波罗的海，南临芬兰湾，西濒没有潮汐的波的尼亚湾，与瑞典、俄罗斯接壤

首都：赫尔辛基（Helsinki）

政体类型：共和

通用货币：芬兰马克（Finmark）

面积：117 911 平方英里（338 145 平方公里）

人口：5 116 000

人口增长速度：0.2%

出生率（每千人）：11

死亡率（每千人）：10

平均寿命（自出生）：77.2

平均生育率(每名育龄妇女平均育儿)：1.7

宗教：奉基督教路德宗 89%，希腊东正教 1%，无名 9%，其他教派 1%

语言：芬兰语(官方语言)93.5%，瑞典语(官方语言)6.3%等

文化普及率：100%

平均 GDP：$19 000

职业：公共服务 30.4%，工业 20.9%，商业 15%，财政、保险和商业服务 10.2%，农业和林业 8.6%，交通和通信 7.7%，建筑业 7.2%

气候：芬兰有 1/4 地区位于北极圈内，北部气候寒冷、多积雪，但是受北大西洋暖流、波罗的海和 6 万多湖泊的影响，芬兰的气候比相同纬度的其他国家更加温暖

地形：平坦低洼平原为主，有许多湖泊和丘陵

法 国

全称：法兰西共和国(French Republic)

地理位置：位于欧洲西部，与比利时、卢森堡、瑞士、德国、意大利、西班牙、安道尔、摩纳哥接壤，西北隔拉芒什海峡与英国相望，濒临北海、英吉利海峡、大西洋和地中海四大海域

首都：巴黎(Paris)

政体类型：共和

通用货币：法郎(F)

面积：210 613 平方英里(551 602 平方公里)

人口：58 500 000

人口增长速度：0.3%

出生率(每千人)：12

死亡率(每千人)：9

平均寿命(自出生)：78.5

平均生育率(每名育龄妇女平均育儿)：1.6

宗教：天主教 90%，新教 2%，犹太教 1%，伊斯兰教(北非工人阶层)1%，其他教派 6%

语言：法语 100%，最近，法国政府鼓励使用迅速消亡的地区语言，例如巴斯克语、布列塔尼语、阿尔萨斯、科西嘉语，佛兰德语，加泰罗尼亚语等

文化普及率：99%

平均 GDP：$20 900

职业：服务业 69%，工业 26%，农业 5%

气候：总的讲，法国冬天冷，夏天暖和；南部属亚热带地中海式气候，夏季炎热，冬季温和

地形：大部分地区为平坦的平原，在西北地区有起伏丘陵；其余地区为山区，尤其是

南部的比利牛斯山脉和东部的阿尔卑斯山脉

加　蓬

全称：加蓬共和国（Gabonese Republic）

地理位置：位于非洲中西部，赤道横贯其中部，西濒大西洋。东、南与刚果（布）为邻，北与喀麦隆、赤道几内亚接壤

首都：利伯维尔（Libreville）

政体类型：共和；总统领导下的多党执政

通用货币：非洲金融共同体法郎（CFAF）

面积：99 461 平方英里（267 667 平方公里）

人口：1 015 000

人口增长速度：1.5%

出生率（每千人）：28

死亡率（每千人）：13

平均寿命（自出生）：56.5

平均生育率（每名育龄妇女平均育儿）：3.8

宗教：基督教 55%—75%，伊斯兰教不足 1%，万物有灵论者

语言：法语（官方语言），民族语言有芳语、米耶内语和巴太凯语等

文化普及率：63.2%

平均 GDP：$5 400

职业：农业 65%，工业和商业，服务业

气候：典型的赤道雨林气候，全年高温多雨

地形：沿海为平原，南段多沙丘、泻湖和沼泽，内地为高原

冈比亚

全称：冈比亚共和国（Republic of The Gambia）

地理位置：位于非洲西部，西濒大西洋，全境为一狭长平原，与塞内加尔共和国接壤

首都：班珠尔（Banjul）

政体类型：多党民主共和

通用货币：达拉西（D）

面积：3 860 平方英里（10 380 平方公里）

人口：1 020 000

人口增长速度：3.4%

出生率（每千人）：43

死亡率(每千人):13

平均寿命(自出生):53.9

平均生育率(每名育龄妇女平均育儿):5.9

宗教:伊斯兰教90%,基督教9%,原始宗教1%

语言:英语(官方语言),民族语言有曼丁哥语、沃洛夫语以及无文字的富拉语(又称颇尔语)、塞拉胡里语和其他一些本地方言

文化普及率:38.6%

平均GDP:$1 100

职业:农业75%,工业、商业和服务业18.9%,政府部门6.1%

气候:属热带草原气候,6—11月为雨季,11月—翌年5月为旱季

地形:属冈比亚河和塞内加尔河冲积平原。冈比亚河横贯东西,向西注入大西洋

格鲁吉亚

全称:格鲁吉亚(Georgia)

地理位置:位于亚洲西南部,毗邻黑海,与土耳其和俄罗斯接壤

首都:第比利斯(T'bilis)

政体类型:共和

通用货币:格鲁吉亚拉里(lari)

面积:26 904平方英里(69 700平方公里)

人口:5 400 000

人口增长速度:-0.9%

出生率(每千人):12

死亡率(每千人):14

平均寿命(自出生):64.8

平均生育率(每名育龄妇女平均育儿):1.5

宗教:基督东正教75%(格鲁吉亚东正教65%,俄罗斯东正教10%),伊斯兰教11%,亚美尼亚使徒8%,无名教派6%

语言:格鲁吉亚语(官方语言)71%,俄语9%,亚美尼亚语7%,阿泽里语(西里尔语)6%,其他语言7%

文化普及率:99%

平均GDP:$1 350

职业:工业和建筑业31%,农业和林业25%,其他44%

气候:温暖宜人,黑海沿岸地区属亚热带地中海式气候

地形:北部为大高加索山脉,南部为小高加索山脉,两者间为山间低地、平原和高原,河流主要有库拉河、利阿赫维河、阿拉扎尼河、里奥尼河和阿拉格维河等,河流

经过的平原土壤富饶

德 国

全称: 德意志联邦共和国(Federal Republic of Germany)

地理位置: 德国位于欧洲中部,东邻波兰、捷克,南接奥地利、瑞士,西界荷兰、比利时、卢森堡、法国,北与丹麦相连,临北海和波罗的海

首都: 柏林(Berlin)

政体类型: 联邦共和

通用货币: 德国马克(DM)

面积: 134 915 平方英里(356 970 平方公里)

人口: 81 539 000

人口增长速度: 0%

出生率(每千人): 9

死亡率(每千人): 11

平均寿命(自出生): 77.0

平均生育率(每名育龄妇女平均育儿): 1.2

宗教: 新教 38%,天主教 34%,伊斯兰教 1.7%,其他教派 26.3%

语言: 德语

文化普及率: 99%

平均 GDP: $20 400

职业: 服务业 56%,工业 41%,农业 3%

气候: 海洋性气候,夏季不太热,冬季多数不冷;有时刮干燥炎热焚风(Foehn);相对湿度较高

地形: 北部为低地,中部高地,南方为巴伐利亚山脉

加 纳

全称: 加纳共和国(Republic of Ghana)

地理位置: 位于非洲西部、几内亚湾北岸,西临科特迪瓦,北接布基纳法索,东毗多哥,南濒大西洋

首都: 阿克拉(Accra)

政体类型: 立宪民主

通用货币: 加纳塞地(C)

面积: 88 788 平方英里(239 460 平方公里)

人口: 18 300 000

人口增长速度：2.1%

出生率（每千人）：33

死亡率（每千人）：11

平均寿命（自出生）：56.8

平均生育率（每名育龄妇女平均育儿）：4.3

宗教：原始宗教 38%，伊斯兰教 30%，基督教 24%，其他教派 8%

语言：英语（官方语言），当地语言有阿肯语、莫勒－达戈巴尼语、埃维语和加－阿丹格贝语等

文化普及率：64.5%

平均 GDP：$1 530

职业：农业和渔业 54.7%，工业 18.7%，销售和教职 15.2%，专业 3.7%，服务业、交通和通信 7.7%

气候：热带气候，终年炎热；东南沿岸地区温暖干燥，西南炎热潮湿，北部干燥炎热

地形：全境大部地区为平原，中南部地区有高原

希　腊

全称：希腊共和国（Hellenic Republic）

地理位置：位于欧洲南部，濒临爱奥尼亚海、爱琴海和地中海，与阿尔巴尼亚和土耳其接壤

首都：雅典（Athens）

政体类型：议会共和

通用货币：德拉克马（Dr）

面积：50 489 平方英里（131 957 平方公里）

人口：10 350 000

人口增长速度：0.4%

出生率（每千人）：10

死亡率（每千人）：9

平均寿命（自出生）：78.3

平均生育率（每名育龄妇女平均育儿）：1.3

宗教：希腊东正教 98%，伊斯兰教 1.3%，其他教派 0.7%

语言：希腊语（官方语言），英语，法语

文化普及率：95%

平均 GDP：$10 000

职业：服务业 52%，农业 23%，工业 25%

气候：属亚热带地中海式气候，冬温湿，夏干热

地形：境内多山，高山和大海相连，形成半岛和岛屿

格林纳达

全称：格林纳达（Grenada）

地理位置：加勒比海和大西洋中的岛国，位于特立尼达和多巴哥北部

首都：圣乔治（Saint George's）

政体类型：议会民主

通用货币：东加勒比元（EC$）

面积：131 平方英里（344 平方公里）

人口：100 000

人口增长速度：0.8%

出生率（每千人）：28

死亡率（每千人）：5

平均寿命（自出生）：71.4

平均生育率（每名育龄妇女平均育儿）：3.6

宗教：天主教 53%，圣公会 13.8%，其他新教 33.2%

语言：英语（官方语言），法语方言

文化普及率：98%

平均 GDP：$3 160

职业：服务业 31%，农业 24%，建筑业 8%，制造业 5%，其他 32%

气候：热带海洋性气候，受东北季风影响，格林纳达气候湿润

地形：格林纳达岛占总面积的 89%，为火山岛

危地马拉

全称：危地马拉共和国（Republic of Guatemala）

地理位置：位于中美洲北部，与墨西哥、伯利兹、洪都拉斯和萨尔瓦多接壤，南濒太平
洋，东临加勒比海的洪都拉斯湾

首都：危地马拉（Guatemala）

政体类型：共和

通用货币：危地马拉格查尔（Q）

面积：41 854 平方英里（108 889 平方公里）

人口：10 620 000

人口增长速度：2.7%

出生率（每千人）：36

死亡率(每千人):7

平均寿命(自出生):66.0

平均生育率(每名育龄妇女平均育儿):4.8

宗教:天主教,新教,传统玛雅教

语言:西班牙语 60%,阿美尼亚语 40%(23 种当地语言)

文化普及率:55.6%

平均 GDP:$3 460

职业:农业 58%,服务业 14%,制造业 14%,商业 7%,建筑业 4%,交通 2.6%

气候:平原地区属热带雨林气候,山地属亚热带森林气候。气候随地形高低而异,太
　　平洋及大西洋沿岸湿热,高山地区则温和

地形:地形以山区为主,太平洋岸有狭长的沿海平原和起伏绵延的石灰岩高原

几内亚

全称:几内亚共和国(Republic of Guinea)

地理位置:位于西非西岸,毗邻北大西洋,与几内亚比绍和塞拉利昂接壤

首都:科纳克里(Conakry)

政体类型:共和

通用货币:几内亚法郎(GF)

面积:94 902 平方英里(245 857 平方公里)

人口:7 500 000

人口增长速度:0.8%

出生率(每千人):41

死亡率(每千人):18

平均寿命(自出生):46.0

平均生育率(每名育龄妇女平均育儿):5.0

宗教:伊斯兰教 85%,基督教 8%,原始宗教 7%

语言:法语(官方语言),每一部落都有自己的语言

文化普及率:35.9%

平均 GDP:$950

职业:农业 80%,工业和商业 11%,服务业 5.4%,国内服务 3.6%

气候:大体上是炎热潮湿,沿海地区为热带季风气候,内地为热带草原气候。6—11 月
　　为雨季,12 月至次年 5 月为旱季

地形:沿海为平原,中部为山区

几内亚比绍

全称：几内亚比绍共和国（Republic of Guinea-Bissau）

地理位置：位于非洲西部，大陆部分北接塞内加尔，东南邻几内亚，西濒大西洋

首都：比绍（Bissau）

政体类型：共和

通用货币：几内亚比绍比索（PG）

面积：10 808 平方英里（36 125 平方公里）

人口：1 200 000

人口增长速度：2.3%

出生率（每千人）：39

死亡率（每千人）：15

平均寿命（自出生）：49.1

平均生育率（每名育龄妇女平均育儿）：5.2

宗教：原始宗教 65%，伊斯兰教 30%，基督教 5%

语言：葡萄牙语（官方语言），克里奥尔语和非洲当地部族语言

文化普及率：54.9%

平均 GDP：$950

职业：农业

气候：属热带海洋性季风气候，气候炎热潮湿，6—11 月为雨季，12 月至次年 5 月为旱季

地形：除东南隅多丘陵外，其他地区均为沿海平原

圭亚那

全称：圭亚那合作共和国（Co-operative Republic of Guyana）

地理位置：位于南美洲东北部。西北与委内瑞拉交界，南与巴西毗邻，东与苏里南接壤，东北濒大西洋

首都：乔治敦（Georgetown）

政体类型：共和

通用货币：圭亚那元（G$）

面积：75 984 平方英里（214 969 平方公里）

人口：770 000

人口增长速度：–0.5%

出生率（每千人）：18

死亡率（每千人）：9

平均寿命(自出生): 62.3

平均生育率(每名育龄妇女平均育儿): 2.1

宗教: 基督教 57%,印度教 33%,伊斯兰教 9%,其他教派 1%

语言: 英语,美洲印第安语

文化普及率: 98.1%

平均 GDP: $2 490

职业: 农业,采矿业

气候: 属热带雨林气候;受东北信风影响,气候炎热潮湿;有两个雨季,分别从每年 5 月到 8 月中旬,11 月中旬到次年 1 月中旬

地形: 以沙土丘陵为主,沿海多平原,南方为高原和草原

海　地

全称: 海地共和国(Republic of Haiti)

地理位置: 位于加勒比海中的伊斯帕尼奥拉岛(海地岛)西部,东邻多米尼加共和国, 南临加勒比海,北濒大西洋

首都: 太子港(Port-au-Prince)

政体类型: 共和

通用货币: 海地古德(G)

面积: 10 638 平方英里(27 750 平方公里)

人口: 7 180 000

人口增长速度: 1.5%

出生率(每千人): 33

死亡率(每千人): 14

平均寿命(自出生): 51.4

平均生育率(每名育龄妇女平均育儿): 4.7

宗教: 天主教 80%(大多数人同时信盛行伏都教),新教 16%(浸礼教 10%,圣灵降临 4%,基督降临 1%,其他 1%),无名教派 1%,其他教派 3%

语言: 法语(官方语言)10%,克里奥尔语

文化普及率: 45%

平均 GDP: $1 000

职业: 农业 66%,服务业 25%,工业 9%

气候: 北部属热带雨林气候,南部为热带草原气候,在高山阻隔了季风的东部地区, 气候属半干旱

地形: 多山

洪都拉斯

全称：洪都拉斯共和国（Republic of Honduras）

地理位置：位于中美洲北部，北临加勒比海，南濒太平洋，东、南同尼加拉瓜和萨尔瓦多交界，西与危地马拉接壤

首都：特古西加尔巴（Tegucigalpa）

政体类型：共和

通用货币：洪都拉斯伦皮拉（L）

面积：43 190 平方英里（112 492 平方公里）

人口：5 800 000

人口增长速度：2.3%

出生率（每千人）：32

死亡率（每千人）：7

平均寿命（自出生）：65.0

平均生育率（每名育龄妇女平均育儿）：4.1

宗教：天主教 97%，少数居民信新教

语言：西班牙语，美洲印第安语

文化普及率：72.7%

平均 GDP：$2 000

职业：农业 62%，服务业 20%，制造业 9%，建筑业 3%，其他 6%

气候：气候包括从低地的亚热带气候到高山气候

地形：主要是山地，在海岸有狭窄的平原地带

匈牙利

全称：匈牙利共和国（Republic of Hungary）

地理位置：欧洲中部的内陆国家，罗马尼亚西北部

首都：布达佩斯（Budapest）

政体类型：共和

通用货币：福林（Ft）

面积：35 643 平方英里（93 031 平方公里）

人口：10 214 000

人口增长速度：–0.2%

出生率（每千人）：11

死亡率（每千人）：13

平均寿命（自出生）：70.8

平均生育率(每名育龄妇女平均育儿)：1.4

宗教：天主教 67.5%，加尔文派 20%，路德派 5%，无神论者 7.5%

语言：匈牙利语 98.2%，其他 1.8%

文化普及率：99%

平均 GDP：$7 500

职业：服务业 58.7%，工业 34.7%，农业 6.6%

气候：属于温和型大陆型气候；冬季寒冷、多云、潮湿，夏季温暖

地形：大部分地区为平原和丘陵；在斯洛伐克边境一带为山地

冰　岛

全称：冰岛共和国(Republic of Iceland)

地理位置：位于北欧，为介于格陵兰海和北大西洋之间的岛国，在英国的西北部

首都：雷克雅未克(Reykjavik)

政体类型：立宪共和

通用货币：冰岛克朗(IKr)

面积：38 697 平方英里(103 000 平方公里)

人口：269 000

人口增长速度：0.5%

出生率(每千人)：15

死亡率(每千人)：7

平均寿命(自出生)：78.8

平均生育率(每名育龄妇女平均育儿)：2.0

宗教：路德派 96%，其他新教和天主教 3%，无名教派 1%

语言：冰岛语

文化普及率：100%

平均 GDP：$19 800

职业：商业、交通和服务业 60%，制造业 12.5%，捕鱼和鱼类加工 11.8%，建筑业 10.8%，
　　　农业 4%，其他 0.9%

气候：属寒温带海洋性气候，受北大西洋温暖海流的影响，所以冬暖夏凉

地形：全境大部为高地，沿海平原零星而狭小，南部海岸较平直，西、北、东三面较破碎，
　　　并有不少深入内陆的峡湾

印　度

全称：印度共和国(Republic of India)

地理位置：位于亚洲南部，是南亚次大陆最大的国家，濒临孟加拉湾和阿拉伯海，与巴基斯坦、中国、尼泊尔、不丹、缅甸和孟加拉国为邻

首都：新德里（New Delhi）

政体类型：联邦共和

通用货币：印度卢比（Re）

面积：1 147 651 平方英里（2 974 700 平方公里）

人口：1 000 000 000

人口增长速度：1.7%

出生率（每千人）：26

死亡率（每千人）：9

平均寿命（自出生）：62.9

平均生育率（每名育龄妇女平均育儿）：3.2

宗教：印度教 80%，伊斯兰教 14%，基督教 2.4%，锡克教 2%，佛教 0.7% 和耆那教 0.5%，其他 0.4%

语言：印度的语言异常繁杂，宪法承认的语言有 10 多种，登记注册的达 1 600 多种。英语在印度很有影响。除宪法规定的 18 种语言为联邦官方语言外，还规定英语为行政和司法用语。英语和印地语同为官方语言，有 30% 的人口以印度语作为母语。阿萨姆语（Assamese）、西孟加拉语（Bengali）、古吉拉特语（Gujarati）、卡纳塔克语（Kannada）、克什米尔语（Kashmiri）、喀拉拉语（Malayalam）、印地语（Hindi）、奥里萨语（Oriya）、旁遮普语（Punjabi）、拉贾斯坦语（Rajastheni）、泰米尔语（Tamil）、安得拉邦语（Telugu）、乌尔都语（Urdu）都为印度当地的官方语言。北印度语言主要包括印地语和乌尔都语等。南印度语言主要有泰米尔语、泰卢固语等。印度东北地区语言主要包括那加语和米佐语等。印度中部地区主要有桑塔尔语、蒙达语等。还有安达曼语，主要流行于安达曼群岛。有 24 种语言都有 100 万以上的使用者，众多小语种都仅在很不开化的小范围内使用

文化普及率：52%

平均 GDP：$1 600

职业：农业 65% 或更多，服务业 4%，制造业和建筑业 3%，交通和通信 3%

气候：南部受热带季风影响，全年气候炎热，北方相对气候凉爽

地形：印度全境为南部的德干高原和中央高原、恒河一带的平原、西部的沙漠以及北部的喜马拉雅山区等自然地理区

印度尼西亚

全称：印度尼西亚共和国（Republic of Indonesia）

地理位置：位于亚洲东南部，地跨赤道，由太平洋和印度洋之间 17 508 个大小岛屿组成

首都：雅加达（Jakarta）

政体类型：共和

通用货币：印度尼西亚卢比（Rp）

面积：705 006 平方英里（1 904 443 平方公里）

人口：199 000 000

人口增长速度：1.5%

出生率（每千人）：23

死亡率（每千人）：8

平均寿命（自出生）：62.5

平均生育率（每名育龄妇女平均育儿）：2.6

宗教：伊斯兰教 87%，新教 6%，天主教 3%，印度教 2%，佛教 1%，其他教派 1%

语言：印尼语（印度尼西亚的官方语言，属马来–波利尼西亚语系），英语，荷兰语，当
　　　地方言，使用最广的为爪哇语

文化普及率：83.8%

平均 GDP：$3 770

职业：农业 55%，制造业 10%，建筑业 4%，交通和通信 3%，其他 28%

气候：属热带雨林气候，全年高温多雨；高地气候相对温和

地形：全境大部为沿海平原，各岛多山

伊　朗

全称：伊朗伊斯兰共和国（Islamic Republic of Iran）

地理位置：位于中东地区，毗邻阿曼湾、波斯湾和里海，与伊拉克和巴基斯坦接壤

首都：德黑兰（Tehran）

政体类型：神权共和政体

通用货币：伊朗里亚尔（IR）

面积：631 496 平方英里（1 645 000 平方公里）

人口：66 727 000

人口增长速度：2%

出生率（每千人）：31

死亡率（每千人）：6

平均寿命（自出生）：68.3

平均生育率（每名育龄妇女平均育儿）：4.3

宗教：什叶派穆斯林 89%，逊尼派穆斯林 10%，拜火教、犹太教、基督教和巴哈伊教1%

语言：波斯语和波斯方言 58%，突厥语和突厥方言 26%，库尔德语 9%，卢尔语 2%，俾
　　　路支语 1%，阿拉伯语 1%，土耳其语 1%，其他语言 2%

文化普及率: 72.1%

平均 GDP: $5 200

职业: 农业 33%, 制造业 21%

气候: 伊朗国内大部分地区和南部沿海地区属沙漠性气候和半沙漠性气候

地形: 大部分国土位于伊朗高原, 中央部分高原地表较为平缓, 四周为山脉所环绕; 北部为厄尔布尔士山脉, 西北部为亚美尼亚高原的一部分, 多山间盆地; 沿海分布有狭窄的平原

伊拉克

全称: 伊拉克共和国(Republic of Iraq)

地理位置: 位于中东, 毗邻波斯湾, 与伊朗和科威特接壤

首都: 巴格达(Baghdad)

政体类型: 共和

通用货币: 伊拉克第纳尔(ID)

面积: 166 815 平方英里(438 217 平方公里)

人口: 20 370 000

人口增长速度: 3.2%

出生率(每千人): 39

死亡率(每千人): 7

平均寿命(自出生): 66.5

平均生育率(每名育龄妇女平均育儿): 5.2

宗教: 伊斯兰教 97%(什叶派穆斯林 60%—65%, 逊尼派穆斯林 32%—37%), 基督教和其他教派 3%

语言: 阿拉伯语, 库尔德语(在库尔德集中居住区为官方语言), 亚述语, 亚美尼亚语

文化普及率: 58%

平均 GDP: $2 000

职业: 服务业 48%, 农业 30%, 工业 22%

气候: 大部地区为沙漠, 南部属亚热带沙漠气候, 夏季炎热干燥无云; 北部山区冬季相对温和凉爽; 伊朗、土耳其边境一带冬天气候寒冷, 时有大雪, 大雪经常到了次年早春才能消融, 消融的雪水有时还会引起伊拉克中部和南部地区发生大面积水灾

地形: 全境大部为广阔的平原; 南方伊朗边境地区有许多湖沼和河川支流, 伊朗和土耳其边境为山区

爱尔兰

全称：爱尔兰（Ireland）

地理位置：位于欧洲西部，占爱尔兰岛的 5/6，地处大不列颠的西部

首都：都柏林（Dublin）

政体类型：共和

通用货币：爱尔兰镑（£Ir）

面积：26 592 平方英里（70 282 平方公里）

人口：3 621 000

人口增长速度：0.4%

出生率（每千人）：13

死亡率（每千人）：9

平均寿命（自出生）：76.2

平均生育率（每名育龄妇女平均育儿）：1.8

宗教：天主教 93%，圣公会 3%，无名 3%，其他教派 1%

语言：爱尔兰语（盖立克语，爱尔兰地方方言），主要在西部沿海一带地区使用，英语为通用语言

文化普及率：98%

平均 GDP：$16 800

职业：服务业 62.3%，制造业和建筑业 26%，农业、林业和渔业 10.6%，公共事业 1.1%

气候：属寒温带海洋性气候，受北大西洋温暖海流的影响，气候格外温和湿润，并具有天气多变、云量大、风大的特点

地形：中部为平原和低地，多湖泊和沼泽，西部沿海多高山和山地

以色列

全称：以色列国（State of Israel）

地理位置：位于中东，毗邻地中海，与埃及和黎巴嫩接壤

首都：耶路撒冷（Jerusalem）

政体类型：共和

通用货币：新以色列克尔（NIS）

面积：7 847 平方英里（14 900 平方公里）

人口：5 760 000

人口增长速度：1.9%

出生率（每千人）：20

死亡率（每千人）：6

平均寿命（自出生）：78.4

平均生育率（每名育龄妇女平均育儿）：2.7

宗教：犹太教 82%，伊斯兰教（以逊尼派穆斯林为主）14%，基督教 2%，德鲁兹派与其他教派 2%

语言：希伯来语（官方语言），阿拉伯语为阿拉伯少数民族的官方语言，英语为通用外语

文化普及率：95%

平均 GDP：$16 400

职业：公共服务业 29.3%，制造业 22.1%，商业 13.9%，财政商务 10.4%，个人与其他服务 7.4%，建筑业 6.5%，交通、仓储和通信 6.3%，农业和渔业 3.5%，其他 0.6%

气候：有温带气候，也有热带气候，南方炎热干燥，东部多为沙漠

地形：南部内盖夫荒漠地势崎岖；高原与地中海之间狭长地带为平原；中部多山；东部与约旦交界处向南延伸至亚喀巴湾的地区为约旦大裂谷区

意大利

全称：意大利共和国（Italian Republic）

地理位置：位于欧洲南部，宛如一只长靴子插入地中海，在突尼斯的东北部

首都：罗马（Rome）

政体类型：共和

通用货币：意大利里拉（Lit）

面积：113 492 平方英里（301 277 平方公里）

人口：58 138 000

人口增长速度：–0.1%

出生率（每千人）：9

死亡率（每千人）：10

平均寿命（自出生）：78.4

平均生育率（每名育龄妇女平均育儿）：1.2

宗教：天主教 98%，其他教派 2%

语言：意大利语，英语，法语，斯洛文尼亚语

文化普及率：97%

平均 GDP：$19 600

职业：服务业 61%，工业 32%，农业 7%

气候：大部分地区属亚热带地中海式气候；北部的阿尔卑斯山又阻挡了冬季寒流对半岛的袭击，所以气候温和，阳光充足；南方炎热干燥

地形：名副其实的山国和岛国，山地和丘陵占国土面积的 80%；有一些平原，沿海地区为平原

牙买加

全称：牙买加（Jamaica）

地理位置：位于加勒比海的西北部，东隔牙买加海峡与海地相望，北距古巴约 140 公里，为加勒比第三大岛

首都：金斯敦（Kingston）

政体类型：议会民主

通用货币：牙买加元（J$）

面积：4 180 平方英里（10 991 平方公里）

人口：2 510 000

人口增长速度：0.7%

出生率（每千人）：21

死亡率（每千人）：5

平均寿命（自出生）：75.4

平均生育率（每名育龄妇女平均育儿）：2.3

宗教：新教 55.9%（神的教会 18.4%，浸信会 10%，圣公会 7.1%，安息日会（Seventh-Day Adventist）6.9%，五旬节（Pentecostal）5.2%，循道会（Methodist）3.1%，联合教会（United Church）2.7%，其他宗派 2.5%，罗马天主教占 5%，其他宗教包括拜鬼灵等有 39.1%

语言：英语，牙买加克里奥尔语

文化普及率：85%

平均 GDP：$3 260

职业：服务业 41%，农业、林业 22.5%，工业 19%，失业 17.5%

气候：属热带雨林气候，四季和昼夜温差不大；炎热潮湿，中部相对温和

地形：地形以高原山地为主，沿海地区为冲积平原

日 本

全称：日本国（Japan）

地理位置：位于东亚，北太平洋与日本海之间的岛国，在朝鲜半岛的东部

首都：东京（Tokyo）

政体类型：君主立宪制

通用货币：日元（Yen）

面积：144 651 平方英里（377 800 平方公里）

人口：125 940 000

人口增长速度：0.2%

出生率(每千人): 10

死亡率(每千人): 8

平均寿命(自出生): 80.0

平均生育率(每名育龄妇女平均育儿): 1.5

宗教: 神道教和佛教 84%, 其他教派 16%

语言: 日语

文化普及率: 99%

平均 GDP: $22 700

职业: 贸易与服务业 50%, 制造业、采矿业和建筑业 33%, 公共事业和通信 7%, 农业、林业和渔业 6%, 政府部门 3%

气候: 日本是岛国, 属于海洋性气候, 受太平洋季风和洋流的影响较大, 气候变化十分复杂, 南方热, 北方凉

地形: 境内多山, 山地约占总面积的 70%, 大多数山为火山

约 旦

全称: 约旦哈希姆王国(Hashemite Kingdom of Jordan)

地理位置: 位于亚洲西部, 南濒红海, 北边与叙利亚接壤, 东北与伊拉克交界, 东南和南部邻沙特阿拉伯

首都: 安曼(Amman)

政体类型: 君主立宪制

通用货币: 约旦第纳尔(JD)

面积: 34 309 平方英里(91 390 平方公里)

人口: 4 291 000

人口增长速度: 2.5%

出生率(每千人): 35

死亡率(每千人): 4

平均寿命(自出生): 72.8

平均生育率(每名育龄妇女平均育儿): 4.8

宗教: 穆斯林逊尼教派 92%, 基督教 8%

语言: 阿拉伯语(官方语言), 英语

文化普及率: 86.6%

平均 GDP: $5 000

职业: 工业 11.4%, 商业、宾馆饭店 10.5%, 建筑业 10%, 交通和通信 8.7%, 农业 7.4% 其他服务业 52%

气候: 广大地区被沙漠覆盖, 河流稀少, 天气酷热; 西部地区每年 11 月至次年 4 月为

雨季

地形：东部大部分地区为沙漠高原；西部为高地；大裂谷将约旦河分作东西两部分

哈萨克斯坦

全称：哈萨克斯坦共和国（Republic of Kazalhstan）

地理位置：地处中亚的内陆国，是中亚地区幅员最辽阔的国家。北邻俄罗斯，南与乌
　　　　　兹别克斯坦、土库曼斯坦和吉尔吉斯斯坦接壤，西濒里海，东接中国

首都：阿斯塔纳（Astana）

政体类型：共和

通用货币：哈萨克斯坦滕格（Tenge）

面积：1 030 543 平方英里（2 717 300 平方公里）

人口：16 590 000

人口增长速度：-0.2%

出生率（每千人）：17

死亡率（每千人）：10

平均寿命（自出生）：63.6

平均生育率（每名育龄妇女平均育儿）：2.1

宗教：伊斯兰教 47%，东正教 44%，新教 2%，其他教派 7%

语言：俄语与哈萨克语同为官方语言，有 2/3 的人口讲俄语，有 40%的人口讲哈萨克语

文化普及率：98%

平均 GDP：$2 880

职业：工业 27%，农业和林业 23%，其他 50%

气候：属严重干旱的大陆性气候，夏季炎热干燥，冬季寒冷少雪

地形：哈萨克斯坦从伏尔加河延伸至阿尔泰山脉，从西伯利亚西部平原延伸至中亚
　　　的沙漠和绿洲

肯尼亚

全称：肯尼亚共和国（Republic of Kenya）

地理位置：位于非洲东部，地跨赤道。东与索马里为邻，北与埃塞俄比亚、苏丹接壤，
　　　　　西与乌干达交界，南与坦桑尼亚相连，东南濒印度洋

首都：内罗毕（Nairobi）

政体类型：共和

通用货币：肯尼亚先令（Ksh）

面积：219 731 平方英里（582 646 平方公里）

人口：30 500 000

人口增长速度：1.7%

出生率（每千人）：32

死亡率（每千人）：14

平均寿命（自出生）：47.6

平均生育率（每名育龄妇女平均育儿）：4.1

宗教：新教（包括圣公会）38%，天主教 28%，原始宗教 26%，其他教派 8%

语言：英语（官方语言），斯瓦希里语（官方语言），多种本土语言

文化普及率：78.1%

平均 GDP：$1 400

职业：农业 75%—80%，非农业人口 20%—25%

气候：境内受东南信风与东北信风的影响，大部属热带草原气候。西南部高原区除大
　　　裂谷谷底地区干热外，都属亚热带森林气候。东部沿海平原区炎热湿润，北部
　　　和东半部半沙漠区，气候干热少雨

地形：沿海为平原地带，其余大部分为高原。东非大裂谷东支纵切高原南北，将高地
　　　分成东、西两部分；北部为沙漠和半沙漠地带；西部为富饶的高原

基里巴斯

全称：基里巴斯共和国（Republic of Kiribati）

地理位置：位于太平洋中西部，太平洋上的岛国，是世界上唯一地跨赤道、横越国际
　　　　　日期变更线的国家，又是世界上唯一地跨南北两半球和东西两半球的国
　　　　　家，在夏威夷和澳大利亚之间

首都：塔拉瓦（Tarawa）

政体类型：共和

通用货币：澳大利亚元（$A）

面积：277 平方英里（810.5 平方公里）

人口：77 000

人口增长速度：1.8%

出生率（每千人）：26

死亡率（每千人）：8

平均寿命（自出生）：62.6

平均生育率（每名育龄妇女平均育儿）：3.1

宗教：天主教 53%，基里巴斯新教 41%，安息日会、巴哈伊教、神的教会、摩门教 6%

语言：英语（官方语言），吉伯特语

文化普及率：90%

平均 GDP：$800

职业：捕鱼，手工

气候：属亚热带海洋气候，受季风影响气候炎热、干燥、温和

地形：多属低平的珊瑚岛，土地贫瘠，无河流湖泊

科威特

全称：科威特国（State of Kuwait）

地理位置：位于中东，毗邻波斯湾，与伊拉克和沙特阿拉伯接壤

首都：科威特城（Kuwait）

政体类型：君主立宪制

通用货币：科威特第纳尔（KD）

面积：6 879 平方英里（17 818 平方公里）

人口：2 090 000

人口增长速度：4.1%

出生率（每千人）：21

死亡率（每千人）：2

平均寿命（自出生）：76.8

平均生育率（每名育龄妇女平均育儿）：3.4

宗教：伊斯兰教 85%（什叶派 30%，逊尼派 45%，其他 10%），基督教，印度教，拜火教
和其他教派 15%

语言：阿拉伯语（官方语言），英语普及率极高

文化普及率：78.6%

平均 GDP：$16 700

职业：政府部门和社会服务业 50%，工业和农业 25%，服务业 25%

气候：热带沙漠气候，炎热干燥，冬季短

地形：东北部为冲积平原，其余为沙漠平原

吉尔吉斯斯坦

全称：吉尔吉斯斯坦共和国（Kyrgyz Republic）

地理位置：位于中亚，在中国的西部

首都：比什凯克（Bishkek）

政体类型：共和

通用货币：吉尔吉斯斯坦索姆（KGS）

面积：73 842 平方英里（198 500 平方公里）

人口：4 604 000

人口增长速度：0.4%

出生率（每千人）：22

死亡率（每千人）：9

平均寿命（自出生）：63.8

平均生育率（每名育龄妇女平均育儿）：2.7

宗教：伊斯兰教 75%，东正教 20%，其他教派 5%

语言：吉尔吉斯语，俄语

文化普及率：97%

平均 GDP：$1 290

职业：农业和林业 40%，工业和建筑业 19%，其他 41%

气候：大陆性气候，天山极地地区干燥；福尔加纳山谷一带为亚热带气候；北部山脉
　　　丘陵地区气候相对温和

地形：天山山脉与山谷盆地形成国家的主要特色

老　挝

全称：老挝人民民主共和国（The Lao People's Democratic Republic）

地理位置：位于亚洲东南，北邻中国，南接柬埔寨、东界越南，西北达缅甸，西南毗连泰国

首都：万象（Vientiane）

政体类型：社会主义

通用货币：老挝基普（NK）

面积：89 089 平方英里（236 800 平方公里）

人口：4 605 000

人口增长速度：2.8%

出生率（每千人）：41

死亡率（每千人）：13

平均寿命（自出生）：53.7

平均生育率（每名育龄妇女平均育儿）：5.7

宗教：佛教 60%，万物有灵论者与其他教派 40%

语言：老挝语（官方语言），法语，英语和多种民族语言

文化普及率：56.6%

平均 GDP：$1 150

职业：农业 80%

气候：属热带、亚热带季风气候，分为雨季（每年 5—11 月）和旱季（每年 12 月至次年
　　　4 月）

地形：境内大部分地区为山地和高原，湄公河谷地和湄公河及其支流沿岸为盆地和小块平原

拉脱维亚

全称：拉脱维亚共和国（Republic of Latvia）

地理位置：位于东欧，毗邻波罗的海东岸，北与爱沙尼亚、南与立陶宛、东与俄罗斯、东南与白俄罗斯接壤

首都：里加（Riga）

政体类型：共和

通用货币：拉脱维亚拉特（LVL）

面积：24 743 平方英里（64 600 平方公里）

人口：2 485 000

人口增长速度：–1.4%

出生率（每千人）：8

死亡率（每千人）：16

平均寿命（自出生）：67.1

平均生育率（每名育龄妇女平均育儿）：1.2

宗教：新教路德宗、天主教、东正教

语言：拉脱维亚语（官方语言），立陶宛语，俄语及其他语言

文化普及率：100%

平均 GDP：$3 800

职业：工业 41%，农业和林业 16%，服务业 43%

气候：属海洋性气候向大陆性气候过渡型，冬天温暖

地形：多为丘陵和平原

黎巴嫩

全称：黎巴嫩共和国（Lebanese Republic）

地理位置：位于中东，毗邻地中海，与以色列和叙利亚接壤

首都：贝鲁特（Beirut）

政体类型：共和

通用货币：黎巴嫩镑（L£）

面积：3 949 平方英里（10 452 平方公里）

人口：3 110 000

人口增长速度：1.6%

出生率(每千人)：23

死亡率(每千人)：7

平均寿命(自出生)：70.6

平均生育率(每名育龄妇女平均育儿)：2.3

宗教：伊斯兰教 70%（主要是什叶派、逊尼派和德鲁兹派），基督教 30%（11 种被承认的组织有 4 个东正教，6 个天主教，1 个新教）

语言：阿拉伯语(官方语言)，法语(官方语言)，亚美尼亚语，英语

文化普及率：92.4%

平均 GDP：$3 400

职业：服务业 60%，工业 28%，农业 12%

气候：属热带地中海型气候，冬季沿海地区温暖多雨，夏天旱季长，气温高，山区冬季频繁大雪

地形：沿海为平原，贝卡河谷位于贝鲁特以东的黎巴嫩山脉和安第黎巴嫩山脉之间

莱索托

全称：莱索托王国(Kingdom of Lesotho)

地理位置：位于非洲南部，为内陆国家，四周为南非所环抱

首都：马塞卢(Maseru)

政体类型：君主立宪

通用货币：洛蒂(L)，马洛蒂(M)

面积：11 715 平方英里(30 344 平方公里)

人口：2 050 000

人口增长速度：1.9%

出生率(每千人)：32

死亡率(每千人)：13

平均寿命(自出生)：54.0

平均生育率(每名育龄妇女平均育儿)：4.1

宗教：基督教 80%，其他本地宗教

语言：塞苏陀语，英语(官方语言)，祖鲁语，科萨语

文化普及率：71.3%

平均 GDP：$1 860

职业：86%的本地居民从事务农，维持生计，有大约 35%的不满足现状的男性到南非去打工挣钱

气候：属大陆性亚热带气候，夏季凉爽，冬季比较寒冷

地形：以高原山地为主要特征

利比里亚

全称: 利比里亚共和国(Republic of Liberia)

地理位置: 位于西非, 毗邻北大西洋, 与科特迪瓦和塞拉利昂接壤

首都: 蒙罗维亚(Monrovia)

政体类型: 共和

通用货币: 利比里亚元(L$)

面积: 37 180 平方英里(111 370 平方公里)

人口: 2 640 000

人口增长速度: 5.8%

出生率(每千人): 42

死亡率(每千人): 11

平均寿命(自出生): 59.5

平均生育率(每名育龄妇女平均育儿): 6.1

宗教: 原始宗教 70%, 伊斯兰教 20%, 基督教 10%

语言: 英语 20%(官方语言), 有大约 20 种当地原住居民语言

文化普及率: 38.3%

平均 GDP: $1 100

职业: 农业 70.5%, 服务业 10.8%, 工业和商业 4.5%, 其他 14.2%

气候: 属热带气候, 炎热湿润; 冬天干燥, 白天热, 夜间冷; 夏季潮湿多云, 经常有大雨

地形: 境内北高南低, 沿海为狭窄的平原; 中部为平缓丘陵, 东北部为低山

利比亚

全称: 阿拉伯利比亚人民社会主义民众国(Socialist People's Libyan Arab Jamahiriya)

地理位置: 位于北非, 毗邻地中海, 与埃及和突尼斯接壤

首都: 的黎波里(Tripoli)

政体类型: 军事独裁

通用货币: 利比亚第纳尔(LD)

面积: 679 182 平方英里(1 759 540 平方公里)

人口: 5 110 000

人口增长速度: 3.7%

出生率(每千人): 44

死亡率(每千人): 7

平均寿命(自出生): 65.4

平均生育率(每名育龄妇女平均育儿): 6.2

宗教：逊尼派穆斯林 97%

语言：阿拉伯语，意大利语，英语

文化普及率：76.2%

平均 GDP：$6 570

职业：工业 31%，服务业 27%，政府部门 24%，农业 18%

气候：沿海属亚热带地中海型气候，冬暖多雨，夏热干燥，内陆广大地区属热带沙漠气候，干热少雨，季节和昼夜温差均较大

地形：大部分地区为沙漠和半沙漠；北部沿海有平原

列支敦士登

全称：列支敦士登公国（Principality of Liechtenstein）

地理位置：位于中欧，与奥地利和瑞士接壤

首都：瓦杜兹（Vaduz）

政体类型：世袭君主立宪制

通用货币：瑞士法郎（SwF）

面积：62 平方英里（160 平方公里）

人口：31 000

人口增长速度：1.1%

出生率（每千人）：13

死亡率（每千人）：7

平均寿命（自出生）：78.0

平均生育率（每名育龄妇女平均育儿）：1.6

宗教：天主教 80%，新教 6.9%，无名 5.6%，其他教派 7.5%

语言：德语（官方语言），阿勒曼尼方言

文化普及率：100%

平均 GDP：$23 000

职业：服务业 53%，工业、贸易和建筑 45%，农业、捕鱼业、林业和园艺 2%

气候：属大陆性气候；冬季寒冷多云，经常有雨雪；夏季凉爽潮湿

地形：以山区地势为主，西部有莱茵河谷

立陶宛

全称：立陶宛共和国（Republic of Lithuania）

地理位置：位于欧洲东部，毗邻波罗的海，与拉脱维亚和俄罗斯接壤

首都：维尔纽斯（Vilnius）

政体类型：独立民主共和

通用货币：立陶宛立特（Litas）

面积：25 167 平方英里（65 200 平方公里）

人口：3 708 000

人口增长速度：–0.4%

出生率（每千人）：11

死亡率（每千人）：13

平均寿命（自出生）：68.8

平均生育率（每名育龄妇女平均育儿）：1.5

宗教：主要宗教为天主教，其次是新教路德宗、俄罗斯东正教、新教、福音派浸礼宗、伊斯兰教、犹太教

语言：立陶宛语（官方语言），波兰语，俄语

文化普及率：98%

平均 GDP：$3 870

职业：工业和建筑业 42%，农业和林业 18%，其他 40%

气候：属海洋性向大陆性过渡的气候，冬季较长，多雨雪，日照少，夏季较短而凉爽

地形：地势平坦，境内多湖泊，土壤肥沃

卢森堡

全称：卢森堡大公国（Grand duchy of Luxembourg）

地理位置：位于西欧，与法国和德国接壤

首都：卢森堡（Luxembourg）

政体类型：君主立宪制

通用货币：卢森堡法郎（LuxF）

面积：998 平方英里（2 586 平方公里）

人口：415 000

人口增长速度：1%

出生率（每千人）：11

死亡率（每千人）：9

平均寿命（自出生）：77.5

平均生育率（每名育龄妇女平均育儿）：1.6

宗教：天主教 97%，新教和犹太教 3%

语言：卢森堡语，德语，法语，英语

文化普及率：100%

平均 GDP：$24 500

职业：贸易和宾馆饭店 18%，采矿、采石和制造业 16%，其他市场服务 18%，社区、社会和个人服务 14%，建筑 11%，财政、保险、房地产和商业服务 9%，交通、仓储、通信 8%，农业、捕猎、林业和捕鱼业 1%，电、气、水 1%

气候：大陆性气候，冬季温和，夏季凉爽

地形：大部分地区为崎岖起伏的高地，间或有广阔的山谷；北部为山地，东南方为泛滥平原

马其顿

全称：前南斯拉夫马其顿共和国（The Former Yugoslav Republic of Macedonia）

地理位置：位于欧洲东南，与希腊的北部接壤

首都：斯科普里（Skopje）

政体类型：新兴民主

通用货币：马其顿代纳尔（MKD）

面积：9 594 平方英里（25 713 平方公里）

人口：2 079 000

人口增长速度：0.7%

出生率（每千人）：16

死亡率（每千人）：8

平均寿命（自出生）：72.8

平均生育率（每名育龄妇女平均育儿）：2.1

宗教：东方东正教 67%，伊斯兰教 30%，其他教派 3%

语言：马其顿语 70%，阿尔巴尼亚语 21%，土耳其语 3%，塞尔维亚–克罗地亚语 3%，其他 3%

文化普及率：91%

平均 GDP：$960

职业：制造业和采矿业 40%

气候：夏秋两季气候炎热干燥，冬季相对寒冷，经常下大雪

地形：主要为山区，部分地区为盆地和山谷；有 3 个大湖泊为边境线所分；瓦尔达尔河在国内流过

马达加斯加

全称：马达加斯加共和国（Republic of Madagascar）

地理位置：位于中东，毗邻地中海，与以色列和叙利亚接壤

首都：塔那那利佛（Antanarivo）

政体类型：共和

通用货币：马达加斯加法郎（FMG）

面积：224 474 平方英里（627 000 平方公里）

人口：13 126 000

人口增长速度：2.8%

出生率（每千人）：42

死亡率（每千人）：14

平均寿命（自出生）：52.9

平均生育率（每名育龄妇女平均育儿）：5.8

宗教：原始宗教 52%，基督教 41%，伊斯兰教 7%

语言：法语（官方语言），马达加斯加语（官方语言）

文化普及率：80%

平均 GDP：$880

职业：农业，家政服务，工业，商业，建筑业，服务业，交通，其他

气候：沿海属热带雨林气候，终年湿热，季节变化不明显；中部为热带高原气候，温和
　　　凉爽；西部为热带草原气候，干旱少雨；南部干旱

地形：沿海为狭窄平原，中部为高原和山脉

马拉维

全称：马拉维共和国（Republic of Malawi）

地理位置：位于非洲南部，赞比亚东部

首都：利隆圭（Lilongwe）

政体类型：多党民主制

通用货币：马拉维克瓦查（MK）

面积：36 315 平方英里（118 484 平方公里）

人口：9 800 000

人口增长速度：1.7%

出生率（每千人）：40

死亡率（每千人）：24

平均寿命（自出生）：36.6

平均生育率（每名育龄妇女平均育儿）：5.6

宗教：新教 55%，天主教 20%，伊斯兰教 20%，原始宗教 5%

语言：英语（官方语言），奇契瓦语（官方语言），其他一些在当地非常重要的语言

文化普及率：56.4%

平均 GDP：$800

职业：农业 86%，打工自谋职业 14%

气候：属热带草原气候，分雨季（每年 11 月至次年 5 月）和旱季（5—11 月）

地形：绵长的高原、起伏平缓的平原和山脉

马来西亚

全称：马来西亚（Malaysia）

地理位置：位于东南亚，地处太平洋和印度洋之间，在加里曼丹岛的北部，占全岛的 1/3，毗邻印度尼西亚和中国南海，在越南的南部

首都：吉隆坡（kuala lumpur）

政体类型：君主立宪制

通用货币：林吉特（M$）

面积：126 820 平方英里（329 758 平方公里）

人口：21 169 000

人口增长速度：2.1%

出生率（每千人）：27

死亡率（每千人）：5

平均寿命（自出生）：70.4

平均生育率（每名育龄妇女平均育儿）：3.4

宗教：马来西亚半岛——伊斯兰教，中国佛教，印度教；沙巴地区——伊斯兰教 38%，基督教 17%，其他 45%；沙捞越地区——部落宗教 35%，佛教和 24%，伊斯兰教 20%，基督教 16%，其他教派 5%

语言：马来西亚半岛——马来语（官方语言），英语，汉语方言，泰米尔语；沙巴地区——英语，马来语，多种部落方言，汉语（主要为华语和客家语）；沙捞越地区——英语，马来语，华语，多种部落语言

文化普及率：83.5%

平均 GDP：$10 750

职业：制造业 25%，农业、林业和渔业 21%，当地贸易和旅游 17%，服务业 12%，政府部门 11%，建筑业 8%

气候：属热带雨林气候；西南地区每年 4—10 月，东北地区 10 月至次年 2 月刮季风

地形：大部分的沿海地区都是平原，中部则是布满茂密热带雨林的高原

马尔代夫

全称：马尔代夫共和国（Republic of Maldives）

地理位置：印度洋上的群岛国家，位于印度南—西南

首都：马累（Male）

政体类型：共和

通用货币：罗非亚（Rf）

面积：116 平方英里（298 平方公里）

人口：238 000

人口增长速度：3.4%

出生率（每千人）：40

死亡率（每千人）：6

平均寿命（自出生）：67.6

平均生育率（每名育龄妇女平均育儿）：5.8

宗教：伊斯兰教逊尼派

语言：马尔代夫迪维希语（方言，源自阿拉伯语）

文化普及率：93.2%

平均 GDP：$1 620

职业：渔业和农业 25%，服务业 21%，制造业和建筑业 21%，贸易、宾馆饭店 16%，交
通和通信 10%，其他 7%

气候：属热带气候；炎热潮湿，每年 11 月至次年 3 月刮东北季风，6—8 月刮西南季风

地形：地势平坦，有许多白沙滩

马　里

全称：马里共和国（Republic of Mali）

地理位置：位于非洲西部，在阿尔及利亚西南

首都：巴马科（Bamako）

政体类型：共和

通用货币：非洲金融共同体法郎（CFAF）

面积：470 920 平方英里（1 241 238 平方公里）

人口：10 760 000

人口增长速度：3.2%

出生率（每千人）：50

死亡率（每千人）：19

平均寿命（自出生）：47.0

平均生育率（每名育龄妇女平均育儿）：7.0

宗教：伊斯兰教 90%，原始宗教 9%，基督教 1%

语言：法语（官方语言），班巴拉语 80%，许多非洲当地语言

文化普及率：31%

平均 GDP：$600

职业：农业 80%，服务业 19%，工业和商业 1%

气候：北部为热带沙漠气候，中、南部为热带草原气候；每年 2—6 月炎热干燥，6—11
月多雨潮湿，11 月至次年 2 月凉爽干燥

地形：境内大部为沙滩覆盖的平原，较平缓，南部为热带大草原，东北部有一些沙岩
低山和高原

马耳他

全称：马耳他共和国（Republic of Malta）

地理位置：位于欧洲南部，是地中海上的岛国，有"地中海心脏"之称，在意大利西西
里岛的南部

首都：瓦莱塔（Valletta）

政体类型：议会民主

通用货币：马耳他里拉（LM）

面积：124 平方英里（316 平方公里）

人口：370 000

人口增长速度：0.6%

出生率（每千人）：12

死亡率（每千人）：7

平均寿命（自出生）：77.6

平均生育率（每名育龄妇女平均育儿）：1.7

宗教：天主教 98%

语言：官方语言为马耳他语和英语

文化普及率：88%

平均 GDP：$1 260

职业：公共服务业 37%，其他服务业 28%，制造业和建筑业 25%，农业 2%

气候：属亚热带地中海式气候，冬季潮湿多雨，夏季炎热干燥

地形：地势西高东低，丘陵起伏，间有小块盆地；沿海有许多悬崖

马绍尔群岛

全称：马绍尔群岛共和国（Republic of the Marshall Islands）

地理位置：位于中太平洋

首都：马朱罗（Majuro）

政体类型：立宪政府

通用货币：美元（US$）

面积：70 平方英里（180 平方公里）

人口：54 000

人口增长速度：3.8%

出生率（每千人）：45

死亡率（每千人）：7

平均寿命（自出生）：64.5

平均生育率（每名育龄妇女平均育儿）：6.7

宗教：基督教（主要为新教）

语言：英语（官方语言），2 种马绍尔群岛当地方言，日语

文化普及率：93%

平均 GDP：$1 680

职业：农业和旅游业

气候：属热带气候，5—11 月为雨季，12 月至次年 4 月为旱季；处于台风带

地形：由多个珊瑚岛礁组成

毛里塔尼亚

全称：毛里塔尼亚伊斯兰共和国（Islamic Republic of Mauritania）

地理位置：位于非洲北部，毗邻北大西洋，与西撒哈拉和塞内加尔接壤

首都：努瓦克肖特（Nouakchott）

政体类型：共和

通用货币：毛里塔尼亚乌吉亚（UM）

面积：397 734 平方英里（1 030 000 平方公里）

人口：2 400 000

人口增长速度：2.5%

出生率（每千人）：44

死亡率（每千人）：15

平均寿命（自出生）：50.0

平均生育率（每名育龄妇女平均育儿）：6.4

宗教：伊斯兰教 100%

语言：阿拉伯语为官方语言，民族语言有哈桑语、布拉尔语、索尼盖语和乌洛夫语

文化普及率：37.7%

平均 GDP：$1 200

职业：农业 47%，服务业 29%，工业和商业 14%，政府部门 10%

气候：属沙漠气候；炎热、干燥、多尘

地形：大部地区地区为沙漠和半沙漠；撒哈拉一带为平原,中部多山

毛里求斯

全称：毛里求斯共和国（Republic of Maurititus）
地理位置：位于非洲南部,是印度洋西南部的一个岛国,主岛毛里求斯岛位于马达加斯加以东
首都：路易港（Port Louis）
政体类型：议会民主
通用货币：毛里求斯卢比（MauR）
面积：714平方英里（2 040平方公里）
人口：1 130 000
人口增长速度：1.2%
出生率（每千人）：19
死亡率（每千人）：7
平均寿命（自出生）：70.9
平均生育率（每名育龄妇女平均育儿）：2.2
宗教：基印度教52%,基督教28.3%（天主教26%,新教2.3%）,伊斯兰教16.6%,其他教派3.1%
语言：英语（官方语言）,克里奥尔语,法语,印地语,乌尔都语,客家話等
文化普及率：82.9%
平均GDP：$10 300
职业：建筑业和工业37%,服务业24%,农业和渔业15%,贸易、宾馆饭店14%,交通和通信7%,财政3%
气候：属亚热带海洋性气候,受东南季风的影响全年分夏、冬两季,11月至次年5月为夏季, 5—11月为冬季（凉季）
地形：沿海多狭窄平原,中部为高原山地

墨西哥

全称：墨西哥合众国（United Mexican States）
地理位置：位于北美洲,北邻美国,南接危地马拉和伯利兹,东濒墨西哥湾和加勒比海,西临太平洋和加利福尼亚湾
首都：墨西哥城（Mexico City）
政体类型：集权联邦共和

通用货币：墨西哥比索（Mex$）

面积：742 293 平方英里（1 967 183 平方公里）

人口：105 000 000

人口增长速度：1.8%

出生率（每千人）：25

死亡率（每千人）：5

平均寿命（自出生）：71.6

平均生育率（每名育龄妇女平均育儿）：2.9

宗教：主要为天主教 89%，新教 6%

语言：西班牙语，各种玛雅方言

文化普及率：89.6%

平均 GDP：$8 100

职业：服务业 31.7%，农业、林业、狩猎和渔业 28%，商业 14.6%，制造业 11.1%，建筑
业 8.4%，交通 4.7%，采矿和采石 1.5%

气候：气候从热带气候到大陆性气候复杂多样

地形：全国大部地区为高原和山地，墨西哥高原居中，沿海多狭长平原、沙漠

密克罗尼西亚

全称：密克罗尼西亚联邦（Federate states of Micronesia）

地理位置：位于北太平洋，属加罗林群岛，从夏威夷到印度尼西亚 3/4 的距离

首都：帕利基尔（palikir）

政体类型：立宪政府

通用货币：美元（US$）

面积：271 平方英里（700.8 平方公里）

人口：110 000

人口增长速度：3.3%

出生率（每千人）：28

死亡率（每千人）：6

平均寿命（自出生）：68.3

平均生育率（每名育龄妇女平均育儿）：3.9

宗教：天主教 50%，新教 47%，其他教派 3%

语言：英语（官方语言和通用语言），楚克语，科斯雷语，雅浦语，波纳佩语

文化普及率：89%

平均 GDP：$1 700

职业：政府部门 66%

气候：属热带雨林气候，雨量丰沛，尤其是东部诸岛；处于台风带南部，经常遭受台风

袭击

地形：由波纳佩岛及其周围 600 多个小岛和珊瑚礁组成，岛上多山地；科斯雷、波纳佩、特鲁克岛上多为活火山

摩尔多瓦

全称：摩尔多瓦共和国（Republic of Moldova）

地理位置：位于欧洲中部，在罗马尼亚的东北部

首都：基希讷乌（Chisinau）

政体类型：共和

通用货币：摩尔多瓦列伊（MDL）

面积：13 008 平方英里（33 700 平方公里）

人口：4 319 000

人口增长速度：0%

出生率（每千人）：14

死亡率（每千人）：12

平均寿命（自出生）：64.3

平均生育率（每名育龄妇女平均育儿）：1.9

宗教：东正教 98.5%，犹太教 1.5%

语言：官方语言为摩尔多瓦语（基本上相同于罗马尼亚语），俄语，加告兹语（一种土耳其方言）

文化普及率：96%

平均 GDP：$2 400

职业：农业 39.5%，工业 12%，其他 48.5%

气候：属温带大陆性气候，夏季漫长、炎热，冬季短促、温和

地形：境内丘陵起伏，延伸至黑海

摩纳哥

全称：摩纳哥公国（Principality of Monaco）

地理位置：位于欧洲西南部，南临地中海，在法国南海岸，紧邻意大利边境

首都：摩纳哥（Monaco）

政体类型：君主立宪

通用货币：法国法郎（F）

面积：0.73 平方英里（1.95 平方公里）

人口：29 000

人口增长速度：0.4%

出生率（每千人）：11

死亡率（每千人）：12

平均寿命（自出生）：78.4

平均生育率（每名育龄妇女平均育儿）：1.7

宗教：天主教 95%

语言：法语（官方语言），英语，意大利语，摩纳哥语

文化普及率：99%

平均 GDP：$25 000

职业：旅游业、博彩业

气候：属地中海型亚热带气候，夏季干燥凉爽，冬季潮湿温暖

地形：境内多山

蒙 古

全称：蒙古国（Mongolia）

地理位置：位于亚洲北部，地处蒙古高原；东、南、西三面与中国接壤，北面同俄罗斯
的西伯利亚为邻

首都：乌兰巴托（Ulan Bator）

政体类型：共和

通用货币：图格里克（Tug）

面积：604 090 平方英里（1 566 500 平方公里）

人口：2 353 000

人口增长速度：1.5%

出生率（每千人）：24

死亡率（每千人）：8

平均寿命（自出生）：61.5

平均生育率（每名育龄妇女平均育儿）：2.7

宗教：主要为西藏喇嘛教，伊斯兰教 4%

语言：蒙古语，突厥语，俄语，汉语

文化普及率：82.9%

平均 GDP：$2 060

职业：主要为牧业和农业

气候：属典型的沙漠大陆型气候，早晚和冬夏的温差极大

地形：大片沙漠和半沙漠平原，西部、北部和中部多为山地，东部为丘陵平原，南部是
戈壁沙漠

摩洛哥

全称：摩洛哥王国（Kingdom of Morocco）

地理位置：位于非洲北部，毗邻北大西洋和地中海，与阿尔及利亚和西撒哈拉接壤

首都：拉巴特（Rabat）

政体类型：君主立宪

通用货币：摩洛哥迪拉姆（DH）

面积：172 272 平方英里（446 300 平方公里）

人口：29 114

人口增长速度：1.9%

出生率（每千人）：26

死亡率（每千人）：6

平均寿命（自出生）：68.5

平均生育率（每名育龄妇女平均育儿）：3.4

宗教：伊斯兰教 98.7%，基督教 1.1%，犹太教 0.2%

语言：阿拉伯语（官方语言），法语为商务、政务和外交语言，柏柏尔方言

文化普及率：43.7%

平均 GDP：$3 260

职业：农业 50%，服务业 26%，工业 15%，其他 9%

气候：属地中海型气候，中部夏季炎热干燥，冬季温和湿润

地形：地形复杂，中部和北部为峻峭的阿特拉斯山脉，东部和南部是上高原和前撒哈拉高原，仅西北沿海一带为狭长低暖的平原

莫桑比克

全称：莫桑比克共和国（Republic of Mozambique）

地理位置：位于非洲东南部，隔莫桑比克海峡与马达加斯加相望，南邻南非，北接坦桑尼亚

首都：马普托（Maputo）

政体类型：共和

通用货币：梅蒂卡尔（Mt）

面积：302 659 平方英里（799 380 平方公里）

人口：18 000 000

人口增长速度：2.6%

出生率（每千人）：44

死亡率（每千人）：18

平均寿命(自出生)：45.4

平均生育率(每名育龄妇女平均育儿)：6.0

宗教：原始宗教50%，基督教30%，伊斯兰教20%

语言：葡萄牙语(官方语言)，本地方言

文化普及率：40.1%

平均GDP：$670

职业：农业80%

气候：以亚热带气候为主，兼有部分热带气候

地形：大部地区为高原、山地，其余为平原，西北部是高原山地，中部为台地，西部为
　　　山脉

缅　甸

全称：缅甸联邦(Union Of Burma)

地理位置：位于亚洲东南，西南濒临孟加拉湾和安达曼海，与孟加拉和泰国接壤

首都：内比都(Nay Pyi Taw)

政体类型：军人执政

通用货币：缅元(K)

面积：253 888平方英里(676 581平方公里)

人口：44 740 000

人口增长速度：1.6%

出生率(每千人)：29

死亡率(每千人)：13

平均寿命(自出生)：54.5

平均生育率(每名育龄妇女平均育儿)：3.7

宗教：佛教89%，基督教4%(浸礼会3%，天主教1%)，伊斯兰教4%，万物有灵论者
　　　1%，其他教派2%

语言：缅甸语为官方语言，各少数民族均有自己的语言

文化普及率：83.1%

平均GDP：$1 120

职业：农业65.2%，工业14.3%，贸易10.1%，政府部门6.3%，其他4.1%

气候：属热带季风气候；夏季多云、多雨、炎热、干燥(6—9月为西南季风)；冬季少雨、
　　　温和(12月至次年4月为东北季风)

地形：中部多低地，间或有陡峭崎岖的高地

纳米比亚

全称：纳米比亚共和国（Republic of Namibia）

地理位置：位于非洲南部，北与安哥拉、赞比亚为邻，东、南毗邻博茨瓦纳和南非，西濒大西洋

首都：温得和克（Windhoek）

政体类型：共和

通用货币：纳米比亚元（N$）

面积：318 611 平方英里（824 269 平方公里）

人口：1 620 000

人口增长速度：1.6%

出生率（每千人）：36

死亡率（每千人）：20

平均寿命（自出生）：41.5

平均生育率（每名育龄妇女平均育儿）：5.0

宗教：基督教 80%—90%（路德宗 50%，其他基督教教门 30%），本土宗教 10%—20%

语言：英语 7%（官方语言），通用阿非利卡语 60%，德语 32%，本地土著语言（奥万博语、赫雷罗语、纳马语等）

文化普及率：38%

平均 GDP：$3 700

职业：农业 49%，工业和商业 25%，服务业 5%，政府部门 18%，采矿业 3%

气候：属亚热带沙漠气候，通常燥热而少雨

地形：大部地区为高原；海岸一线为纳米布沙漠，东部为卡拉哈里沙漠

瑙 鲁

全称：瑙鲁共和国（Republic of Nauru）

地理位置：位于太平洋，为太平洋南部的岛国，马绍尔群岛的南部

首都：无正式首都

政体类型：共和

通用货币：澳大利亚元（$A）

面积：8.1 平方英里（24 平方公里）

人口：11 000

人口增长速度：1.3%

出生率（每千人）：18

死亡率（每千人）：5

平均寿命(自出生)：66.7

平均生育率(每名育龄妇女平均育儿)：2.1

宗教：基督教(新教 66%，天主教 33%)

语言：瑙鲁语(官方语言，为太平洋上的岛国语言)，英语

文化普及率：99%

平均 GDP：$10 000

职业：开采磷酸盐，公共管理，教育和交通

气候：属热带雨林气候；季风；每年 11 月至次年 2 月为雨季

地形：全岛 3/5 被磷酸盐所覆盖

尼泊尔

全称：尼泊尔王国(Kingdom of Nepal)

地理位置：位于亚洲南部，与中国和印度接壤

首都：加德满都 (Kathmandu)

政体类型：议会民主

通用货币：尼泊尔卢比(NR)

面积：52 805 平方英里(147 181 平方公里)

人口：18 491 000

人口增长速度：2.5%

出生率(每千人)：36

死亡率(每千人)：10

平均寿命(自出生)：57.9

平均生育率(每名育龄妇女平均育儿)：4.9

宗教：印度教 90%，佛教 5%，伊斯兰教 3%，其他教派 2%

语言：尼泊尔语(官方语言)，其他 20 种语言分属不同方言

文化普及率：27.5%

平均 GDP：$1 200

职业：农业 90%，服务业 7%，工业 3%

气候：由于地形复杂，全国气候差异很大；北方冬季非常寒冷，而夏季凉爽宜人；南方
　　　夏季为次亚热带气候，冬天温暖

地形：南方为恒河平原，中部为山区，北方为高耸的喜马拉雅山

荷　兰

全称：荷兰王国(Kingdom of the Netherlands)

地理位置：位于欧洲西部，东面与德国为邻，南接比利时，西、北濒临北海

首都：阿姆斯特丹（Amsterdam）

政体类型：君主立宪制

通用货币：荷兰盾（f.）

面积：13 093 平方英里（41 526 平方公里）

人口：15 493 000

人口增长速度：0.5%

出生率（每千人）：12

死亡率（每千人）：9

平均寿命（自出生）：78.0

平均生育率（每名育龄妇女平均育儿）：1.5

宗教：天主教 34%，新教 25%，伊斯兰教 3%，其他教派 2%，民间信仰 36%

语言：荷兰语

文化普及率：99%

平均 GDP：$20 500

职业：服务业 73%，制造业和建筑业 23%，农业 4%

气候：属海洋性温带阔叶林气候，夏季凉爽，冬季温和

地形：大部地区为沿海低地，东部是波状平原，东南部为山区

新西兰

全称：新西兰（New Zealand）

地理位置：位于太平洋南部，介于南极洲和赤道之间，西隔塔斯曼海与澳大利亚相望

首都：惠灵顿（Wellington）

政体类型：议会民主

通用货币：新西兰元（NZ$）

面积：103 707 平方英里（270 534 平方公里）

人口：3 660 000

人口增长速度：1%

出生率（每千人）：15

死亡率（每千人）：8

平均寿命（自出生）：77.6

平均生育率（每名育龄妇女平均育儿）：1.9

宗教：圣公会 24%，长老教会 18%，天主教 15%，卫理会 5%，浸礼会 2%，其他新教 3%，未经归类或无名教派 33%

语言：英语（官方语言），毛利语

文化普及率：99%

平均GDP：$18 500

职业：服务业64.6%，工业25%，农业10.4%

气候：属温带海洋性气候，四季温差不大，但各个地区间差异很大

地形：境内多山，但沿海有大片平原

尼加拉瓜

全称：尼加拉瓜共和国（Republic of Nicaragua）

地理位置：位于中美洲中部，北接洪都拉斯，南连哥斯达黎加，东临加勒比海，西濒太平洋

首都：马那瓜（Managua）

政体类型：共和

通用货币：尼加拉瓜科多巴（C$）

面积：46 418平方英里（121 428平方公里）

人口：4 310 000

人口增长速度：2.9%

出生率（每千人）：36

死亡率（每千人）：6

平均寿命（自出生）：66.6

平均生育率（每名育龄妇女平均育儿）：4.3

宗教：天主教95%，新教5%

语言：西班牙语（官方语言）

文化普及率：65.7%

平均GDP：$1 800

职业：服务业43%，农业44%，工业13%

气候：尼加拉瓜依地区差异有不同的气候，大部分由高度决定，整个低地地区都非常炎热，高地相对凉爽

地形：大西洋沿岸地区为平原，中部为山区，太平洋沿岸平原上有许多火山

尼日尔

全称：尼日尔共和国（Republic of Niger）

地理位置：位于非洲西部，在阿尔及利亚东南部

首都：尼亚美（Niamey）

政体类型：共和

通用货币：非洲金融共同体法郎（CFAF）

面积：488 946 平方英里（1 267 627 平方公里）

人口：8 750 000

人口增长速度：3%

出生率（每千人）：53

死亡率（每千人）：23

平均寿命（自出生）：41.5

平均生育率（每名育龄妇女平均育儿）：7.3

宗教：伊斯兰教 80%，基督教和原始宗教

语言：法语（官方语言），豪萨语，哲尔马语

文化普及率：13.6%

平均 GDP：$640

职业：农业 90%，工业和商业 6%，政府部门 4%

气候：属热带沙漠气候；大多数地区炎热、干燥、多尘

地形：大部地区属撒哈拉沙漠，地势北高南低，东南部乍得湖盆地、西南部尼日尔河
　　　盆地地势均较低平，为农业区；中部多高原，东北部为沙漠区

尼日利亚

全称：尼日利亚联邦共和国（Federal Republic of Nigeria）

地理位置：位于非洲西部，濒临几内亚湾，与贝宁和喀麦隆接壤

首都：阿布贾（Abuja）

政体类型：由军人执政转为过渡政府

通用货币：尼日利亚奈拉（N）

面积：351 557 平方英里（923 768 平方公里）

人口：105 000 000

人口增长速度：3%

出生率（每千人）：42

死亡率（每千人）：13

平均寿命（自出生）：53.6

平均生育率（每名育龄妇女平均育儿）：6.1

宗教：伊斯兰教 50%，基督教 40%，原始宗教 10%

语言：英语（官方语言），豪萨语，约鲁巴语，伊博语，富拉尼语

文化普及率：57.1%

平均 GDP：$1 380

职业：农业 54%，工业、商业和服务业 19%，政府部门 15%

气候：各地气候差异很大，南方为赤道气候，中部属热带季风气候，北方少雨干旱
地形：沿海为带状平原；南部低山丘陵，中部为河谷地，东南部边境为山地，北部为平原

朝 鲜

全称：朝鲜民主主义人民共和国（Democratic People's Republic of Korea）
地理位置：位于亚洲东部朝鲜半岛北半部，毗邻朝鲜湾和日本海，与中国和韩国接壤
首都：平壤（P'yongyang）
政体类型：社会主义
通用货币：朝鲜元（Wn）
面积：46 478 平方英里（122 762 平方公里）
人口：22 000 000
人口增长速度：0%
出生率（每千人）：15
死亡率（每千人）：16
平均寿命（自出生）：51.3
平均生育率（每名育龄妇女平均育儿）：1.6
宗教：佛教和儒教，部分基督教
语言：朝鲜语
文化普及率：99%
平均 GDP：$900
职业：农业 36%，非农业 64%
气候：属温带季风气候，降雨集中在夏季
地形：山地为主要地理特性，间或有一些狭窄的山谷，西部为沿海岸线平原

挪 威

全称：挪威王国（Kingdom of Norway）
地理位置：位于欧洲北部，毗邻北海和北大西洋，在瑞典西部
首都：奥斯陆（Oslo）
政体类型：君主立宪
通用货币：挪威克朗（NKr）
面积：118 834 平方英里（386 958 平方公里）
人口：4 369 000
人口增长速度：0.4%
出生率（每千人）：13

死亡率(每千人)：10

平均寿命(自出生)：78.2

平均生育率(每名育龄妇女平均育儿)：1.8

宗教：新教路德宗87.8%(国家教堂)，其他新教和天主教3.8%，无名教派8.4%

语言：挪威语(官方语言)

文化普及率：99%

平均GDP：$26 200

职业：服务业71%，工业23%，农业、林业、渔业6%

气候：墨西哥湾暖流沿着挪威海岸往北流，使挪威的沿海地区气候出奇温和；中部气温低于沿海地区；西部沿海常年有雨

地形：境内众多高原山脉，间或有富饶的山谷，分布在高山涧的小平原；海岸线一带耸立有无草木的高原，北部为冻土带

阿　曼

全称：阿曼苏丹国(Sultanate of Oman)

地理位置：位于中东，毗邻阿拉伯海、阿曼湾和波斯湾，与也门和阿拉伯联合酋长国接壤

首都：马斯喀特(Muscat)

政体类型：君主制

通用货币：阿曼里亚尔(RO)

面积：82 010平方英里(312 000平方公里)

人口：2 018 000

人口增长速度：3.5%

出生率(每千人)：38

死亡率(每千人)：4

平均寿命(自出生)：71.0

平均生育率(每名育龄妇女平均育儿)：6.1

宗教：伊巴德派穆斯林75%，逊尼派穆斯林，什叶派穆斯林，印度教

语言：阿拉伯语(官方语言)，英语，俾路支语，乌尔都语

文化普及率：80%

平均GDP：$9 500

职业：农业37%

气候：除东北部山地外，均属热带沙漠气候；海岸线一带炎热潮湿；最南部地区在每年的5—9月为强夏季东南季风季

地形：中部为广袤的沙漠平原，北部和南部地区为绵延起伏的山脉

巴基斯坦

全称：巴基斯坦伊斯兰共和国（Islamic Republic of Pakistan）

地理位置：位于南亚次大陆西北部，南濒阿拉伯海，东、北、西三面分别与印度、中国、
　　　　　阿富汗和伊朗为邻

首都：伊斯兰堡（Islamabad）

政体类型：联邦共和

通用货币：巴基斯坦卢比（P Re）

面积：300 586 平方英里（796 095 平方公里）

人口：128 010 000

人口增长速度：2.2%

出生率（每千人）：34

死亡率（每千人）：11

平均寿命（自出生）：59.1

平均生育率（每名育龄妇女平均育儿）：4.9

宗教：伊斯兰教 97%（逊尼派穆斯林 77%，什叶派穆斯林 20%），基督教，印度教和其
　　　他教派 3%

语言：旁遮普语 48%，信德语 12%，西莱基语（旁遮普语的一个分支）10%，普什图语
　　　8%，乌尔都语（官方语言）8%，俾路支语 3%，巴基斯坦语 2%，布拉辉语 1%，英
　　　语（官方语言）、布鲁沙斯基语和其他语言 8%

文化普及率：37.8%

平均 GDP：$2 300

职业：农业 47%，采矿业和制造业 17%，服务业 17%，其他 19%

气候：大部分地区属热带沙漠气候，西北部属亚热带气候，而北部很冷

地形：东部地区为平坦的印度平原，北部和西北部为山区，西部是俾路支斯坦高原

帕　劳

全称：帕劳共和国（Republic of Palau）

地理位置：为北太平洋上的岛国，在菲律宾群岛的西南部

首都：科罗尔（Koror）

政体类型：立宪政府

通用货币：美元（US$）

面积：177 平方英里（458 平方公里）

人口：16 000

人口增长速度：2%

出生率(每千人):21

死亡率(每千人):8

平均寿命(自出生):67.5

平均生育率(每名育龄妇女平均育儿):2.6

宗教:基督教和土著的原始宗教

语言:英语(官方语言),安加尔语和日语,托比语,帕劳语等

文化普及率:92%

平均 GDP:$5 000

职业:渔业和旅游业

气候:属于热带海洋性气候,四季都是夏天,每年的 5—11 月为雨季,其余时间炎热
潮湿

地形:以高原和山地为主,山脉属科迪勒拉山系中段,沿太平洋岸伸展。主岛巴伯尔
图阿普岛为火山岛,周围有珊瑚礁浅滩环绕

巴拿马

全称:巴拿马共和国(Republic of Panama)

地理位置:位于中美,毗邻加勒比海和北太平洋,与哥伦比亚和哥斯达黎加接壤

首都:巴拿马城(Panama City)

政体类型:立宪共和

通用货币:巴拿马巴波亚(B)

面积:29 332 平方英里(75 517 平方公里)

人口:2 631 000

人口增长速度:1.6%

出生率(每千人):22

死亡率(每千人):5

平均寿命(自出生):74.5

平均生育率(每名育龄妇女平均育儿):2.6

宗教:天主教 85%,新教 15%

语言:西班牙语(官方语言),英语 14%

文化普及率:90.8%

平均 GDP:$5 300

职业:政府部门和社区服务 31.8%,农业、狩猎和渔业 26.8%,商业和宾馆饭店
16.4%,制造业和采矿业 9.4%,建筑业 3.2%,交通和通信 6.2%,财政、保险和房
地产 4.3%

气候:地近赤道,除较高的山区外,大部分属热带海洋性气候,中北部和东部因受到

东北季风的影响,气候高温多湿;每年 5 月至次年 1 月为漫长的雨季,1—5 月为旱季

地形:全境地势起伏,沟谷纵横,除南北沿海平原外,多为山地

巴布亚新几内亚

全称:巴布亚新几内亚独立国(Independent State of Papua New Guinea)

地理位置:位于亚洲东南,是新几内亚岛东部的岛国,毗邻珊瑚海和南太平洋,在印度尼西亚的东部

首都:莫尔斯比港(Port Moresby)

政体类型:议会民主

通用货币:基那(K)

面积:174 804 平方英里(461 893 平方公里)

人口:4 227 000

人口增长速度:2.3%

出生率(每千人):32

死亡率(每千人):10

平均寿命(自出生):58.1

平均生育率(每名育龄妇女平均育儿):4.3

宗教:天主教 22%,路德宗 16%,长老会、卫理公会、伦敦传道会 8%,圣公会 5%,福音联合会 4%,安息日会 1%

语言:英语 2%,皮金语在全国大部分地区流行,南部的巴布亚地区多讲莫土语,715 种土著语言

文化普及率:72.2%

平均 GDP:$2 400

职业:农业 64%

气候:属热带雨林气候,一年分旱季和雨季,每年 12 月至次年 3 月刮西北季风,5—10 月刮东南季风,季节气候变化不大

地形:大部地区为山地,山地南侧有大面积的冲积平原

巴拉圭

全称:巴拉圭共和国(Republic of Paraquay)

地理位置:位于南美洲中部,在阿根廷的东北部

首都:亚松森(Asuncion)

政体类型:共和

通用货币：巴拉圭瓜拉尼（G）

面积：153 358 平方英里（406 752 平方公里）

人口：4 970 000

人口增长速度：2.7%

出生率（每千人）：32

死亡率（每千人）：5

平均寿命（自出生）：72.2

平均生育率（每名育龄妇女平均育儿）：4.3

宗教：天主教 90%，门诺派教和其他基督教新教

语言：法语（官方语言），瓜拉尼语

文化普及率：92.1%

平均 GDP：$3 200

职业：农业 45%

气候：属亚热带气候，在东半部的雨量相当丰沛，而西半部却有些干燥

地形：巴拉圭河从北向南把全国分成两部分：东部为丘陵、沼泽和波状平原；西部为拉普拉塔平原的一部分，大部分为原始森林和草原，地势平坦

秘　鲁

全称：秘鲁共和国（Republic of Peru）

地理位置：位于南美洲西部，西濒大西洋，与智利和厄瓜多尔接壤

首都：利马（lima）

政体类型：共和

通用货币：秘鲁新索尔（S/.）

面积：494 080 平方英里（1 285 216 平方公里）

人口：23 940 000

人口增长速度：2%

出生率（每千人）：27

死亡率（每千人）：6

平均寿命（自出生）：70.0

平均生育率（每名育龄妇女平均育儿）：3.3

宗教：天主教

语言：西班牙语为官方语言，一些地区通用克丘亚语、阿伊马拉语

文化普及率：88.7%

平均 GDP：$3 800

职业：农业，采矿业和采石业，制造业，建筑业，交通和服务业

气候：西部属热带沙漠、草原气候，干燥而温和，东部属热带雨林气候
地形：西部沿海区为狭长的干旱地带，有断续分布的平原，中部高原区主要为安第斯
　　　山中段，东部为亚马孙林区

菲律宾

全称：菲律宾共和国（Republic of the Philippines）
地理位置：位于亚洲东南部，菲律宾海和中国南海中的群岛国家，在越南的东部
首都：马尼拉（Manila）
政体类型：共和
通用货币：菲律宾比索（P）
面积：115 094 平方英里（299 700 平方公里）
人口：70 267 000
人口增长速度：2.1%
出生率（每千人）：28
死亡率（每千人）：7
平均寿命（自出生）：66.4
平均生育率（每名育龄妇女平均育儿）：3.5
宗教：天主教 83%，新教 9%，伊斯兰教 5%，佛教和其他教派 3%
语言：国语是以他加禄语为基础的菲律宾语，英语为官方语言
文化普及率：94.6%
平均 GDP：$2 600
职业：农业 43.4%，服务业 22.6%，政府部门服务业 17.9%，工业和商业 16.1%
气候：属季风型热带雨林气候，高温多雨，每年 11 月至次年 4 月为东北季风季，5—
　　　10 月为西南季风季
地形：山地为主要地理特性，沿海岸线为广阔的低地

波　兰

全称：波兰共和国（Republic of Poland）
地理位置：位于中欧，在德国东部
首都：华沙（Warsaw）
政体类型：民主国
通用货币：兹罗提（Zl）
面积：117 541 平方英里（312 683 平方公里）
人口：38 620 000

人口增长速度：0%

出生率（每千人）：10

死亡率（每千人）：10

平均寿命（自出生）：72.8

平均生育率（每名育龄妇女平均育儿）：1.4

宗教：天主教 95%，东方东正教、新教和其他教派 5%

语言：波兰语

文化普及率：99%

平均 GDP：$6 400

职业：工业与建筑业 32%，农业 27.6%，贸易、交通和通信 14.7%，政府部门与其他 25.7%

气候：属于由海洋性向大陆性气候过渡的温带阔叶林气候，冬季寒冷、多云；夏季相对较温和，时有阵雨或雷阵雨

地形：地势北低南高，大部分地区为平原，南方多山

葡萄牙

全称：葡萄牙共和国（Portuguese Republic）

地理位置：位于欧洲东南，东、北与西班牙毗邻，西南濒临大西洋

首都：里斯本（Lisbon）

政体类型：议会民主

通用货币：葡萄牙埃斯库多（Esc）

面积：35 493 平方英里（92 072 平方公里）

人口：9 900 000

人口增长速度：–0.1%

出生率（每千人）：11

死亡率（每千人）：10

平均寿命（自出生）：75.7

平均生育率（每名育龄妇女平均育儿）：1.3

宗教：天主教 97%，新教 1%，其他教派 2%

语言：葡萄牙语

文化普及率：85%

平均 GDP：$12 400

职业：服务业 54.5%，制造业 24.4%，农业、林业和渔业 11.2%，建筑业 8.3%，公共事业 1%，采矿业 0.5%

气候：北部属海洋性温带阔叶林气候，南部属亚热带地中海式气候；北方凉爽多雨，

南方比北方暖和干燥

地形：塔古斯河北为高山丘陵,南部和西部分别为丘陵和沿海平原

卡塔尔

全称：卡塔尔国（State of Qatar）

地理位置：位于中东波斯湾和沙特阿拉伯的卡塔尔半岛上

首都：多哈（Doha）

政体类型：君主立宪制酋长国

通用货币：卡塔尔里亚尔（QR）

面积：4 415 平方英里（11 437 平方公里）

人口：641 000

人口增长速度：3.8%

出生率（每千人）：17

死亡率（每千人）：4

平均寿命（自出生）：73.9

平均生育率（每名育龄妇女平均育儿）：3.5

宗教：伊斯兰教 95%

语言：阿拉伯语（官方语言）,英语

文化普及率：79.4%

平均 GDP：$21 300

职业：石油

气候：属于沙漠性气候,夏季气候炎热潮湿

地形：大部分地区为贫瘠平原,被沙子覆盖

罗马尼亚

全称：罗马尼亚（Romania）

地理位置：位于东南欧巴尔干半岛东北部,东南临黑海,与保加利亚和乌克兰接壤

首都：布加勒斯特（Bucharest）

政体类型：共和

通用货币：罗马尼亚列伊（1）

面积：88 911 平方英里（237 500 平方公里）

人口：22 600 000

人口增长速度：−0.3%

出生率（每千人）：9

死亡率(每千人):12

平均寿命(自出生):70.5

平均生育率(每名育龄妇女平均育儿):1.2

宗教:东正教70%,天主教6%(其中3%为希腊天主教),新教6%,无信仰者18%

语言:罗马尼亚语,匈牙利语,德语

文化普及率:97%

平均GDP:$5 200

职业:工业28.8%,农业36.4%,其他34.8%

气候:属温带大陆性气候,冬季寒冷多云、多雪、多雾;夏季酷热,经常有阵雨或雷
    阵雨

地形:地形奇特多样,境内平原、山地、丘陵各占约1/3的国土面积,特兰夕法尼亚盆
    地被喀尔巴阡盆地东部的摩尔达维亚平原和特兰夕法尼亚南方平原所分开

俄罗斯

全称:俄罗斯联邦(Russian Federation)

地理位置:位于亚洲(乌拉尔山以西为欧洲部分),濒临北冰洋,介于欧洲和北太平洋
    之间

首都:莫斯科(Moscow)

政体类型:联邦

通用货币:卢布(R)

面积:6 560 379平方英里(17 075 400平方公里)

人口:147 500 000

人口增长速度:−0.3%

出生率(每千人):10

死亡率(每千人):15

平均寿命(自出生):65.0

平均生育率(每名育龄妇女平均育儿):1.3

宗教:东正教,伊斯兰教和其他教派

语言:俄语和其他

文化普及率:98%

平均GDP:$5 200

职业:多种多样

气候:大部分地区处于北温带,气候多样,以大陆性气候为主;气候变化很大,从南方
    的干旷草原到俄罗斯欧洲地区大陆性气候;从西伯利亚的寒带到北极地区的
    寒冷气候;冬季气候也有很大不同,从黑海沿岸的凉爽气温到西伯利亚的异常

寒冷;夏季,无树大平原炎热,而北冰洋沿岸异常寒冷

地形:有广阔的平原,乌拉尔山西部为丘陵小山,有广阔的针叶林带,也有西伯利亚的冻土带;南部边境地区为高地和山区

卢旺达

全称:卢旺达共和国(Republic of Rwanda)

地理位置:位于非洲中部,在刚果民主共和国的东部

首都:基加利(Kigali)

政体类型:共和

通用货币:卢旺达法郎(RF)

面积:9 631 平方英里(26 338 平方公里)

人口:7 550 000

人口增长速度:2.5%

出生率(每千人):39

死亡率(每千人):19

平均寿命(自出生):41.9

平均生育率(每名育龄妇女平均育儿):5.9

宗教:天主教 65%,新教 9%,伊斯兰教 1%,原始宗教和其他教派 25%

语言:卢旺达语(官方语言),法语(官方语言),英语(官方语言),商业区使用斯瓦希里语

文化普及率:60.5%

平均 GDP:$400

职业:农业 93%,政府部门与服务业 5%,工业和商业 2%

气候:大部地区属热带高原气候和热带草原气候,温和凉爽;有 2—4 月和 11 月至次年 1 月两个雨季;山区气候宜人,时有冰冻和大雪

地形:地势西高东低,全境多山地和高原,东部为丘陵、沼泽和湖泊地带;西部沿湖低地为东非大裂谷西支的一部分;中部高原地势起伏不大,中西部高地边缘多陡崖,海拔大多以西北部山区最高

圣基茨和尼维斯

全称:圣基茨和尼维斯联邦(Federation of Saint Kitts and Nevis)

地理位置:加勒比海上岛国,与波多黎各、特立尼达和多巴哥接壤

首都:巴斯特尔(Basseterre)

政体类型:君主立宪

通用货币：东加勒比元（EC$）

面积：104 平方英里（267 平方公里）

人口：42 000

人口增长速度：1.2%

出生率（每千人）：23

死亡率（每千人）：9

平均寿命（自出生）：67.6

平均生育率（每名育龄妇女平均育儿）：2.5

宗教：圣公会，其他东正教支派，天主教

语言：英语

文化普及率：97%

平均 GDP：$5 700

职业：服务业 69%，制造业 31%

气候：属热带雨林气候，气温受海风的调节；季节温差不大；每年 5—11 月为雨季

地形：境内圣克里斯多福与尼维斯的两个主要岛屿均为火山岛

圣卢西亚

全称：圣卢西亚（Saint Lucia）

地理位置：是位于加勒比海和北大西洋上的岛国，在特立尼达和多巴哥的北部

首都：卡斯特里（Castries）

政体类型：议会民主

通用货币：东加勒比元（EC$）

面积：235 平方英里（616 平方公里）

人口：145 000

人口增长速度：1.1%

出生率（每千人）：22

死亡率（每千人）：6

平均寿命（自出生）：71.6

平均生育率（每名育龄妇女平均育儿）：2.4

宗教：天主教 90%，东正教 7%，圣公会 3%

语言：英语（官方语言），法语

文化普及率：67%

平均 GDP：$4 400

职业：农业 43.4%，服务业 38.9%，工业与商业 17.7%

气候：属热带海洋性气候，常年受东北信风影响，每年 1—4 月为旱季，5—8 月为雨季

地形：该国是座火山岛，岛上有广阔富饶的山谷

圣文森特和格林纳丁斯

全称：圣文森特和格林纳丁斯（Saint Vincent and the Grenadines）

地理位置：是位于加勒比海上的岛国，在特立尼达和多巴哥的北部

首都：金斯敦（Kingstown）

政体类型：君主立宪

通用货币：东加勒比元（EC$）

面积：131 平方英里（389 平方公里）

人口：140 000

人口增长速度：0.6%

出生率（每千人）：19

死亡率（每千人）：5

平均寿命（自出生）：73.5

平均生育率（每名育龄妇女平均育儿）：2.0

宗教：圣公会，卫理公会，天主教，安息日会

语言：英语，法语

文化普及率：96%

平均 GDP：$2 190

职业：农业 26%，工业与商业 17%，服务业 57%

气候：属热带气候，全年温度变化很小，每年的 5—11 月为雨季

地形：该国是座火山岛

萨摩亚

全称：萨摩亚独立国（Independent State of Samoa）

地理位置：南太平洋上的岛国，与夏威夷和新西兰接壤

首都：阿皮亚（Apia）

政体类型：君主立宪

通用货币：塔拉（WS$）

面积：1 100 平方英里（2 934 平方公里）

人口：164 000

人口增长速度：2.3%

出生率（每千人）：30

死亡率（每千人）：6

平均寿命（自出生）：69.5

平均生育率（每名育龄妇女平均育儿）：3.7

宗教：基督教 97.7%

语言：萨摩亚语（波利尼西亚），英语

文化普及率：97%

平均 GDP：$1 900

职业：农业 65%，服务业 30%，工业 5%

气候：地处南半球热带地区，属热带气候，但由于周围环海，气候具有海洋性特征，全
     年温热宜人，每年 10 月至次年 3 月为雨季，3—10 月为旱季

地形：该国是座火山岛，沿海有狭窄的平原

圣马力诺

全称：圣马力诺共和国（Republic of San Marino）

地理位置：是位于欧洲亚平宁半岛东北部的内陆国，四周与意大利接壤

首都：圣马力诺（San Marino）

政体类型：共和

通用货币：意大利里拉（Lit）

面积：23 平方英里（60.6 平方公里）

人口：24 000

人口增长速度：0.7%

出生率（每千人）：11

死亡率（每千人）：8

平均寿命（自出生）：81.4

平均生育率（每名育龄妇女平均育儿）：1.5

宗教：天主教

语言：意大利语

文化普及率：96%

平均 GDP：$16 900

职业：工业 40%，农业 2%，其他 58%

气候：属亚热带地中海式气候，冬季温和凉爽，夏季温暖，日光充足

地形：地形以山地为主要特征

圣多美和普林西比

全称：圣多美和普林西比民主共和国（Democratic Republic of Sao Tome and Principe）

地理位置：位于非洲西部几内亚湾东南部，横跨赤道，在加蓬的西部
首都：圣多美（SaoTome）
政体类型：共和
通用货币：多布拉（Db）
面积：371 平方英里（1 001 平方公里）
人口：128 000
人口增长速度：3.1%
出生率（每千人）：43
死亡率（每千人）：8
平均寿命（自出生）：64.3
平均生育率（每名育龄妇女平均育儿）：6.2
宗教：天主教，福音新教，安息日会
语言：葡萄牙语（官方语言）
文化普及率：73%
平均 GDP：$1 000
职业：以农业和渔业为主
气候：属热带雨林气候，终年湿热，每年 10 月至次年 5 月为雨季
地形：该国是座火山岛

沙特阿拉伯

全称：沙特阿拉伯王国（Kingdom of Saudi Arabia）
地理位置：位于中东，东濒波斯湾，西临红海，在也门的北部
首都：利雅得（Riyadh）
政体类型：君主制
通用货币：沙特里亚尔（SR）
面积：756 785 平方英里（2 240 000 平方公里）
人口：17 400 000
人口增长速度：3.4%
出生率（每千人）：38
死亡率（每千人）：5
平均寿命（自出生）：70.0
平均生育率（每名育龄妇女平均育儿）：6.4
宗教：伊斯兰教 100%
语言：阿拉伯语
文化普及率：62.8%

平均 GDP：$10 600

职业：政府部门 40%，工业、建筑业和石油 25%，服务业 30%，农业 5%

气候：沙漠约占全国面积的一半，无常年流水的河流、湖泊；西部高原属地中海式气候；其他广大地区属亚热带沙漠气候，炎热干燥

地形：大部分地区为无人居住的沙漠

塞内加尔

全称：塞内加尔共和国（Republic of Senegal）

地理位置：位于非洲西部，毗邻北大西洋，与几内亚比绍和毛里求斯接壤

首都：达喀尔（Dakar）

政体类型：共和

通用货币：非洲金融共同体法郎（CFAF）

面积：74 112 平方英里（196 722 平方公里）

人口：8 300 000

人口增长速度：3.3%

出生率（每千人）：44

死亡率（每千人）：11

平均寿命（自出生）：57.4

平均生育率（每名育龄妇女平均育儿）：6.2

宗教：伊斯兰教 92%，原始宗教 6%，基督教 2%（以天主教为主）

语言：法语（官方语言），沃洛夫语、皮拉尔语、迪乌拉语和曼丁哥语为通用语言

文化普及率：33.1%

平均 GDP：$1 700

职业：私人企业 40%，政府部门和服务业 60%

气候：大部分地区属热带草原气候，炎热干燥；每年 12 月至次年 4 月为旱季，5—11 月为雨季，常刮东南风

地形：主要为起伏的沙质平原，东南部为丘陵区

塞尔维亚和黑山

全称：塞尔维亚和黑山（Serbia and Montenegro）

地理位置：位于欧洲巴尔干半岛中北部，西与克罗地亚、波斯尼亚和黑塞哥维那接壤，北部和东北部同匈牙利和罗马尼亚为邻，东部与保加利亚交界，南邻马其顿和阿尔巴尼亚，南部部分地区濒临亚得里亚海

首都：贝尔格莱德（Belgrade）

政体类型：共和

通用货币：第纳尔（YD）

面积：39 424 平方英里（102 136 平方公里）

人口：11 224 000

人口增长速度：0%

出生率（每千人）：13

死亡率（每千人）：9

平均寿命（自出生）：72.5

平均生育率（每名育龄妇女平均育儿）：1.8

宗教：东正教 65%，伊斯兰教 19%，天主教 4%，新教 1%，其他教派 11%

语言：塞尔维亚–克罗地亚语 95%，阿尔巴尼亚语 5%

文化普及率：98%

平均 GDP：$1 900

职业：工业 41%，服务业 35%，贸易和旅游 12%，交通和通信 7%，农业 5%

气候：北部为大陆性气候（冬冷夏热，夏季潮湿，雨水多；中部地区兼具大陆性气候和地中海气候南部沿岸地区为亚德里亚气候，夏秋两季炎热干燥，冬季相对要冷一些，内陆地区经常有大雪相伴

地形：地形变化很大，北部地区有富饶的平原，东部是石灰岩山脉和盆地；南方是山区，而西南部是绵长的海岸线

（注：黑山已独立）

塞舌尔

全称：塞舌尔共和国（Republic of Seychelles）

地理位置：位于非洲东部，是印度洋西南部的群岛国家，在马达加斯加的东北

国家首都：维多利亚（Victoria）

政体类型：共和

通用货币：塞舌尔卢比（SRe）

面积：176 平方英里（455 平方公里）

人口：75 000

人口增长速度：0.7%

出生率（每千人）：20

死亡率（每千人）：7

平均寿命（自出生）：70.8

平均生育率（每名育龄妇女平均育儿）：2.0

宗教：天主教 90%，圣公会 8%，其他教派 2%

语言：英语（官方语言），法语（官方语言），国语为克里奥尔语

文化普及率：58%

平均 GDP：$6 000

职业：工业与商业 31%，服务业 21%，政府部门 20%，农业、林业和渔业 12%，其他 16%

气候：属热带海洋性气候，终年高温多雨；每年 5 月末到 9 月刮东南季风，气候相对凉爽，3—5 月刮西北季风期间，气温相对要高一些

地形：塞舌尔群岛分为 4 个密集的岛群：马埃岛和它周围的卫星岛、锡卢埃特岛和北岛、普拉斯兰岛群、弗里吉特岛及其附近的礁屿

塞拉利昂

全称：塞拉利昂共和国（Republic of Sierra Leone）

地理位置：位于非洲西部，西濒大西洋，北、东与几内亚接壤，南同利比里亚交界

首都：弗里敦（Freetown）

政体类型：立宪民主

通用货币：利昂（Le）

面积：27 645 平方英里（72 326 平方公里）

人口：4 500 000

人口增长速度：4%

出生率（每千人）：46

死亡率（每千人）：17

平均寿命（自出生）：48.6

平均生育率（每名育龄妇女平均育儿）：6.2

宗教：伊斯兰教 60%，原始宗教 30%，基督教 10%

语言：官方语言为英语，部族语言主要有曼迪语、泰姆奈语、林姆巴语和克里奥尔语

文化普及率：31.4%

平均 GDP：$980

职业：农业 65%，工业 19%，服务业 16%

气候：属热带季风气候，高温多雨，每年 5—12 月为夏季雨季，12 月至次年 4 月为冬季旱季

地形：地势东高西低，呈梯状倾斜。境内大部是丘陵和高原，东部为山区

新加坡

全称：新加坡共和国（Republic of Singapore）

地理位置：位于东南亚，是马来西亚和印度尼西亚间的岛国

首都：新加坡（Singapore）

政体类型：共和

通用货币：新加坡元（S$）

面积：246 平方英里（641 平方公里）

人口：3 100 000

人口增长速度：1.2%

出生率（每千人）：14

死亡率（每千人）：5

平均寿命（自出生）：78.5

平均生育率（每名育龄妇女平均育儿）：1.5

宗教：主要宗教为佛教（中国）、伊斯兰教（马来西亚）、基督教、印度教、锡克教，道教和儒教

语言：汉语（官方语言），马来语（官方和通用语），泰米尔语（官方语言），英语（官方语言）

文化普及率：91.1%

平均 GDP：$21 200

职业：财政、商务和其他服务业 33.5%，制造业 25.6%，商业 22.9%，建筑业 6.6%，其他11.4%

气候：属热带海洋性气候，常年高温多雨，无明显雨季和旱季之分，全年 40% 的日子里都会出现雷暴雨（在 4 月份，这个数字高达 67%）

地形：大部分地区为低地，中部高原水量充沛

斯洛伐克

全称：斯洛伐克共和国（Slovak Republic）

地理位置：位于欧洲中部，在波兰的南部

首都：布拉迪斯拉发（Bratislava）

政体类型：议会民主

通用货币：斯洛伐克克朗（Sk）

面积：18 837 平方英里（49 000 平方公里）

人口：5 380 000

人口增长速度：0.1%

出生率（每千人）：10

死亡率（每千人）：9

平均寿命（自出生）：73.2

平均生育率（每名育龄妇女平均育儿）：1.3

宗教：天主教 60.3%，无神论者 9.7%，新教 8.4%，东正教 4.1%，其他教派 17.5%

语言：斯洛伐克语（官方语言），匈牙利语

文化普及率：100%

平均 GDP：$8 000

职业：工业 29.3%，农业 8.9%，建筑 8%，交通与通信 8.2%，服务业 45.6%

气候：属海洋性向大陆性气候过渡的温带气候，夏季凉爽，冬季寒冷潮湿

地形：中部和北部为山区，南部为低地

斯洛文尼亚

全称：斯洛文尼亚共和国（Republic of Slovenia）

地理位置：位于欧洲东南部，地处阿尔卑斯山和亚得里亚海之间，与奥地利和克罗地
亚接壤

首都：卢布尔雅那（ljubljana）

政体类型：新兴民主

通用货币：斯洛文尼亚托拉尔（SIT）

面积：7 819 平方英里（20 256 平方公里）

人口：1 983 000

人口增长速度：-0.1%

出生率（每千人）：9

死亡率（每千人）：10

平均寿命（自出生）：75.2

平均生育率（每名育龄妇女平均育儿）：1.2

宗教：天主教 70.8%，路德宗 1%，伊斯兰教 1%，其他教派 27.2%

语言：斯洛文尼亚语 91%，塞尔维亚–克罗地亚语 6%，其他语言 3%

文化普及率：99%

平均 GDP：$12 300

职业：农业和工业

气候：海岸线附近为地中海式气候；高原地区和东部山谷地区为山地气候和大陆性
气候，冬季寒冷，夏季炎热

地形：在亚得里亚海上有很短的海岸线，仅为 47 公里，境内的阿尔卑斯山脉与意大
利相连；东部大部分是高原和山地，并有许多湖泊河流

所罗门群岛

　全称：所罗门群岛（Solomon Islands）

地理位置：位于太平洋,是南太平洋上的岛国,在巴布亚新几内亚的东部

首都：霍尼亚拉（Honiara）

政体类型：议会民主

通用货币：所罗门群岛元(SI$)

面积：10 630 平方英里(29 785 平方公里）

人口：367 000

人口增长速度：3.2%

出生率(每千人)：37

死亡率(每千人)：4

平均寿命(自出生)：71.8

平均生育率(每名育龄妇女平均育儿)：5.1

宗教：圣公会 34%,天主教 19%,浸礼会 17%,联合教会（卫理会/长老会)11%,安息日
　　　会 10%,其他新教 5%,原始宗教 4%

语言：通用语言为美拉尼西亚语和英语的混杂语,英语(官方语言)2%

文化普及率：54%

平均 GDP：$3 000

职业：服务业 41.5%,农业、林业和渔业 23.7%,商业、交通和财政 21.7%,建筑业、制
　　　造业和采矿业 13.1%

气候：属热带季风气候,常年气温稳定,没有极端恶劣的天气

地形：以山地为主要特征,间或有一些低矮珊瑚环礁

索马里

全称：索马里共和国（Somali Republic）

地理位置：位于非洲大陆东部,北临亚丁湾,东濒印度洋,与埃塞俄比亚接壤

首都：摩加迪沙（Mogadishu）

政体类型：过渡政府

通用货币：索马里先令(So.Sh.)

面积：242 153 平方英里(637 657 平方公里）

人口：9 100 000

人口增长速度：4.4%

出生率(每千人)：47

死亡率(每千人)：19

平均寿命(自出生)：46.2

平均生育率(每名育龄妇女平均育儿)：7.0

宗教：伊斯兰教为国教(逊尼派穆斯林)

语言：索马里语（官方语言），阿拉伯语，意大利语，英语

文化普及率：24%

平均 GDP：$500

职业：农业（以游牧为主）71%，工业和服务业 29%

气候：大部地区属热带沙漠气候；每年 12 月至次年 2 月为东北季风，北方温度适中，而南方非常炎热；5—10 月刮西南季风，南北都异常燥热，间或有雨；两个季风季节期间气候炎热潮湿

地形：东部沿海为平原，沿岸多沙丘；亚丁湾沿岸低地为吉班平原；中部为高原；北部多山；西南部为草原、半沙漠和沙漠

南 非

全称：南非共和国（Republic of South Africa）

地理位置：位于非洲大陆最南端

首都：比勒陀利亚（Pretoria，行政首都），开普敦（Cape Town，立法首都），布隆方丹（Bloemfontein，司法首都）

政体类型：共和

通用货币：南非兰特（R）

面积：470 886 平方英里（1 221 037 平方公里）

人口：41 244 000

人口增长速度：1.4%

出生率（每千人）：26

死亡率（每千人）：12

平均寿命（自出生）：55.7

平均生育率（每名育龄妇女平均育儿）：3.2

宗教：天主教 68%，伊斯兰教 2%，印度教 1.5%，原始宗教和万物有灵论者 28.5%

语言：有 11 种官方语言，包括阿非利卡语（南非荷兰语）、英语、恩德贝雷语、沛迪语、梭托语、斯威士语、聪加语、茨瓦纳语、文达语、班图语和祖鲁语

文化普及率：81.8%

平均 GDP：$5 400

职业：服务业 35%，农业 30%，工业 20%，采矿业 9%，其他 6%

气候：大部分地区属热带草原气候，东部沿海为热带季风气候，南部沿海为地中海式气候，白天晴朗，夜晚凉爽

地形：西北部为沙漠，北部、中部和西南部为高原，沿海是狭窄平原

韩 国

全称：大韩民国（Republic of Korea）

地理位置：韩国位于亚洲大陆东北朝鲜半岛的南半部,濒临日本海和黄海,在朝鲜的南部

首都：首尔（Seoul）

政体类型：共和

通用货币：韩元（W）

面积：37 901 平方英里（99 237 平方公里）

人口：44 850 000

人口增长速度：1%

出生率（每千人）：16

死亡率（每千人）：6

平均寿命（自出生）：74.0

平均生育率（每名育龄妇女平均育儿）：1.8

宗教：基督教 49%,佛教 47%,儒教 3%,民间流行教派萨满教与其他教派 1%

语言：韩语,英语

文化普及率：98%

平均 GDP：$14 200

职业：服务业与其他 52%,采矿业与制造业 27%,农业、林业和渔业 21%

气候：属温带季风气候,夏季雨水多于冬季

地形：山地为主,西南部有宽广的海岸平原

西班牙

全称：西班牙王国（Kingdom of Spain）

地理位置：位于欧洲西南部伊比利亚半岛;濒临比斯开湾、地中海和北大西洋,在法国的西南部

首都：马德里（Madrid）

政体类型：议会君主制

通用货币：比塞塔（Pta）

面积：192 768 平方英里（505 925 平方公里）

人口：39 210 000

人口增长速度：0.1%

出生率（每千人）：10

死亡率（每千人）：10

平均寿命(自出生)：77.6

平均生育率(每名育龄妇女平均育儿)：1.2

宗教：天主教99%，其他教派1%

语言：卡斯蒂利亚语，即西班牙语74%，卡泰兰语17%，加里西亚语7%，巴斯克语2%

文化普及率：96%

平均GDP：$15 300

职业：服务业62%，采矿业、制造业和建筑业29%，农业9%

气候：中部高原属大陆性气候，北部和西北部沿海属海洋性温带气候，南部和东南部属地中海型亚热带气候；中部地区夏季天空晴朗，气候炎热，沿海气候宜人；中部地区冬季寒冷多云，沿海地区凉爽

地形：境内多山，比利牛斯山位于北部

斯里兰卡

全称：斯里兰卡民主社会主义共和国(Democratic Socialist Republic of Sri Lanka)

地理位置：位于亚洲南部，是印度洋上的岛国，在印度的南部

首都：科伦坡(Colombo)

政体类型：共和

通用货币：斯里兰卡卢比(SLRe)

面积：24 990平方英里(65 610平方公里)

人口：17 890 000

人口增长速度：1.1%

出生率(每千人)：18

死亡率(每千人)：6

平均寿命(自出生)72.6

平均生育率(每名育龄妇女平均育儿)：2.1

宗教：佛教69%，印度教15%，基督教8%，伊斯兰教8%

语言：僧伽罗语(官方和通用语言)74%，泰米尔语(通用语言)18%

文化普及率：90.2%

平均GDP：$3 760

职业：农业42%，服务业40%，工业18%

气候：热带季风气候；每年12月至次年3月刮东北季风，6—10月刮西南季风

地形：大部分地区为或平坦或起伏崎岖的平原，中南部地区为山区

苏 丹

全称：苏丹共和国（Republic of the Sudan）

地理位置：位于非洲北部，红海西岸，与埃及和厄立特里亚接壤

首都：喀土穆（Khartoum）

政体类型：过渡政府

通用货币：苏丹镑（£Sd）

面积：917 136 平方英里（2 505 813 平方公里）

人口：29 130 000

人口增长速度：2.7%

出生率（每千人）：40

死亡率（每千人）：11

平均寿命（自出生）：56.0

平均生育率（每名育龄妇女平均育儿）：5.7

宗教：逊尼派穆斯林 70%，原始宗教 25%，基督教 5%

语言：阿拉伯语（官方语言），努比亚语、各种尼罗方言、尼罗–哈米特语、苏丹语以及
　　　英语也是常用语言

文化普及率：46.1%

平均 GDP：$860

职业：农业 80%，工业和商业 10%，政府部门 6%

气候：全国气候差异很大，自北向南由热带沙漠气候向热带雨林气候过渡；每年 4—
　　　10 月为雨季

地形：境内大部为盆地，东部和西部地区为山区

苏里南

全称：苏里南共和国（Republic of Suriname）

地理位置：位于南美洲东北部，西邻圭亚那，北临大西洋，东接法属圭亚那

首都：帕拉马里博（Paramaribo）

政体类型：共和

通用货币：苏里南盾（Sf.）

面积：62 327 平方英里（163 265 平方公里）

人口：479 000

人口增长速度：0.8%

出生率（每千人）：22

死亡率（每千人）：6

平均寿命(自出生): 70.6

平均生育率(每名育龄妇女平均育儿): 2.6

宗教: 印度教 27.4%, 天主教 22.8%, 新教 25.2%, 伊斯兰教 19.6%, 原始宗教 5%

语言: 荷兰语(官方语言), 英语, 苏里南语, 印度斯坦语, 爪哇语

文化普及率: 93%

平均 GDP: $3 150

职业: 农业、工业和服务业

气候: 属热带雨林气候, 气候受季风影响

地形: 地势南高北低; 北部是沿海低地, 多沼泽, 中部为热带草原; 南部为丘陵和低高原

斯威士兰

全称: 斯威士兰王国 (Kingdom of Swaziland)

地理位置: 位于非洲南部, 与莫桑比克和南非接壤

首都: 姆巴巴纳 (Mbabane)

政体类型: 君主制

通用货币: 里兰吉尼(E)

面积: 6 639 平方英里(17 363 平方公里)

人口: 938 000

人口增长速度: 2%

出生率(每千人): 41

死亡率(每千人): 21

平均寿命(自出生): 38.5

平均生育率(每名育龄妇女平均育儿): 6.0

宗教: 基督教 60%, 原始宗教 40%

语言: 英语(官方语言, 政府商务均使用英语), 斯瓦蒂语

文化普及率: 76.7%

平均 GDP: $3 800

职业: 私营企业 65%, 公共事业 35%

气候: 大部分地区属热带草原气候, 东部沿海为热带季风气候, 南部沿海为地中海式气候

地形: 境内以山地为主要地形特征, 也有一些平原

瑞　典

全称: 瑞典王国 (Kingdom of Sweden)

地理位置：位于北欧斯堪的纳维亚半岛，西和西北部与挪威交接、东北与芬兰交接，
　　　　东临波斯尼亚湾、波罗的海、卡特加特海峡及斯卡格拉克海峡

首都：斯德哥尔摩（Stockholm）

政体类型：君主制

通用货币：瑞典克朗（SKr）

面积：158 618 平方英里（449 964 平方公里）

人口：8 838 000

人口增长速度：0.3%

出生率（每千人）：12

死亡率（每千人）：11

平均寿命（自出生）：79.2

平均生育率（每名育龄妇女平均育儿）：1.8

宗教：基督教路德宗 94%，天主教 1.5%，五旬节 1%，其他教派 3.5%

语言：瑞典语

文化普及率：100%

平均 GDP：$20 800

职业：社区、社会和个人服务 38.3%，采矿业和制造业 21.2%，商业、宾馆旅店 14.1%，
　　　银行和保险 9%，通信 7.2%，建筑业 7%，农业、渔业和林业 3.2%

气候：气候自西向东由温和湿润的海洋性气候向冬寒夏热的温带大陆性气候过渡，
　　　有寒冷的冬季和炎热的夏天，温差变化幅度大

地形：境内以低地为主要地形特征，西部为山区

瑞　士

全称：瑞士联邦（Swiss Confederation）

地理位置：位于欧洲中部，法国东部

首都：伯尔尼（Bern）

政体类型：联邦共和制

通用货币：瑞士法郎（SFR）

面积：15 351 平方英里（41 284 平方公里）

人口：7 062 000

人口增长速度：0.2%

出生率（每千人）：11

死亡率（每千人）：9

平均寿命（自出生）：78.9

平均生育率（每名育龄妇女平均育儿）：1.5

宗教：天主教 46.7%，新教 40%，其他教派 5%，无信仰者 8.3%

语言：德语 63.7%，法语 19.2%，意大利语 7.6%，拉丁罗曼语 0.6%，其他语言 8.9%

文化普及率：100%

平均 GDP：$22 600

职业：服务业 67%，制造业和建筑业 29%，农业和林业 4%

气候：地属北温带，受海洋性气候和大陆性气候交替影响，气候变化较大；冬季寒冷、多云，时有雨或雪；夏季凉爽、温暖、多云，时而有阵雨

地形：全国地势高峻，有西北部的汝拉山、南部的阿尔卑斯山和中部瑞士高原，湖泊众多

叙利亚

全称：阿拉伯叙利亚共和国（Syrian Arab Republic）

地理位置：位于中东，濒临地中海，与黎巴嫩和土耳其接壤

首都：大马士革（Damascus）

政体类型：军人统治下的共和

通用货币：叙利亚镑（£S）

面积：71 043 平方英里（185 180 平方公里）

人口：16 000 000

人口增长速度：3.2%

出生率（每千人）：38

死亡率（每千人）：6

平均寿命（自出生）：67.8

平均生育率（每名育龄妇女平均育儿）：5.5

宗教：逊尼派穆斯林 74%，穆斯林什叶派中阿拉维派占和其他穆斯林派别 16%，基督教（各个派别）9%，犹太教 1%

语言：阿拉伯语（官方语言），库尔德语，亚美尼亚语，阿拉姆语，彻尔克斯语，法语

文化普及率：70.8%

平均 GDP：$6 300

职业：服务业 40%，农业 40%，工业 20%

气候：沿海和北部地区属亚热带地中海气候，南部地区属热带沙漠气候。四季分明，沙漠地区冬季雨量较少，夏季（6—8 月）干燥炎热，冬季（12—2 月）温和、多雨；大马士革冬季有雪和雨加雪

地形：主要是沙漠高原；沿海为狭长的平原；西部为山区

塔吉克斯坦

全称：塔吉克斯坦共和国（Republic of Tajikistan）

地理位置：位于亚洲中部，中国的西部

首都：杜尚别（Dushanbe）

政体类型：共和

通用货币：塔吉克卢布（TSR）

面积：55 082 平方英里（143 100 平方公里）

人口：5 865 000

人口增长速度：1.3%

出生率（每千人）：28

死亡率（每千人）：8

平均寿命（自出生）：64.5

平均生育率（每名育龄妇女平均育儿）：3.5

宗教：逊尼派穆斯林 80%，什叶派穆斯林 5%

语言：塔吉克语（官方语言），俄语

文化普及率：98%

平均 GDP：$920

职业：农业和林业 52%，制造业、采矿业和建筑业 17%，服务业 31%

气候：全境属典型的大陆性气候，高山区随海拔高度增加大陆性气候加剧，南北温差较大，冬冷夏热；帕米尔山西部终年积雪，形成巨大的冰河

地形：帕米尔山和天山山脉的阿莱山横贯全境；北部是费尔干纳盆地的西缘，西南部有瓦赫什谷地、吉萨尔谷地和喷赤谷地等

坦桑尼亚

全称：坦桑尼亚联合共和国（United Republic of Tanzania）

地理位置：位于非洲东部，毗邻印度洋，与肯尼亚和莫桑比克接壤

首都：达累斯萨拉姆（Dares Salaam）

政体类型：共和

通用货币：坦桑尼亚先令（TSh）

面积：342 011 平方英里（945 087 平方公里）

人口：30 400 000

人口增长速度：2.1%

出生率（每千人）：41

死亡率（每千人）：17

平均寿命(自出生): 46.4

平均生育率(每名育龄妇女平均育儿): 5.5

宗教: 基督教 45%, 伊斯兰教 35%, 原始宗教 20%

语言: 斯瓦希里语(官方语言), 英语(官方语言), 阿拉伯语, 多种当地语言

文化普及率: 67.8%

平均 GDP: $650

职业: 农业 90%, 工业和商业 10%

气候: 东部沿海地区和内陆的部分低地属热带草原气候, 西部内陆高原属热带山地
气候, 凉爽而干燥

地形: 沿海为平原, 中部为高原, 北方和南方地区为高地

泰　国

全称: 泰王国(Kingdom of Thailand)

地理位置: 位于亚洲东南部, 东南临泰国湾(太平洋), 西南濒安达曼海(印度洋), 西
和西北与缅甸接壤

首都: 曼谷(Bangkok)

政体类型: 君主立宪制

通用货币: 泰铢(B)

面积: 197 543 平方英里(513 115 平方公里)

人口: 60 400 000

人口增长速度: 1%

出生率(每千人): 17

死亡率(每千人): 7

平均寿命(自出生): 69.0

平均生育率(每名育龄妇女平均育儿): 1.8

宗教: 佛教 95%, 伊斯兰教 3.8%, 基督教 0.5%, 印度教 0.1, 其他教派 0.6%

语言: 泰语, 英语, 阿拉伯语, 民族和地区方言

文化普及率: 93.8%

平均 GDP: $7 700

职业: 农业 57%, 工业 17%, 商业 11%, 服务业(包括政府部门)15%

气候: 热带季风气候, 5 月中旬至 9 月为东南季风, 多雨, 温暖, 多云; 11 月至次年 3
月中旬为东北季风, 干燥, 凉爽; 南部地区炎热潮湿

地形: 中部为平原, 东部有克拉高原, 各处均有高山

多 哥

全称: 多哥共和国 (Republic of Togo)

地理位置: 位于非洲西部, 濒临贝宁湾, 与贝宁和加纳接壤

首都: 洛美 (lome)

政体类型: 共和

通用货币: 非洲金融共同体法郎 (CFAF)

面积: 20 995 平方英里 (56 600 平方公里)

人口: 4 130 000

人口增长速度: 3.5%

出生率 (每千人): 45

死亡率 (每千人): 10

平均寿命 (自出生): 58.8

平均生育率 (每名育龄妇女平均育儿): 6.6

宗教: 原始宗教 70%, 基督教 20%, 伊斯兰教 10%

语言: 法语 (官方语言), 埃维语, 米纳语, 卡布列语和达戈姆巴语

文化普及率: 51.7%

平均 GDP: $970

职业: 农业 64%, 工业 9%, 服务业 21%, 失业人口 6%

气候: 南部属热带雨林气候, 炎热潮湿; 北部属热带草原气候

地形: 全境狭长, 一半以上为丘陵和沟谷地带。南部为滨海平原; 中部为高原, 北部为低高原

汤 加

全称: 汤加王国 (Kingdom of Tonga)

地理位置: 南太平洋上的群岛国家, 位于夏威夷和新西兰之间

首都: 努库阿洛法 (Nuku'alofa)

政体类型: 世袭君主立宪制

通用货币: 汤加潘加 (T$)

面积: 277 平方英里 (699 平方公里)

人口: 98 000

人口增长速度: 0.8%

出生率 (每千人): 26

死亡率 (每千人): 6

平均寿命 (自出生): 69.5

平均生育率(每名育龄妇女平均育儿)：3.6

宗教：基督教

语言：汤加语,英语

文化普及率：100%

平均 GDP：$2 140

职业：农业 70%

气候：属热带雨林气候；气候受信风的影响；每年的 12 月至次年 5 月为暖季,5—12 月为冷季

地形：岛屿大致分东、西两列。东列多属珊瑚岛,地势低平；西列多属火山岛

特立尼达和多巴哥

全称：特立尼达和多巴哥共和国（Republic of Trinidad and Tobago）

地理位置：位于加勒比海地区,介于加勒比海和北大西洋之间,在委内瑞拉的东北

首都：西班牙港（Port of Spain）

政体类型：议会民主制

通用货币：特立尼达和多巴哥元（TT$）

面积：1 980 平方英里（5 128 平方公里）

人口：1 300 000

人口增长速度：−1.3%

出生率(每千人)：15

死亡率(每千人)：8

平均寿命(自出生)：70.5

平均生育率(每名育龄妇女平均育儿)：2.1

宗教：天主教 32.2%,印度教 24.3%,圣公会 14.4%,其他新教 14%,伊斯兰教 6%,无名 9.1%

语言：英语(官方语言),印地语,法语,西班牙语

文化普及率：97.9%

平均 GDP：$13 500

职业：建筑业和公共事业 13%,制造业、采矿业和采石业 14%,农业 11%,服务业 62%

气候：属热带雨林气候；每年的 6—12 月为雨季

地形：大部分地区为平原,间或有一些山脉

突尼斯

全称：突尼斯共和国（The Republic of Tunisia）

地理位置：位于非洲北端，西与阿尔及利亚为邻。东南与利比亚接壤，北、东临地中海

首都：突尼斯(Tunis)

政体类型：共和

通用货币：突尼斯第纳尔(TD)

面积：59 970 平方英里(164 150 平方公里)

人口：9 000 000

人口增长速度：1.4%

出生率(每千人)：20

死亡率(每千人)：5

平均寿命(自出生)：73.1

平均生育率(每名育龄妇女平均育儿)：2.4

宗教：伊斯兰教 98%，基督教 1%，犹太教 1%

语言：阿拉伯语(官方语言)，法语

文化普及率：66.7%

平均 GDP：$4 800

职业：服务业 55%，工业 23%，农业 22%

气候：北部属亚热带地中海型气候，冬季湿润多雨，夏季炎热干燥；中部属热带草原气候；南部属热带大陆性沙漠气候

地形：北部多山，中西部为低地和台地；东北部为沿海平原，南部为沙漠，一直延伸至撒哈拉沙漠中

土耳其

全称：土耳其共和国(RepubliC of Turkey)

地理位置：位于亚洲西南，毗邻黑海，在保加利亚和格鲁吉亚之间，濒临爱琴海和地中海，与希腊和叙利亚接壤

首都：安卡拉(Ankara)

政体类型：共和议会民主制

通用货币：土耳其里拉(TL)

面积：297 513 平方英里(780 000 平方公里)

人口：61 600 000

人口增长速度：1.6%

出生率(每千人)：21

死亡率(每千人)：5

平均寿命(自出生)：72.8

平均生育率(每名育龄妇女平均育儿)：2.5

宗教：伊斯兰教 99.8%（大多为逊尼派穆斯林），其他教派（大多为基督教派和犹太教派）0.2%

语言：土耳其语（官方语言），库尔德语，阿拉伯语语

文化普及率：82.3%

平均 GDP：$6 100

职业：农业 47%，服务业 33%，工业 20%

气候：沿海属亚热带地中海式气候，内陆为大陆型气候，夏季炎热干燥，冬季湿润

地形：多山；有狭长的沿海平原；中部为高原地区

土库曼斯坦

全称：土库曼斯坦（Turkmenistan）

地理位置：位于中亚西南部，毗邻里海，与伊朗和哈萨克斯坦接壤

首都：阿什哈巴德（Ashgabat）

政体类型：共和

通用货币：土库曼斯坦马纳特（TMM）

面积：188 407 平方英里（488 100 平方公里）

人口：4 659 000

人口增长速度：1.6%

出生率（每千人）：26

死亡率（每千人）：9

平均寿命（自出生）：61.3

平均生育率（每名育龄妇女平均育儿）：3.3

宗教：伊斯兰教 89%，东方东正教 9%，无名 2%

语言：土库曼语 72%，俄语 12%，乌兹别克语 9%，其他语言 7%

文化普及率：98%

平均 GDP：$2 840

职业：农业和林业 43%，工业和建筑业 20%，其他 37%

气候：属典型大陆性沙漠气候，是世界上最干旱的地区之一

地形：南方有平坦的沙漠和山脉；与伊朗接壤处为低山；西部毗邻里海

图瓦卢

全称：图瓦卢（Tuvalu）

地理位置：位于南太平洋，为南太平洋上的 9 个珊瑚岛中的一个，介于夏威夷和澳大利亚之间

首都：富纳富提（Funafuti）

政体类型：民主

通用货币：图瓦卢元（$T）

面积：10 平方英里（26 平方公里）

人口：9 500

人口增长速度：1.4%

出生率（每千人）：23

死亡率（每千人）：9

平均寿命（自出生）：63.9

平均生育率（每名育龄妇女平均育儿）：3.1

宗教：图瓦卢教会（公理会）97%，安息日会 1.4%，巴哈伊教 1%，其他教派 0.6%

语言：图瓦卢语，英语

文化普及率：95%

平均 GDP：$800

职业：渔业

气候：热带海洋性气候；气候受 3—11 月东部信风的影响；11 月至次年 3 月刮大风，同时伴有大雨

地形：低矮狭长的珊瑚岛

乌干达

全称：乌干达共和国（Republic of Uganda）

地理位置：位于东非，在肯尼亚西部

首都：坎帕拉（Kampala）

政体类型：共和

通用货币：乌干达先令（USh）

面积：77 088 平方英里（241 038 平方公里）

人口：19 300 000

人口增长速度：2.8%

出生率（每千人）：49

死亡率（每千人）：19

平均寿命（自出生）：42.6

平均生育率（每名育龄妇女平均育儿）：7.1

宗教：天主教 33%，新教 33%，伊斯兰教 16%，原始宗教 18%

语言：英语（官方语言），斯瓦希里语，卢干达语，班图语，尼罗语

文化普及率：61.8%

平均 GDP：$900

职业：农业 86%，工业 4%，服务业 10%

气候：大部地区属热带草原气候，两个旱季（12—2月，6—8月）期间多雨；东北地区
　　　半干旱

地形：以高原为主，也有一些山脉

乌克兰

全称：乌克兰（Ukraine）

地理位置：位于东欧，濒临黑海，与波兰和俄罗斯接壤

首都：基辅（Kyiv）

政体类型：共和

通用货币：格里夫纳（Hryvnia）

面积：233 028 平方英里（603 700 平方公里）

人口：50 893 000

人口增长速度：–0.6%

出生率（每千人）：10

死亡率（每千人）：16

平均寿命（自出生）：65.8

平均生育率（每名育龄妇女平均育儿）：1.3

宗教：乌克兰东正教（莫斯科教和基辅教），乌克兰自治东正教，乌克兰天主教，新教，
　　　犹太教

语言：乌克兰语，俄语，罗马尼亚语，波兰语，匈牙利语

文化普及率：98%

平均 GDP：$3 170

职业：工业和建筑业 33%，农业和林业 21%，健康、教育和文化 16%，贸易和销售 7%，
　　　交通和通信 7%，其他 16%

气候：受大西洋暖湿气流影响，大部分地区为温带大陆性气候，克里米亚半岛南部为
　　　亚热带气候；降雨量呈不均匀分布，西部和北部降雨量明显高于东部和东南部
　　　地区；地中海沿岸冬季凉爽，而内陆地区非常寒冷；夏季大部地区暖和，而南部
　　　地区炎热

地形：大部分地区为富饶的平原和高原，只有西部喀尔巴阡山脉、南部的克里米亚半
　　　岛一带为高山地貌

阿拉伯联合酋长国

全称: 阿拉伯联合酋长国(The United Arab Emirates)

地理位置: 位于中东,濒临阿曼湾和波斯湾,与阿曼和沙特阿拉伯接壤

首都: 阿布扎比(Abu Dhabi)

政体类型: 联邦

通用货币: 阿联酋迪拉姆(Dh)

面积: 31 992 平方英里(83 600 平方公里)

人口: 2 377 000

人口增长速度: 1.8%

出生率(每千人): 19

死亡率(每千人): 3

平均寿命(自出生): 74.9

平均生育率(每名育龄妇女平均育儿): 3.6

宗教: 伊斯兰教 96%(什叶派穆斯林 16%),天主教、印度教、其他教派 4%

语言: 阿拉伯语(官方语言),波斯语,英语,印度语,乌尔都语

文化普及率: 79.2%

平均 GDP: $23 800

职业: 工业和商业 56%,服务业 38%,农业 6%

气候: 属热带沙漠气候,炎热干燥;东部山区较凉爽

地形: 境内除东北部有少量山地外,绝大部分是洼地和沙漠

英 国

全称: 大不列颠及北爱尔兰联合王国（United Kingdom of Great Britain and Northern Ireland）

地理位置: 位于西欧,北大西洋和北海间的爱尔兰岛上的 1/6 的岛屿都归英国版图,在法国的西北部

首都: 伦敦(London)

政体类型: 君主立宪制

通用货币: 英国镑(£)

面积: 93 254 平方英里(242 000 平方公里)

人口: 58 395 000

人口增长速度: 0.3%

出生率(每千人): 12

死亡率(每千人): 11

平均寿命（自出生）：77.2

平均生育率（每名育龄妇女平均育儿）：1.7

宗教：圣公会，天主教，伊斯兰教，长老会，卫理公会，塞克教，印度教，犹太教

语言：英语，威尔士语，盖尔语

文化普及率：100%

平均GDP：$20 400

职业：服务业62.8%，制造业和建筑业25%，政府部门9.1%，能量1.9%，农业1.2%

气候：属于海洋性气候，受西南北大西洋暖流的调节，一年四季都比较湿润，四季温差不大，冬季阴冷多雨，而夏季则比较干燥；多雨雾，秋冬尤甚，一年之中有一半以上的日子阴天

地形：英格兰东南部平原、中西部山区、苏格兰山区、北爱尔兰高原和山区

美　国

全称：美利坚合众国（United States of America）

地理位置：位于北美，濒临北大西洋和北太平洋，与加拿大和墨西哥接壤

首都：华盛顿哥伦比亚特区（Washington, DC）

政体类型：联邦共和

通用货币：美元（US$）

面积：3 535 359平方英里（9 372 614平方公里）

人口：300 000 000

人口增长速度：0.9%

出生率（每千人）：14

死亡率（每千人）：9

平均寿命（自出生）：76.1

平均生育率（每名育龄妇女平均育儿）：2.1

宗教：基督教新教56%，天主教28%，犹太教2%，其他教派4%，不属于任何教派的10%

语言：英语，西班牙语

文化普及率：97%

平均GDP：$28 600

职业：管理人员和专业人员28.8%，技术人员、销售人员和行政人员29.7%，服务业13.6%，制造业、采矿业、交通和手工业25.1%，农业、林业和渔业2.8%

气候：大部分地区属温带和亚热带气候，气温适宜、降水丰富，佛罗里达半岛南端属热带。阿拉斯加州位于北极圈内的寒冷气候区；夏威夷州位于北回归线以南，属热带气候；东北部沿海属大陆性温带阔叶林气候，密西西比河西部的中部平

原地区和西南的大盆地呈大陆性气候特征,冬季寒冷,夏季炎热;西北 1—2 月份的天气受到落基山脉东边温暖干燥的风的影响,严寒气候有所调节

地形:中部为广袤的平原,西部为高山区,东部都是低矮的小山,阿拉斯加一带为高山和宽阔的河谷,夏威夷地区有许多火山

乌拉圭

全称:乌拉圭东岸共和国(Oriental Republic of Uruguay)

地理位置:位于南美南部,濒临南大西洋,与阿根廷和巴西接壤

首都:蒙得维的亚(Montevideo)

政体类型:共和

通用货币:乌拉圭比索($Ur)

面积:67 017 平方英里(176 215 平方公里)

人口:3 173 000

人口增长速度:0.7%

出生率(每千人):17

死亡率(每千人):9

平均寿命(自出生):75.5

平均生育率(每名育龄妇女平均育儿):2.3

宗教:天主教 66%,新教 2%,犹太教 2%,其他教派或不属于任何教派的 30%

语言:西班牙语,一种葡萄牙语西班牙语在边疆上混合使用的语言

文化普及率:97.3%

平均 GDP:$8 000

职业:政府部门 25%,制造业 19%,农业 11%,商业 12%,公共事业、建筑业、交通和通信 12%,其他服务业 21%

气候:属温带气候,严寒冰冻气候在这里几乎是闻所未闻

地形:南部是起伏的平原;北部和东部有少数低山分布;西南部土地肥沃;东南部多斜坡草地

乌兹别克斯坦

全称:乌兹别克斯坦共和国(Republic of Uzbekistan)

地理位置:位于亚洲中部,阿富汗北部

首都:塔什干(Tashkent)

政体类型:共和

通用货币:乌兹别克斯坦苏姆(UKS)

面积：164 204 平方英里（447 400 平方公里）

人口：23 130 000

人口增长速度：1.3%

出生率（每千人）：24

死亡率（每千人）：8

平均寿命（自出生）：64.1

平均生育率（每名育龄妇女平均育儿）：2.9

宗教：伊斯兰教 88%（大部分为逊尼派穆斯林），东方东正教 9%，其他教派 3%

语言：乌兹别克语（属阿尔泰语系突厥语族）74.3%，俄语 14.2%，塔吉克语 4.4%，其他语言 7.1%

文化普及率：97%

平均 GDP：$2 430

职业：农业和林业 44%，工业和建筑业 20%，其他 36%

气候：属严重干旱的大陆性气候，春季温暖多雨，夏季酷热干燥，东部有半干旱草原

地形：境内地势东高西低，有大面积的沙漠地带，阿姆河、锡尔河滋养了河谷大片土地，东部著名的费尔干纳谷被哈萨克斯坦、吉尔吉斯斯坦的高山所包围，东部的咸海面积在逐年缩小

瓦努阿图

全称：瓦努阿图共和国（Republic of Vanuatu）

地理位置：太平洋上的岛国，在夏威夷和澳大利亚之间

首都：维拉港（Port Vila）

政体类型：共和

通用货币：瓦努阿图瓦图（VT）

面积：5 697 平方英里（12 190 平方公里）

人口：168 000

人口增长速度：2.1%

出生率（每千人）：29

死亡率（每千人）：8

平均寿命（自出生）：61.0

平均生育率（每名育龄妇女平均育儿）：3.7

宗教：长老会 36.7%，圣公会 15%，天主教 15%，原始宗教 7.6%，安息日会 6.2%，基督教 3.8%，其他教派 15.7%

语言：英语（官方语言），法语（官方语言），通用比斯拉马语

文化普及率：53%

平均 GDP：$1 230

职业：农业 65%，服务业 32%，工业 3%

气候：属热带海洋气候，受东南信风的影响

地形：属美拉尼西亚群岛，地形各岛多山，平原狭小，多火山活动，地震频繁

梵蒂冈

全称：梵蒂冈城国（The Vatican City state）

地理位置：位于欧洲南部意大利首都罗马城西北角的梵蒂冈高地上

首都：梵蒂冈城（Vatican City）

政体类型：神权君主制国家

通用货币：梵蒂冈里拉（Vlit）

面积：0.17 平方英里（0.44 平方公里）

人口：850

人口增长速度：N/A

出生率（每千人）：N/A

死亡率（每千人）：N/A

平均寿命（自出生）：N/A

平均生育率（每名育龄妇女平均育儿）：N/A

宗教：天主教 100%

语言：意大利语，拉丁语，各种其他语言

文化普及率：N/A

平均 GDP：$1 230

职业：高级宗教人士，神父，修女，保安和 3 000 多名不住在梵蒂冈的传教士

气候：属亚热带地中海型气候；每年 9 月至次年 5 月中旬为冬季，气候温暖多雨，5—
9 月为炎热干燥的夏季

地形：以低山为主

委内瑞拉

全称：委内瑞拉共和国（Republic of Venezuela）

地理位置：位于南美洲大陆北部，东与圭亚那交界，南与巴西接壤，西与哥伦比亚为
邻，北临加勒比海

首都：加拉加斯（Caracas）

政体类型：共和

通用货币：委内瑞拉博利瓦尔（Bs）

面积：340 560 平方英里（916 700 平方公里）

人口：21 844 000

人口增长速度：1.8%

出生率（每千人）：23

死亡率（每千人）：5

平均寿命（自出生）：72.7

平均生育率（每名育龄妇女平均育儿）：2.7

宗教：天主教 96%，新教 2%

语言：西班牙语（官方语言），当地方言

文化普及率：91.1%

平均 GDP：$9 000

职业：服务业 64%，工业 23%，农业 13%

气候：全境除山地外基本上属热带草原气候，气温因海拔高度不同而异，山地温和，平原炎热

地形：安第斯山脉和马拉开波低地位于西北部；中部为平原；东南部为圭亚那高原

越　南

全称：越南社会主义共和国（Socialist Republic of Viet Nam）

地理位置：位于亚洲东南，濒临泰国湾、北部湾和中国南海，与中国和柬埔寨接壤

首都：河内（Ha Noi）

政体类型：社会主义

通用货币：越南盾（D）

面积：125 589 平方英里（329 556 平方公里）

人口：75 900 000

人口增长速度：1.4%

出生率（每千人）：22

死亡率（每千人）：7

平均寿命（自出生）：67.7

平均生育率（每名育龄妇女平均育儿）：2.5

宗教：佛教，道教，天主教，原始宗教，伊斯兰教，新教，和好教和高台教

语言：越南语（官方语言），汉语，英语，法语，高棉语，各种部落语言（孟高棉语族和马来–波利尼西亚语）

文化普及率：93.7%

平均 GDP：$1 470

　职业：农业 65%，工业和服务业 35%

气候：属热带气候,亚热带季风,雨量大,湿度高;气候分两个明显的季节,旱季为每年 10 月中旬至次年 3 月中旬,雨季为 5 月中旬至 9 月中旬

地形：北部和西北部为高山和高原;中部长山山脉纵贯南北;南北方的三角洲地区为平原

也 门

全称：也门共和国（Republic of Yemen）

地理位置：位于中东地区,西临红海,北部和沙特阿拉伯接壤,东与阿曼为邻,南濒亚丁湾和阿拉伯海

首都：萨那（Sanaa）

政体类型：共和

通用货币：也门里亚尔（YRI）

面积：203 796 平方英里（531 869 平方公里）

人口：15 800 000

人口增长速度：3.3%

出生率(每千人)：43

死亡率(每千人)：10

平均寿命(自出生)：59.5

平均生育率(每名育龄妇女平均育儿)：7.1

宗教：伊斯兰教为国教,主要是什叶派的宰德教派和逊尼派的沙裴仪教派;还有部分犹太教,基督教和印度教

语言：阿拉伯语

文化普及率：38%

平均 GDP：$2 900

职业：农业和服务业

气候：属热带沙漠气候,西部沿海地区炎热潮湿,但西部山区受到季风影响,气候温和;东部为异常干燥炎热的沙漠气候

地形：南部是平坦的滨海平原,中北部是丘陵和山地;中部地区有沙漠平原,向纵深延伸至阿拉伯半岛

赞比亚

全称：赞比亚共和国（Republic of Zambia）

地理位置：位于非洲南部,在安哥拉的东部

首都：卢萨卡（Lusaka）

政体类型：共和

通用货币：赞比亚克瓦查（ZK）

面积：285 918 平方英里（752 614 平方公里）

人口：9 650 000

人口增长速度：2.1%

出生率（每千人）：45

死亡率（每千人）：23

平均寿命（自出生）：37.1

平均生育率（每名育龄妇女平均育儿）：6.4

宗教：基督教 50%—75%，伊斯兰教和印度教 24%—49%，原始宗教 1%

语言：英语（官方语言），包括奔巴语、洛兹语、卢瓦勒语、尼扬加语和通加语在内的大约 70 种传统语言

文化普及率：78.2%

平均 GDP：$1 060

职业：农业 85%，采矿业、制造业和建筑业 6%，交通和服务业 9%

气候：属热带草原气候，随海拔高度的不同气温有所变化；每年的 10 月至 次年的 4 月为雨季

地形：境内大部分地区为高原，亦有丘陵和山地

津巴布韦

全称：津巴布韦共和国（Republic of Zimbabwe）

地理位置：位于非洲南部，在博茨瓦纳的东部

首都：哈拉雷（Harare）

政体类型：共和

通用货币：赞比亚元（Z$）

面积：149 255 平方英里（390 759 平方公里）

人口：11 800 000

人口增长速度：1.1%

出生率（每千人）：31

死亡率（每千人）：20

平均寿命（自出生）：39.2

平均生育率（每名育龄妇女平均育儿）：3.9

宗教：融合宗教（基督教和非洲原始宗教的部分信仰相融合）50%，基督教 25%，原始宗教 24%，伊斯兰教和其他教派 1%

语言：官方语言为英语，属于班图语系的绍纳语和恩德贝莱语是广泛使用的当地语

言,还有不少部落方言

文化普及率: 85%

平均 GDP: $2 340

职业: 农业 70%,交通和服务业 22%,工业 8%

气候: 属热带草原气候,随海拔高度的不同气温有所变化;每年的 11 月至次年的 3 月
为雨季

地形: 境内大部分地区为高原,东部有丘陵山地

译者感言

终于结束了一项在别人看来可能很小很小，但在我看来却很大很大的工作——《机敏问答——地理》一书的翻译。说心里话，翻译的过程其实也是一个学习提高的过程，了解了那么多以前根本不懂或半懂不懂的知识，诸如世界上落差最大的瀑布在哪里，背风群岛在哪里，民族统一主义为何引发第二次世界大战，闪电会在同一个地方击两次吗，马可·波罗对探险作出了什么贡献等等，有时还真的挺享受这个过程的，甚至都想去周游世界，游遍书中提到的名山大川。只是翻译压力太大，要在翻译中查阅大量资料，光是人名、地名、事件名就花费了不少时间。另外，书中很多观点不符合我国国情，还有一些资料过时，并且有些数据不够准确，有些介绍得不够清楚，这些都需要在翻译过程中进行编辑、充实、调整。

在整个翻译过程中得到了刘素华、马晶、吴娜、李静、郭威、温华川、李云启、王圆、支晓丹、谭琪、张凡珊、谭晶晶、白薇、张永霞、常琳、袁雪梅、王薇等的帮助，在此谢谢大家的支持和帮助。

刘雪婷